JANE HARVEY-BERRICK

Prisioneiros do Ritmo 1

Traduzido por Samantha Silveira

1ª Edição

2020

Direção Editorial:
Anastacia Cabo
Gerente Editorial:
Solange Arten
Arte de Capa:
Bianca Santana
Tradução:
Samantha Silveira
Revisão:
Martinha Fagundes
Ícones de diagramação:
rawpixel.com/Freepik
Diagramação: Carol Dias

Esta é uma obra de ficção. Nomes, personagens, lugares e acontecimentos descritos são produtos da imaginação da autora. Qualquer semelhança com nomes, datas ou acontecimentos reais é mera coincidência.

Este livro segue as regras da Nova Ortografia da Língua Portuguesa.

CIP-BRASIL. CATALOGAÇÃO NA PUBLICAÇÃO
SINDICATO NACIONAL DOS EDITORES DE LIVROS, RJ
Camila Donis Hartmann - Bibliotecária - CRB-7/6472

H271a

Harvey-Berrick, Jane
Ash / Jane Harvey-Berrick ; tradução Samantha Silveira. - 1. ed. - Rio de Janeiro : The Gift Box, 2020.
328 p.

Tradução de : Slave to the rhythm
ISBN 978-65-5636-017-1

1. Ficção inglesa. I. Silveira, Samantha. II. Título.

20-65382 CDD: 823
CDU: 82-3(410.1)

Dedicatória

Para todo artista que sorriu através do sangue, suor e lágrimas.
Hoc feci. Foi e fez

PRÓLOGO

Calor e barulho.

O baixo profundo reverberava pelo chão, através da mesa e das cadeiras, fazendo as garrafas vazias tremularem diante do ritmo pulsante da música.

O ar abafado estava úmido dentro do lugar fechado, um que nunca via a luz do dia.

O cassino funcionava 24 horas por dia, sete dias por semana. Homens e mulheres com os olhos vermelhos por passarem horas diante das máquinas caça-níqueis foram substituídos pelos jovens e pessoas mais velhas – porém jovens de espírito – que queriam dançar a noite toda; as manchas de suor e maquiagens borradas ocultas pela escuridão imersa em meio às luzes estroboscópicas.

Minhas amigas estavam na pista de dança, perdidas na música, rebolando os quadris, girando os braços acima da cabeça com movimentos lânguidos, esfregando-se uma à outra ao ritmo da melodia agitada e intensa. Dava para ver os olhos cobiçosos acompanhando cada um de seus movimentos, as pessoas boquiabertas.

Uma parte minha as invejava – a parte que sempre invejava pessoas que podiam ser tão livres. Se eu as amasse menos, aquele sentimento horrível poderia ter se transformado em ressentimento.

O encontro havia sido planejado por oito meses e, embora o momento tivesse sido uma piada cósmica, eu me recusei a perder isso. Apesar de tudo, foi bom vê-las. Velhas amigas que viram do meu melhor ao meu pior.

Encarei o bar por um tempo, desejando que um coquetel de Mimosa se materializasse na minha frente. Mas nenhuma das garçonetes seminuas sequer me viu sentada ali sozinha.

Estava acostumada a ficar só. Trabalhava em casa e raramente via as pessoas a quem chamava de colegas, e isso me convinha muito bem. Mas escolher estar sozinha é uma coisa; outra completamente diferente é ficar sozinha no meio de tanta gente.

Olhei outra vez para a pista de dança, sorrindo quando um cowboy com um grande Stetson e sem ritmo se esticou por trás de Vanessa, tentando atrair sua atenção com suas reboladas estranhas, mas bem-intencionadas.

Meus olhos deslizaram para longe, envergonhados pelo passo desajeitado dele, e foi então que meu olhar foi atraído para outro homem. E este chamou e prendeu minha atenção de tal forma que parei e perdi o fôlego na mesma hora.

Ele estava vestido de preto, uma camisa confortável colocada por dentro da calça, uma elegância natural que o fazia parecer um puro-sangue entre os cavalos.

Seus movimentos eram sinuosos com graciosidade provocante, como ondas suaves fluindo uma após a outra. Seus quadris se remexiam de um lado ao outro, as longas pernas flexionavam e esticavam, os braços se moviam ritmicamente, dedos estendidos. Ele se manteve em posição, o queixo abaixado só um pouco para que seus olhos pudessem se fixar em sua parceira de dança muito mais baixa. Mesmo a essa distância, pude ver que ele estava focado, como um animal selvagem perseguindo sua presa. Seus olhos também eram lascivos, levemente estreitos nos cantos, enfatizando as maçãs do rosto acentuadas.

Seu cabelo escuro espetado possuía algumas mechas na frente, mas o corte era em estilo militar, exibindo o pescoço longo e elegante. Os músculos largos se contorciam sob a camisa de manga curta, mostrando a sombra de uma tatuagem.

Ele era alto, e as roupas pretas que vestia enfatizavam sua silhueta esbelta. Era difícil dizer sua idade, com o rosto severo, barbeado e intenso, ele poderia ter entre vinte e trinta anos.

Por um instante, ele desapareceu no meio do turbilhão rodopiante, e eu me inclinei para frente para conseguir outro vislumbre.

O mar de pessoas se abriu e o dançarino ilusivo reapareceu. Vi sua parceira pela primeira vez: uma mulher baixa e flexível com suor escorrendo pelo rosto e um vestido bem justo.

Eles não se encaixavam, o homem e a mulher. Eu me recostei na cadeira, observando, intrigada.

Acho que passei muito tempo só observando as coisas. A vida me transformou em uma observadora. Dessa forma, fiz um estudo da beleza masculina em todas as suas formas: o atleta, o brincalhão, o emo, o pegador, o gostoso e o perigoso. Você poderia dizer que sou uma perita, mas apenas à distância. Talvez isso tenha feito de mim uma voyeur.

Mas esse homem – ele estava em uma categoria própria. Fiquei hipnotizada ao ver os traços fortes e graciosos, a simetria perfeita de seu corpo perfeito, a força sutil e talentos óbvios. Ele era lindo. E aquilo me deixou triste.

Seu olhar intenso e sério estava totalmente focado em sua parceira, e a inveja borbulhou dentro de mim. Tentei desviar minha atenção, mas não consegui afastar o olhar do dançarino. Ele girou os quadris, o corpo fluído e maleável, sempre em movimento. Um pensamento passou pela minha cabeça: se ele fodesse do jeito que dançava, sua parceira teria uma noite inesquecível.

Mas então, os passos da mulher cessaram e ela começou a se afastar da pista de dança, ofegante, apoiando os dedos com força nos quadris largos.

O homem a seguiu, fazendo uma pergunta, e a mulher balançou a cabeça, meio que rindo enquanto se afastava dele, nervosa. Quando ela recuou, ele se aproximou, envolvendo os dedos longos em torno do pulso dela, os olhos estreitados.

Inclinei-me de novo, depois olhei em volta, pensando se mais alguém havia notado o drama se desenrolando na minha frente.

Eles pareciam estar discutindo, e o rosto suado da mulher estava vermelho e preocupado. Mas então o homem levantou as mãos num pedido de desculpa, soltando sua presa.

Eu relaxei de volta na cadeira, sentindo quase tanto alívio quanto a pequena mulher que estava se retirando na direção do banheiro.

O homem ficou parado, observando a mulher sair, e fiquei surpresa ao ver frustração em seu rosto. Nada de decepção ou aborrecimento. Ele não ficou ofendido, seu ego não estava afetado. Na verdade, parecia zangado com ele próprio.

Achei estranho. Nada no comportamento deles indicava que eram próximos. Parecia algo casual, mas por que ele havia escolhido alguém que estava tão abaixo de seu nível?

Ocorreu-me que talvez ele fosse um daqueles homens dos quais você ouvia em Las Vegas, nada menos e nada mais que um gigolô. Meu coração doeu um pouco ao pensar que um homem tão bonito pudesse usar seu corpo perfeito dessa maneira. Não queria me decepcionar quando tudo o que havia nele era assim tão... perfeito.

O homem passou as mãos pelo cabelo conforme olhava pelo lugar, os olhos registrando as mulheres que via, alguma lista interna de verificação que permanecia escondida de todos, menos dele.

Mas então seu olhar pousou até mim, provavelmente porque eu ainda o estava encarando, e um largo sorriso esticou seus lábios carnudos. O sorriso, tão completamente imaculado à distância, não alcançou seus olhos e, quando ele se aproximou, fiquei alerta na mesma hora.

— Oi, eu me chamo Ash. Você está sozinha?

Era difícil ter certeza com a batida forte da música, mas parecia que ele tinha sotaque. Da Europa Oriental, talvez russo? Polonês?

Dei um sorriso educado, mas fechado, um sorriso frio que escondia todo o calor, um sorriso para atendentes lentos e motoristas de táxi rudes. Um sorriso para homens em quem eu não confiava.

— Não. Estou aqui com as minhas amigas.

O homem olhou ao redor, depois deu de ombros de forma bem exagerada.

— Não vejo ninguém. Gostaria de dançar?

E estendeu a mão, obviamente assumindo que eu aceitaria.

Eu ri.

— Não, não vou dançar.

Ele franziu a testa, a mão ainda erguida entre nós.

— Mas você gosta de dançar?

Parei de rir e o encarei, meu olhar mergulhando no dele, intrigado, irritado.

— O que te faz pensar que gosto de dançar?

Ele voltou a dar de ombros e a mão desceu ao seu lado.

— Você está em uma boate e não está bebendo. Então deve estar aqui para dançar. Por favor, dance comigo.

Estendeu a mão outra vez, mas neguei com a cabeça, impaciente.

— Então vá encontrar alguém que dance com você.

Seus olhos se arregalaram surpresos, depois sorriu ao se inclinar sobre a mesa, seu rosto perfeito a centímetros do meu.

— Talvez eu queira dançar com você.

— Então vai esperar por muito tempo.

Ele inclinou a cabeça de lado e notei um pequeno e belo sinal, em forma de uma lágrima sob o olho esquerdo – uma imperfeição perfeita. De perto, pude ver que ele era mais jovem do que pensei, talvez mais novo do que eu, quem sabe vinte e poucos anos. Meus olhos caíram para os seus lábios e depois para a garganta. Deu para ver uma corrente fina de prata em volta do pescoço.

— Sou um bom dançarino — afirmou, parecendo quase magoado com a minha recusa contínua.

Ele não estava mentindo, mas minha raiva, ardendo sob a superfície, acendeu.

— Não quero dançar.

— Mas todo mundo vem aqui para isso — insistiu, os intensos olhos escuros tão focados que chegava a ser irritante.

— Não eu — persisti.

Agora ele estava me deixando nervosa e olhei em volta à procura das minhas amigas.

— Você vai se divertir.

— Eu não duvido — rebati, perdendo a paciência. — Sua última amiga parecia estar se divertindo bastante mesmo.

Um tom vermelho sutil inundou suas bochechas e ele desviou o olhar. Sua reação me surpreendeu. Eu feri seus sentimentos, mas não sabia o porquê.

— Talvez eu queira dançar com uma garota bonita, para variar — comentou, gentil, olhando para mim sob longos cílios escuros.

Seu olhar intenso e suplicante era difícil de resistir. Ah, ele era bom! Chamando-me de "bonita", fingindo estar chateado por não ter aceitado seu convite. E então me senti um pouco culpada também. Você não consegue forjar bochechas coradas. Eu teria pensado que era só o esforço físico, mas quando encontrei seu olhar, sua expressão era quase desesperadora.

— Você está perdendo a diversão.

Minha boca estreitou e os portões da minha simpatia se fecharam.

— Laney, esse cara está te incomodando?

Soltei um suspiro de alívio quando Vanessa e Jo se aproximaram de mim, os lábios contraídos, perigo cintilando em seus olhares.

Ash pareceu nervoso, seu olhar passando rapidamente entre minhas amigas e os seguranças na saída. Ele começou a se afastar, as mãos estendidas ao seu lado.

— Eu a convidei para dançar, só isso. Não estava fazendo nada de errado.

Jo o olhou, incrédula, e parou com as mãos na cintura.

— Quer voltar para o seu quarto agora? — perguntou Vanessa.

De repente, sentindo-me emotiva e oprimida, assenti em silêncio enquanto Jo continuava a encarar o rapaz.

Vanessa parou atrás da minha cadeira e me entregou a pashmina que estava pendurada no encosto. Então ela destravou os freios na minha cadeira de rodas e me empurrou para longe da mesa.

Ash ficou boquiaberto.

— Ainda me acha bonita? — perguntei, enquanto meus olhos se enchiam de lágrimas.

CAPÍTULO UM

ASH

Quarenta dias antes...

— Nome?

Eu estava esperando na fila, passaporte na mão, por cinquenta minutos. Cinquenta – longos e entediantes – minutos, esperando minha vida começar de novo.

Segui a fila confusa, um pouco nervoso, mas principalmente sentindo ondas de entusiasmo passando por mim. A sensação que eu tinha era de que se algo não acontecesse logo, eu partiria ao meio e toda a energia caótica e reprimida sairia. Mas então a fila andou alguns passos e pude olhar pela janela. Ver a névoa laranja de um milhão de luzes que iluminavam Las Vegas me fez sorrir e meu coração bateu um pouco mais forte. Muito em breve. Eu faria parte disso, vivendo o sonho, alcançando tudo.

— Nome?

— Aljaž Novak.

O oficial de imigração franziu o cenho ao ler meu passaporte.

— Aqui diz que seu nome é "Al-jazz".

Fora do meu país, isso acontecia muito.

— Se pronuncia "Ali-ash".

Ele estreitou o olhar para o documento outra vez.

— Propósito da viagem?

Não pude deixar de endireitar a postura quando respondi, orgulho na voz:

— Estou aqui a negócios. Tenho um emprego. Como dançarino em um teatro.

Ele não pareceu particularmente impressionado quando mostrei meu visto de trabalho para Ocupações Especiais, H-1B.

Ele analisou os papéis com ceticismo, depois os devolveu finalmente.

— Isso lhe dá permissão para trabalhar por um mês — avisou ele, olhando-me com firmeza.

Acenei com a cabeça, tentando parecer tão sério quanto ele, contendo a necessidade de tocar a medalha de São Cristóvão que eu usava.

Então ele devolveu o passaporte e gesticulou para seguir adiante.

Soltei o fôlego que estava segurando.

Meu visto era usado para dançarinos e modelos em trânsito, esse tipo de coisa. Meu novo chefe havia explicado que era mais fácil solicitar um visto com período de permanência maior quando você já estava trabalhando no país.

No final do corredor completamente branco, o espaço se abriu em uma vasta área onde encontrei as esteiras de bagagem, com centenas de pessoas circulando, procurando por seus pertences. Fiquei por tanto tempo na fila, que minha mala já estava me esperando, circulando lentamente no carrossel junto com outras dezenas.

A mala não estava muito pesada, com no máximo 20 quilos, e continha quase tudo o que eu possuía. Vendi a maioria dos meus bens assim que soube que estava saindo da Eslovênia. No final das contas, não havia muito que quisesse guardar – alguns dos meus troféus, algumas fotografias –, então os que deixei com Luka antes de ele sair em turnê.

A maioria das coisas que havia colocado na mala eram itens que todo dançarino possuía: seis pares de sapatos de dança, roupas de ensaio, calças de dança, camisas... coisas assim. Soltei a mala no chão, depois a arrastei em direção à saída e pelo imenso saguão de desembarque.

Pisquei, olhando ao redor para o grande movimento. O lugar estava cheio de energia, lotado de pessoas, máquinas caça-níqueis disparando, e um pequeno amontoado de pessoas ria de um sósia de Elvis, alguns cantando junto.

Eu sentia como se tivesse voltado para casa.

Movendo-me devagar pelo aeroporto, observei os rostos desconhecidos até vê-lo.

O homem era enorme, inchado com músculos pesados que haviam parcialmente engordado e usava um terno mal ajustado, marcando toda a barriga. Seus olhos frios e calculistas passaram por mim e depois voltaram quando lentamente ergueu uma placa que dizia simplesmente "Novak".

Ele era um cara intenso e não o que estava esperando. Mas andei em sua direção com confiança e estendi a mão. Ele me ignorou, afastando-se com um movimento rígido que contradizia seu corpo maciço. Dava para dizer que ele era treinado, provavelmente como boxeador, se o nariz achatado e a cicatriz em sua bochecha fossem qualquer indício. Continuava sendo um babaca, no entanto. Ele me lembrou de Conan, o Bárbaro, mas sem a personalidade calorosa.

Eu o segui pelo aeroporto até uma minivan esperando do lado de fora. Ele gesticulou bruscamente a cabeça para que eu entrasse, depois murmurou algo em russo.

Meu humor melhorou quando vi quatro garotas sentadas lá dentro. Cada uma tinha uma mala grande igual à minha, e imaginei que também fossem dançarinas. A mais próxima de mim era muito gostosa. Definitivamente, as coisas estavam melhorando e minha animação voltou.

— Oi, eu me chamo Ash!

Falei com a loira deslumbrante, dando o meu melhor sorriso. Ela parecia feliz em me ver também, e respondeu com um inglês carregado de sotaque.

— Oi, meu nome é Yveta. Esta é minha amiga Galina. — E apontou para a morena sentada ao lado dela. — A ruiva, acho que se chama Marta. Não sei quem é a outra.

Duas delas deram um breve e nervoso sorriso, mas quando a outra se virou para mim, fiquei surpreso ao ver como era jovem. Ela me lembrou da irmã mais nova de Luka e me deu vontade de perguntar se estava bem, mas ela se virou para voltar a olhar pela janela.

— Acho que ela não fala inglês. — Yveta deu de ombros. — Ou russo.

Enfiei a mala no único espaço livre e me acomodei em um assento.

— Você é de lá?

Yveta sorriu. Ela era mesmo lindíssima.

— Sim, e Galina também. Mas Marta é da Ucrânia. De onde você é?

— Eslovênia.

— Você é dançarino? — Seus olhos percorreram meu corpo de maneira apreciativa, mas seu comentário seguinte interrompeu meus pensamentos à medida que deslizavam pelo ralo. — Exótico?

Ela achou que aquilo era uma piada? Fiz que não com a cabeça.

— Não. Latina, dança de salão, contemporânea.

Yveta pareceu achar engraçado.

— Acho que dançamos o que eles nos mandarem.

Fiquei pensando se tinha me perdido em algum ponto da tradução.

— Não, eu tenho um contrato.

Então Conan entrou na minivan e todos nós ficamos em silêncio. Ele se inclinou pelo espaço estreito entre os bancos, nos encarando com irritação.

— Passaportes — rosnou.

Hesitei quando o cara pairou sobre Yveta. Não queria entregar o meu passaporte, mas também não queria criar inimigos no meu primeiro dia. Especialmente quando ele passava a impressão de ser capaz de esmagar meu crânio com uma mão.

Não sou um homem pequeno, com 1,83m, e dançar profissionalmente não é para os fracos – não quando se está apoiando ou levantando sua parceira o dia inteiro. Além disso, trabalhei na construção civil quando não estava em competição. Mas Conan deve pesar quase 150 quilos e parecia mau desse jeito, a longa cicatriz na bochecha aumentava o ar ameaçador.

Eu disse a mim mesmo que ele queria meu passaporte para que meus novos chefes pudessem conseguir o visto com período maior de permanência sobre o qual haviam conversado, mas mesmo assim... Não fiquei feliz.

Ninguém queria discutir com ele, embora as meninas tenham se entreolhado, se amontoando umas às outras. Seus olhares se voltaram para mim, e eu sabia que estavam esperando para ver se faria ou diria alguma coisa. Dei de ombros e entreguei meu documento.

Conan o pegou, enfiando-o no bolso do terno enquanto recolhia os outros.

Então ele se espremeu no banco do motorista e o motor da minivan ganhou vida. Yveta franziu o cenho, decepcionada, depois olhou pela janela, me ignorando completamente pelo resto do caminho. Aquilo me deixou irritado e desconfortável. Não era um ótimo começo para minha nova vida.

Mas conforme dirigíamos do aeroporto em direção à meca brilhante de Las Vegas, não pude deixar de sorrir. As mulheres russas eram mal-humoradas – todo mundo sabia disso. Não igual ao meu povo, que era trabalhador, honesto e apaixonado, em um país tão pequeno que era uma piada comum como todos se conheciam.

Meus pais eram da antiga Iugoslávia, no entanto minha mãe cresceu em Londres. Ela voltou quando a Eslovênia conquistou a independência em 1991. Eu nasci nove meses depois.

Acho que ela teria gostado de voltar a morar na Inglaterra, mas nunca teve a chance. Dessa maneira, em vez de voltar, ela fez questão de falar inglês comigo. Já tinha passado um bom tempo desde então.

Ela adorava dançar, então acho que foi daí que herdei isso, porque eu não era nada parecido com o meu pai. Graças a Deus.

Las Vegas era um rio de luzes coloridas conforme passávamos. Da minha janela, vi os hotéis exoticamente intitulados: Monte Carlo, Aria, Bellagio e suas famosas fontes; Caesar's Palace, Mirage, Palazzo – antigos nomes europeus em um novo mundo de cores fortes e ousadas e energia 24 horas por dia, 7 dias por semana. Eu estava em casa. Era assim que eu me sentia.

Mas quando Conan finalmente diminuiu a velocidade da minivan, era em um edifício feio – definitivamente um dos hotéis mais baratos – o que foi uma verdadeira decepção. Torcia para que o teatro deles fosse tão bom quanto haviam prometido. Era tudo o que me importava.

Conan passou por uma entrada de serviço cheia de lixeiras e caixas vazias, e eu pude ver a decepção no rosto das garotas, também. Observando nossa chegada, havia dois homens com uniforme de *chefs* que pisaram nas bitucas de seus cigarros assim que viram a minivan e entraram sorrateiramente, a porta pesada da cozinha batendo atrás deles. Parecia que eles não queriam ser vistos por Conan. Um mau pressentimento começou a se formar dentro de mim.

Conan ergueu o corpo grande do banco da frente e saiu sem dizer uma palavra.

Quando ele não voltou de imediato, Yveta e Galina sussurraram uma para a outra, nervosas:

— O que faremos? — perguntou Yveta.

— Parece que chegamos. — Dei de ombros, sorrindo com uma segurança que não sentia.

As garotas pareciam aliviadas e sorriram de volta, incluindo a que ainda não havia falado. Mesmo no escuro da minivan, deu para perceber que ela era muito mais nova que as outras – talvez apenas 15 ou 16 anos. Era nova demais para estar longe de casa em um país estrangeiro. Acontecia, principalmente com dançarinos, porque você começava cedo e sua carreira era curta.

Eu estava prestes a falar com ela quando uma porta do hotel se abriu, abrindo um caminho de luz em nossa direção. Nossa deixa.

Abri a porta da minivan e desci, feliz em me alongar depois de 24 horas de viagem.

O ar estava quente e seco, e se eu inclinasse a cabeça para trás, podia ver estrelas começando a aparecer no céu.

Conan voltou, logo atrás de outro homem de terno.

O novo cara caminhou em minha direção, com a mão estendida e falou com um sotaque russo enquanto apertávamos as mãos:

— Bem-vindo ao Hotel Royale.

— Obrigado.

Depois ele se virou para as garotas ainda sentadas na minivan, com os rostos pálidos no estacionamento escuro.

— Venham, senhoritas. — Ele riu. — Não sejam tímidas!

As quatro garotas desceram e ficaram atrás de mim, olhando nervosas para o nosso novo chefe.

— Todos têm celulares? — perguntou ele. — Por favor, informe suas famílias que chegaram bem. Por motivos de segurança, terei que ficar com seus aparelhos, mas serão devolvidos depois.

Eu parei, no meio de um e-mail para Luka, mesmo sabendo que ele não verificava tanto suas mensagens quando estava em turnê.

— Você quer nossos celulares?

O homem me analisou rapidamente, depois deu um sorriso frio.

— Será devolvido assim que forem processados.

Primeiro meu passaporte, agora meu telefone? Eu realmente não gostei disso. Mas como não tinha muita escolha, terminei de escrever o e-mail e o entreguei.

Ele o jogou para Conan, que o colocou de qualquer jeito em um saco plástico junto com os outros. Tomara que a tela não tenha sido danificada. Era um iPhone novo.

Silenciosamente, nós os seguimos para dentro. Era assustador, e pude ver Yveta logo atrás de mim. Estendi a mão para segurar a dela. Ela agarrou a minha mão, sua pele fria e úmida, embora o ar da noite estivesse quente.

Percorremos o hotel por uma série de corredores de serviço até chegarmos a um elevador surrado e nos amontoarmos lá dentro. Fiquei surpreso quando o elevador começou a descer, parando três andares abaixo. Realmente parecia que estávamos presos. Yveta estava me segurando firme e tive vontade de dizer que tudo ficaria bem...

Quando as portas se abriram, havia mais dois homens enormes de terno nos esperando. Aquilo era músculo demais para escoltar cinco dançarinos.

— Mulheres por ali.

Yveta hesitou, depois me deu um pequeno aceno triste, seguindo as outras.

Conan gesticulou com a cabeça para que eu o seguisse.

Tomara que eu não precisasse ficar sempre perto dele, era um cara assustador. Eu esperava encontrar a diretora artística, Elaine alguma coisa. Mas ter o olhar frio daquele idiota em mim parecia como se insetos rastejassem pela minha pele.

Eu o segui por mais corredores até acabarmos em uma grande cozinha. Dois asiáticos estavam sentados em uma mesa jogando pôquer, mas quando viram Conan, pegaram suas cartas e saíram correndo. Aquilo foi definitivamente estranho. Eles agiram como se tivessem um motivo para ter medo dele, e isso fez os pelos da minha nuca se arrepiarem.

Conan apontou para uma cadeira e saiu.

Bem-vindo à América.

Quando ninguém veio me encontrar, andei pela cozinha, procurando algo para comer, mas além de uma maçã e um pouco de queijo, havia apenas coisas que precisavam ser cozinhadas.

Eu devo ter adormecido à mesa porque fui acordado pelo som de saltos altos clicando no chão.

— Você é o Sr. Novak?

Eu me sentei direito e olhei por cima do ombro.

A mulher era pequena, talvez uns cinquenta anos, com cabelo loiro claro e cílios postiços afiados com minúsculos *strass* que capturavam a luz.

Mesmo a cerca de três metros, era capaz de sentir o cheiro pungente de bronzeado artificial que ela tentou esconder sob uma forte dose de perfume.

Ela bufou impaciente.

— Você é o Sr. Novak?

Acenei afirmativamente com a cabeça, respondendo com um resmungo:

— Sim.

— Até que enfim! Estávamos esperando por você. Era esperado no teatro.

— Desculpe, eu não sabia. Um grandalhão com uma cicatriz na bochecha me trouxe aqui.

A mulher loira estremeceu.

— Oleg! Urgh, não fale o nome desse monstro.

Ela apontou para a minha mala com o queixo.

— Bem, vamos lá então.

Eu a segui para fora da cozinha, ainda com fome e sofrendo com o jet lag, a famosa mudança de fuso horário.

— Eu era uma dançarina — comentou ela, alegre, caminhando pelo corredor. — Exótica, sou muito baixinha para ser uma verdadeira dançarina de Las Vegas. Agora, trabalho nos bastidores e tomo conta dos garotos e das garotas.

— Há quanto tempo está aqui?

Ela deu de ombros.

— Há algum tempo. Meu nome é Trixie Morell. — Ela sorriu para mim. — Eu nasci Doris Wazacki, mas é assim que funciona no *Show Business*!

Ela seguiu em frente, levando-me através de uma porta sem identificação com dutos de ar condicionado zumbindo no alto.

Finalmente, ela parou diante de um teclado numérico e digitou um código.

— Esta é a ala dos funcionários — falou por cima do ombro. — Os veteranos têm seus próprios apartamentos, mas temos muitas pessoas com contratos de curto prazo. Bem como nós, pessoal do espetáculo, é onde moram os funcionários da cozinha e a equipe de garçons vivem. É seguro.

Seguro? Por que seria inseguro?

Depois de outro corredor, ela abriu a porta de um quarto pequeno com um banheiro minúsculo.

Metade do quarto estava cheio de pôsteres de ícones de Hollywood, de Greta Garbo a Judy Garland, e uma das camas de solteiro estava coberta com roupas masculinas de dança.

Então meu novo colega de quarto era dançarino.

— Você conhecerá o Gary mais tarde — avisou Trixie, ignorando meu silêncio. — Ele é muito possessivo com suas coisas, então não pegue nada emprestado sem pedir. De fato, não toque em nada. Ele pode ser um pouco chato, mas você se acostumará com ele.

Eu quase sorri. Depois da minha última briga com meu pai, essa era a menor das minhas preocupações.

— Deixe suas coisas aqui. Ah, traga seus sapatos de dança, algo que possa fazer o teste.

— Teste? Pensei que tinha o emprego?!

Ela deu de ombros.

— Elaine me disse que você ia fazer o teste.

Fiquei preocupado. Gastei muito dinheiro com a minha passagem até aqui – ninguém disse nada sobre um teste.

Larguei a mala na cama desocupada e peguei um par de sapatos de dança de salão e calça. Trixie observou o tempo todo enquanto eu tirava o meu jeans e me trocava. Ela nem se deu ao trabalho de desviar o olhar. Não tenho vergonha do meu corpo, foi apenas desconcertante.

Dei uma última olhada no quarto e segui Trixie quando a porta se fechou atrás de mim com um clique suave.

Ela me levou aos bastidores de um grande palco e pude sentir o cheiro de suor e maquiagem cênica, ouvi os sons dos ensaios quando nos aproximamos.

— Nada mau, hein? — disse Trixie com orgulho.

Eu tive que concordar. Seria o maior palco em que já dancei. Dava para perceber que era profissionalmente projetado e tinha um piso suspenso que parecia novo.

Foi disso que vim atrás.

— Ash!

Uma mulher de salto alto e um *collant* caminhava em minha direção, os seios saltando e um enorme conjunto de penas de avestruz presas ao cabelo.

— Yveta?

Sorri quando ela me beijou nos dois lados do rosto.

Trixie interrompeu, franzindo o cenho, e levou Yveta de volta ao palco.

— Amiga sua?

Dei de ombros.

— Nós nos conhecemos.

— E?

— Chegamos juntos aqui.

Trixie estreitou os lábios, mas não sabia ao certo o que a estava incomodando.

— Humm. Venha conhecer Elaine, ela é a diretora artística. Ela ficará feliz em vê-lo. É ela quem comanda desde que Erik saiu...

Olhei para ela, mas Trixie não terminou a frase.

— Elaine! Finalmente trouxe seu novo garoto!

A diretora artística era uma mulher alta e magra com o corpo firme de uma dançarina e um rosto que podia ser esculpido em granito.

Seus olhos estavam percorrendo o resto do meu corpo, avaliando-me profissionalmente.

— Tem experiência em quê?

— Duas vezes finalista na competição Internacional All-Stars Ten Dance da Eslovênia — falei em tom claro, orgulhoso de minhas conquistas.

— Mais alguma coisa?

Pisquei, perplexo com a falta de interesse dela – eu já havia dito o meu melhor resultado em uma prestigiada competição.

— Sei dançar qualquer coisa, o que você precisar. Eu danço desde os cinco anos.

— Quantos anos você tem?

— Vinte e três.

Elaine suspirou.

— Tudo bem, vamos ver o que sabe fazer.

Senti vontade de rir. Eu estava sofrendo com o fuso horário, mal comi por 12 horas, não dormia há 24 horas e estava travado de ficar sentado a maior parte do dia. Eu não tinha nada preparado e não fazia ideia de que tipo de rotina ela queria ver. E pelo olhar em seu rosto, eu já a estava irritando. Nunca estive tão despreparado para um teste.

Elaine gritou para um operador de som que estava ao lado da mesa de mixagem.

— Joe, prepare alguma coisa para ele. — Então olhou mim, impaciente. — O que está esperando? Vá se aquecer.

Eu sabia que ela não me daria uma segunda chance. Precisava arrasar nesse teste ou perdia a minha oportunidade, e não sabia o que isso significaria. Eles me colocariam no primeiro voo para casa?

Conversei com o operador rapidamente, a impaciência de Elaine enchendo o ambiente enquanto corria para o lugar demarcado, depois fiz alguns movimentos de braço, balanços, rotação do tronco, passos de rumba e giros, esticando os músculos e terminando com alguns exercícios de equilíbrio. Um aquecimento completo levava quinze minutos, no mínimo: Elaine me deu menos de dez.

Eu deveria estar muito mais preparado do que isso para dançar – Elaine sabia disso. O que provavelmente significava que ela não me queria em sua companhia.

Esfreguei as têmporas latejando – tinha que arrebentar nesse teste.

Acenei com a cabeça para o operador, depois tirei a camiseta, segurando-a como uma capa de toureiro, e subi ao palco com os passos sensuais do arrastado estilo Pasodoble.

O som da banda "*Florence and the Machine*" tocou nos alto-falantes, enchendo o grande espaço vazio do teatro.

E eu me tornei a dança. Eu era um toureiro, enfrentando um inimigo impiedoso.

But I'm not giving up...
Mas não vou desistir...

Dei um passo à frente, forte e orgulhoso, os braços subindo depressa pela lateral do meu corpo, girando a camiseta acima da cabeça e a jogando longe.

I can't count on anyone but myself...
Não posso contar com ninguém além de mim...

Apel: a marca registrada da dança flamenca.

Os movimentos eram rápidos e afiados, *staccato*, peito e cabeça erguidos, pés alinhados com o corpo.

Eu senti. Senti tudo. Raiva e frustração, o drama da música: como se estivesse na arena, isolado, atacando, a volta da apresentação ao público, a linhagem espanhola – os passos solenes fluíram através de mim, mas era emoção, possuir a música, sentir a música, vivê-la. Eu dancei e o mundo parou. Toda a dor, toda a amargura, perdido na música.

Eu pulei no ar, meu corpo gritando a agressão que estava selada por dentro. Movimentos orgulhosos e fortes.

Então a música mudou abruptamente e "*Rebel Without a Pause*" de Public Enemy, explodiu nos alto-falantes. Meu corpo inteiro mudou. Da altivez e do orgulho, eu desacelerei e me tornei mundano, membros soltos e fluidos, masculino e puro, simples. Transições suaves eram afiadas com desfechos firmes, braços tensos e olhos raivosos. Então me joguei em uma estrela sem as mãos, aterrissando com joelhos suaves e muita atitude, terminando com um giro de pernas e costas no chão, ignorando o arranhão do piso de madeira na minha pele exposta, depois pulando de pé, quase que encarando feio a Elaine.

A música diminuiu até acabar e fiquei ofegante no palco, suor escorrendo pelo peito.

Yveta aplaudiu dos bastidores e virei a cabeça para sorrir para ela.

Contra sua vontade, Elaine ficou impressionada. Ela movimentou a cabeça com um aceno rápido.

— Você sabe dançar.

Elaine me apresentou para o resto do elenco, e pude ver imediatamente que havia uma separação clara entre as garotas que eram regulares de Las Vegas e as pessoas como eu, que foram trazidas recentemente. Elaine ia ter muito trabalho para nos transformar em uma equipe.

Íamos estrear no teatro reformado em quatro semanas – não era um período de ensaio excessivamente longo para um show de duas horas. Havia também cantores, um mágico e um cara bacana que fazia malabarismos com algumas coisas, mas ainda assim, as dançarinas de Las Vegas eram o grande atrativo.

Elaine me apresentou ao outro dançarino, um homem mais velho cujos olhos se estreitaram quando me viu.

— Gary, este é Ash. Ele também é seu novo companheiro de quarto.

Então esse era o cara com todos os pôsteres. Ele definitivamente não parecia feliz em me conhecer, descansando as mãos nos quadris e me encarando sem falar nada.

Elaine ignorou sua hostilidade e disse a ele para me explicar os aspectos do papel dos homens. Éramos apenas nós dois, e parecia que estávamos lá só para "apresentar" as garotas, exibindo-as. Elaine mencionou que estava pensando em fazer com um de nós um dueto de dança, o que seria muito mais perceptível do que o trabalho entediante de coadjuvante. Acho que era demais esperar por uma prestigiada dança solo. Gary continuou me lançando olhares feios, o que ignorei. Eu ia conseguir esse dueto.

Os ensaios duraram até tarde da noite, e já era quase uma hora da manhã quando Elaine nos dispensou, cansados e suados. Eu segui Gary de volta ao nosso quarto.

— Então, você é a bola da vez.

Ignorei o tom de Gary. Dançarinos ciumentos... Estava acostumado com isso. Fazia parte do ofício. Eu até conheci um cara que sabotou os sapatos de dança de um concorrente. Merdas acontecem.

— Sou só o novato.

— Hmm, bem, sou velho de casa, portanto, não esqueça disso, gostosão.

Seu comentário me irritou.

— Eu não sou gostosão.

Gary riu com sarcasmo.

— E eu não sou veado.

Fazia alguns anos desde que eu falava inglês e não entendi a referência logo de imediato. Mas então vi o pôster de Judy Garland no lado de Gary do quarto.

Não estava nem aí se Gary fosse gay, mas não ia tolerar ser acusado de me exibir.

— Foi um teste — respondi categoricamente. — Se eu não entrasse, seria mandado para... casa.

A postura fria de Gary abrandou um pouco.

— De onde você é? Você fala inglês muito bem.

— Koper, na Eslovênia. Fica a cerca de 100 km de Liubliana.

— Eu não tenho ideia do que você acabou de dizer, lábios de mel.

Vinte e quatro horas atrás, eu ficaria irritado com o apelido – agora não dava a mínima. Perspectiva é tudo.

— Eslovênia. Fazia parte da Iugoslávia até 1991. — Eu vi a expressão vazia no rosto de Gary.

— Europa.

— Certo. Vocês têm um Rei e Rainha?

Neguei com a cabeça.

— Não, somos uma república.

Gary pareceu desapontado.

— Sem rainhas? Que pena. Então, onde você aprendeu inglês? Ou é assim que falam na... no lugar de onde você é?

Ergui uma sobrancelha.

— Não, sem rainhas. E falamos esloveno na Eslovênia.

— Tanto faz. Vou tomar um banho e dormir um pouco — disse ele, sem muito interesse.

Assenti. Parece bom para mim.

Olhei pela janela do meu quarto, tentando ver as estrelas. Mas a única vista era de concreto.

CAPÍTULO DOIS

ASH

Quando o amanhecer se filtrou pela janela, acordei, tendo dormido só algumas horas, ainda cansado e debilitado.

Cambaleei até o banheiro, colocando o chuveiro na temperatura máxima. Um pouco da tensão no meu corpo diminuiu enquanto tomava meu primeiro banho quente em dois dias.

Tinha acabado de sair do banho e estava olhando para o espelho embaçado, tentando decidir se deveria ou não fazer a barba, quando Gary entrou tranquilo no banheiro.

— Droga. Você está só de toalha. Não me venha com esse olhar, Sr. Gostosão. Deve-se ter algumas vantagens de dividir o quarto com um deus grego.

— Como quiser, Boneca.

— Está dizendo que sou "reclamona"?

Olhei com frieza para ele, mas me surpreendi quando ele sorriu para mim e piscou.

Então Gary bateu as mãos, expulsando-me do banheiro.

— A propósito, bela *tattoo*.

Automaticamente olhei para a tatuagem cobrindo a parte superior do meu braço esquerdo. As linhas escuras e rodopiantes eram decorativas, mas sem sentido, a menos que você soubesse lê-las.

A tatuagem era só mais uma coisa que meu pai odiava em mim. Para pessoas mais velhas como ele, as tatuagens eram vistas em termos permanentes e de arrependimento, mas para mim era um mapa da minha vida e experiências; memórias marcadas na pele.

Vou acrescentar mais em breve. Ainda não sabia o quê, mas quando soubesse, faria...

Vestindo uma camiseta limpa e calça de moletom qualquer, sentei-me na cama, pensando em como seria o dia.

Olhei para cima e vi Gary me encarando com uma expressão estranha no rosto.

— Como está o *jet lag*?

Dei de ombros.

— Não vai me impedir de dançar.

Gary sorriu.

— Ah, eu te entendo! Dancei no papel de Arlequim no "Quebra-Nozes" com uma fratura no metatarso, o espetáculo inteiro.

— Você dança balé?

Gary estufou o peito.

— Desde que eu tinha quatro anos. Só estou esperando que meu talento seja reconhecido. — Ele suspirou.

Abaixei o olhar. Gary já passou dos 30 anos – não tinha muitas chances para ele agora. A vida de um dançarino era curta – principalmente para os bailarinos. Como os atletas de ponta, o potencial ideal era alcançado mais cedo. Depois disso, você poderia treinar, ensinar ou fazer outra coisa e sonhar com seus dias de glória. Gary sabia disso.

— E você é um garoto de dança de salão — continuou Gary.

Concordei com a cabeça.

— Como um cara como você se meteu nisso?

— Um cara como eu?

— Ah, você sabe, né? Todo um alfa caladão; essa aparência toda tenebrosa e exalando testosterona... que é um tesão total, por falar nisso, principalmente com essa sua bunda redondinha.

Pisquei, ainda um pouco lento para entender as palavras disparadas por Gary, e então, um sorriso se espalhou pelo meu rosto.

— Você é louco, cara.

— Louco por você — gritou Gary, apertando o peito. — Você não tem noção do alívio que é ter um colírio para os olhos. — Sua voz ficou bem mais baixa. — Erik tinha um rosto que dizia "me bata"... você sabe, um completo cara de bunda.

— Achou que eu era um deus grego gostoso? — Eu o lembrei.

— Ah, nem! Isso é passado. Vem, vamos comer, estou morrendo de fome.

Há quase dois dias que não comia, mas não mencionei isso.

O refeitório dos funcionários do hotel era o lugar que me levaram na noite passada. Era pequeno e básico, com bancos estreitos e mesas de metal. Mas a comida parecia ótima e tinha o cheiro fantástico, com pilhas de bacon, ovos mexidos e as coisas estranhas que os americanos chamavam de "pãezinhos", tigelas de frutas frescas e iogurte.

Fiquei tentado a comer tudo à minha frente, mas sabia que acabaria vomitando durante os ensaios, com certeza.

Com relutância, peguei um pequeno prato e coloquei dois pedaços de bacon, uma colherada de ovos, um pouco de fruta e um copo de água.

Também peguei algumas bananas para comer mais tarde.

Gary me apresentou a outras duas dançarinas que moravam no hotel: Grace e Honey, amigas vindas da Califórnia. Ambas eram atraentes, com o mesmo tipo físico - bem altas e magras, com seios de tamanho médio e aparência natural.

Eu estava curtindo um pouco de paquera de leve até Yveta e Galina aparecerem, reivindicando sua posse ao ir para os lugares vazios de ambos os lados e beijando as duas bochechas do jeito europeu.

— *Dobroe utro!* Bom dia! Dormiu bem?

Assenti e sorri.

— Oi, Yveta, Galina! Este é meu colega de quarto, Gary.

— Nós nos conhecemos — disse Gary curto e grosso.

Yveta assentiu bruscamente e Galina o ignorou. Fiquei pensando no que teria acontecido entre eles. Eles mal se conheciam.

As meninas saíram da mesa por alguns instantes para pegar algumas frutas para comer mais tarde, mas o café da manhã delas foi um copo de água quente com uma fatia de limão.

Já eram magras e eu me perguntava se sofriam de anorexia – era comum no mundo da dança entre homens e mulheres.

Em vez disso, Yveta observou todo mundo comer, com os olhos famintos, enquanto bebia sua água.

Havia outros funcionários do hotel comendo também, mas eram todos muito reservados.

Muitos cafés depois, todos nós fomos ao teatro para os ensaios.

As outras dançarinas que não moravam no hotel chegaram reclamando por ser tão cedo. Gary me contou que a maioria tinha mais de um emprego e trabalhava até duas ou três da manhã. Quase nunca se via começar algo às dez da manhã em Las Vegas.

A assistente de Elaine nos conduziu por alguns exercícios básicos de aquecimento até nossos músculos se soltarem. Fiquei surpreso ao saber que eu era uma das únicas duas pessoas na companhia que não tinha formação em balé. Isso não me incomodou, mas me fez pensar que alguém, além de Elaine, teve influência na minha vinda para cá.

Os aquecimentos não eram tão diferentes dos que estava acostumado, e tinha certeza de que poderia executar o trabalho para o qual fui contratado. Mandei muito bem no teste, sabia disso.

Neal, a assistente, mandou que eu e Gary fizéssemos alguns exercícios para fortalecer a parte superior do corpo, flexões e prancha para ajudar no treinamento básico para proteger nossas costas quando levantássemos as meninas.

Dança de salão clássica não tem movimentos acrobáticos, mas sempre gostei das apresentações onde "passos aéreos ilegais" eram permitidos. Mesmo antes de sair da puberdade, queria ser forte o suficiente para executar esses passos. Eu era um cara grande para um dançarino, mas mesmo uma garota que pesasse 45 quilos, encharcada de suor, poderia afetar seu corpo se você não se mantivesse forte e tivesse um ótimo equilíbrio.

Todas as dançarinas daqui tinham a altura acima da média – acima de 1,78, no mínimo. E embora seus trajes fossem quase inexistentes, seus ornamentos de cabeça podiam pesar até 14 quilos, mais ou menos. De qualquer forma, era muito peso para levantar e eu não estava acostumado. As garotas de teatro com as quais trabalhei antes tinham todas menos de 1,57. Aquilo ia me matar.

Eu dei duro, tentando entender o mundo louco em que fui parar. Isso eu entendia – dançar, movimentar-se para dar uma impressão natural no palco, de leveza.

— Ash, faça uma pausa — mandou Neal, jogando-me uma toalha.

Surpreso, olhei às costas de Neal e vi Trixie vindo na minha direção, seu rosto sério e ilegível.

— O chefe quer ver você, Yveta e Galina hoje à noite, depois dos ensaios — avisou ela, apontando com a unha afiada para nós três.

Cerrei os dentes.

— Oleg?

Trixie deu uma leve estremecida.

— Não, o chefão. O Sr. Volkov quer ver vocês na suíte dele às dez. Encontro vocês no saguão para levá-los até lá.

Conforme se afastava, ela gritou:

— Vistam-se bem!

Yveta me deu uma olhada.

— O que você acha que ele quer?

— Conhecer seus novos funcionários, acho.

— Talvez nós recuperemos nossos telefones — comentou ela, esperançosa.

Isso me animou, e me concentrei em terminar o treino, depois segui as instruções de Elaine quando começamos os preparativos para o espetáculo.

Como um dos únicos dois homens entre quatorze mulheres na companhia, meu papel era simples: apresentar sete garotas, o que significava levá-las ao palco para que pudessem apresentar sua coreografia, enquanto Gary apresentava as outras sete. Tranquilo. Entediante.

Tudo o que Elaine queria era a caminhada de samba. Eu fazia isso desde os seis anos. Mas quando Yveta me alcançou e sorriu, não pude deixar de fazer alguns passos sensuais de samba de gafieira que a fizeram rir.

— Pare! Pare! Pare! — gritou Elaine. — O que você está fazendo?

Meu sorriso sumiu. Merda! Não era hora de brincadeira.

— Peço desculpas, senhora diretora — eu disse com educação.

— Hmm, não, eu gostei — respondeu ela, pensativa. — É atrevido. Continue. Gary mostre-me sua resposta nesse passo junto com... a garota nova... Galina!

Gary pareceu surpreendido, mas depois agarrou a mão de Galina e a conduziu pela dança, erguendo uma sobrancelha para mim. Sabia o que ele estava querendo dizer: qualquer coisa que você sabe fazer...

— É, acho que temos algo aqui — disse Elaine consigo mesma. — Ash, faça um giro solo no lugar com uma inversão, balanço e caminhada lateral. Yveta, acompanhe.

E foi o que ela fez.

No final do ensaio, nós quatro desenvolvemos uma espécie de concurso de dança, com cada um competindo contra o outro casal para executar passos cada vez mais intrincados e difíceis. Elaine ficou encantada e as coisas estavam melhorando. Nada tão chato quanto achei que seria.

— O público vai adorar isso. Bom trabalho, pessoal.

Minha camiseta cinza estava escura de suor e a maquiagem de Yveta estava borrada, mas nós sorrimos um para o outro. Até Gary parecia feliz, porém, encontrou algo para reclamar.

— Quatro anos — reclamou ele. — Quatro anos, e nunca consegui nem sinal de um dueto ou um solo até você aparecer, mostrando sua bunda bem-definida.

Dei uma piscadela para ele, e Gary teve que desviar o olhar para segurar o sorriso que estava ameaçando sair.

Honey se aproximou, batendo no peito úmido com uma toalha.

— Grace e eu vamos tomar uma bebida no Venetian. É noite de *happy hour*: chope por três dólares, margaritas por cinco. Quer vir?

— Você está chamando a todos nós ou só o Sr. Gostosão? — provocou Gary.

Honey suspirou e deu um sorriso largo.

— Todos vocês, é claro.

Fiquei surpreso, mas contente.

— Estou dentro!

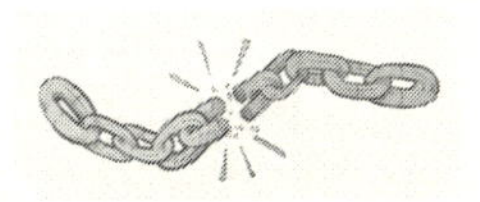

Depois de tomar banho e levar minhas roupas de ensaio para a lavanderia, fui com Gary encontrar as garotas para beber. Mas parecia que elas já haviam tomado várias margaritas.

Yveta se jogou no meu colo assim que me sentei, Honey e Grace trocavam olhares divertidos. Gary suspirou alto e revirou os olhos.

Eu tive que segurar firme os quadris de Yveta para impedi-la de se esfregar em mim. Era bom a atenção e ela era gostosa, então não posso dizer que não estava desfrutando. Casos entre parceiros de dança eram comuns, mas também sabia como poderiam afetar negativamente a dinâmica de uma performance se o relacionamento desse errado, e Elaine sugeriu um papel maior para nós no futuro. Eu não podia estragar tudo só porque tinha a chance de transar.

Yveta suspirou no meu pescoço, o hálito quente banhando minha pele. Sacudi a cabeça, lembrando a mim mesmo que a vida já estava bem complicada agora.

Infelizmente, meu pau não estava prestando atenção em nada, exceto na mulher sexy aconchegando-se contra o meu peito e sentada na minha virilha com sua boceta quente. Já tinha passado um bom tempo desde a última vez.

Com bastante cuidado, tirei Yveta do meu colo e, grato, tomei um gole da cerveja gelada que a garçonete trouxe.

— Tudo bem — bufou Gary. — Vou pagar uma rodada de cerveja, Sr. Gostosão, depois as vadias que comprem suas bebidas.

— Você é a vadia *mor*. — Riu Honey.

— Beberei em homenagem a isso — retrucou Gary, erguendo o copo.

Era tão fácil sentar-se em um bar, tomar uma bebida e conversar sobre dança. Fez com que as horas tranquilas passassem muito depressa e estava na hora de conhecer Volkov. Minha calma se foi quando Yveta me disse que o sobrenome do novo chefe era traduzido como "Lobo".

Gary ergueu as sobrancelhas.

— Trabalho aqui há quatro anos e só encontrei com o chefe uma vez. Queria saber por que ele quer conhecer vocês...

Seu olhar era especulativo, mas também percebi preocupação ali.

Dei de ombros, tentando esconder o fato de que minha frequência cardíaca havia aumentado um pouco.

— Não sei. Mas contanto que não seja aquele desgraçado do Oleg, não ligo.

Gary cerrou os lábios, e não disse mais nada.

Yveta era uma bêbada alegre, porém, com quase um metro e oitenta, ela não era a mais leve para escorar. Ela se recuperou um pouco quando Galina a lembrou que tínhamos um compromisso, mas riu todo o caminho de volta ao nosso hotel, oscilando perigosamente em seus saltos, até que apertei meu braço em volta de sua cintura e a guiei através do movimento do início da noite com a ajuda de Galina.

O inglês de Galina não era tão bom quanto o de Yveta, mas ela me disse que elas se conheceram em uma academia de dança em São Petersburgo e eram amigas desde então. O sonho de Yveta era ser uma dançarina de Las Vegas.

Ela ficou em silêncio por um momento, olhando nervosa para mim.

— Não gosto disso.

Então abaixou a voz, mesmo estando em uma rua barulhenta e cheia de gente.

— Onde estão aquelas outras garotas que chegaram conosco?

— Não sei.

— Mas é estranho, né?

Eu não sabia o que responder a isso.

Seus lábios tremiam e estava com cara de choro.

Quando chegamos ao hotel, esperei do lado de fora do banheiro feminino, enquanto Galina tentava ajudar a amiga a ficar mais sóbria.

Trixie me viu encostado na parede e correu, os saltos estalando no piso de mármore.

Ela olhou criticamente para a minha calça de sarja e camisa branca lisa, depois deu um aceno curto. Os olhos dela se estreitaram quando Yveta e Galina saíram do banheiro.

Yveta ficou muito mais sóbria quando viu a expressão carrancuda de Trixie, lançando um olhar nervoso para Galina, que parecia estar prestes a desmaiar.

Sem dizer uma palavra, seguimos Trixie até o elevador, observando em silêncio enquanto ela digitava um código privado para a cobertura.

— Não falem a menos que o Sr. Volkov faça uma pergunta, respondam com sim ou não e sorriam.

Ela não tinha vocação para líder motivacional.

Quando as portas do elevador se abriram com um ruído suave, estávamos diante de dois homens enormes, de terno preto e rostos inexpressivos, guardando uma grande e grossa porta dupla de carvalho com puxadores ornamentados.

Eles ignoraram o sorriso largo que Trixie deu para eles.

— Sr. Volkov está esperando eles — disse ela, gesticulando com o braço em nossa direção.

O guarda-costas de olhos azuis e frios segurou a porta aberta para que pudéssemos entrar. Ele poderia ser o gêmeo de Oleg: não era um pensamento tranquilizador.

Imaginei encontrar um escritório para uma reunião de negócios, mas, em vez disso, estávamos em uma suíte cara, com carpete grosso e iluminação leve.

O ar estava pesado com a fumaça do charuto e senti o cheiro de maconha.

Estreitando os olhos através da fumaça, contei três homens e uma mulher, todos à vontade nos grandes sofás italianos, bebendo champanhe.

Um dos homens não se encaixava na sala elegante. Era coberto de tatuagens e barbudo, vestindo colete de couro por cima de uma camiseta preta e grandes botas de motoqueiro. Ele também tinha uma enorme faca de caça no cós da cintura.

Os outros dois homens estavam de terno. Eu não era nenhum *expert*, mas pareciam caros.

Então, ao meu lado, Yveta ofegou baixinho e me virei para olhá-la.

— Marta — sussurrou ela.

A mulher sentada no sofá vestia uma regata com decote profundo e saia curta, estava muito maquiada e usava sandália plataforma transparente. Se Yveta não tivesse dito nada, eu não a teria reconhecido.

Mas então o motoqueiro riu e bateu a mão na coxa de Marta, fazendo-a pular e derramar sua bebida. Aquilo o fez rir ainda mais e apertou a perna dela.

O sorriso de Yveta travou e ela mordeu o lábio enquanto olhava para mim, preocupada.

— Ah, meus jovens dançarinos — disse o homem no centro da sala.

Eu não precisava ter habilidades especiais para saber que este era Volkov – o Lobo.

Seu apelido era apropriado, com uma juba de cabelos grisalhos em volta da cabeça grande e olhos castanhos claros. Ele era magro e esguio como um lobo, mas foi a maneira como ele exalava poder que me disse que era o homem no comando.

— Sente-se, por favor — disse ele, mas era uma ordem.

Sentei-me no lugar mais distante dele, tentando ignorar a expressão divertida de Volkov.

Ele esperou até que as meninas estivessem sentadas para mostrar os dentes em um sorriso largo.

— Sentem-se um pouco mais perto. Estão muito longe.

Então nós todos nos levantamos e fomos mais para perto, meio sem jeito, até estarmos sentados ao lado de nosso anfitrião.

— Assim está melhor. — Ele riu. — Dançarinas tímidas, e um garoto... quem diria?! — E riu de novo.

— Bem, você deve ser Yveta — disse a Galina, embora eu tivesse as minhas suspeitas de que ele sabia exatamente quem era quem.

Era óbvio que ele estava gostando de brincar conosco. Pensar nisso me deixou ainda mais tenso, no entanto, tentei esconder. Mas pelo menos Oleg não estava lá. O alívio durou pouco.

— E você é Aljaž, claro. Acredito que você gosta de ser chamado de Ash.

Fiz que sim com a cabeça e agradeci a Marta quando ela me entregou uma bebida sem olhar para mim.

Yveta e Galina estavam preocupadas, trocando olhares tensos.

— Ouvi coisas boas a seu respeito — comentou Volkov, direcionando seu olhar misterioso para mim. — Elaine está muito satisfeita com os ensaios. Ela diz que você será valioso.

Forcei um sorriso, lembrando-me das ordens de Trixie.

— Obrigado.

— Não vai me apresentar aos seus novos amigos, Andrei? — perguntou o outro homem de terno, que permaneceu em silêncio até agora.

Volkov hesitou por uma fração de segundo e deu um sorriso frio.

— Onde está a minha educação? Yveta, Galina, Ash... este é meu querido colega Sergei. Ele é responsável pela segurança.

Sergei levantou-se para nos cumprimentar. Ele tinha uns cinquenta anos, talvez, com cabelos grisalhos e olhos do mesmo tom.

Ele sorriu para mim, o olhar sem piscar rastejando pelo meu corpo.

— Parece ser minha noite de sorte. Deve ser o destino.

Estava prestes a soltar a mão de seu cumprimento quando ele deu um aperto a mais, seus dedos acariciando meu pulso.

Eu me afastei, inspirando bruscamente, mas ele apenas sorriu ainda mais, seus olhos sem vida, como os de um tubarão, passeavam por meu corpo de maneira deliberada e óbvia. Ele também sabia que isso me deixou desconfortável.

Sou dançarino. Estou acostumado com pessoas olhando para o meu corpo. Afinal, é o meu instrumento de trabalho, uma ferramenta poderosa – quero que as pessoas olhem e admirem. Mas trata-se de dança. Não sobre pessoas me comendo com os olhos como esse babaca.

Muitas pessoas assumem que todos os dançarinos são homossexuais. Eu não sou. Sem dúvida, hétero. Não me incomoda o que outros homens fazem. Ser abordado por gays são ossos do ofício quando se é dançarino. A maioria deles recua quando percebem que você é heterossexual.

Não diria que sou amigo íntimo deles ou de outros dançarinos, porque era muito competitivo. Exceto Luka, meus amigos não faziam parte dessa vida.

Acho que provavelmente seis em cada dez dançarinos são gays, e não importa se são da dança de salão, balé ou contemporâneo, mas significa que quatro são heterossexuais. Portanto, sou minoria. Isso dá a alguns caras que conheço, desculpa para dormir com o maior número de mulheres possível – verdadeiros lobos em pele de cordeiro. Não sou assim. Também não sou monge e já tive namoradas, mas geralmente tem drama demais, por isso evito. Todos sabem que sair casualmente é mais a minha praia, mesmo assim, nem sempre. Estou sempre treinando, sempre fazendo aulas. E se não estou fazendo isso, estou trabalhando. Garotas não ficam por perto se você não der atenção suficiente para elas.

Minha treinadora de dança, Lelyana, sempre dizia que o drama deveria estar na pista de dança e não na sua vida pessoal. Eu queria ganhar mais do que fazer asneira.

Mas Sergei... Tive a sensação de que ele não se importava se eu era homo ou hetero. E aquilo poderia ser um problema, principalmente se ele fosse próximo a Volkov.

Recostei-me no sofá, tentando relaxar a tensão no meu corpo.

Volkov já havia perdido o interesse na conversa e deu atenção para Yveta e Galina, conversando com facilidade em russo.

Queria saber o que estava acontecendo com Marta – e onde estava a outra garota? Se ela não tivesse me lembrado tanto da irmãzinha de Luka, eu provavelmente teria ficado de boca fechada.

— Havia uma garota no aeroporto...

Um silêncio repentino me fez sentir como se um holofote estivesse sobre mim e, embora o lugar tivesse ar-condicionado, o suor escorreu pelas minhas costas.

— Com o Oleg... — eu disse com a voz baixa e áspera, a garganta estava seca apesar da bebida na minha mão.

Volkov riu e olhou para Sergei.

— Oleg tem namorada? Por que ninguém me contou? Devemos nos preparar para um casamento?

Seu sorriso era gélido.

— Vou perguntar — respondeu ele sem muito interesse.

Eu queria dizer mais, mas estava nervoso. A atmosfera se tornou ártica e aqueles olhos claros brilharam e arderam com frieza.

O motoqueiro se mexeu em seu assento, apertando a mão na perna de Marta até que ela acabou soltando um choramingo baixinho.

Sergei olhou para mim, a cara pálida, vazia e inexpressiva, mas absolutamente arrepiante.

Senti a coragem encolher e meu corpo gritou para fugir. Sentar ali, encontrar seu olhar, foram as coisas mais insanamente corajosas que já fiz em toda a minha vida.

CAPÍTULO TRÊS

ASH

O encontro com Volkov nos deixou abalados. Ficou claro que Marta não estava naquele lugar por vontade própria e ela parecia aterrorizada. Só aquele motoqueiro já era bem assustador, mas aqueles russos... são pessoas com quem você não se metia.

Esperava não ver qualquer um deles de novo.

Trixie estava esperando do lado de fora da suíte. Ela não pareceu surpresa quando viu nossos rostos chocados.

— Quem são esses caras? — perguntei em um tom casual quando pegamos o elevador de volta ao térreo.

Ela deu um sorriso desagradável.

— Ainda não descobriram?

Eu já sabia. Só não queria acreditar.

— Bratva.

Máfia russa.

Foi Yveta quem se pronunciou. Trixie a encarou, mas não respondeu diretamente.

— Nem sempre é tão ruim. Na maioria das vezes, eles só querem fechar negócios, sabe?

Galina segurou a minha mão com força e dei um aperto encorajador, embora me sentisse tão aflito quanto ela e Yveta.

— Sergei... — Trixie estremeceu e baixou a voz num sussurro: — Ele é um filho da mãe depravado. Graças a Deus, não sou o tipo dele. — E quando ela olhou para mim, sua expressão era de pena. — E Oleg... ele gosta das mais jovens. Bem novas.

Ela engoliu em seco e desviou o olhar.

— Eles geralmente não vão ao teatro, é um negócio dentro da lei. Vocês devem ficar bem. Só fiquem de boca fechada e longe de problemas.

Esse é o melhor conselho que posso dar a vocês. — Ela deu um sorriso forçado. — Isso é o *Showbiz*!

Neguei com a cabeça, e seu sorriso desapareceu.

— Faça o que precisa fazer, garoto. Que neste caso é nada. Você aprenderá.

— Isso é loucura.

— Comentários como esse te matarão — retrucou Trixie, abandonando a personagem loira e chique.

Galina e Yveta estavam tendo uma conversa silenciosa, embora as duas parecessem assustadas.

Quando Trixie nos deixou no saguão, eu me virei para elas.

— Dá para acreditar nessa merda?!

Galina empalideceu ainda mais, deu uma balançada de leve.

— Cale a boca! — Yveta disse, entredentes e com rispidez.

— Mas...

— Escute — disse ela, agarrando meu braço e me arrastando em direção à área de funcionários. — Aqueles homens são da Bratva! Você não se mete com eles. Não os deixa com raiva. Não se quiser viver.

Galina engoliu em seco e assentiu.

— Mas que droga. O que devemos fazer, então?

— Faremos o que viemos fazer aqui, dançar.

E ela se afastou a passos duros, arrastando Galina com ela. Eu as observei em silêncio, desejando saber se ela estava certa.

Resolvi conversar com Gary. Mas quando abri a porta do nosso quarto, estava vazio. Esperei por um tempo, mas depois lembrei que ele tinha um encontro com um dos caras da banda.

Frustrado e com nojo da minha própria covardia, finalmente dormi inquieto.

Meu último pensamento antes de pegar no sono foi que eu também não havia conseguido meu celular de volta.

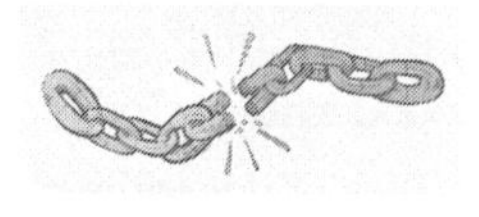

Na manhã seguinte, Galina e Yveta me evitaram no café da manhã. Honey ergueu uma sobrancelha.

— Briga de namorados?

— O quê?

Ela se sentou ao meu lado, com uma tigela de frutas e iogurte à sua frente.

— Por que elas estão te ignorando?

Tomei um gole de café.

— O que você sabe desse cara... Volkov?

— Aaah — reagiu ela, compreensão em seu rosto. — Você ouviu os rumores.

Ela sabia. Todos sabiam.

— É mais do que isso. Nós vimos...

— Ash, escuta só, eu moro em Vegas há alguns anos. Você ouve coisas. É melhor ignorá-las. Fazer perguntas não é uma boa ideia.

— Foi o que Trixie disse.

— Você deveria ouvi-la.

Esfreguei a testa.

— Mas... ?

Ela descansou a mão no meu braço e me deu um olhar sério.

— Ash, fazer perguntas não é uma boa ideia.

Então se levantou e foi embora.

Do outro lado do refeitório, Yveta olhou para mim rapidamente, depois voltou a olhar para a mesa.

Elaine trabalhou conosco incansavelmente o dia todo. Ela decidiu adicionar outro número Latino ao espetáculo e, como havia apenas três de nós treinados em mambo e, menos ainda em salsa, o progresso foi lento. Nós éramos dançarinos profissionais, mas ainda assim, é um ritmo complicado de pegar. Salsa é uma dança de rua sem padrão, e sem intervalo na contagem dos passos. Muitos dançarinos de salão menosprezam a salsa, mas eu sempre gostei.

Quando você está aprendendo, os professores dizem que você apenas dança três dos quatro passos, mas isso não é exatamente verdade. É uma dança fluida e solta, e você está em constante movimento.

O movimento do quadril é mais relaxado, sutil, sobretudo para os homens, e seu peso é colocado sobre um joelho levemente dobrado. Não começa com a base do calcanhar, ao contrário da dança de salão, os passos são dados primeiro com a ponta do pé em contato com o chão e depois com o calcanhar abaixando quando o peso é totalmente transferido.

Os movimentos dos braços devem permanecer naturais ou irão parecer artificiais e esquisitos. Você precisa deixar os braços reagirem com naturalidade ao movimento do corpo, mantendo-se ligeiramente acima do nível da cintura.

E têm muitos movimentos acrobáticos que podem ser usados em uma performance de salsa. Parecia que Elaine estava tentando matar o Gary e a mim, porque tive a sensação de que ela nos fez executar todos os levantamentos e movimentos que conhecia, depois inventando alguns para completar.

— De novo! — gritou ela. — Grace, mais jogo no quadril.

"Un, dos, três..."

A música de Ricky Martin tocou pela centésima vez. De novo. E de novo.

Minha camiseta estava grudada no corpo e o rosto de Gary estava vermelho vivo. A maquiagem das meninas havia borrado, embora todos nós usássemos cosméticos à prova d'água por esse motivo. Mas estávamos o dia todo ensaiando, não só as duas horas de um show.

"Un, dos, tres..."

— Sorriam! — berrou Elaine.

Nós sorrimos até dizer chega, e Honey me deu um olhar de desculpas quando eu me preparei mais uma vez para a levantar e soltá-la.

Ela se envolveu pelo meu lado direito e peguei sua perna erguida com o braço livre; eu a virei duas vezes, prendi a mão em torno de sua coxa e a deixei rolar pelo meu corpo abaixo, garantindo para que ela não caísse no chão.

Meus músculos estavam tensos, e a pele de Honey estava escorregadia de suor. Quase aconteceu um acidente nas últimas duas vezes.

Então Gary deixou Yveta cair de bunda no chão e ela gritou com ele em russo.

Elaine disse a Yveta para colocar gelo nas costas. Depois ela se virou para nos encarar, todos ofegando como cavalos de corrida. Acho que ela sentiu pena de nós porque franziu a testa e balançou a cabeça, dispensando-nos pelo resto do dia.

— Bom trabalho, pessoal — disse ela a contragosto.

Não pude resistir e sorri – estávamos superanimados, e o público ficaria impressionado. Sim, nós suamos. Sim, nós nos esforçamos. Mas nós sorrimos a cada segundo. E eu adorei, porra.

Cumprimentei Gary com um "toca aqui" e ele bateu na palma da minha mão, depois estremeceu.

— Não sei se coloco gelo na minha bunda — reclamou Gary. — Acho que preciso colocar gelo no corpo inteiro.

— Eu já fiz isso antes — suspirei, rolando a cabeça para aliviar os músculos do pescoço.

— Sim, eu também. Não vamos conseguir isso aqui, mas podemos usar as massagistas se não estiverem agendadas para os hóspedes.

— Sério? — Seria fantástico.

— Depois que tomarmos banho vou ligar na recepção para perguntar se...

As palavras de Gary morreram quando ele abriu a porta do nosso quarto.

— Mas que... ?

Entrei depois dele, encarando o estrago.

— Puta merda — sussurrou Gary, segurando meu braço.

Todas as nossas roupas foram jogadas no chão e parecia que alguém as havia rasgado com uma faca. Mas quando olhei mais de perto, percebi que não eram as roupas de Gary que foram estraçalhadas – somente as minhas. Tudo o que eu possuía, tudo tinha sido rasgado, até meus sapatos.

— É melhor ligar para a segurança — murmurou.

Assenti, sem conseguir pensar no que poderia dizer. Comecei a vasculhar os trapos, procurando por qualquer coisa que pudessem ter deixado intacto. Mas não sobrou nada. Meu iPod tinha sumido, minha carteira e documento, até minha loção pós-barba havia sido levada. Sentei-me na cama, entorpecido, pensando no porquê de eles não terem tocado nas roupas de Gary.

Mas quando pessoal da segurança chegou, tive a sensação horrível de saber a resposta.

Sergei entrou no quarto, sacudindo a cabeça diante da bagunça.

— Minha nossa... Quem poderia ter feito algo tão terrível, eu me pergunto? Mas ainda assim, é meu dia de sorte. — Sorriu ele. — Pude ver o seu quarto.

Ele sorriu para mim enquanto Oleg observava, e tive que cerrar os punhos para manter a raiva sob controle.

— Vamos encontrar quem fez isso e fazê-lo pagar, é claro — avisou ele. — Sinto-me responsável como chefe de segurança. Mas tenho certeza de que posso compensar tudo.

Seus olhos desceram para a minha camiseta, ainda colada de suor no corpo, e ele lambeu os lábios.

— Se não se sentir seguro aqui, quartos melhores são fornecidos para funcionários que demonstram lealdade — explicou ele, segurando meu cotovelo e olhando para mim.

Ele traçou um dedo ao longo do meu antebraço e apertou minha mão.

Irritado, dei um passo para trás, batendo o quadril contra o estrado da cama.

— Não sou gay — disparei, torcendo para que tivesse me enganado e que ele se afastasse.

Ele sorriu como se não acreditasse em mim. Aquilo me irritou ainda mais. E me lembrou meu pai, que foi uma das razões pelas quais estava aqui.

— E daí? Pense nisso como deixar o chefe feliz. — E voltou a sorrir.

Não queria que ele soubesse que me deixou nervoso, então cruzei os braços, tentando ignorar o jeito com que encarava a minha virilha.

— Ah, Aljaž, você devia aprender quem são seus verdadeiros amigos.

— E o que é que vai fazer quanto a isso? — perguntei, meus olhos se estreitando. — Foi tudo destruído mesmo.

Sergei deu de ombros, os olhos com um brilho diferente.

— Quem vai saber? Escolhas, escolhas.

Ele fez uma pausa, seus olhos se fixando nos meus e deu uma risada sarcástica, inclinando-se para a frente, batendo um dedo nos lábios finos.

— Posso oferecer a você algum lugar... mais aconchegante? Um pouco mais luxuoso? Não? Ah, bem, é uma pena. Tenho certeza de que seremos grandes amigos. Pense nisso esta noite. Avise-me quando mudar de ideia.

E saiu.

Gary passou a mão no rosto pálido e parecia que ia vomitar.

— Esse cara é...

— Eu sei.

Ele engoliu em seco e olhou para a porta.

— O que vai fazer?

— Pode me emprestar algo para vestir? Tenho dinheiro guardado, vou poder comprar... — Então soltei um palavrão. — Eles pegaram meus cartões de crédito. Porra, tenho que cancelar tudo. Pode me emprestar o seu celular?

Gary assentiu e me entregou o telefone. Demorou um pouco para fazer as ligações e, enquanto eu falava com as empresas de cartão de crédito, Gary pegou minhas roupas destruídas e enfiou os farrapos em sacos de lixo.

Já era quase duas da manhã quando fomos nos deitar. Gary encostou uma cadeira na porta. Não resolveria muito, mas o fez se sentir melhor.

Acho que nenhum de nós dormiu.

Na manhã seguinte, ele me emprestou algumas roupas para o ensaio. Pelo menos me restou os sapatos de dança que usei ontem. Já era algo, mas precisava comprar outro par para usar no show junto com, bem, tudo.

Pretendia ir às compras com Gary depois do trabalho. Ele disse que conhecia alguns lugares com desconto onde encontraria o que precisava e que me emprestaria dinheiro até que eu pudesse trocar meus cartões.

Mas quando chegamos aos ensaios, Sergei estava me esperando. Com Oleg...

— Só preciso dele emprestado por algumas horas. — E sorriu para Elaine.

Ela não pareceu contente, mas também não discutiu. Não tinha escolha a não ser ir com eles.

Ele me levou pela entrada dos funcionários. Ter Oleg andando atrás de mim me deixou bem assustado, imaginando o que ele faria, porque, com toda a certeza, ele não estava lá para decoração.

Na cozinha, paramos e Sergei apontou o dedo para um dos cozinheiros asiáticos.

— É ele — falou Sergei. — Foi ele quem invadiu o seu quarto.

O homem parecia aterrorizado e começou a balbuciar no próprio idioma enquanto se afastava. Quando se virou para correr, Oleg o agarrou pelo braço e o jogou contra a parede. Depois o socou. Repetidas vezes, ele o socava, desfigurando metodicamente o rosto do homem.

Os outros cozinheiros saíram correndo e eu fiquei lá, vendo um homem sendo espancado até a morte.

Eu não fiz nada.

Não disse nada.

Não podia fazer nada, exceto olhar horrorizado em silêncio.

Oleg largou o homem no chão, feito uma carcaça de açougue, depois lavou as mãos sem pressa.

Pela primeira vez na minha vida, eu estava vendo mais do que maldade ou estupidez cotidiana. Todos dizemos: "Vou matá-lo por causa disso", mas não queremos dizer isso literalmente. Pela primeira vez, estava encarando o verdadeiro mal.

Dedos frios de medo invadiram meu peito quando Sergei sorriu e soltou um suspiro falso.

— Coreanos, sempre igual. Bem, problema resolvido. Agora, o que podemos fazer a respeito de suas roupas? Embora eu prefira vê-lo nu.

E riu.

Ainda chocado, minha pele se arrepiou assim que colocou a mão no meu ombro, acariciando lentamente até a barriga.

Assustado, dei um passo para trás abruptamente, mas Conan estava de pé atrás de mim e passou um braço grosso em volta do meu pescoço, cortando o oxigênio com agilidade experiente.

A pressão na minha garganta aumentava a cada segundo. Lutei com todo o meu corpo, golpeando com pernas e braços, mas era como bater em granito.

— Isso não é muito amigável quando te fiz um favor — comentou Sergei enquanto eu lutava por respirar.

Ele sorriu, agarrou meu pau e apertou com força.

— Tenho certeza de que seremos amigos em breve — sussurrou contra o meu ouvido. — Bons amigos.

Minha visão estava escurecendo.

Então Conan me soltou e eu caí de joelhos, a respiração raspando através da traqueia esmagada.

Fúria e humilhação aqueceram meu sangue, mas o medo voltou a esfriá-lo. Queria matar o desgraçado, mas não queria morrer. *Isto é um pesadelo. Por favor, Deus, me acorde.*

A mistura de emoções extremas era desorientadora.

Sacudi a cabeça, tentando recuperar a visão e parar com o zumbido nos ouvidos. Lentamente, minha respiração começou a normalizar, e Conan me levantou ao mesmo tempo em que Sergei sorria e batia palmas como um apresentador de um concurso de TV.

— Vamos às compras!

Ainda estava atordoado, mas vendo seu rosto sorridente, senti uma onda de pura raiva, fiquei muito puto.

Cerrei os dentes, tentando manter a calma. Dançar era tudo para mim e perdi a conta das vezes em que dancei sentindo dor. Era isso que eu tinha que fazer agora – dançar suportando a dor. Sobreviver.

— Oleg achará uma loja onde podemos comprar o que você precisa. Pagaria um bom dinheiro para vê-lo dançar, eu me sinto sortudo por você trabalhar para nós. — Então, sorriu. — Nossa, vai ficar me devendo muito dinheiro por suas roupas novas. E como é que vai me pagar?

Seus olhos brilhavam com luxúria e malícia, desfrutando do nojo que viu no meu rosto.

Mordi a boca por dentro, provando sangue.

Vou sair daqui, eu disse a mim mesmo. Vou sobreviver. E então este demônio filho de uma puta vai pagar. Juro.

— Para onde vamos? — perguntei, minha voz monótona e inexpressiva.

Não tenho certeza do que estava pensando. Talvez, se eu falasse naturalmente com o psicopata, ele... Eu não sei... ia se comportar normal? Não queria morrer nesse inferno de cozinha do hotel.

— Vai descobrir — respondeu ele com desdém.

Ele nos levou para fora, passando pelo corpo imóvel do cozinheiro, ignorando-o como se fosse lixo. Olhei para baixo, mas não sabia dizer se ele estava respirando ou não.

Lá fora, Oleg se sentou no banco do motorista de uma limusine. E pelas próximas duas horas, fizemos compras. Foi uma lição de submissão, e sabia disso.

Observei, com o olhar impassível, enquanto Sergei me desfilava por várias butiques de luxo, escolhendo as roupas mais caras para eu usar. Toda vez, ele suspirava e erguia as sobrancelhas.

— Ah, não... Que bela dívida você tem comigo. Mas não se preocupe:

posso ser um amigo muito generoso.

Ele lambeu os lábios devagar e sugestivamente, como se estivesse lambendo um sorvete... ou um pau. Minha vontade era de vomitar.

E em todo lugar estava a presença silenciosa e imponente de Oleg, seus olhos superficiais atentos constantemente, a protuberância sob a axila revelando que estava armado.

Durante toda a maratona de compras, minha cabeça estava zumbindo, pensando, observando a extensão de Las Vegas, tentando traçar um plano de fuga.

Mas Oleg estava de olho, sutilmente movendo o corpo para bloquear todas as saídas.

Sabia que tinha que escapar. Mas estava sem telefone, dinheiro ou documento. E sem contatos – nenhum lugar para pedir ajuda fora desta maldita cidade.

Luka estava em turnê e meu pai – ele deixou bem claro que não queria nada comigo.

Meu coração disparou quando vi dois homens com o uniforme da polícia local. Mas a mão de Oleg se moveu em direção à sua arma – uma mensagem clara –, e Sergei se aproximou, seu hálito fedorento quente no meu rosto.

— Não seria sensato. — E gargalhou. — E seria uma grande pena para aquelas garotas bonitas com quem você dança.

Meu corpo ficou rígido. Eu já me sentia culpado pelo que aconteceu com o coreano. Não podia ser responsável por nada acontecendo com as meninas.

Eu me obriguei a ficar quieto, mas por dentro estava implorando para que a polícia virasse na minha direção.

Quando eles desapareceram de vista, Sergei riu com ironia.

— Não é o herói que pensa que é.

Ele tinha razão. Eu não fiz nada. Fui um covarde.

Meus ombros cederam em derrota.

Então o telefone de Oleg tocou e o ouvi dizer o nome "Volkov" ao passar o celular para Sergei.

Ele falou rapidamente em russo, mas ainda senti seus olhos gananciosos em mim. A maneira como continuou olhando na minha direção me fez pensar que a conversa era sobre mim.

Baixei a cabeça e a segurei entre as mãos.

O que é que faço agora, caramba?

Pessoas foram espancadas até virarem uma massa ensanguentada, e outras foram mantidas reféns, e nós fizemos compras.

Era doentio.

Sergei encerrou a ligação e passou uma série de instruções para Oleg enquanto íamos para outra loja. Nesta vendia artigos de dança e senti uma pequena onda de esperança. A cena familiar, o cheiro de couro, a loção de coco para os pés – aquilo me lembrou de que havia um mundo além desse pesadelo.

Oleg não entrou, e nos deixou na entrada, acenando com a cabeça para algo que Sergei disse.

Não entendia o que estava acontecendo. Sabia que era tudo um jogo, mas se iam me matar, por que passar por essa farsa?

Era tudo um jogo psicológico, entrar na minha cabeça, me quebrar. Sabia que Sergei queria me foder. Sem chance. Só por cima do meu cadáver. Apesar de que ele, provavelmente, ia gostar disso.

Tentando ignorar seu olhar faminto, escolhi um par de sapatos latinos com salto regulável de cinco centímetros e um par de sapatos de dança de salão – as minhas ferramentas de trabalho.

Os de dança de salão parecem sapatos masculinos comuns, mas as solas são de camurça e são superleves, mesmo com o apoio central da haste de aço e amortecimento extra.

Escolhi o melhor porque sapatos baratos podem prejudicar um dançarino profissional.

Minhas últimas compras obrigatórias foram uma calça larga estilo latino e uma camisa preta lisa de manga comprida com um cinto de dança – protetor genital. Os americanos os chamavam de *mantys* – as roupas íntimas de homem.

Mas meu estômago embrulhou de novo com o fascínio no rosto Sergei enquanto eu comprava o que precisava. Ele estava olhando para o protetor, que parece um ursinho de mulher. Só é estranho no início quando começa a usá-los. Todos nós usamos: eles seguram seu pau e suas bolas no lugar e fica tudo bem arrumado – nada de camisa para fora da calça quando você dança.

Mas ele ainda estava me encarando.

Fiquei preocupado.

Quando saímos da loja, senti uma mudança no humor dele.

A zombaria casual, a insinuação, os comentários sexuais deram lugar a algo mais sinistro.

Eu já vi todo tipo de humilhação como dançarino profissional. Vi roupas rasgadas, sapatos desaparecendo de repente. Eu vi pessoas, deliberadamente, cercadas e ameaçadas durante uma competição, encurraladas por outros concorrentes e que não conseguiam completar sua coreografia. Vi rancor e ciúme e todo tipo de punhalada nas costas que se pode imaginar. Pensei que tinha visto de tudo. Mas olhar nos olhos dele era como olhar no inferno.

Oleg abriu a porta da limusine e Sergei deslizou no couro macio com um suspiro satisfeito. Então deu um tapinha no assento vazio ao lado dele, e meus olhos se arregalaram.

— Venha se sentar — ordenou. — Papai quer brincar.

Ele abriu as pernas e sorriu para mim.

Oh, merda!

Meus pés se recusaram a se mover, nojo e pavor me prendendo no lugar.

Por trás, Oleg me deu um soco na altura dos rins, e uma dor forte atravessou meu corpo inteiro. Ofeguei, caindo na parte de trás da limusine, o rosto a centímetros da virilha de Sergei.

— Perfeito!

Ele riu, segurando a parte de trás da minha cabeça e forçando meu rosto contra o zíper. Ele estava duro e eu me engasguei, tentando virar o rosto.

— Tão ingrato. — E riu novamente.

Escutei um clique metálico e algo frio pressionou na minha nuca. Sabia que era uma arma – sabia, mesmo que não pudesse vê-la. Paralisei, o coração batendo dolorosamente.

— Ninguém pode vê-lo através dessas janelas escuras — disse em um tom normal. — Ninguém pode te ouvir. E sabe o que mais? Ninguém vai se importar. Só mais um imigrante sem rosto, no meio de muitos e insignificante.

Ele apertou o cano da arma, de modo que ela afundou na minha pele conforme foi arrastada pelas costas.

— Todas aquelas roupas bonitas que comprei para você... Bem, agora quero que me agradeça com carinho — disse todo agradável. — Não é pedir muito. É?

A pressão foi removida do meu pescoço e me sentei com cautela, os músculos contraídos, prontos para correr.

Sergei sorriu malicioso.

— As portas estão trancadas, mas fique à vontade para tentar abri-las. Ah, você está tremendo. Coitadinho. Farei por você. — E tentou abrir as maçanetas da porta da limusine. — Viu? Trancada.

Ele se recostou no banco, a arma ainda na mão, seus olhos apontados para mim. Ele estava gostando de cada segundo disso. Ele era um doente, sentindo prazer em exibir seu poder. Cheguei a pensar que ia morrer.

— Abra o meu zíper.

Minha boca ficou seca. Senti vontade de gritar, mas tudo o que saiu foi um coaxar fraco:

— Vá se foder!

— Essa é a ideia básica aqui. Vamos começar comigo fodendo a sua boca.

CAPÍTULO QUATRO

ASH

Tudo o que eu podia fazer era encará-lo, mostrar minha repugnância e ódio. Meu coração disparou quando a vontade de lutar ou fugir gritou dentro de mim. Sergei bufou impaciente, depois pegou minha mão e a prendeu contra a porta usando a arma.

— Se eu tiver que pedir outra vez, vou quebrar um dedo. Continuarei quebrando-os até que faça o que eu disse. Ou talvez eu quebre seus pés. Você é dançarino, me diga, Aljaž, quantos ossos existem no pé humano? Sei que são muitos.

Balancei a cabeça, a respiração martelando na garganta.

— Vá se foder! — repeti, mais alto desta vez.

Ele bateu com o cano da arma na minha mão, quebrando os ossos do dedo mindinho.

Uma dor excruciante me atravessou e eu gritei, tentando me afastar, mas ele bateu a arma de novo, e o estalo alto foi o som do meu dedo indicador quebrando.

— Não sou um homem paciente — rosnou, abrindo o zíper da calça e puxando o comprimento rígido. — Chupe!

— Vou morder a porra do seu pau e cuspir em você! — gritei, minha visão perdendo o foco com a agonia da mão quebrada.

Eu estava me concentrado em tentar não desmaiar ao desabar em um canto, meus olhos queimando de ódio. Estava no limite para partir para cima desse desgraçado maldito. A única coisa que me impediu foi o cano preto da arma apontada na minha barriga.

Estava ofegante, com a respiração instável, os lábios esticados formando um rosnado, querendo ter a arma para poder matá-lo e tirar esse mal do mundo.

Ele suspirou, pressionando um botão que abaixou o painel entre o banco traseiro e o motorista.

Sentada na frente estava a garota do aeroporto, a jovem, aquela cujo nome eu nunca descobri qual era. Lágrimas riscavam seu rosto e um olho estava fechado. Contusões roxas coloriam seus braços e pescoço, e sua expressão enquanto me olhava era suplicante e de desespero. Sua boca se moveu sem emitir um som.

Instintivamente, inclinei-me para ela, mas Sergei deu um tapa no meu rosto como se fosse a coisa mais normal do mundo, trazendo minha atenção de volta para ele.

— Me chupe e faça isso com um sorriso... ou deixarei Oleg acabar com ela desta vez.

Oleg passou a mão enorme pelo pescoço da garota e começou a apertar. Seus olhos esbugalharam-se, pequenos vasos sanguíneos estouraram, transformando o branco dos olhos em vermelho, mas ainda fixos em mim, ainda encarando, implorando para que eu a salvasse. Suas mãos minúsculas arranharam Oleg, mas o homem corpulento só riu.

— O tempo está acabando — cantarolou Sergei.

— Você é doente, seu desgraçado!

Dei um soco no encosto do banco, impotente e furioso.

— Pois é, minha mãe já me disse isso. — E sorriu. Então ele olhou para a garota, e seu sorriso aumentou. — Nossa, ela está ficando azul. Não acho que dure por muito mais tempo.

A garota ficou mole nas mãos de Oleg, mas ele não a soltou. Pelo contrário, seus grandes dedos apertaram em torno da garganta fina e seu corpo estremeceu.

O vômito ardeu na minha garganta, e o cheiro podre almiscarado de seu pau estava inundando o espaço fechado.

O corpo da garota estremeceu de novo e eu gritei, mas Sergei simplesmente sorriu e gesticulou para o pênis com a mão que segurava sua arma.

Fechei os olhos com força para não ter que olhar para a garota. Lágrimas de indignação queimaram atrás das minhas pálpebras.

Inclinei-me para frente, colocando seu pau na boca. Se eu não olhasse, não era real.

Mas pude senti-lo, cheirá-lo, prová-lo. Ele empurrou com força e eu me engasguei, depois senti um pouco de cabelo sendo arrancado quando ele o agarrou com força, puxando dolorosamente.

— Hmm, acho que você já fez isso antes — ronronou.

Que a garota esteja viva. Que ela esteja viva...

Meus olhos lacrimejaram quando seu pequeno pau bombeou na minha boca. Ele estava gostando disso, sabia. O membro estremeceu e quando gozou com um suspiro suave, esperma salgado pulsou na minha língua.

Recuei, incapaz de controlar a ânsia de vômito quando despejei em seu colo.

Ele gritou de raiva e bateu o cano da arma contra a minha têmpora, derrubando-me para trás e fazendo minha cabeça bater contra a janela. Estrelas dançaram diante dos meus olhos e eu estava quase desmaiando.

— Vai me pagar por isso! — berrou, depois gritou algo em russo.

O carro freou com tudo e, um instante depois, senti dor por todos os lados quando Oleg pegou minha mão quebrada, e me arrastou para fora do carro.

Eu vou morrer.

O pensamento era claro e exato. Não sei explicar, mas foi um alívio.

Meus joelhos atingiram o chão e soube que estava dando meu último suspiro. Cuspi nos pés de Oleg, o ódio fazendo meu sangue ferver quando ergui a cabeça e olhei em seus olhos. Tudo parecia tão inútil agora: todos os meus sonhos, tudo pelo que eu havia trabalhado – tudo se desintegrou em cinzas na minha frente, e eu ia morrer em um chão de concreto sujo.

Um par de sapatos brilhantes apareceu na minha frente e o clique da trava de segurança de uma arma sendo liberada atraiu meu olhar para cima. Olhei para o cano da arma de Sergei, esperando o tiro, esperando a explosão de luz que terminaria na escuridão. Seu dedo curvou no gatilho e nossos olhares se fixaram. Ele franziu a testa, o dedo tremendo quando nos encaramos. Senti um aperto por dentro, esperando a bala.

Mas nada aconteceu.

E, em seguida, ele recuou, e o carro se afastou. Pisquei, chocado, de repente, profundamente consciente. A garota! Eu me levantei, tentando ver se ela estava viva, mas não tinha como descobrir por causa das janelas escuras, e fui obrigado a ver a limusine ganhando velocidade.

Caí no chão, o chão frio contra o rosto e mãos. Estava cansado demais para me mexer. Meus olhos se fecharam. Estava quase inconsciente e acredito que teria sido uma bênção.

Mas então as memórias voltaram, e meu estômago voltou a revirar, e joguei tudo para fora, cuspindo esperma no chão. Minha visão nublou e senti sangue escorrer pelo couro cabeludo, saindo de onde Sergei havia batido a arma na minha cabeça.

Vomitei várias vezes, mas meu estômago já estava vazio, e tudo o que fiz foi cuspir bile. Meus olhos lacrimejaram e cada parte do meu corpo doía, meus dedos quebrados torcidos feito galhos.

Eu me sentei bem devagar.

Estou vivo.

Ri. E chorei. Não me lembro, mas fiquei sentado tendo a porra de um colapso.

Quando finalmente consegui parar de sentir ânsia de vômito, ajoelhei-me trêmulo e olhei em volta, piscando na penumbra de uma garagem subterrânea. As sacolas das compras de hoje estavam espalhadas ao meu redor. Toquei a cabeça com a mão boa e os dedos saíram pingando sangue vivo. A outra mão palpitava sem parar e a segurei contra o peito, pensando se conseguiria encontrar algo para fazer de tala e tipoia.

Minha cabeça estava um caos, pensando em direções diferentes, tornando impossível me concentrar em qualquer coisa, fazer qualquer coisa. Eu me senti sujo e violado, com nojo acima de tudo. Ainda sentia o gosto do vômito na boca, e cuspi no chão repetidamente, susto, dor e adrenalina, fazendo meu corpo estremecer.

Fechei os olhos quando uma onda de tontura me atingiu, inclinei-me para a frente e descansei a mão boa nos joelhos, tentando recuperar o fôlego.

Vou superar e sair dessa vivo.

Então me levantei e gritei alto:

— Vou viver!

— Oi? Quem está aí?

A voz de uma mulher me fez girar e quase perdi o equilíbrio.

— Ah, é você, Ash?

Era? Nem sabia mais. Eu não era a mesma pessoa que havia chegado a Las Vegas. Muito menos era o mesmo de quando acordei esta manhã.

Os saltos de Trixie estalaram ao caminhar até mim. Ela estava vestindo um terno feminino rosa-choque.

Foi tão surreal que apenas fiquei lá olhando feito um idiota.

Meu corpo estava gelado e eu tremia, enjoado.

Seus olhos foram para o sangue cobrindo um lado do meu rosto e minha mão com os dedos dobrados, ainda embalados contra o peito.

— Oh — arfou. — Sergei fez isso?

Meus olhos dispararam para os dela.

— Você sabia?

Ela assentiu.

— Ele me ligou para buscá-lo.

Seu tom se tornou vigoroso e profissional. Ela certamente não parecia chocada.

— Sinto muito por isso ter acontecido.

— Havia uma garota — murmurei, a garganta ainda crua. — Oleg estava com ela...

— Siga o meu conselho — ela diz, bruscamente. — Esqueça tudo o que viu e ouviu.

— Mas...

— Você não está me ouvindo — continuou ríspida. — Viu só uma amostra do que são capazes de fazer! Se quiser continuar respirando, esqueça *tudo*!

Ela se abaixou e pegou minhas sacolas, indo embora, seus saltos ecoando. Eu não a segui.

Deveria procurar a polícia. Cristo, tinha que fazer *alguma* coisa.

— Me escuta! — explodiu, virando-se e olhando para mim. — Tirou foto do que aconteceu? Gravou um vídeo no seu telefone? Não, claro que não. Não tem provas! E mesmo se alguém te escutasse, você não duraria mais um dia.

— Ele a matou! Eu sei! Você nem se importa?

— Eu me importo em não ser a próxima — respondeu, sua voz baixa e furiosa.

— Então vou embora! — gritei. — Vou embora e depois contarei a alguém. Vou comprar uma passagem online e...

A voz dela estremeceu, quase chorosa.

— Eles ficarão de olho em você... e não pode confiar na polícia. Nunca conseguiria sair.

Ela olhou para mim, segurando meu olhar até que esfreguei a mão no rosto, frustrado. Depois olhou para os meus dedos machucados.

— Vou cuidar disso para você.

Neguei em um aceno de cabeça.

— Tem que ter um jeito de sair daqui!

— Com certeza, querido. Dentro de um caixão. — E me deu um sorriso leve. — Talvez tenha sorte e Sergei se esqueça de você. Ainda mais porque já teve você.

— Ele não me teve! — soltei, meus olhos se estreitaram com raiva, contorcendo-me por dentro.

— Oh — ela disse baixinho.

— O quê? Mas que merda é essa que você está falando?

Ela deliberadamente ignorou minha pergunta.

— Vou sair daqui — disse, entredentes.

Ela deu de ombros, indiferente.

— É o que todos dizem.

Quando ela se virou e se afastou, eu não sabia o que fazer. Não tinha mais para onde ir. Dessa vez, a segui.

Tentei assimilar o meu entorno e ignorar a dor.

Era escuro, só algumas luzes fracas que enchiam o espaço de sombras. Carros caros estavam estacionados em vagas numeradas: Porsches, Ferraris, Aston Martin e dois Jaguar modelo F-Type Coupé.

Estava assustado, de verdade. Tinha sorte de estar vivo. Se continuasse perguntando sobre a garota, não viveria por muito mais tempo. Talvez devesse fazer o que Trixie aconselhou e esquecê-la, se quisesse sobreviver. Eu seria capaz de fazer isso? Não sabia. A garota, se estivesse viva, o que aconteceria com ela? Para onde a levariam? Precisava contar a alguém. Mas não sabia em quem confiar.

Raiva e frustração queimaram dentro de mim e não demorou muito para a fúria latente explodir.

E então você vai morrer. Eu era um covarde.

— Parece que você arranjou roupas bacanas — disse Trixie, olhando para uma das sacolas.

Eu a encarei, incrédulo, enquanto o sangue continuava escorrendo pelo meu rosto.

Vinte minutos atrás, achei que ia morrer, agora Trixie estava sorrindo e brincando na minha frente. Ela não queria ver o sangue ou meus dedos quebrados; não queria saber que eu havia testemunhado um ataque, e possivelmente um assassinato, talvez dois. Não conseguia entender e balancei a cabeça, confuso.

Nada mais parecia seguro.

Ela me levou até a sala de primeiros socorros do teatro. Pude ouvir os ensaios no palco, sentir as vibrações da música.

Fiquei abismado ao perceber que esse mundo existia lado a lado com a violência das últimas horas, operada pelas mesmas pessoas.

Dança, espetáculos, essa era a minha vida. Mas agora tudo estava corrompido.

Trixie franziu o cenho, olhando para a minha mão agora inchada duas vezes o tamanho normal. Os dedos que Sergei quebrou estavam ficando roxos e pareciam duas salsichas *Kranjska* – grandes e grossas típicas da Eslovênia.

— Vamos colocar um pouco de gelo nisso.

Trixie apontou um banquinho e me disse para sentar enquanto abria uma geladeira grande, pegando dois pacotes de gelo.

Descansei a mão entre as bolsas de gelo ao mesmo tempo em que ela limpava o corte na minha cabeça.

— Vai ficar com uma cicatriz — disse. — Mas está acima do contorno do couro cabeludo. Precisaria de alguns pontos, provavelmente...

As palavras dela baixaram até sumir.

— Mas não darão pontos em mim — terminei para ela.

— Você está aprendendo.

Nós nos encaramos por vários segundos antes de Trixie desviar o olhar.

Depois que um pouco do inchaço começou a diminuir, ela afastou as bolsas de gelo e, sem me dizer o que ia fazer, segurou meus dedos quebrados e os puxou, colocando-os no lugar.

A dor foi tão insuportável que pontos pretos flutuaram diante dos meus olhos. Não sabia se ia vomitar ou desmaiar.

No final, não aconteceu nenhuma das duas coisas; fiquei um pouco tonto no banquinho à medida que Trixie habilmente posicionava uma tala nos meus dedos quebrados, e depois os envolvia com uma atadura grossa. Imaginei que não era a primeira vez que tinha feito isso.

— Deixe a tala por uma semana. Depois precisará fazer alguns exercícios para que não fiquem muito rígidos. Estará novo em folha em cinco ou seis semanas.

Assenti, mas por dentro a fúria à espreita começava a borbulhar. De alguma forma, daria um jeito de acabar com esses malditos desgraçados. De alguma forma.

— É melhor ir para os ensaios.

Eu não me mexi. Só fiquei lá olhando para ela.

Ela deu de ombros e saiu.

Sentei-me por mais alguns minutos, encarando minha mão enfaixada, depois atravessei os bastidores até o palco. Elaine abriu a boca, um olhar zangado no rosto. Mas viu o sangue na minha camisa e na mão enfaixada. Pensei ter visto um lampejo de emoção em seus olhos, porém, foi tão rápido que não podia ter certeza.

— Esteja pronto em dez minutos — avisou.

Dois dedos quebrados, uma dor de cabeça excruciante e um corte na cabeça que precisava de pontos, costelas doloridas no lugar onde levei um soco, e... Não quero pensar no resto.

Elaine não parecia nem um pouco feliz em me ver. Talvez estivesse preocupada que Sergei fosse estar por perto mais vezes agora. Meu estômago revirou ao pensar nisso, lembrando do que Trixie havia dito.

Quando os outros dançarinos me viram, um murmúrio assombrado tomou conta do lugar. Elaine ficou brava com eles, e todos voltaram ao trabalho, dando-me olhares rápidos e questionadores.

Yveta parecia com vontade de dizer algo, mas mordeu o lábio e pensou melhor. A expressão de Gary ficou tensa quando viu o sangue no meu rosto e a mão inchada, mas também não disse nada. Era a lei do silêncio. E eu estava à mercê dela assim como todo mundo.

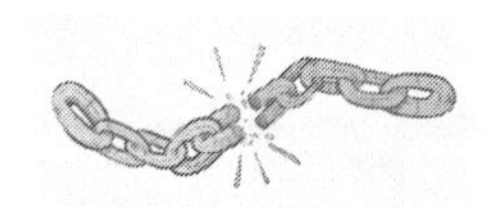

Acordei sufocado, sentindo as mãos de Oleg em volta da garganta. Chutei e alguém gritou.

— Ai! Seu imbecil!

Ofegando, as mãos tremendo, acendi a luz do abajur na mesa de cabeceira e vi Gary agachado ao pé da minha cama segurando o nariz ensanguentado.

— Qual é o seu problema, caralho? — gemeu Gary, depois foi para o banheiro, pingando sangue no tapete barato.

Saí das cobertas e fui atrás dele.

— O que você fez comigo?

— O que *eu* fiz com *você*? Quem está sangrando horrores sou eu!

A voz de Gary saiu abafada por causa da toalha molhada que segurava no nariz que estava o dobro do tamanho.

— Você estava gritando e berrando e não acordava. Tentei te acordar e você quase quebrou a porra do meu nariz!

Oh, merda.

Passei a mão boa pelo cabelo molhado de suor. Devia estar sonhando. Pensei que Oleg havia voltado atrás de mim, tentado me matar, assim como...

Não quis continuar pensando nisso, mas a lembrança de ser asfixiado, da garganta sendo esmagada – estava se contorcendo como uma enguia nas profundezas do meu cérebro.

E os olhos dela... os olhos da garota: não conseguia parar de vê-los, implorando para ajudá-la, para salvá-la.

— Desculpa — pedi, sincero. — Tive um pesadelo.

— Você é o pesadelo!

Não dava para culpá-lo. Deve ser um saco quando seu colega de quarto começa a gritar, e você tenta acordá-lo e leva um soco na cara.

Sem dizer mais nada, peguei uma toalha e comecei a esfregar as manchas de sangue no tapete fino. Gary sentou-se na beirada da cama, segurando a toalha molhada no nariz.

Olhei para cima e o vi me encarando, ele apenas deu de ombros.

— O que você quer que eu diga? É um idiota maluco, mas ainda é gostoso.

Parecia que estava perdoado. Comecei a pensar que Gary latia, mas não mordia.

Fiz um gesto para o nariz dele.

— Quebrou?

— Não — suspirou. — Graças a Deus. Meu cirurgião plástico daria um jeito. — Então ele olhou para mim. — Qual foi o pesadelo?

— Oleg.

Gary estremeceu.

— Urgh, aquele monstro. Não diga mais nada.

— Acho que ele matou...

— NÃO QUERO SABER! — disse Gary, entredentes.

Fiquei de cara.

— Ninguém quer saber. Este lugar é contaminado. O medo é como um... é um câncer dentro de todos. Como você aguenta?

— Nunca foi ruim assim — admitiu categórico. — Estou assustado. Todos estamos depois do que aconteceu com você hoje. Portanto, sabe o que vou fazer? Nada. Não vejo nada, não ouço nada e não digo nada.

— Mas...

Gary baixou a voz para um sussurro:

— As pessoas por aqui desaparecem. Meu último colega de quarto, Erik, era como você, achava que seria capaz de mudar o mundo. Um dia ele se foi. Oficialmente, ele voltou para a casa da família na Polônia. Extraoficialmente, ninguém sabe.

Ele estremeceu.

— O boato é que Sergei quer ser o chefão e, com Oleg o ajudando, pode muito bem acontecer. Existe luta pelo poder em andamento. E você, meu amigo, entrou no meio disso.

Gary jogou a toalha no chão e voltou para a cama.

— Essa conversa acabou. E se começar a gritar de novo, jogarei um copo de água em você... é mais seguro.

Gary se cobriu com o edredom e virou de lado, bufando ruidosamente.

Acabei de ser repreendido por um cara bravo vestido com um pijama da “Hello Kitty”.

Meus pensamentos estavam agitados depois de tudo o que havia acontecido, mas meu corpo estava dolorido.

Deitei-me na cama estreita e me esforcei para relaxar. Esperaria, descobriria como esse lugar funcionava e depois...

— Ei, Gary!

— O que você quer agora? — falou uma voz muito irritada.

— Pode me emprestar seu telefone? Preciso enviar um e-mail.

Gary resmungou um pouco mais, mas acabou me jogando seu telefone.

— Só vou dizer isso uma vez, tenha cuidado com quem envolve nisso. Essas pessoas são perigosas.

Sentei-me com o celular no colo e escrevi um e-mail para Luka, contando um breve relato do que tinha visto e ouvido. Não pensei que fosse ter uma resposta rápida, porque sabia que ele estava em turnê, mas em poucos minutos respondeu, sua mensagem curta e inequívoca:

Procure a polícia.

Olhei para Gary, que estava roncando alto, o nariz inchado amplificando o som.

Não posso.

Depois de mais alguns momentos, outra mensagem chegou.

Eu tenho €1.000. É seu, irmão... basta pedir.
Compro agora sua passagem para casa.

Queria aceitar sua oferta, mas sem documento, não tinha como. Desliguei o telefone e me deitei.

Mas toda vez que fechava os olhos, via o rosto da garota. Queria arrancar essa memória da cabeça, e depois de mais uma hora me assombrando, estava prestes a arrancar os próprios olhos. Mas, enfim, o sono me levou a sonhos sombrios e feios, atravessando a superfície da consciência, respirações frias gelando minha pele.

Minha vida não tinha sido só alegria antes, mas não tive medo. Todo mundo morre. Todos. Mas hoje, pensei que era a minha vez. Isso estava mexendo com a minha cabeça. Nem sequer sabia mais quem eu era. Tudo que eu queria era sentir algo diferente do medo entorpecedor.

Dois meses atrás, minha maior preocupação era Jana romper nossa parceria. Agora, um assassino da máfia enlouquecido estava decidido a me foder ou me matar.

Na manhã seguinte, continuamos como se nada tivesse acontecido. O nariz de Gary estava um pouco inchado, mas não tocou no assunto.

No café da manhã, ninguém conversou comigo ou quis se sentar perto de mim. Até Gary estava estranhamente quieto.

Então Trixie apareceu, e a conversa abafada desapareceu.

— Sr. Volkov quer ver você — comunicou ela, estalando os dedos.

Ninguém olhou para mim, embora tenha visto Gary lançando um olhar preocupado antes de desviá-lo rapidamente.

Não tinha ideia de como me sentia. Não sabia se tinha esperanças de viver.

Dessa vez, Trixie me levou ao escritório de Volkov, onde ele estava sentado em sua grande cadeira igual à de um rei.

— É uma vergonha o pequeno mal-entendido com Sergei — disse ele, gesticulando com a cabeça para a minha mão machucada. — Ele simplesmente não consegue se conter quando vê um rosto bonito, embora você não tenha o mesmo efeito em mim... sem ofensa.

— Sem problema — resmunguei depois de uma pausa um pouco mais longa que fez a testa de Volkov franzir.

— Hmm, então tudo esclarecido, certo?

Se eu ia dizer alguma coisa, agora era a hora, mas minha língua estava presa.

— Sergei diz que você deve dinheiro a ele?

A voz de Volkov era uniforme, agradável, o odor da violência escondido por trás do perfume caro.

— Eu... minhas roupas foram rasgadas.

— Talvez você gostaria de pagá-lo pessoalmente? — perguntou Volkov.

Sabia o que ele estava sugerindo e, por um momento, achei que ia vomitar, então não disse nada.

— Ou talvez eu pague a ele o que você deve, e você pode acertar comigo. É possível conseguir boas gorjetas trabalhando na minha boate.

Franzi o cenho, confuso.

— Gorjetas... para dançar?

Volkov sorriu.

— Vá tomar umas bebidas no bar depois do show. As mulheres da plateia vão querer pagar por algumas, você aceita. Divirta-as, faça-as felizes, sabe?

Ele fez uma pausa, seu olhar ambarino e desafiador.

— Você não quer ter mais débitos com Sergei do que precisa. Ou comigo. Mas a escolha é sua.

Agora, entendi.

Eu estava no inferno.

CAPÍTULO CINCO

LANEY

Trinta e seis dias depois...

— Isso é ridículo! Você não está em condições de ir a lugar algum!

Collin estava furioso, as veias saltando em seu pescoço grosso; uma delas estava proeminente em sua testa, à medida que ele bufava de um lado ao outro como um touro bravo.

— Pelo amor de Deus, Laney! É só ligar para elas e cancelar. É apenas Vegas, não é nada importante.

Olhei para ele, meus lábios tremendo de nervoso. Odiava parecer fraca quando estava com tanta raiva.

— É, não é importante! Já sei disso! É só a minha vida. Uma comum.

Collin zombou.

— Não seja tão dramática.

— Não estou sendo. Não mesmo, mas que diferença faria se eu ficasse aqui? Serei a mesma onde quer que eu vá. Não tem porque não me divertir, também. E planejo isso com Vanessa e Jo há oito meses. Eu *quero* ir.

— É ridículo — repetiu Collin, irritado por eu não concordar com ele. — Não posso simplesmente pegar um avião e ir para Vegas com você. Eu trabalho. Tenho responsabilidades. É egoísta da sua parte assumir riscos com sua saúde.

Fiquei boquiaberta.

— Egoísta? Você acha que estou sendo egoísta?

Fiquei chateada que ele pudesse pensar assim. Ele não me conhecia?

— É, acho que está sendo egoísta. Não posso tomar conta de você se for lá e...

— Não estou *pedindo* para cuidar de mim e não *preciso* disso.

— É claro que precisa! — estalou.

Nós nos encaramos, cada um de um lado da mesa da cozinha.

Aquela maldita cadeira de rodas. Com muita frequência me definia.

Respirei fundo. Manter a calma o tranquilizaria, ou pelo menos reforçaria meu argumento.

Odiava conversar a respeito da minha saúde. Era tão *chato*.

— Não sou criança. Dou conta perfeitamente bem.

Collin descartou minhas palavras com um aceno de mão.

— Como? Como conseguirá levar a cadeira de rodas para o aeroporto? Como vai carregar sua bagagem? Já pensou em *qualquer* uma dessas situações?

Olhei para ele, insultada por pensar tão pouco de mim, assumindo que eu não poderia organizar nada sem ele. Collin sacudiu a cabeça.

— Só estou pensando em você — disse em um tom mais suave.

— Pare de tentar me controlar e me deixe seguir com a minha vida — pedi, mais calma.

As juntas de Collin ficaram brancas, segurando a xícara de café como se fosse um colete salva-vidas.

— É isso que você pensa? Que estou tentando te controlar?

Suspirei.

— Às vezes, sim. Eu sei que não pretende ser assim... mas eu vou para Vegas.

— Está certo — retrucou, batendo a xícara com força e fazendo o café espirrar em sua mão. — Você não me quer "controlando" você?

Ele fez aspas no ar com os dedos.

— Sabe de uma coisa? Sem problemas. Eu cansei, Laney. Já deu. Tudo o que tentei fazer foi te ajudar e toda vez que falei algo fui ignorado.

Ele se levantou, seu corpo volumoso elevando-se sobre mim.

— Cansei de cuidar de você.

Então ele pegou seu casaco e saiu apressado da cozinha.

Ouvi a porta do meu apartamento bater e o silêncio tomou conta de mim.

— Não quero que cuide de mim — eu disse para o lugar vazio.

Aleijada Laney – era assim que me chamavam na escola. Eu queria um namorado, não uma babá.

Collin tinha razão em uma coisa. Não tem nada de simples em viajar de cadeira de rodas. Precisava ser organizada, planejar com antecedência para cada eventualidade. Quantas pessoas levam um *kit* de reparo de punção para pneus quando viajam? Além de ciclistas, obviamente.

Tive que pagar uma consulta com meu médico para me dar um atestado de "apta para viajar" porque estava mudando meus planos de viagem. Precisei contratar um táxi que pudesse acomodar minha cadeira, com uma rampa ou um elevador pneumático. Tive que organizar assistência no aeroporto – e depois torcer para que estivesse no lugar certo, na hora certa.

Podia ter pedido ajuda das minhas amigas ou familiares, mas esse não era o objetivo. Eu tinha 29 anos, era uma mulher independente. Não queria depender dos outros, se pudesse evitar.

Mas foi ótimo escolher uma companhia aérea que fosse solidária – as leis e as normas eram muitas vezes inadequadas, independente do que dissessem. Boa vontade significa muito, se não mais.

Eu tive que notificar a equipe de serviço da companhia aérea sobre a natureza da minha deficiência e o tipo de cadeira de rodas que usava. As manuais eram mais simples que as elétricas, onde as baterias causavam dor de cabeça ao cadeirante. Cada parte da cadeira de rodas tinha que ser marcada com o meu nome para o caso de algo se perder, porém, pensei em levar o assento comigo no avião. E, pelo menos, podia pedir para despachar minha cadeira diretamente para o porão do avião.

Passei duas horas mudando meus planos de viagem, estremecendo com o custo, mesmo tendo seguro. E aprendi por experiência própria a não confiar em e-mails; conversar com um ser humano geralmente produzia melhores resultados, ainda que nem sempre.

— Senhora, você é capaz de andar a uma curta distância?

A funcionária da companhia aérea foi educada, fazendo sua lista de perguntas.

— Hoje não — suspirei.

— Tudo bem, senhora. Vamos fazer seu *check-in* antecipado. Se puder estar no aeroporto três horas antes do seu voo...

Esperava que a companhia aérea me atualizasse. Às vezes faziam. Mas, caso contrário, pedi um assento na janela. Pode parecer mais fácil ter um assento no corredor... até o momento em que a pessoa na janela precisa se levantar para ir ao banheiro e tem que passar por cima de você.

Também aprendi que um assento na janela oferece algo extra para se apoiar durante o pouso.

Em seguida, entrei em contato com o hotel para verificar se havia um quarto disponível para portadores de necessidades especiais.

— No andar mais baixo possível, por favor.

Os elevadores são desligados em caso de incêndio.

E por ser cuidadosa, e preparada, perguntei ao hotel sobre a largura das portas de seus quartos para deficientes, incluindo a do banheiro. Não havia sentido em fazer *check-in* e descobrir que sua cadeira não passava pela porta.

Por enquanto, tudo bem. Mas, apesar de o banheiro ser adaptado, não sabia se havia uma cadeira de banho disponível. Com toda a educação, pedi que se informassem, e então coloquei vários sacos de lixo na mala. Se fosse necessário, podia encapar o assento e a cadeira e me virar. Não era o ideal: os sacos de lixo são escorregadios para se sentar. Você pode até chamar de acidente iminente.

E, por fim, um par de luvas sobressalentes; é surpreendente a rapidez com que se desgastam por todo o trabalho.

Com a mala quase pela metade, pensei nas roupas que uma viagem a Las Vegas exigia.

Pretendia usar meu jeans skinny favorito, mas as roupas largas são muito mais confortáveis quando você fica sentada o dia todo.

Tornou-se chato ser sensível.

Nem sempre precisava usar a cadeira de rodas, só nos dias (ou semanas, ou às vezes, meses) em que tinha uma crise. Naqueles dias, não conseguia andar. Naqueles dias, respirar doía.

Hoje estava meio a meio: caminhar era doloroso. Até para me levantar demorei alguns minutos enquanto lágrimas escorriam pelo rosto, e ofeguei em busca de oxigênio, doida para que a queimação nas articulações diminuísse, rezando para que os remédios funcionassem e a dor aguda abrandasse.

Alguns dias, só precisava de uma bengala, movendo-me devagar como uma senhora, fazendo careta enquanto tentava – e falhava – endireitar os ombros da posição curvada segura.

Mas outros dias – na maioria dos dias, na verdade – eu era como qualquer outra pessoa de 29 anos, mesmo alguém que usava sapatos confortáveis e tomava remédios com um fervor quase religioso.

Sentada à minha mesa de trabalho, ou em uma de um restaurante, podia me sentir normal.

Tinha planejado dançar com Vanessa e Jo usando meu tênis, aqueles com palmilhas de gel especiais. Salto alto não tinham lugar no meu mundo na maioria das vezes, mas neste fim de semana eu seria capaz de usá-los de novo.

Olhei para os meus Louboutins, descartados sob a cadeira do quarto, e sorri; suas irreverentes solas vermelhas flertando comigo. Eu não conseguia andar, mas podia exibir meus sapatos fabulosos.

Não deixei de perceber a ironia nisso.

Existem certas indignidades associadas à deficiência, pensei amargamente. Além das portas que você não consegue alcançar, ou as que são pesadas demais para abrir sentada, lojas nas quais não dá para entrar ou se movimentar dentro, rampas muito íngremes ou mal posicionadas, olhares piedosos ou irritados de pessoas que tropeçam ao seu redor, pessoas bem-intencionadas, mas desinformadas, que falam com quem está com você, menos com você; além de tudo isso, há o horror do banheiro para deficientes.

Distante, sujo e medonho.

Existem banheiros que desafiam a crença: com degraus, rampas quase intransponíveis, portas que não podem ser abertas de uma cadeira, sem corrimãos ou com os suportes muito altos, ou... Poderia continuar a lista, mas quem se importa?

Estava com o rosto vermelho e suando muito quando cheguei ao meu portão em O'Hare. Os músculos do braço queimaram com o esforço, e meu pescoço e costas doíam. As coxas tremiam com a tensão de tentar manter a pequena mala equilibrada sobre os joelhos. Estava quase admitindo que Collin tinha razão, mas isso significava admitir a derrota.

Uma veia teimosa me disse que tudo valeria a pena – Las Vegas seria incrível.

— Está viajando sozinha, senhora?

A aeromoça do portão não parecia muito preocupada, embora um pouco surpresa por eu estar sozinha.

— Sim. — Sorri. — Deixei meu namorado em casa. É um fim de semana só de garotas.

O comissário de bordo retribuiu meu sorriso, educado.

— Vou providenciar seu *check-in* agora, senhora.

Enquanto usava o telefone para dar andamento ao meu embarque, meu bom humor despencou. Duvidava muito que ainda tivesse um namorado quando voltasse para casa. Collin ficou com tanta raiva – como há muito tempo não via. Mas o que havia alimentado essa raiva, gostaria de saber. Por que ficou tão irritado que viajei sozinha? Ele queria que eu me tornasse dependente dele? Não poderia ficar feliz por eu não desistir? Ou eu me movimentava ou atrofiava de vez: não é algo para se orgulhar?

Balancei a cabeça. Talvez estivesse sendo egoísta ao fazer Collin se preocupar. Mas, honestamente, o que aconteceria em um *resort* em que um cartão de crédito pudesse resolver todos os problemas?

Não. Eu tinha razão em discutir com ele. Eu já era muito dependente de outras pessoas. *Precisava* deste fim de semana. Quanto mais difícil para chegar lá, mais importante se tornava.

Com esperanças de que fosse um pedido para fazer as pazes, enviei uma *selfie* tirada no portão e digitei uma pequena mensagem para Collin.

Quase lá. Te amo.

Meu dedo pairou sobre o botão "enviar". Reli a mensagem duas vezes, excluí as duas últimas palavras e a enviei.

Pareceu uma maratona chegar tão longe, mas apesar da minha ansiedade – ou talvez por causa do meu planejamento incessante – a companhia aérea não havia me decepcionado. Três horas depois, estava sentada em um assento na janela, assistindo O'Hare encolher conforme o avião ganhava altura, o feio emaranhado de prédios e as pistas do aeroporto dando lugar ao nevoeiro pressionando contra a janela.

Quatro horas e dois filmes depois, o avião desceu através do banco de nuvens e a paisagem pálida de Nevada apareceu para me encontrar. Poeira e areia com pequenos trechos de verde abriam caminho por estradas retas e depois quarteirões de arranha-céus. O fundo das montanhas era fantasmagórico e insubstancial no vapor do calor.

Da minha janelinha para o mundo, pude ver o Luxor Hotel brilhando à luz do sol, um lembrete do verdadeiro propósito da cidade no deserto.

Las Vegas.

Só o nome trouxe uma série de expectativas coloridas, misturadas com drama e glamour de Hollywood, e talvez um pouco de escuridão, lembranças de filmes que fascinavam os aspectos mais sombrios e duros.

Hoje em dia, era comercializado como um *resort* ideal para a família, e eu estava ansiosa pelos tratamentos do *Spa* e relaxar na piscina com minhas amigas, ver alguns espetáculos e shows e, sim, gastar alguns dólares nas máquinas caça-níqueis.

Estava animada ao ver Jo e Vanessa outra vez, mas cansada também, por me preocupar tanto quanto a jornada em si, e ainda não estava no meu quarto. Comecei a sentir um frio na barriga de nervoso: o translado que organizei estaria me esperando? Meu hotel realmente mudou a reserva? O fim de semana inteiro seria o erro que Collin descreveu?

— Estamos descendo agora no Aeroporto Internacional McCarran de Las Vegas.

Erro ou não, eu estava prestes a descobrir.

Quando o avião pousou com um solavanco desagradável, os passageiros estavam pulando de seus assentos, vasculhando os compartimentos superiores e bufando impacientemente até as portas se abrirem.

Observei em silêncio, esperando até que eu fosse a única que restava. Normalmente, as pessoas com cadeiras de rodas descem primeiro, mas como solicitei um assento na janela, era mais fácil esperar até que todos saíssem.

Um comissário chegou com a cadeira da companhia aérea para me transferir para o terminal de desembarque e, em breve, eu me reuniria com a minha robusta, velha e fiel cadeira de rodas.

Essa era a parte que eu temia. Eu me movi bem devagar, fazendo uma careta quando minhas articulações reclamaram contra o movimento, estremecendo quando meus pés tocaram o chão.

— Posso ajudar? — perguntou o comissário, olhando de soslaio para o meu progresso lento e árduo do assento para a cadeira de rodas.

— Não, é melhor se eu for sozinha — respondi com firmeza, os lábios comprimidos de dor. — Obrigada.

Levantando os braços, movi as costas, desajeitada, de assento em assento, os braços tremendo enquanto suportavam meu peso. Então arfei e soltei um suspiro de satisfação quando me joguei na cadeira.

O rapaz parecia tão aliviado quanto eu, e nós dividimos um sorriso conspiratório.

— Bem-vinda a Las Vegas!

Existem duas expressões diferentes que as pessoas têm quando veem alguém em uma cadeira de rodas: pena ou aversão.

Uma pequena minoria, minúscula, de fato, me trata como qualquer outra pessoa: nem mais, nem menos preocupada.

E tem as velhas amigas que há muito tempo deixaram de ver a cadeira de rodas, e enxergam a pessoa.

— Laney!

Os gritos da Vanessa fizeram cabeças virarem pelo terminal do aeroporto, e ela veio atrapalhada na minha direção, sobrecarregada por uma mala enorme e saltos de doze centímetros.

— Ah, meu Deus! Olha os Louboutins! Estou tão orgulhosa de você! — gritou Vanessa, emocionada, e me esmagou em um abraço, fazendo-me rir e estremecer ao mesmo tempo. — Por que está nessa coisa? — perguntou, chutando a roda da cadeira.

— Não faço ideia. — Franzi o cenho. — Um dia daqueles.

— Será que vai te impedir de beber? — perguntou Vanessa, indo direto ao ponto.

Eu ri.

— Não. Um senhor não!

— Graças a Deus! Nós precisamos nos divertir um pouco!

Bem, não deveria misturar álcool e remédios, mas este fim de semana era sobre ficar à vontade e relaxar. Tomaria um ou dois drinques, descansaria e tomaria cuidado. A maior parte do tempo.

Ficar bêbada em uma cadeira de rodas não era algo que eu, particularmente, queria reviver, embora a memória me fizesse sorrir.

Vanessa estava pensando na mesma coisa, óbvio.

— Vou tentar não te empurrar em uma fonte desta vez.

Sorri para ela.

— Talvez eu devesse colocar o cinto de segurança nessa coisa.

— Eu podia te amarrar — sugeriu Vanessa com uma piscadela.

— Você está tendo pensamentos pervertidos comigo, Ness?
— Nem, você não é meu tipo. Desculpe, querida.
— Por que está no aeroporto? Pensei que seu voo de Seattle tivesse pousado algumas horas atrás?
Vanessa revirou os olhos.
— Sim, mas minha bagagem não. Decidi esperar pelo próximo voo. Tanto faz, já chegou. No entanto, não teria me importado com a desculpa de fazer mais algumas compras, se não tivesse chegado.
Eu sorri. Vanessa tinha um amor contagioso pela vida – nada a atormentava por muito tempo.
— Então, o que vamos fazer primeiro? — perguntou. — Máquinas caça-níqueis, jantar e dançar?
O sorriso de Vanessa desapareceu.
— Nossa, desculpe! Esqueci da cadeira.
Peguei a mão dela.
— Isso é uma das coisas que mais amo em você — disse, baixinho. — Você *me* vê, não a cadeira. E *pode apostar* que vai dançar! Quero ver você rebolar os quadris e balançar a bunda. Nada de pular fora!
Vanessa se ajoelhou no chão duro e encerado e, com cuidado, passou os braços em volta de mim.
— Nós vamos nos divertir muito — disse, e me deu um olhar malicioso. — E o que acontece em Las Vegas fica em Las Vegas. Teremos que encontrar um cara gostoso pra você.
Dei risada e gesticulei para a cadeira.
— Não acho que tenho muita chance, além disso, você se esqueceu de Collin?
Vanessa se atrapalhou para se levantar.
— Santo Collin? Não ousaria esquecê-lo.
Revirei os olhos para o apelido de Vanessa.
— Ele não é tão ruim assim!
— Ele é um desmancha-prazeres. Sempre que o encontro, sinto que devo me sentar no cantinho da disciplina.
— Você provavelmente deveria. — Eu ri.
Depois suspirei, lembrando-me da discussão antes de sair.
— Acho que terminamos agora, mais ou menos.
— Mais ou menos? O que isso significa?
Expliquei sobre a briga que tivemos e vi os olhos de Vanessa brilharem de raiva.
— Ele tentou te impedir de vir de verdade, mesmo sabendo que estaríamos aqui?
Dei de ombros, triste.

— Ele disse que eu estava sendo egoísta.

— Que babaca!

— Não sei, Ness. Fiquei pensando se... talvez ele não esteja certo. Ele se preocupa comigo e...

— Não, ele não está certo — Vanessa me interrompeu firme. — Ele deveria estar do seu lado.

— Ele é... é só que...

— Não, Laney! Se você quiser pular de paraquedas, ele devia te ajudar a realizar seus sonhos, sem dizer que é muito difícil, ou muito perigoso o tempo todo. Não é a vida dele, é sua.

— Eu sei, contudo...

— Chega disso, a menos que seja um cowboy "com tudo" no lugar, sexy e gostoso. Combinado?

Ela estendeu a mão e eu a apertei – ela sempre me fazia sorrir.

— Combinado.

Meia hora depois estávamos no hotel e senti que poderia me tranquilizar. Meu quarto era exatamente como haviam dito, com acesso total a pessoas com deficiência. E eles até providenciaram uma cadeira de banho. Dei uma gorjeta ao homem que me levou para o quarto e resolvi que, se esse padrão continuasse, escreveria para a gerência do hotel para agradecê-los.

— Ele era fofo — comentou Vanessa, enquanto eu desfazia a mala. — Precisa de ajuda para se preparar?

— Você já ajudou muito — agradeci.

— Resposta errada — falou Vanessa com uma sobrancelha arqueada. — Você precisa de ajuda?

Eu sorri.

— Ficarei bem. Obrigada, querida.

Vanessa piscou e soprou um beijo, antes de sair do quarto. Jo chegaria em breve e todas íamos nos reunir no meu quarto antes de tomar uns drinques e jogar em algumas máquinas caça-níqueis, depois jantar e dançar.

Ou jantar e se sentar.

Cinco horas depois, eu estava me arrastando.

Ganhei sete dólares e algumas moedas nos caça-níqueis – uau! – , depois desfrutei de um maravilhoso jantar de lagosta, antes de voltarmos ao hotel para dançar e beber mais.

Vanessa e Jo ainda estavam firmes e fortes, e eu estava determinada a não estragar a noite delas, admitindo que estava cansada.

— Pare de ser covarde — murmurei para mim mesma. — Você tem o resto da vida para dormir, mas agora está em Las Vegas!

Olhei para a pista de dança lotada, meus olhos procurando pelas minhas amigas, sorrindo quando um *cowboy* com um grande Stetson, e sem ritmo, cambaleou por trás de Vanessa, tentando atrair sua atenção, balançando os quadris de qualquer jeito, super fora de compasso. Uma graça, no entanto.

Então vi um homem que capturou minha total atenção.

Ele era facilmente o cara mais bonito do lugar, embora não fosse o mais alto ou o mais forte. Só que ele dançava com uma elegância natural que o fez parecer um puro-sangue entre os cavalos.

Meu Deus! Esse cara sabe se mexer!

Fiquei surpresa quando vi sua parceira: uma mulher baixa e gordinha que estava com o rosto vermelho e ofegante. Era difícil imaginá-los como um casal – ainda mais difícil imaginar que o cara sexy a tinha escolhido. E, com certeza, não estavam dançando como irmão e irmã. Ou mãe e filho. Meu sorriso desapareceu porque restou apenas uma resposta.

Ele deve ser um daqueles homens que já li a respeito, nada menos e nada mais que um gigolô. Era um pensamento deprimente.

Vi a mulher parar de dançar, claramente sem fôlego e fora de forma, e definitivamente, pronta para desistir. Os olhos dela se afastaram do parceiro como se tentassem encontrar uma rota de fuga.

Quando o homem a agarrou pelo braço, demorou alguns segundos para soltá-la, recuando com relutância. Percebi que estava prendendo a respiração enquanto assistia o pequeno drama se desenrolar.

Soltei um suspiro profundo, ainda curiosa sobre o que o homem faria a seguir.

Ele passou as mãos pelo cabelo ao mesmo tempo que percorria o lugar com os olhos, catalogando as mulheres que via, em uma espécie de lista interna que permanecia escondida para todos, menos para ele.

Mas então seu olhar me alcançou, e um largo sorriso esticou seus lábios carnudos. Ele veio na minha direção, e por instinto, eu me pressionei contra a cadeira, cruzando os braços na defensiva.

— Oi, eu me chamo Ash. Você está sozinha?

Eu dei a ele um sorriso educado.

— Não. Estou aqui com as minhas amigas.

— Não vejo ninguém. — Ele fez uma pausa, sua intensidade totalmente fixada em mim. — Gostaria de dançar?

Ele estendeu a mão e meus olhos se arregalaram. Ele estava pensando em girar comigo por aí na minha cadeira? Achou que eu estava tão desesperada?

Eu ri de sua coragem.

— Não, não vou dançar.

Ele franziu o cenho, com a mão ainda suspensa entre nós.

— Mas você gosta de dançar?

Eu o encarei, meu olhar profundo no dele, intrigado, irritado. *Ele não tinha visto a cadeira de rodas?*

Não é isso que você queria? Eu me perguntei. *Um homem que vê a mim e não a cadeira?*

Minha expressão suavizou quando encontrei seus intensos olhos escuros.

— O que te faz pensar que eu gosto de dançar?

Ele abaixou a mão e deu de ombros.

— Você está em uma boate e não está bebendo. Então deve estar aqui para dançar. Por favor, dance comigo.

Suspirei, decepcionada. Mesmo sendo bonito, o cara não sabia entender uma indireta. Deixei claro que não ia dançar.

Estendeu a mão outra vez, mas neguei em um aceno de cabeça, impaciente.

— Então vá encontrar alguém que dance com você.

Seus olhos se arregalaram surpresos, e depois ele sorriu ao se inclinar sobre a mesa, seu rosto a centímetros do meu.

— Talvez eu queira dançar com você.

— Então vai esperar muito tempo. — Soltei uma risada fria.

Mas não pude impedir que meus olhos traidores rastreassem seu rosto lindo demais. A pele bronzeada se estendia pelas maçãs do rosto acentuados, e os lábios pareciam macios e generosos. As sobrancelhas negras estavam arqueadas sobre os olhos pretos. E então notei um pequeno sinal em forma de lágrima sob o olho esquerdo – uma imperfeição perfeita.

— Sou um bom dançarino — disse ele, parecendo quase magoado com a minha contínua recusa.

Minha raiva disparou. Cansaço, a briga com Collin e a frustração com a maldita cadeira de rodas acabando com este fim de semana que significava tanto.

— Não quero dançar!

— Mas todo mundo vem aqui para isso.

— Não eu!

— Você vai se divertir.

— Eu não duvido — zombei. — Sua última amiga parecia estar se divertindo bastante mesmo.

Um tom vermelho sutil inundou suas bochechas e ele desviou o olhar.

Sua reação me surpreendeu. Eu feri seus sentimentos.

Então me senti culpada por descontar nele a minha amargura, mas, *caramba! Por que ele não me deixou em paz?*

— Talvez eu queira dançar com uma garota bonita, para variar — comentou, gentil, olhando para mim sob longos cílios escuros.

Não acreditei nele. Nem mesmo por um segundo. Dei a ele um olhar arrogante e virei a cabeça.

— Você está perdendo a diversão — sussurrou.

Meu queixo ficou tenso pelo desgosto.

— Laney, esse cara está te incomodando?

Soltei um suspiro de alívio quando Vanessa e Jo se aproximaram de nós, seus lábios contraídos, perigo cintilando em seus olhares.

Ash pareceu nervoso, seu olhar passando rapidamente entre minhas amigas e os seguranças na saída. Ele começou a se afastar, as mãos estendidas ao seu lado.

— Eu a convidei para dançar, só isso. Não estava fazendo nada de errado.

Jo o olhou, incrédula, e parou com as mãos na cintura.

— Quer voltar para o seu quarto agora? — perguntou Vanessa.

Assenti em silêncio enquanto Jo continuava a encará-lo.

Vanessa caminhou por trás da minha cadeira e me entregou a *pashmina* que estava pendurada no encosto. Depois destravou os freios na cadeira de rodas e me empurrou para longe da mesa.

Ash ficou boquiaberto.

— Ainda me acha bonita? — perguntei a ele, e meus olhos se encheram de lágrimas.

CAPÍTULO SEIS

ASH

Eu me afastei da mesa, envergonhado pela humilhação e o choque.

Ela era bonita, a garota na cadeira de rodas. Um beleza natural, não falsa, como muitas das mulheres que vi em Las Vegas. Seu cabelo era de um tom dourado, liso e sedoso. Ela usava um pouco de maquiagem, mas apenas rímel e brilho labial.

Eu me senti atraído por ela, embora soubesse que não era o tipo de mulher que ficaria interessada em um cara como eu. Isso acabou.

Pensei no tipo de homem que me tornei – nada mais que a porra de um garoto de programa. Se bem que ainda podia dançar.

E então, como se minha noite já não estivesse boa o bastante, vi Sergei atravessando o *lobby* lotado em minha direção, Oleg atrás dele.

Eu me virei e desapareci no mar de turistas.

Duas semanas. Foi tudo o que me levou a ser persuadido a atender clientes por dinheiro. Sentia nojo de mim.

Aconteceu depois dos ensaios uma noite. Ele mandou um bilhete, exigindo dinheiro, exigindo um encontro.

Sabia o que significaria esse encontro: ele nunca escondeu o fato de que queria me foder para quitar a chamada dívida.

Ele começou deixando recados com Trixie e uma vez com Gary, dizendo que queria seu dinheiro... ou "um jantar com meu dançarino favorito". *Nem fodendo!* Mas o dinheiro que economizei com meu salário escasso era uma fração do que ele estava pedindo – e o valor aumentava diariamente. Era extorsão – e não havia nada que eu pudesse fazer. Foi muito frustrante saber que eu tinha € 5.000 em um banco esloveno, mas não tinha como acessá-lo, apesar dos meus esforços até agora.

Estava evitando Sergei, mas não tinha grana e o tempo estava acabando. Gary me ofereceu dinheiro emprestado, mas dava para dizer pelo medo em seu rosto que haveria repercussões. Pensei e repensei nisso, perdendo o sono sobre o que deveria fazer.

Na primeira vez, fui a um bar longe do hotel, querendo nada mais do que ficar em paz, beber até não sentir mais nada.

Mas não fiquei sentado no bar por muito tempo até que uma mulher se aproximou.

— Bebendo sozinho?

Olhei para cima, surpreendido, e percebi que ela estava falando comigo.

— Sim — respondi, olhando para a cerveja quase vazia que tinha bebido e desejando gastar mais, mas com a ameaça de Sergei pendurada na minha cabeça, suspensa por arame farpado, não podia.

A mulher se sentou no banquinho ao meu lado, a saia curta deslizando pelas pernas.

— A namorada te deu o bolo?

Neguei com a cabeça.

— Namorada?

Isso me fez olhar para cima, meu olhar estreito e irritado.

— Não!

Ela deu um sorriso predatório e descansou a mão na minha coxa, dando um aperto suave.

— Só confirmando. Uísque? Ou outra cerveja?

Desta vez, olhei de verdade para ela.

Ela era atraente, mais velha, talvez na faixa dos quarenta, mas se cuidava e cheirava bem. Lembrei-me do que Volkov havia dito sobre ganhar "gorjetas".

Fechei os olhos diante da memória e respirei fundo. O perfume sutil da mulher encheu minhas narinas e quando os abri de novo, ela estava olhando para mim, um pequeno franzir no rosto.

— Você está bem?

Sua preocupação era tocante. Yveta e Gary evitavam me fazer perguntas assim, porque tinham medo de que eu respondesse, dizendo coisas que não queriam ouvir.

Não, eu não estava bem. Não estava bem desde que meu avião pousou neste portal para o inferno.

— Desculpe. Dia ruim — respondi. Então forcei um sorriso e vi seus olhos se iluminarem. — Eu me chamo Ash.

— Melissa.

Cumprimentamo-nos e Melissa acenou para o barman por dois uísques.

— Aos novos amigos — disse ela, enquanto brindávamos. — Sotaque fofo, a propósito.

Saboreei a rápida ardência do uísque e olhei para minha nova "amiga", sem responder seu comentário. Não queria falar disso. Não queria incentivar mais perguntas sobre mim. Então mudei de assunto.

— Está de férias? — perguntei educadamente.

— Nossa, não! — Ela riu. — Convenção... de negócios. Não viria aqui por opção. — Depois olhou para mim. — Desculpe, isso foi rude. Mas prefiro a praia. E você?

— Trabalho aqui.

— Sério? Trabalha com o quê?

— Sou um dançarino.

No passado, teria orgulho de dizer isso, mas agora não. Minha voz estava vazia de emoção.

— Ah, eu deveria ter adivinhado. — Sorriu Melissa, olhando meu corpo com uma familiaridade tranquila, um brilho de cobiça escurecendo seu olhar.

Depois disso, não demorou muito para me convidar para o seu quarto "para tomar uma bebida mais à vontade". Menos de 20 minutos.

Ela foi sincera, prática, não oferecendo nenhum motivo por me cantar. Talvez não houvesse nada para explicar: ela era uma mulher solteira escolhendo um cara em um bar e lhe oferecendo diversão, sem compromisso.

Engoli em seco enquanto tentava expressar as palavras, pedir dinheiro. Mas então um fio de dúvida me fez hesitar. Ela poderia ser uma policial disfarçada? Gary havia me dito que agiam assim, esperando a garota ou o rapaz cobrar o dinheiro.

Sorri com a ironia: se era policial, era exatamente o que eu precisava; se não fosse, não faria diferença.

Mas quando chegamos ao quarto dela, não havia nenhuma disfarce em Melissa.

Assim que ela atravessou a porta, tirou o vestido, atacando o zíper da minha calça antes de eu trancar a porta.

Melissa era atraente, mas o tipo de horror, ao perceber que estava me prostituindo, continuava atrapalhando e meu tesão desapareceu rapidamente.

— Quanto você bebeu? — bufou ela, esfregando meu pau macio sobre o tecido da cueca.

Humilhação e raiva me fizeram afastá-la.

Não o suficiente para isso, pensei.

Eu me esforcei para superar e parar de pensar nos problemas e lembrei-me da trepada mais que gostosa que dei com Yveta na noite passada. Funcionou, e meu pau começou a endurecer. Apertei meu pau por cima da cueca e olhei para Melissa.

Ela lambeu os lábios e caminhou em minha direção quando tirei a camisa e chutei as calças que estavam em volta dos meus pés. Quando ela estava mais perto, soltei o sutiã, joguei-o no chão e brinquei com seus seios, que eram consideravelmente reais e pesados em minhas mãos.

Eu a fodi na cama, de olhos fechados o tempo todo, tentando manter a imagem de Yveta na cabeça, suas longas pernas musculosas enroladas na minha cintura enquanto eu a traçava nos bastidores no teatro depois que todos foram embora.

Tive consciência suficiente para garantir que Melissa gozasse antes que eu fizesse algo estúpido como chamá-la pelo nome errado.

Ela arrastou as unhas pelas minhas costas e arqueou, estremecendo ao meu redor.

Tirei para fora logo em seguida, ainda que não tivesse gozado. Não acho que ela percebeu.

Ela sorriu para mim, sonolenta, com a pele corada, os olhos saciados.

— Pode sair sozinho — bocejou ela. — Tem dinheiro na mesa.

Inclinei a cabeça e me vesti às pressas.

Havia uma pequena pilha de dinheiro em cima da mesa. Peguei e saí do quarto o mais rápido possível.

Fora do hotel, parei para contar o dinheiro: U$ 145. Mais cinco notas de um dólar.

Estou sobrevivendo. Foi o que eu disse a mim mesmo.

Depois daquela primeira vez, ficou mais fácil. Eu era melhor em escolher meus alvos e cobrava mais.

Três ou quatro vezes por semana, eu saía e encontrava uma mulher para me escolher.

Meu erro esta noite foi me perder na dança. Estava tão focado na música, no ritmo, que perdi o fato óbvio de que minha parceira de dança estava com dificuldades, incapaz de me acompanhar.

E depois aquela garota, aquela com os olhos tristes – Deus, eu queria dançar com ela, me sentir como eu de novo, dançar com uma mulher porque podia. Foi um choque quando vi a cadeira de rodas. Eu estava mesmo fora do meu elemento esta noite.

Pensei em Sergei, em seus bilhetes e na crescente impaciência, e mesmo que a noite estivesse quente a ponto de fazer uma gota de suor escorrer pelas minhas costas, tremi.

Sabia o que ele realmente queria: ele não ia conseguir. Nunca.

Suspirando, saí do hotel e segui pela Strip. Precisava encontrar outra mulher. Isso fez meu estômago revirar.

Enquanto caminhava pela rua, esquivando-me dos turistas de olhos arregalados, meu humor piorou ainda mais.

E não tinha conseguido descobrir mais nada sobre a garota. Ninguém a viu. Ninguém sabia de nada. Até Yveta e Galina se recusaram terminantemente em falar sobre ela. Marta não foi mencionada.

Depois daquela noite com Volkov, eles mantiveram certa distância cautelosa de mim por alguns dias, mas logo voltaram ao seu comportamento habitual com Yveta dando em cima de mim. Ela era gostosa e eu precisava do que ela estava oferecendo – o que levou ao sexo nos bastidores. Galina foi convencida a desaparecer pelo resto da noite para que pudéssemos usar o quarto delas para transar um pouco mais. E por algumas horas, fui capaz de esquecer. Quando Yveta gozou, pareceu uma confirmação – eu era um homem e precisava me sentir como um. Quão lamentável era isso? Mas muita coisa estava fora do meu controle. Eu precisava de Yveta agora mesmo, e o jeito que ela se agarrou a mim, sua respiração quente no meu pescoço, mostrou que ela precisava de mim... *disso*... também.

Mas os recados e os pequenos "presentes" de Sergei começaram a chegar com mais frequência – às vezes, vários por dia –, sugerindo que eu poderia me livrar de sua dívida participando de uma "festa privada" ou "dançando para amigos". Ignorei todos eles. Então as ameaças começaram.

Qual é o seu dedo favorito?

Foi o que disse o bilhete de ontem.

Estranhamente, Gary havia se tornado a única pessoa com quem eu podia conversar, mas até ele se recusou a me ajudar a entrar em contato com polícia ou encontrar a garota.

Assim, fodia turistas por algumas centenas de dólares.

Uma sensação de vergonha se instalou na boca do meu estômago. *Tão vulgar, porra.* Foi assim que me senti, mas depois fiz de novo e de novo.

Gary suspeitou, mas não disse nada. Yveta estava alheia, falando sobre "sair em um encontro" e fazer planos felizes.

Olhei para as luzes de *neon* piscando, a recepção berrante que Vegas oferecia a todos os turistas.

Estava no meio de uma cidade americana lotada e nunca me senti tão sozinho.

Para as pessoas que passavam, eu era só outro cara nas ruas procurando por diversão. Mas havia um lado sombrio em Las Vegas, que me aprisionou. Qualquer dia, eu poderia acabar morto... ou desejando a morte.

E, de repente, vi um rosto na multidão.

— Marta!

Ela piscou, confusa, então uma expressão de espanto, esperança e medo iluminou seus olhos opacos.

Eu a vi olhar ao redor, com o rosto tenso, depois entrar em um beco entre uma locadora de vídeos para adultos e uma butique chique.

— Marta?

Ela se misturou à escuridão, e a única coisa que se destacou foi seu rosto pálido, olhos com a maquiagem pesada.

— Eu lembro de você.

— Sim! Na primeira noite no aeroporto... Você estava com aquela jovem.

— Você viu ela?

Assenti devagar.

— Sim, uma vez.

— Ela está bem?

— Não sei — respondi, a mentira saindo pela boca com relutância. — E você?

— Estou com tanto medo — revelou, com a voz trêmula. — Acho que seria possível morrer aqui e ninguém vai saber.

Sua mão agarrou meu braço e seus olhos estavam me implorando para ajudar.

— Eles me dão drogas e me fazem dormir com os amigos. Disseram que eu devia o preço da minha passagem de avião. Falaram que se eu tentasse fugir, eles me achariam e me matariam. Acredito que fariam isso, todos andam com armas. Garotas desapareceram. Duas desde que vim pra cá.

Era exatamente o que eu pensava – até pior, talvez.

— Quer ir à polícia? — perguntei já sabendo qual seria a resposta.

Ela, rapidamente, negou com a cabeça, olhando por cima do ombro, nas luzes brilhantes atrás de nós.

— Estou com medo — repetiu.

Eu enfiei a mão no meu bolso.

— Tenho 430 dólares. Você poderia ficar com isso e...

Marta voltou a recusar a oferta com a cabeça, seus braços finos tremendo e os dentes batendo enquanto continuava a cravar as unhas na minha pele.

— Eles vão me pegar!

A raiva e a frustração muito familiares ferviam por dentro. Olhei para os turistas felizes que passavam, vendo apenas a luz e ignorando as sombras. Imaginei suas expressões horrorizadas se eu fugisse e implorasse por ajuda. Sabia o que diriam. Eu quase podia sentir seus medos e confusões, a compaixão passageira, a relutância em se envolverem. Muito mais fácil ignorar.

E foi o que me deixou mais enojado – eu era como eles.

Mas também sabia que se tentasse impedir Oleg naquela noite, estaria morto agora. Sergei teria puxado o gatilho e eu seria apenas outro imigrante que desapareceu.

Marta estremeceu sob o ar quente do deserto e percebi que não era só de medo. Seus braços finos mostravam marcas na parte interna da curva do braço. O corpo da dançarina saudável de apenas algumas semanas atrás havia encolhido e deteriorado.

Mas seus olhos não estavam totalmente desesperados, e encararam os meus, implorando que a salvasse.

— Onde você está ficando?

Ela mordeu o lábio, os olhos correndo inquietos em direção à entrada do beco.

— Eles me mantêm em um trailer, uns trinta minutos da cidade. É horrível. Somos quatro. Eu devia encontrar homens e levá-los para um hotel. Não tenho muito tempo, eles estão observando.

— Me dê o endereço e...

E você vai o quê? Que porra vai fazer para ajudá-la?

A expressão de Marta se tornou mais desesperada.

— Vai me ajudar?

— Vou tentar. Me dê o endereço.

— O hotel fica do outro lado da rua, mas depois dos homens... eles me levam de volta a este lugar horrível. Não tenho certeza de onde é. É deserto, muito quente. É perto de um rancho, acho. Consigo ouvir o mugido de vacas à noite. E a estrada fica bem perto, talvez cerca de um quilômetro.

Não era muita informação, mas absorvi todos os detalhes.

— Quando me levam lá, eles saem da cidade naquela direção. — Apontou para o oeste. — Em direção ao pôr do sol, mas um pouco ao norte. E dirigem em linha reta por vinte minutos.

Ela olhou de novo para a rua.

— Prometa que vai me ajudar. Não aguento mais.

Fiz uma careta quando as unhas dela beliscaram meu antebraço.

— Prometo.

— *Por favor!* — E chorou, seus olhos cheios de lágrimas. — *Por favor!*

E então saiu correndo do beco e desapareceu no mar de gente.

Recostei-me, a textura áspera da parede espetando através da minha camisa.

Não aguentava mais. Meu coração começou a acelerar e minhas mãos estavam suando. Esfreguei-as na calça e respirei fundo. Depois entrei no fluxo de pessoas que passeavam pela Strip, meus olhos procurando por um policial.

Comecei a andar mais rápido, esquivando-me dos turistas que se aproximavam. Semanas atrás, memorizei a localização da delegacia mais próxima, a pouco mais de um quilômetro e meio de distância. Preparado para este momento – o momento em que ousei arriscar.

Caminhei pela rua, olhos correndo para a esquerda e para a direita, o coração batendo forte.

Estava perto, bem perto, quando uma limusine com janelas escuras parou ao meu lado e a janela se abriu com um assobio suave.

— Aí está você! Estava começando a pensar que não queria falar comigo. Você feriu os meus sentimentos.

Sergei estava sorrindo para mim e pude ver Oleg sentado no banco do motorista.

— Tenho U$ 430 — eu disse, sabendo que não era suficiente.

— Oh, Aljaž! — Ele riu. — Quero muito mais que isso. Além do mais, você me deve U$ 4.000.

— Não é possível roupas custarem tanto! — retruquei furiosamente.

— Juros compostos — respondeu com ironia. — E papai está cansado de esperar.

— Vou conseguir o resto amanhã — eu disse, entredentes.

Pediria emprestado a Gary – eu estava sem opções, mesmo que não quisesse envolvê-lo.

Sergei suspirou e tamborilou com os dedos na beirada da janela.

— Entre no carro.

Xinguei em esloveno e levantei o dedo do meio que ele quebrou.

Então me virei e comecei a correr na direção oposta, sabendo que tinha acabado de irritar um homem realmente perigoso.

Ouvi carros buzinando e olhei por cima do ombro e vi a limusine abrindo caminho pela rua quando Oleg fez o retorno para vir atrás de mim.

Comecei a correr, passando entre as pessoas. Estava sendo obrigado a me afastar da delegacia e de volta para o hotel. Calculei quanto tempo levaria para mudar de direção novamente e chegar à polícia, mas soltei um palavrão quando vi a limusine se livrar do tráfego e comecei a acelerar.

Eu estava a toda velocidade quando cheguei ao hotel, subindo correndo as escadas de incêndio e batendo na porta do meu quarto.

Gary pulou assustado quando me viu.

— Você quase me assustou, bonitão! — Então ele viu minha expressão. — O que aconteceu?

— Sergei.

Eu só tive que ofegar essa palavra para que toda a cor escorresse do rosto de Gary.

— Agora ele está dizendo que quer U$ 4.000. Tentei ir à delegacia, mas ele me bloqueou. Que porra eu faço agora?

Estava andando de um lado para o outro no quarto minúsculo, agarrando meu cabelo, frustração e medo me consumindo.

— Santo Deus, não vá lá! — Gary empalideceu ainda mais.

— Faço o quê, então? Espero aqui até ele me pegar e me matar? Nem pensar! Vou fugir... hoje à noite. Eu preciso. Vou... comprar uma passagem de ônibus... sair da cidade... algo assim.

Gary balançou a cabeça.

— Não vai dar certo. Mas vou ligar para Elaine.

— Elaine?

— Claro! Ela está suando muito para fazer o novo show ser um sucesso, ela não vai aceitar Sergei mexendo com sua nova estrela.

— Ele não vai ouvi-la, o cara é louco — argumentei.

— Eu sei, mas Volkov a escuta. Ele investiu muito dinheiro no teatro e neste show. Não surte ainda, Ash. Deixe-me ligar para ela.

Concordei com um aceno, mas continuei andando ao mesmo tempo em que Gary pegava o telefone.

Ouvi a conversa apressada, meu peito apertando a cada segundo que passava, esperando que Oleg viesse pela porta. Por fim, Gary desligou.

— Ela vai conversar com Volkov agora. Ela disse para ficar quieto e não voltar a sair do quarto esta noite.

— Só isso? Ela vai *falar* com ele?

— O que você esperava? Achou que ela colocaria uma arma na cabeça dele?

— Alguém deveria.

Gary suspirou, mas não discordou.

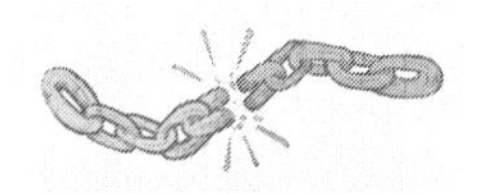

LANEY

Na manhã seguinte, levei quase duas horas para me arrumar e encontrar as garotas no café da manhã no restaurante do hotel. Os primeiros quarenta e cinco minutos foram gastos no *upload* das fotos de ontem para a minha página do Facebook e verificando meus e-mails, sentada na cama esperando os remédios surtirem efeito.

Quando achei que havia passado tempo suficiente, movi devagar o corpo rígido e dolorido da cama e me sentei na cadeira de rodas.

É uma droga acordar com a bexiga cheia e ter que esperar para sempre para fazer xixi.

Se Collin estivesse aqui, ele teria me colocado na cadeira.

Mas meu arrependimento durou pouco. Se Collin estivesse aqui, ele teria insistido para que eu voltasse para o quarto depois do jantar na noite passada. E eu teria deixado de ver Vanessa e Jo dançando como loucas.

E conhecer aquele cara lindo. Qual era o nome dele? Ash?

Ele ficou tão chocado quando viu minha cadeira de rodas. Tive que admitir que uma parte minha ficou satisfeita por ele ter me paquerado sem saber nada sobre a cadeira, mesmo que fosse "aquele tipo" de homens. Fazia muito tempo desde que algo assim tinha acontecido.

Até Collin não havia me paquerado de verdade. Nós nos conhecemos na faculdade e estávamos no mesmo grupo de estudo. Tomar café juntos transformou-se em jantar juntos, e antes que percebesse o que estava acontecendo, todos assumiram que éramos um casal – incluindo Collin.

Ele era um bom homem. Podia ser incrivelmente atencioso, mas ao mesmo tempo podia ser totalmente insensato, falando sobre o meu trabalho como se fosse um *hobby*, só porque eu trabalhava em casa. E sempre tinha que ter razão. O que significava que eu era sempre a errada. Ou seja, outra briga.

E quando tinha uma crise, ele me sufocava. Não tinha percebido o quanto, mas estar em Las Vegas sem ele, fez com que visse as coisas de outra maneira.

Viver com dor crônica é uma terapia de aceitação, mas também de compreensão. O que é pouco demais, o que é muito ou com frequência. O que é necessário, o que deve ser esquecido. E, gradualmente, aprendi a perdoar meu corpo por ter falhas, por ser imperfeito. Por fim, tive que me perdoar, embora às vezes, tinha dificuldade com essa parte.

Collin não tinha respondido, então imaginei que havíamos mesmo terminado.

Pensar nisso me deixou triste – éramos amigos por quase dez anos. Uma vez, achei que nos casaríamos, mas Collin nunca havia me proposto, e parei de querer que ele me pedisse.

Fui até o café da manhã e vi Vanessa paquerando o garçom no restaurante. Ele era fofo e estava interessado, com certeza. Sorri e ergui as sobrancelhas para Jo, que estava observando com diversão.

O garçom notou minha chegada repentina e seus olhos se arregalaram.

Ouvi o final da conversa de Vanessa.

— Então, você e suas amigas, eu e meus amigos? Tudo bem por mim.

Mas o garçom estava negando com a cabeça, e olhou para o outro lado.

— Ah, nossa. Esqueci que temos uma coisa e não consigo desmarcar. Desculpe. — Ele deu um fraco sorriso para mim. — Qual bebida vai pedir, senhora?

Quaisquer que fossem os planos em andamento, era óbvio que não incluíam uma mulher cadeirante.

Minha garganta se apertou, mas levantei a cabeça e pedi café, e o garçom saiu de fininho.

— Idiota! — Vanessa disse em voz alta. — Você está bem?

— Claro. Não se preocupe.

— Bem — disse Jo, deliberadamente mudando de assunto. — Estou pensando em um dia de *Spa*, descansar à beira da piscina, paquerar alguns rapazes que trabalham no hotel, jantar e um show. Reservei ingressos para o teatro daqui... Metade do preço, se for hóspede no hotel, e na primeira fila, pois temos uma cadeirante, e ela piscou para mim. — Parece que será tudo de bom. As autênticas dançarinas de Las Vegas. Podemos pegar algumas dicas úteis.

Eu ri.

— Não vou usar tapa mamilos com franjas!

— Eu também não — gemeu Vanessa. — A última vez que tentei, tive que tirar a cola. Meus mamilos ficaram irritados por dias!

— Ai!

— Pode crer, mana!

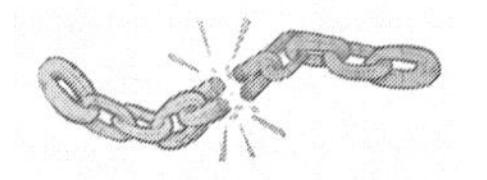

ASH

Eu estava um caos. Completamente agitado e mal tinha dormido. Depois que acabou o ensaio, estava sentado em uma cadeira e Yveta passava um creme de bronzeamento artificial no meu rosto e peito, ficando com as palmas das mãos alaranjadas.

Dava para dizer que ela estava irritada comigo porque não retribuía a paquera escancarada, e não tinha concordado em encontrá-la depois do show.

Elaine falou com Volkov sobre mim e fez o chefe concordar que eu estava fora dos limites. Tinha esperanças de que isso fosse suficiente para manter Sergei afastado. Também engoli meu orgulho e arranjei dinheiro emprestado de Gary.

Porra, torcia para que a palavra de Volkov fosse confiável. Elaine disse que ele estaria na plateia hoje à noite – esse era o boato. Eu me agarrei a isso. Com o chefão por perto, Sergei não tentaria nada.

Eu estava muito nervoso. Sempre ficava um pouco agoniado antes de uma apresentação – era um tipo bom de energia, adrenalina que me dava uma vantagem. Mas hoje à noite, parecia que ia vomitar a qualquer momento.

Yveta passou pó compacto, um pouco de delineador, e depois espalhou pó cintilante no meu rosto e peito.

— Acabou? — perguntei, ríspido, sabendo que parecia um babaca ingrato.

Yveta se afastou para terminar de fazer sua maquiagem.

O vestiário era minúsculo, e não havia nenhum lugar separado para mim e Gary. Estávamos amontoados em um canto e nos disseram para não olhar quando as garotas estivessem nuas. Não que Gary se importasse, e eu tinha visto mais peitos nos vestiários do que a maioria dos homens já viu na vida. Não era imune, mas hoje à noite, não dava a mínima se colassem *strass* em suas bocetas à mostra.

Meus nervos estavam à flor da pele e os dedos tamborilavam nas coxas sem parar.

— Pelo amor de Deus, dá pra se acalmar, cacete? — Gary disse, entredentes. — Você está me deixando nervoso. *Crapaloosa*! Eu mudo o peso em um?

— O quê?

— Na minha parte na dança, mudo o peso em um?

Dei um aceno distraído.

— Sim, duas passadas em uma batida da música.

Gary suspirou.

— Você ouviu que Elaine está falando em incluir um número de *West Coast Swing*? — Focado em improvisação e interpretação musical, é a mais versátil das danças atuais, possibilitando a criatividade e improviso dos dançarinos independentemente. — Ele fez uma pausa e jogou um boá na minha cabeça. — Está me ouvindo?

Meus olhos cintilaram de raiva e Gary recuou.

— Desculpe — murmurei.

— Caramba! Relaxe, tá bom? Faça alguns alongamentos ou algo assim!

Foi um bom conselho e sabia que estava muito perto de fazer algo estúpido como fugir. Mas talvez Elaine estivesse certa. Talvez o pior tenha acabado.

Comecei a alongar o corpo, trabalhando nos aquecimentos que todos usamos.

— Você tem uma extensão muito boa — comentou Gary, dando-me uma olhada crítica.

Resmunguei, tentando desligar toda a estática do meu cérebro e me concentrar enquanto relaxava os ombros e músculos das costas.

— Cinco minutos, pessoal! — gritou Neal.

Houve uma onda de atividades e o cheiro forte de bronzeador artificial, suor e perfume engrossou quando as mulheres se alinharam. Com seus ornamentos de penas de avestruz, elas se elevavam sobre nós – cheias de cílios falsos, lantejoulas e milhares de cristais colados às suas roupas minúsculas.

Yveta ainda parecia chateada e a culpa era minha.

— Você está linda — disse com sinceridade.

Ela abriu um enorme sorriso para mim.

A música começou e algo dentro de mim se acendeu, mesmo conforme a batida pulsante me acalmava. E lá estava eu, entrando no palco, possuindo o espaço, iluminando por dentro enquanto a plateia aplaudia e vibrava. Apresentei garota após garota até fazer meu número com Yveta como minha parceira e Gary e Galina como nosso casal competidor.

O público nos levantou, fez a gente voar.

Esse era o meu momento!

LANEY

Eu suspirei.

— É ele!

— Ele quem? — perguntou Vanessa, olhando para os dançarinos agradecendo no palco à nossa frente.

— O cara da noite passada, na boate. Uau! Ele é... Uau!

— Acho que você tem razão — disse Jo animada. — Acho que ele não estava mentindo quando disse que queria dançar. Ele é g-o-s-t-o-s-o!

Ele não estava mentindo. Esse pensamento fez meu peito esquentar. Ele realmente era dançarino, não gigolô. Portanto, se não mentiu, talvez realmente achasse que eu era bonita.

Ele estava vestido da mesma forma que na noite anterior, com calças pretas apertadas e camisa preta, exceto que a de hoje era cortada na cintura e brilhava sob as luzes do palco com lantejoulas costuradas no tecido de seda.

Sorri feliz e sentei-me para apreciar o show.

O nome dele era Ash.

Quando ele estava no palco, as luzes pareciam mais brilhantes, a dança mais sensual, a atmosfera elétrica. A dança com o outro homem tinha sido fenomenal, cada um deles tentando ser melhor que o outro. Mas nunca houve competição, não para mim. Ash exalava sensualidade, o peito musculoso brilhando sob os holofotes, testosterona bombeando dele, era evidente na arrogância de seus quadris e carícias de seus dedos ao longo dos braços das dançarinas.

Uma pontada de ciúme me surpreendeu. Por que diabos me senti possessiva a respeito de um homem com quem falei uma única vez?

Olhando ao redor secretamente, peguei meu telefone, desliguei o *flash* e tirei uma fotografia. Algo para me lembrar dele – o cara mais gostoso que já deu em cima de mim.

Isso me fez sorrir.

Quando os dois homens deixaram o palco e as mulheres formaram um alinhamento para o Cancã, perdi o interesse. Minha bexiga me lembrou das três Mimosas que bebi mais cedo.

— Preciso ir ao banheiro — sussurrei no ouvido de Jo.

— Quer que eu te leve?

Estremeci internamente. Odiava me sentir como no jardim de infância, mas apenas sorri para Jo – ela não tinha culpa.

— Não, está tudo certo. Aproveite o show. Quero um relatório completo se esse cara voltar ao palco.

Jo agitou as sobrancelhas.

— Talvez eu deva me aproximar para uma abordagem prática.

Apontei com a cabeça para o palco que estava a poucos metros de distância.

— Mais perto e você estaria sentada no colo dele.

— Ah, como eu queria — suspirou Jo. — Te vejo daqui a pouco.

Não queria perder o show, mas não sabia onde ficavam os banheiros e a experiência me dizia que esperar até que fosse urgente seria um erro.

O assistente apontou para uma porta perto da saída de incêndio e me empurrei para frente. Pelo som do baixo batendo nas paredes, imaginei que estava perto da área dos bastidores.

O corredor era mal iluminado e bem extenso. Os músculos dos braços começaram a doer e fiquei pensando se o moço me mandou para o lado errado.

Mas então, com um suspiro de alívio, vi a placa do banheiro bem no final do corredor. Pelo menos estaria mais vazio agora do que durante o intervalo.

Xingando o suor escorrendo pelas costas e axilas, abri a porta.

— Você acha que pode se esconder de mim, seu grande merda?! — gritou a voz de um homem. — Vou foder sua bunda com tanta força que vai me sentir na sua garganta!

CAPÍTULO SETE

LANEY

Um arfar sobressaltado me escapou e imediatamente quatro dos cinco homens no banheiro se viraram para encarar, o gelo em seus olhares me apavorando.

Fiquei paralisada, incapaz de me mover e, naquele breve e horrível momento, olhei para a cena à minha frente.

Um homem estava suspenso entre outros dois, com os braços presos brutalmente, a cabeça caída. Ele estava nu e suas roupas rasgadas estavam espalhadas pelo chão, a camisa esfarrapada ainda pendurada em um ombro. Hematomas vermelhos marcavam sua pele lisa, onde o quarto homem tinha despejado socos nas costelas.

Pior ainda, as costas e as nádegas do homem estavam dilaceradas onde foi açoitado com um cinto de couro, ainda agarrado às mãos do criminoso distribuindo o castigo brutal e humilhante.

O criminoso abaixou o braço e olhou para o quinto homem, como se esperasse por ordens.

Eu tive que engolir a bile quando o baixinho de terno enfiou o pênis ereto na calça, uma expressão fria e furiosa no rosto.

Interrompi algo ruim, algo tão horrível que ninguém deveria ver.

A cabeça do homem nu se levantou e ele olhou por cima do ombro com olhos injetados de sangue.

Um reconhecimento horrorizado me incendiou.

— Ash!

A palavra rasgou de mim. Aquele homem bonito, o dançarino... o cara sexy e confiante se foi. Em seu lugar havia um fantasma espancado e retalhado. Seus olhos estavam vidrados e ele parecia incapaz de se concentrar.

— Saia! — soltou com a voz rouca. — Depois, mais alto: — Saia daqui!

Fiquei boquiaberta... E me mexi.

O baixinho gritou uma ordem quando bati com tudo na porta do banheiro a abrindo com minha cadeira e me joguei de volta pelo corredor o mais rápido que pude, o coração batendo forte, a respiração ofegante.

Ouvi passos correndo atrás de mim e comecei a rezar.

Por favor, Senhor! Socorro.

Aproximando-se cada vez mais, o homem gritou alguma coisa.

Rezei com mais força, os olhos arregalados de medo, os músculos dos braços ardendo ao empurrar a cadeira mais rápido, mais forte, e abaixo, minhas pernas inúteis.

Acho que Deus me ouviu, porque minhas orações foram atendidas quando vi duas pessoas caminhando pelo corredor em minha direção, seus passos vagarosos e despreocupados na escuridão.

— Ora, aí está você. Parece um labirinto aqui embaixo — comentou Vanessa. — Achei melhor vir te procurar... Meu Deus. O que aconteceu? Você tá bem?

— Precisa de um médico, senhora?— perguntou o funcionário preocupado que estava com Vanessa.

— Socorro! — gritei, o coração disparado conforme meus pulmões lutavam para inspirar oxigênio. — Aqueles homens!

Vanessa e o atendente ergueram os olhos e o homem que tinha sido mandado atrás de mim hesitou.

— Ele está armado! — gritou Vanessa. — Merda, chame a polícia! — E com as mãos trêmulas, ela pegou o telefone.

O homem se virou e correu de volta na direção do banheiro.

— Droga! Droga! Droga! — murmurou Vanessa. — Não tem sinal. Vamos sair daqui!

O funcionário concordou visivelmente, já correndo de volta para o auditório, deixando-nos por conta própria.

Vanessa jogou o telefone no meu colo e agarrou os puxadores da cadeira de rodas.

— Não! — gritei desesperada. — Ele está ferido! Temos que ajudá-lo!

— Quem está machucado?— berrou Vanessa, empurrando a cadeira cada vez mais rápido.

— Pare! — voltei a gritar, mas Vanessa estava com muito medo de ouvir. — Pare!

Eu me lancei para a frente, jogando-me para fora da cadeira de rodas, sentindo cada articulação queimar em meu corpo enquanto caía com tudo no tapete barato.

A dor fez lágrimas escorrerem pelo meu rosto.

— Laney! Meu Deus, Laney!

Vanessa tentou me levantar, mas meu peso morto era demais para ela.

— Vá buscar ajuda — gaguejei. — Ness! Vá buscar ajuda!

Vanessa estava arrasada, desesperada para me ajudar, e para fugir.

— Não posso te deixar aqui! — choramingou alto, a voz suplicante. — Me ajude a te levantar, Laney! Me ajude!

Minha voz ficou estridente com a dor.

— Não! Encontre alguém! Rápido!

Com o rosto abatido, Vanessa se virou e correu.

— Vou voltar! — gritou por cima do ombro.

Deitei-me no chão, o tapete áspero contra o rosto. Flashes do horror que tinha visto me fizeram estremecer incontrolavelmente.

O que eu vi?! Meu Deus.

O corpo espancado de Ash, os criminosos, o homem com o pau na mão, nem uma gota de sanidade nos olhos, gritando com Ash.

Eles iam estuprá-lo.

A verdade feia apertou meu coração e comecei a chorar em soluços. Raiva e choque, medo e dor – era demais.

Cada respiração dilacerava meu corpo, queimava, torturava com medo, tristeza e desesperança.

Eu estava ofegando, lutando para conseguir respirar quando o pânico ameaçou me dominar.

E então senti mãos gentis nos braços, nos ombros, cuidadosamente me levantando até me sentar.

— Você está bem?

Ash.

Sua voz estava rouca e embargada, mas o olhar estava firme conforme verificava meu rosto, seus olhos preocupados olhando nervosamente entre os meus e o longo corredor atrás de nós, e depois de volta para mim.

— Você está bem? — perguntou de novo. — Quer ajuda para voltar para sua cadeira de rodas?

Solucei, limpando as lágrimas dos olhos e o nariz escorrendo, assentindo sem palavras.

Ash grunhiu quando me pegou no colo, levantando devagar e me sentando na cadeira.

Eu o vi estremecer conforme se movia, e sabia que me ajudar tinha causado uma grande dor.

Descansei a mão trêmula em seu braço, meus dedos agarrando no tecido rasgado de sua camisa.

— Você está bem? — gaguejei.

Ele engoliu e olhou por cima do ombro, nervoso.

— Temos de sair daqui. Não é seguro.

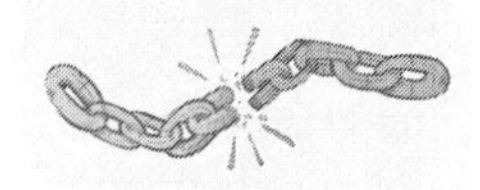

ASH

Movendo-me o mais rápido que pude, ignorando a dor que me atravessava a cada passo, corri pelo corredor empurrando sua cadeira. Podia sentir os tecidos rasgados repuxando a pele machucada nas minhas costas e bunda, o sangue encharcando o que restava de minhas roupas. Fiquei com medo de derrubar a garota, sabendo que ela já estava ferida, mas não tinha escolha. Não sabia quanto tempo tínhamos até que Oleg viesse atrás de nós.

Sua interrupção me salvou.

Sabia que se ela não tivesse aberto a porta do banheiro, Sergei teria arrebentado com minha bunda até ficar em carne viva. Foi exatamente o que ele prometeu depois de tentar foder minha boca e eu ameacei vomitar nele de novo.

Quando Oleg voltou dizendo que mais testemunhas haviam chegado, Sergei segurou a arma na minha cabeça, espumando de raiva. Mas Oleg gritou com seu chefe e o forçou a sair do banheiro.

Não conseguia acreditar que me deixaram vivo.

Rastejando, a pele pegando fogo, juntei minhas roupas rasgadas e as forcei a entrar no meu corpo mutilado, a dor intensa.

Eu já vomitei uma vez de pavor, mas agora sentia um medo mais profundo. Essa garota viu seus rostos, viu o que eles fizeram comigo – o que significava que ela corria perigo.

— Onde fica o seu quarto? — perguntei entre os dentes cerrados, a boca perto de seu cabelo, sentindo o cheiro de coco.

— Vire à esquerda. Quarto 113.

As pessoas encararam quando atravessamos o saguão do hotel, mas as ignorei. Na porta da garota, gentilmente tirei a bolsa de suas mãos trêmulas e vasculhei ali dentro até encontrar seu cartão-chave.

Assim que entramos, o celular dela começou a tocar furiosamente e isso pareceu despertá-la do choque. Ela falou ao telefone, seus olhos fixos em mim enquanto eu a olhava com prudência, minha respiração ainda estava bastante ofegante.

Alguns segundos depois, ouvi vozes do lado de fora do quarto dela.

Olhei pelo olho mágico, torcendo para que não fosse o desgraçado.

Mas reconheci as mulheres da noite passada.

— São suas amigas — sussurrei, o alívio óbvio na minha voz.

— Deixe-as entrar, por favor — implorou ela, com a voz embargada.

Abri a porta e as duas mulheres quase caíram no quarto.

— Laney! Laney! Meu Deus. Você está bem?

— Estou bem — respondeu ela, lágrimas desmentindo suas palavras. — Estou bem.

Laney. Esse era o nome dela.

— Me dê meu telefone — ordenou a mais alta, a morena. — Vou chamar a polícia.

— Não! — esbravejei, pegando o telefone dela.

Todos se viraram para me encarar, com medo e raiva em seus rostos.

— Não pode chamar a polícia — repeti, minha voz rouca. — Não é seguro.

A morena sacudiu a cabeça, furiosa.

— Aquele homem estava armado! Minha amiga quase foi agredida e...

— Ash também — disse, baixinho, a garota.

A cabeça da morena girou tão rápido que ela quase torceu o pescoço.

— O quê?

— Foi o que vi no banheiro — disse Laney, com a voz gentil. — Quatro homens estavam... agredindo ele.

— Então temos que chamar a polícia! — gritou frustrada a morena.

— Não posso confiar na polícia.

Todas se viraram para me encarar outra vez.

Laney se irritou.

— Meu pai é policial! Ele é o homem mais honesto que conheço! Como se atreve...?

Eu a interrompi com raiva:

— Não posso confiar na polícia aqui. Não posso confiar em ninguém! — Então fui até a porta, e olhei Laney bem sério nos olhos. — Ele viu você. Você tem que ir embora. Vá ficar com o seu pai da polícia. Não fique aqui esta noite!

Eu ia fugir. Eu me arriscaria nas ruas, não continuaria preso aqui como um rato em uma ratoeira.

— Espere!

Frustrado, virei-me para Laney.

— Você está machucado — disse ela, a voz suavizando. — Podemos ajudá-lo.

— Laney, não podemos nos envolver nisso — argumentou a morena.

Laney olhou para a amiga.

— Vocês não estavam lá. Não viram o que estavam fazendo... o que iam fazer. Temos que ajudá-lo. — Ela fez uma pausa, engolindo o medo. — Além disso, já estou envolvida. Eu vi seus rostos, como ele disse. E eles me viram.

A loira franziu a testa olhando para mim.

— Você está sujo de sangue — comentou, levantando e se aproximando. — Suas roupas estão ensopadas de sangue!

— Preciso ir — disse, entredentes. — Tenho que fugir!

A loira me ignorou e abriu a camisa rasgada. Todas as três ofegaram quando viram os vergões ensanguentados no meu corpo.

— Você não vai a lugar nenhum assim — disse a loira categoricamente. — Vanessa, pegue meu *kit* de primeiros socorros do nosso quarto e...

— Se ele me encontrar, vai me matar! — rosnei, afastando as mãos dela. — Tenho que ir agora.

Laney negou em um aceno.

— Ninguém sabe que está aqui. Você estará seguro...

— Ele viu você! — gritei, frustrado por ela não entender o perigo que estava correndo. — Ele viu uma garota em uma cadeira de rodas! Quanto tempo acha que vai demorar até ele te encontrar?

Os olhos dela arregalaram de medo, mas negou com a cabeça.

— Temos alguns minutos. Ele não sabe que estou neste hotel.

Uma onda de náusea me deixou tonto e precisei agarrar a maçaneta da porta para não cair.

A loira estalou os dedos.

— Vanessa, vá arrumar nossas malas. Traz tudo pra cá, depressa! Laney, me ajude o máximo que conseguir. E você — disse ela, apontando para mim. — Tire o resto de suas roupas.

Meu rosto ficou vermelho de raiva, mas quando hesitei, ela segurou o botão da minha calça.

Dei um pulo como se tivesse sido queimado, imagens horríveis de Sergei fazendo exatamente a mesma coisa invadindo minha mente.

Vi a compaixão repentina nos olhos da loira e sabia que ela entendia. A humilhação inundou-me e precisei fechar os olhos.

— Vou cuidar de você — disse, em um tom calmo. — Sou enfermeira. Pode usar o banheiro.

Assenti, sabendo que precisava de sua ajuda. Entrei no banheiro, piscando com as luzes fortes.

LANEY

Jo desapareceu no banheiro com Ash, e ouvi o chuveiro sendo ligado. Meu estômago revirou quando imaginei a água ficando vermelha com o sangue de Ash, vagarosamente descendo pelo ralo.

Sentei-me na minha cadeira idiota, sentindo-me inútil e aterrorizada, incapaz de ajudar.

Quatro minutos depois, Vanessa bateu na porta. Quando a abri, ela já estava de jeans e sapatos baixos; duas malas de rodas cheias de roupas mal embaladas atrás dela.

Vanessa correu pelo quarto, colocando todas as minhas coisas na cama.

— Ash precisa de algo para vestir — soltei, de repente, percebendo que suas roupas estavam arruinadas.

— Esse é o nome dele? Ash? Ele não parece americano — comentou Vanessa, distraída, enquanto enfiava as roupas na minha mala.

— Não sei de onde ele é. Ness, você é a mais alta. Tem calça de moletom, camiseta, ou algo assim que ele possa usar?

Vanessa franziu a testa e pegou uma camiseta amassada de tamanho grande e uma calça de moletom cinza da mala.

— Não sei, ele é bem alto.

— Não acho que ele vai se importar. — Fiz uma careta.

— Não, provavelmente não.

Ela colocou as roupas para Ash do lado de fora da porta do banheiro para que Jo pudesse pegá-las.

— Quem são esses homens? — perguntou. — O que fizeram com ele?

Não sabia quem eram eles, mas sabia o que eram.

— Acho que usaram um cinto nele — expliquei em voz baixa.

Vanessa ofegou e não consegui contar o resto. E não sabia como Ash se sentiria – não era assunto meu. Ele devia estar traumatizado com o que aconteceu. Empalideci com a cena repetindo na minha cabeça, de repente – os criminosos continuariam o que começaram antes que ele escapasse?

Jo veio do banheiro, tirando um par de luvas de látex ensanguentadas.

— Fiz o melhor que pude — disse ela, sua voz profissional no limite da raiva —, mas ele levou uma surra e a fivela do cinto... fez um estrago. Ele precisa de tratamento e descanso adequado.

— Ele precisa sair daqui — afirmei com seriedade.

— Ainda acho que devemos chamar a polícia — discordou Vanessa. — Nós não sabemos nada desse cara. Ele pode ser um criminoso, pelo que sabemos.

— Acorda, Ness! — gritei. — Ele é dançarino. Um dançarino! Não me importo se ele tem dívidas de jogo ou... ou vício em drogas... nem nada! Ele precisa de nós.

Vanessa me encarou, mordendo o lábio.

— Se serve de alguma coisa — comentou Jo, calma. — Não vi sinal de dependência química. E se ele é um criminoso, bem, quem tem ligações com a polícia é você. Fale com seu pai. Na verdade, ligue para ele agora. Ele poderia...

— Se eu fizer isso, ele vai me dizer para ir à polícia aqui. Você sabe disso.

Ficamos em silêncio, nos entreolhando.

— E o Ash? — perguntei desesperadamente. — Nós não podemos deixá-lo aqui!

Naquele momento, Ash abriu a porta do banheiro, nuvens de vapor rodopiando atrás dele. Ele estava vestido com a calça de moletom de Vanessa, que eram muito curtas e pairavam sobre seus sapatos lustrosos de dança.

Seus movimentos eram rígidos, sem a graça fluida que antes me fascinou. Seus olhos pretos encontraram os meus acinzentados.

— Você deveria ouvir suas amigas. Saia de Las Vegas. Não é seguro para você agora.

— E quanto a você?

Ele deu de ombros e depois estremeceu.

— Vou pedir carona.

— Você não está em condições de fazer isso — atestei. — Vou comprar uma passagem de avião para você. Para onde deseja ir?

Ash franziu a testa.

— Não posso pegar um avião — disse ele, categórico. — Eles roubaram meus documentos, mas os aeroportos também não são seguros.

Cerrei os dentes, frustrada.

— E de ônibus?

— Eles vigiam a rodoviária. — Ash balançou a cabeça. — Ele já está atrás de mim a essa altura.

— Vamos ter que ir de carro — eu disse, apressadamente. — Você consegue dirigir?

Ash assentiu, mas parecia preocupado.

— Claro, mas não tenho dinheiro, nem documento.

— Eu tenho.

— Você não está em condições — avisou Jo, realmente assustada.

— Eu sei disso — argumentei séria. — Vou alugar o carro e Ash vai dirigir.

— Até Chicago? Você enlouqueceu. Vai demorar três, talvez quatro dias!

— É a única maneira de tirá-lo da cidade — eu disse, determinada. — E não temos tempo para ficar por aqui discutindo.

Foi algo em que todos nós concordávamos.

Jo se encarregou de fazer o nosso *check-out* e Vanessa chamou um táxi.

Quando entramos no carro, uma viatura da polícia estava parado na calçada do lado de fora do hotel, e eu sabia que haveria problemas se fôssemos apanhados. Fugir da cena de um crime e deixar de prestar depoimento como testemunha de um homem armado em público não seria nada bom.

No aeroporto, me despedi das minhas amigas, prometendo manter contato. O avião de Vanessa para Seattle embarcaria em menos de uma hora e Jo ia pegar um longo voo para Boston. Ela também alugou um carro no cartão de crédito para mim e Ash, esperando que isso desviasse a atenção de qualquer pessoa à procura de uma mulher em uma cadeira de rodas.

Cerca de trinta minutos depois, eu estava sentada no banco do passageiro de um Chrysler 200, enquanto Ash guiava o carro pela escuridão plana do deserto. O cansaço tomou conta de mim, mas o medo manteve minha cabeça agitada, tornando o sono impossível.

Os ombros de Ash estavam curvados e a mandíbula cerrada pela tensão.

— Vou entender se não quiser falar — comecei a dizer cautelosamente, olhando para o perfil dele. — Mas por que aqueles homens querem machucá-lo?

Ele ficou em silêncio por tanto tempo que tive certeza de que não responderia.

Quando respondeu, sua voz estava baixa e calma, mas latejava com raiva reprimida:

— Eu vim para Las Vegas para dançar — disse ele. — Achei que era minha grande oportunidade — deu uma risada amarga —, mas logo percebi que estava trabalhando para a *Bratva*.

— Quem?

— Máfia russa.

— Meu Deus!

Máfia.

Só a palavra conjurava imagens feias e depois do que eu tinha visto...

— Estou aqui há quase seis semanas — continuou Ash com a voz tensa. — Eles pegaram meu passaporte e celular na primeira noite. Disseram que a rodoviária e o aeroporto eram vigiados. Disseram-me que não se podia confiar na polícia. — Ele olhou de soslaio. — Seu pai é policial?

— Sim, ele é capitão no 13º Distrito de Chicago. Você estará seguro lá.

Ash olhou incrédulo para mim.

— Nenhum lugar é seguro!

Ash soltou um palavrão, os nós dos dedos ficando brancos quando apertou o volante, e eu recuei diante de sua raiva.

A consciência da nossa situação se apossou de mim. Não conhecia esse homem, embora o instinto tenha me dito para ajudá-lo. Mas agora ele estava me assustando.

— Ele saberá o que fazer, Ash — sussurrei. — Precisa confiar em mim.

Ele ficou em silêncio por um momento antes de me olhar rapidamente.

— Você sabe meu nome.

Dei um sorriso fraco.

— Você me disse ontem à noite quando nos conhecemos.

Ele assentiu.

— Eu me lembro.

Mas pela expressão sombria dele, não parecia uma lembrança feliz.

— E você se chama Laney. Ouvi suas amigas te chamarem assim.

Ash batucou no volante e não pude deixar de encarar suas mãos. Tudo nesse homem era bonito. Pelo menos aqueles bandidos não bateram em seu rosto. Queria saber o porquê.

Tentei me obrigar a olhar pela janela para a noite vazia, mas meu olhar continuava sendo atraído de volta para Ash. Seus olhos estavam entrecerrados em concentração e agonia, um músculo saltando em seu rosto.

Ocorreu-me que ficar encarando desse jeito provavelmente o estava deixando desconfortável. Tentei pensar em uma maneira de aliviar a tensão, mas foi Ash quem falou primeiro:

— Você se importa se eu ligar o rádio?

— Claro que que não. Que tipo de música você gosta?

— Gosto da maioria das músicas— respondeu ele, soltando um pouco da tensão de seu corpo. — Qualquer coisa que eu possa dançar.

— Ah, sim — murmurei.

Ash olhou para mim por um segundo antes de ligar o rádio, passando por várias estações de música *country* até encontrar um programa de rock de fim de noite.

— De Copacabana a Hotel California?

Ash deu de ombros, e a pequena insinuação de um sorriso bonito que iluminava o palco curvou seus lábios.

— Acho que sim. Ouvi muita música americana enquanto crescia.

Fiquei aliviada com a relativa normalidade da conversa depois dos horrores da última hora.

— De onde você é?

— Eslovênia.

Ele olhou para mim para ver se eu tinha ouvido falar de seu país. Fiquei mortificada por não soar familiar, mas acho que ele estava acostumado a isso, porque quando viu minha confusão, continuou:

— Faz parte da antiga Iugoslávia. Conquistamos nossa independência em 1991.

— Parece que você já disse isso algumas vezes.

Ele assentiu.

— Sim, algumas.

— Uau, de algum lugar mais novo que a América — brinquei.

— A igreja Carmine Rotunda foi construída no século XII — rebateu Ash, erguendo as sobrancelhas.

— Oh — eu disse, sentindo-me ignorante.

Ash deu de ombros.

— Nós somos um país pequeno. Somente dois milhões de pessoas.

Houve uma pausa desconfortável conforme cada um de nós pensava no que dizer a seguir. Inevitavelmente, começamos a falar ao mesmo tempo.

— Ah, você primeiro — falei sem jeito.

Os olhos escuros piscaram para mim e ele lambeu os lábios, mexendo-se desconfortavelmente em seu assento.

— Tem uma menina...

Claro que tem, pensei triste.

— E?

— Ela está com problemas — continuou Ash, rapidamente, como se quanto mais rápido falasse, mais fácil seria.

Franzi o cenho, sem entender suas palavras.

— Grávida?

Ash pareceu confuso.

— Acho que não. É possível, não sei, mas ela está com problemas. Ela está sendo usada para... dormir com homens, sabe?

— Ela é... prostituta?

— Não. Sim, mas não quer ser. Ela é dançarina, como eu. Eu a vi no dia em que cheguei aqui e só mais uma vez na noite passada. Eles a mantêm em um lugar fora da cidade. Não sei exatamente onde.

Sua voz soou frustrada, tornando-se desesperada, quase implorando para mim.

— É em uma fazenda, acho. Ela disse que portavam armas, que a vigiavam. Tenho um carro agora, talvez a gente podia ir atrás dela?

Tantas emoções me envolviam. Eu me senti horrível por ter ciúmes quando pensei que Ash tinha uma namorada; depois chocada com o que ele disse ter acontecido com a pobre garota; então horrorizada que Ash pensasse que deveríamos enfrentar a máfia russa armada.

Era um verdadeiro pesadelo. Mais do que nunca, eu queria ligar para o meu pai. Precisava ouvir seus conselhos tranquilizadores quando estava com tanto medo e meus nervos em frangalhos. Precisava do seu julgamento lúcido. Sorrateiramente, verifiquei meu telefone enquanto respondia:

— Hum, Ash, isso não parece uma boa ideia. Quero dizer, você disse que estão armados e vigiando. Eu já vi uma arma esta noite e ainda estou tremendo. Não tenho certeza do que poderíamos fazer. Mas se ela está sendo mantida contra a vontade, então, definitivamente, devemos ir à polícia. — *Droga! Sem sinal.* — Qual é o nome dela?

Ash balançou a cabeça, impotente.

— Marta. Não sei o resto. Eu não sei de nada. Prometi ajudá-la!

E ele bateu a mão no volante, me sobressaltando, então deixei o telefone cair no assoalho.

Ash olhou para mim de novo antes de fixar os olhos na estrada.

— Me desculpe. É só que... será que seu pai... pode ajudá-la?

Toquei seu braço gentilmente.

— Quando você o encontrar, conte tudo a ele. Ele te ajudará. Essa é a minha promessa.

Ash franziu o cenho e assentiu, trêmulo.

A estrada se desenrolou de maneira suave em meio à escuridão. As estrelas eram pontos brilhantes de luz muito, muito distantes. Os faróis do carro eram consumidos durante a noite e parecia que estávamos sozinhos no universo.

Houve um longo silêncio antes de qualquer um de nós falar novamente.

— Obrigado — disse Ash.

Quando acordei, não no estado grogue e lento saindo de um sonho enevoado, mas uma inspiração súbita e aguda, senti como se meu corpo estivesse pegando fogo. A repentina onda de dor me acordou instantânea e completamente no susto.

Meus olhos lacrimejaram e tive que respirar devagar e profundamente. Quando senti que já era capaz de controlar a dor, abri os olhos. Estava sozinha no carro e feixes de luz cinza se infiltravam pela janela.

Virei a cabeça com cuidado e vi Ash a certa distância, parado ao lado da estrada. Ele se inclinou de repente e vomitou muito.

Meu instinto era ir até ele, mas meu corpo me venceu, confinando-me no banco do carro. Em vez disso, peguei a bolsa e meus remédios, engolindo-os com um pouco da água que havia comprado no aeroporto. Não era ideal tomá-los com o estômago vazio, mas não dava para encarar uma barra de Snickers, que era a única comida que eu tinha comigo.

Tentei me endireitar, mas meu corpo reclamou, travado em uma posição dolorosa e desconfortável. Os minutos se passaram e Ash ainda estava parado na estrada, mas agora com a cabeça inclinada para trás, olhando para o céu.

A névoa da manhã se dissipou e o sol pintou a paisagem em tons de cinza e marrom que lentamente se transformaram em vermelho e dourado à medida que o sol se elevava. Fiquei horrorizada ao ver que a parte de trás da camiseta de Ash estava manchada – manchas escuras que só podiam ser sangue seco.

Finalmente, ele se virou e voltou para o carro, a expressão mudando quando percebeu que eu estava acordada e o observando.

Nós nos encaramos sem jeito.

— Sinto muito por ter acordado você — disse, por fim.

— Você não me acordou.

Ele deu de ombros e depois estremeceu.

— A estrada à frente se divide, então eu não sabia para onde ir.

Se havia outra razão para ele ter parado, não estava admitindo.

Peguei meu telefone e fiz uma careta. A bateria já era. Deve ter acabado durante a noite e pude visualizar o exato local no quarto do hotel onde esqueci o carregador.

Suspirando, enfiei o celular de volta na bolsa e procurei no porta-luvas pelo mapa da agência de aluguel.

— A partir daqui, entramos na I-70. Isso nos leva a Denver.

— Den-ver — Ash rolou a palavra em sua língua e olhou para mim sem entender. — Tá bom.

— Você está bem para dirigir? Parece cansado.

— Dá para dirigir.

Concordei com a cabeça, embora sua resposta não tivesse me convencido.

— Preciso encontrar um banheiro — comentei, desconfortavelmente.

A testa de Ash enrugou de preocupação.

— É claro. Me desculpe.

— Não se preocupe, está tudo bem. É só que... Não consigo... fazer aí fora, sabe?

Ash sorriu de boca fechada.

— Muito mais fácil para um homem.

— É, basta mirar.

Falei sem pensar, mas a constatação de que Ash deve ter feito exatamente isso, tocar-se, fez minhas bochechas queimarem de vergonha.

— Desculpa!

Mas Ash sorriu, um canto da boca curvando-se brevemente.

— Acho que já vimos muito um do outro para sentirmos vergonha.

Não sabia o que dizer, mas minha memória relampejou com o corpo nu de Ash suspenso entre os dois criminosos, seu sangue pingando no chão.

— Eu deveria ligar para o papai — murmurei, piscando rapidamente.

— Está muito cedo — comentou Ash.

Olhei para o relógio do painel do carro. Eram 5h47 da manhã.

— Ele já está acordado agora. Chicago tem o fuso horário diferente. Preciso encontrar um telefone, o meu está sem bateria.

— O que vai dizer a ele?

Olhei para cima e encontrei seu olhar. Percebi que eram mais claros do que pensava, castanhos em vez de mais escuros – e muito bonitos. Gaguejei minha resposta:

— T-tudo.

Ash assentiu, mas não falou nada. Ele estremeceu um pouco quando se sentou no banco do motorista e girou a chave para dar partida no motor.

Quando pegamos a estrada novamente, olhei para ele.

— Você passou mal.

Os ombros de Ash tensionaram.

— Sim.

Ele não queria falar sobre o que havia causado aquilo. Não toquei mais no assunto.

Dirigimos mais quarenta minutos e a vontade de ir ao banheiro se tornou premente. Minha bexiga estava tão cheia que cruzei os braços, pernas e fechei os olhos. Felizmente, meus remédios fizeram efeito e me mexer já não doía tanto. Quando nos aproximamos de um restaurante, Ash parou e estacionou.

Sem que eu precisasse dizer qualquer coisa, ele tirou a minha cadeira de rodas do porta-malas e a trouxe até a porta. Lentamente, eu me acomodei na cadeira, caindo com um suspiro quando Ash se inclinou para descer o apoio dos pés.

Algo tão simples exigiu muito esforço.

Mas não pude deixar de sorrir quando o vi puxando a calça de moletom emprestada um pouco para baixo, tentando evitar que os tornozelos ficassem expostos. Ele olhou para cima e viu a minha expressão divertida.

— Estou ridículo. — E fez beicinho. — Pareço um palhaço.

Soltei a primeira risada de verdade no que pareceu ter passado uma eternidade.

Com certeza, ele não estava tão bem-vestido como sempre. Marcas escuras cobriam suas bochechas e queixo, dando-lhe uma aparência mais áspera, muito diferente de seu visual suave habitual.

Seu sorriso foi relutante, mas estava lá.

Então estremeceu, e desejei ter pensado em conseguir algo mais quente para ele, além de uma camiseta fina. Teríamos que encontrar uma loja em breve.

Ele me empurrou para a lanchonete, e vi a expressão séria do atendente suavizar quando viu a cadeira de rodas. É, lá estava o olhar: de pena.

Ash me levou até a porta do banheiro, depois hesitou.

— Consegue... ?

— Sim, eu dou conta — respondi rapidamente, abrindo a porta com a cadeira.

Deus, o alívio quando finalmente consegui ir no banheiro. Decidi que o prazer de fazer xixi em um vaso sanitário limpo era seriamente subestimado. As pessoas deveriam escrever poemas a respeito disso.

Ash ainda estava me esperando quando saí. Pensei que fosse estar com um café na mão agora, mas, em vez disso, ele me empurrou para uma mesa no canto, depois deslizou no assento ao meu lado.

Ele brincou com o menu gorduroso e olhou envergonhado em minha direção, apesar de não encontrar meus olhos.

— Peça o que quiser — eu disse, como se não fosse nada.

Ash fechou o cardápio e cruzou os braços, olhando pela janela.

— Não estou com fome. Obrigado.

— Olha só... — falei, inclinando-me para a frente na cadeira e colocando a mão em seu cotovelo para que olhasse para mim. — É um longo caminho até Chicago e estou contando com você. Não posso dirigir quando estou assim. Preciso de você, então, por favor, coma. Tudo bem?

Ele olhou para cima, seus olhos percorrendo meu rosto, depois assentiu uma vez.

Sua concordância pode ter sido relutante, mas quando o garçom trouxe o prato de bacon, ovos e panquecas que pedi para ele, Ash comeu, faminto.

Meu estômago doía – muitos medicamentos com o estômago vazio. Comi o máximo que pude, depois empurrei o prato.

Os olhos de Ash o seguiram, mas ele não disse nada.

— Talvez possa comer o restante? — sugeri. — É uma pena desperdiçar.

Ash parecia dividido, mas depois cedeu à fome e colocou o resto de comida em seu prato e terminou cada garfada.

Fiquei imaginando como se mantinha tão em forma se comesse assim o tempo todo. Se eu olhasse para uma panqueca, acabava com ela e sua irmã gêmea nos quadris no dia seguinte. Não era justo.

Então pensei no que Ash havia passado. Não, a vida definitivamente não era justa.

Ash dirigiu pelas próximas oito horas. Começamos a subir cada vez mais na estrada, o céu se tornou um azul cristalino, e a temperatura despencou a cada quilômetro percorrido.

Não conversamos muito, só ouvimos rádio, deixando os quilômetros passarem, cada minuto nos afastando daquelas pessoas más. Comecei a me sentir mais segura, talvez um pouco esperançosa por Ash, que ficou a maior parte do tempo em silêncio. Mesmo que eu cochilasse por causa dos efeitos dos remédios e pelo cansaço, teria feito qualquer coisa pela chance de me deitar em uma cama macia.

Finalmente chegamos a um hotel de estrada, um Super 8, não muito longe de Denver.

Ash estava quase sonâmbulo e eu, bem, era qualquer que seja o equivalente quando se está em uma cadeira de rodas.

Como dois zumbis, que só recentemente haviam sido reanimados, Ash entrou no motel, empurrando-me devagar. A boa notícia era que tinham um quarto livre; a má notícia, havia apenas um, portanto, teríamos que dividir.

Eu estava tão cansada, que pouco me importava, e Ash parecia que não seria capaz de dar mais um passo.

Ele abriu a porta do nosso quarto e nós encaramos a confortável cama king size. Não havia sofá.

Ash abriu a boca para falar, mas gesticulei dispensando qualquer objeção que ele pudesse fazer.

— Não ligo. Só quero dormir.

Ash assentiu cansado, jogou minha bolsa em um lado da cama e desabou de bruços no outro.

Segundos depois, sua respiração acalmou e seus lábios macios se separaram, relaxando em um sono profundo. Ele nem tinha tirado os sapatos.

Hesitei, depois me virei para frente, desamarrando cuidadosamente os sapatos dele e, devagar, tirei primeiro um, depois o outro. Ash murmurou algo que não entendi, seus longos dedos se contorcendo inquietos, e depois ficou imóvel.

Aliviada por não o ter acordado, fui para o banheiro. Um banho seria maravilhoso, mas muito difícil. Em vez disso, lavei o rosto e escovei os dentes.

Quando voltei para o quarto, olhei para o corpo adormecido de Ash. Ele parecia mais jovem, apesar da sombra da barba escura e por fazer. Algo em sua tranquilidade exalava jovialidade. Talvez o sono apagasse todas as coisas feias que ele sofrera, mesmo que somente por algumas horas.

Então percebi seus braços arrepiarem. Nunca conseguiria puxar a colcha debaixo de seu corpo pesado sem acordá-lo, então, virei-me para o armário, suspirando quando vi o cobertor que eu queria, dobrado e fora de alcance.

Resolvi tirar o meu casaco e o coloquei sobre seus ombros. Foi o melhor que pude fazer.

Com alguma dificuldade, tirei meu jeans e o sutiã por baixo da camiseta. Todo o resto ficou.

Então me sentei na cama e tentei relaxar com um homem estranho ao meu lado. Mas o calor sólido de Ash era reconfortante e acabei adormecendo sem sentir dor.

CAPÍTULO OITO

ASH

Meu pulso ferroou, e acordei assustado. Em estado de alerta na hora, procurei a ameaça, mas o lugar ao meu redor estava silencioso. Com meu batimento cardíaco diminuindo aos poucos, senti o corpo tremer de frio e as imagens violentas do meu último pesadelo.

Meu coração voltou a disparar quando percebi que não estava sozinho na cama, mas então vi o cabelo loiro cor de mel no travesseiro e, ela – a garota bonita –, a mulher na cadeira de rodas.

Estava agarrado à jaqueta jeans dela com força, ainda pendurada nos meus ombros. Tinha o seu cheiro – coco e talvez flores. Era delicado, como ela.

Eu me sentia todo rígido até que a bola de tensão no centro do meu peito começou a afrouxar.

O pesadelo desapareceu lentamente e a claridade da luz do dia destacou as melhores lembranças. Olhei para a garota – mulher –, olhei de verdade para ela.

Estudei as sardas em seu nariz e bochechas que havia escondido com maquiagem ontem. Linhas finas se espalharam de seus olhos e marcavam sua boca. Os pulsos eram estreitos e os ombros esguios apontavam o tecido de sua camiseta. Mas seus braços pareciam fortes – provavelmente por empurrar a cadeira de rodas.

O que acontecera com ela? Um acidente, talvez? Mas ela podia andar um pouco, eu tinha visto, muito devagar e dolorosamente.

A culpa fez minha dor de cabeça piorar. Eu deveria ter perguntado a ela. Fiquei tão absorvido pelos meus próprios problemas, que nem ao menos tentei descobrir.

Outra coisa para me fazer sentir culpado. Marta, a garota, talvez até Yveta e Gary. Qualquer coisa podia ter acontecido com eles agora.

Esfreguei as têmporas, tentando afastar a dor latejante. Estava desidratado: café demais, água de menos.

Olhei de novo para a mulher dormindo pacificamente ao meu lado.

Laney.

Ela era bonita. Minha memória não estava errada. Ela não era linda, não do tipo que se destacava, mas agora que a tinha visto, não podia esquecê-la. Conheci muitas mulheres bonitas: dançarinas, amigas, namoradas. O mundo da dança de salão é fascinante – a beleza é algo em que você trabalha. Linhas bonitas, ótima estrutura, mãos suaves, movimentos fluidos, qualquer que seja o esforço. Todo o glamour está do lado de fora – por dentro é muito trabalho pesado.

A maioria das minhas amigas eram dançarinas. Tentei sair com garotas fora desse ambiente, mas sempre ficavam com ciúmes da quantidade de tempo que eu passava treinando com minha parceira de dança; ressentiam-se da proximidade física e odiavam assistir as danças sensuais, especialmente a rumba.

Mas namorar dançarinas também é difícil. Se o relacionamento não der certo, a parceria de dança geralmente acaba, com meses ou até anos de treinamento desperdiçados. Aconteceu com Jana, minha última parceira – ela estava me pressionando para algo mais sério. Do namoro casual, ela chegou à conclusão de que morar juntos era o próximo passo – coisa que eu não queria. Então me largou por um cara que era ex-campeão mundial e duas vezes mais velho que ela.

Essa era uma das razões pelas quais me inscrevi para a vaga de Las Vegas.

Mas com Laney, foi o calor dela que me atraiu, a suavidade e sua força.

Ela também me viu. *Realmente* me viu – no meu pior, no meu momento mais fraco – e me ajudou. Ela me salvou.

E ainda estava me ajudando agora.

Destemida. Tão corajosa, porra.

Sentei-me devagar. A pele nas costas e bunda estava ardendo de dor – como facas me cortando sem parar. Queria muito tomar banho, mas a outra mulher, a enfermeira, fez curativo nas piores lacerações e eu não conseguia alcançá-las.

Cerrei os dentes, lembrando dos golpes do cinto, a fivela beliscando a pele, os grunhidos de Sergei se masturbando ao mesmo tempo.

Engoli a náusea e a vergonha. Não queria mais pensar nisso. Nunca mais. Deixaria isso por conta dos meus pesadelos.

Laney foi tão corajosa quando tudo aconteceu. Nossa, havia sido só duas noites atrás? Ela não tinha desmaiado ou gritado; ela planejou, tomou decisões – ela me ajudou a escapar.

Senti uma onda calorosa de gratidão.

Movendo-me de forma rígida, fui ao banheiro para dar uma mijada muito bem-vinda.

Olhei com ansiedade para a escova de dentes de Laney, mas parecia errado. Assim, usei o dedo para limpar os dentes com um pouco de creme dental.

Jesus, precisava muito tomar banho, mas seria humilhante ter que pedir a Laney para tirar os curativos. Não queria fazer com que se lembrasse do estado em que me encontrou – desamparado, destruído.

Mas quando voltei para o quarto, ela estava sentada e esfregando os olhos sonolentos.

— Oi — falei.

Seus olhos se arregalaram e, nervosa, puxou o lençol mais alto, mas não antes de eu ter visto o contorno de seus seios e mamilos duros pressionando através da camiseta. Senti uma labareda de calor e tive que desviar o olhar.

— Oi — sussurrou, puxando o lençol mais um pouco.

Tentei pensar em algo para quebrar o silêncio constrangedor, mas nada parecia certo. O que deveria dizer à mulher que salvou minha vida, uma que eu mal conhecia, mas tinha divido a cama comigo?

— Eu... — Nada saiu. Dei de ombros. — Obrigado — murmurei, enfim.

Laney franziu a testa ligeiramente.

— Pelo quê?

Por salvar minha vida. Por me salvar de tudo o que aquele sádico fodido queria fazer comigo. Obrigado por confiar em mim.

Mas não disse nada disso. Só gesticulei com a cabeça para a jaqueta jeans dela, dobrada no canto da cama onde eu a havia deixado.

— Obrigado por sua jaqueta.

Ela sorriu, gentil.

— De nada.

Continuamos nos encarando até que indiquei a cadeira de rodas.

— Precisa de ajuda?

— Não, eu consigo sozinha, obrigada — respondeu. — Na verdade, me sinto melhor hoje, então deve facilitar as coisas um pouco mais rápido também.

Ela riu, mas parecia forçado.

Foi a minha vez de franzir a testa.

— Você não a usa sempre?

— Não. Não com tanta frequência assim. Só quando tenho uma crise muito forte.

— Qual é o seu problema?

Foram cinco segundos antes que eu percebesse como soou muito mal isso.

Laney arqueou uma sobrancelha.

— Meu namorado diz que gostar de "Buffy, a Caça Vampiros" é errado, porque é um seriado feito para adolescentes e tenho 29 anos. Eu discordo, Buffy é fodona. Foi isso que você quis dizer quando perguntou qual é o meu problema?

Estremeci e abaixei a cabeça.

— Desculpa. Eu só quis...

Laney deu um sorriso contrito.

— Eu sei o que você quis dizer. E a resposta é Artrite Reumatoide.

Conhecia a primeira palavra.

— Achei que era doença de pessoas mais velhas? — perguntei, minhas palavras hesitantes.

Eu ainda devia parecer sem noção, porque Laney explicou logo:

— Você está falando de Osteoartrite. Todo mundo se confunde. Essa gera o desgaste da cartilagem. O que eu tenho, pode acontecer em qualquer idade, desde o nascimento, se tiver azar, ou ser especial, pode-se dizer. — E deu uma risada triste. — Isso significa que minhas articulações podem ficar inchadas e doloridas, entre outras coisas. Em dias ruins, preciso da cadeira de rodas; na maioria das vezes, até que fico bem. Questão de sorte.

— Não tem remédios para isso?

— Sim e não. Pode ser controlado, até certo ponto, mas é praticamente um trabalho de adivinhação. Não tem cura. — Laney deu um sorrisinho. — Às vezes, o melhor remédio é fazer as coisas que te fazem feliz, coisas que lembram que a vida é boa, e estar vivo é o melhor presente.

Ela sorriu como se estivesse falando sério e acenou com a mão para mim.

— Pode perguntar, posso ver que tem mais perguntas.

Sentei-me na beira da cama e olhei para a cadeira de rodas vazia.

— Você sempre teve isso?

— AR? Desde que eu tinha sete anos. Por favor, não diga que sente muito.

Lancei um breve olhar para ela.

— Você odeia isso, né?

— Você percebeu? — Laney riu.

Assenti.

— O jeito que você olhou para a mulher na lanchonete ontem, foi um olhar bem... rancoroso.

— Ai, que vergonha! Tento não fazer isso. — Laney riu, o nariz enrugando. — Às vezes, simplesmente escapa.

Eu sorri.

— Sei como é! Os amigos do meu pai sempre sentem pena dele, por ter um filho dançarino. Eles acham que é... — Eu me esforcei para lembrar da palavra em inglês. — Afeminado — consegui lembrar, meu sorriso desaparecendo.

Olhei com seriedade para ela, para que me entendesse.

— Eu não sou gay.

A risada bufante de Laney nos surpreendeu.

— Não sou! — repeti na defensiva. — Eu digo às pessoas que pratico dança de salão e elas acham que devo ser gay. Toda vez!

— As pessoas acreditam em estereótipos porque são previsíveis — disse ela, balançando a cabeça. — Mas por que dança de salão? O que foi que te atraiu nisso?

— O Paso Doble — respondi com sinceridade. — Tão forte e masculino, o homem contra seus próprios demônios, sua própria fraqueza, lutando para ser corajoso.

As sobrancelhas de Laney se ergueram. Pude ver que nunca pensou nisso dessa forma, mas acho que entendeu. Não com a mesma intensidade, mas ela entendeu.

— Qualquer mulher saberia, a milhares de metros, que você não é gay. Você é tão...

Ela parou de repente e eu inclinei a cabeça de lado, querendo que ela terminasse a frase.

— Eu sou o quê?

— Hum, eu ia dizer, tão viril — murmurou Laney, pigarreando.

— Homens gays são viris.

— Eu sei. Quis dizer, bem, apenas que é *óbvio* que você não é gay. Jesus, estou dizendo isso tudo errado!

Suas bochechas coraram e seu olhar disparou para o meu corpo. Meus ombros relaxaram e eu sorri para ela, inclinando-me mais perto, com os olhos ainda fixos nos dela.

— Você acha óbvio que não sou gay? Eu podia tornar isso mais óbvio... mas você tem namorado.

Sorri triunfante e depois me afastei.

Os olhos dela se estreitaram. Então ela me surpreendeu, agarrando um travesseiro e jogando-o na minha cabeça.

Ergui as mãos num reflexo e por pouco não fui atingido.

Assim que minha surpresa se dissipou, dei um sorriso maligno. Ela gritou quando comecei a sacudir o travesseiro nela. Mas então lembrei que ela era deficiente – não era uma luta justa. Coloquei o travesseiro de volta na cama, dando de ombros timidamente.

— Desculpe.

Sua expressão era algo entre aborrecimento e tristeza, e sabia que tinha feito a coisa errada.

— Preciso ir ao banheiro — murmurou.

Ela ficou chateada, e eu bem que podia me dar uns tapas por isso. Nunca tinha conhecido uma pessoa com deficiência antes, não sabia como me comportar e o fato de continuar esquecendo que ela usava uma cadeira de rodas me pegava de surpresa.

— Será que poderia olhar para o outro lado? — Laney pediu. — Estou um pouco desprevenida aqui com as minhas roupas.

Eu a encarei.

— Você poderia fingir que sou gay.

— Vire de costas!

Eu me virei de costas, mãos nos quadris.

Houve um súbito silêncio.

— Como você está? — perguntou timidamente. — Como estão suas costas?

Endureci na mesma hora.

— Bem — menti.

— Eu duvido — ela disse, educada. — Ash, sou a última pessoa de quem você precisa esconder a dor.

Abaixei a cabeça com suas palavras e dei uma rápida olhada por cima do ombro, deparando com seu olhar atento em meus ferimentos das costas, a expressão compassiva. E sabia que ela podia ver o sangue fresco que manchou a camiseta emprestada.

— Está doendo — admiti. — Gostaria muito de tomar banho. Preciso... será que poderia me ajudar a tirar os curativos?

Laney assentiu.

— Claro. Só me deixe.... me dê um minuto, tá bom?

Ela deslizou em sua cadeira de rodas, tentando esconder a calcinha, mas pelo menos, parecia estar se movendo com mais facilidade.

Não ouvi o chuveiro aberto e me perguntei como conseguia fazer coisas assim, ainda mais quando tinha... como ela disse mesmo? Uma crise?

Tirei a camiseta, franzindo a testa para as manchas de sangue. Estava pior do que eu pensava.

Poucos minutos depois, Laney saiu de novo. Ela deu uma olhada no meu corpo e seus olhos encheram de lágrimas. Eu não a queria chorando pelo que aqueles desgraçados haviam feito comigo. Mas ela se forçou a falar com normalidade:

— Tudo bem, me deixe dar uma olhada.

Um por um, ela tirou os curativos da minha pele. Eu já sabia que os machucados também estavam melhorando, e o espelho revelava que havia me transformado em um caleidoscópio preto e roxo.

— Pode se ajoelhar para que eu possa alcançar seus ombros?

Ajoelhei-me na frente dela, meus pés embaixo da cadeira de rodas e a parte de trás das coxas pressionada contra os joelhos. Suas mãos tremiam um pouco enquanto ela cuidava dos ferimentos, mas mesmo que seu toque fosse gentil, não pude deixar de gemer de dor, e meus músculos contraíram sob seus dedos.

Sabia que ficaria permanentemente marcado, carregando as cicatrizes para sempre. Jamais superaria o trabalho de Oleg. Ou as lembranças doentias. Se ficasse muito ruim, poderia ter problemas para conseguir o trabalho em um teatro de novo. As pessoas vão assistir números de dança para se sentirem bem, não para ter o estômago revirado pelo Quasimodo[1].

Eu teria que abolir os coletes do Paso Doble no meu futuro.

Raiva e frustração surgiram dentro de mim: *nunca* esquecer a Bratva.

Senti as mãos frias de Laney na minha pele lacerada. Gostei da maneira como me tocou – gentil, mas não hesitante. Ela conhecia a dor e não era intimidada por ela. Não deixou que a doença a vencesse. Que a possuísse. Cerrei os dentes: podia estar marcado, mas Sergei *não* venceria.

Minha cabeça girou com pensamentos amargos de vingança. Jamais tinha segurado uma arma na minha vida, mas agora queria muito.

Se o monstro estivesse na minha frente, nesse instante, eu puxaria o gatilho. Eu seria capaz, sabia que podia. E não sentiria... nada.

Era como se a intensidade das últimas semanas tivesse deixado meu reservatório emocional seco. Eu me sentia vazio, sem nada por dentro.

Talvez devesse estar preocupado? A dança era minha paixão, mas vinha de dentro de mim. Se minha paixão se foi, o que restou?

Até esse pensamento parecia distante e sem importância, como se uma vidraça me separasse de ver essa vida fodida.

Então Laney tocou um ponto particularmente sensível, e eu estremeci, respirando fundo para segurar a dor.

— Desculpa — murmurou.

Fiquei tenso quando ela deslizou a calça de moletom para baixo, descobrindo a curva superior da minha bunda para trocar outro curativo. Mas uma sensação muito diferente correu pelo meu corpo.

Merda! Agora não!

Cobri meu pau com a mão, tentando esconder a tentação repentina na calça. Laney não precisava ver isso. Ela pensaria que eu era algum tipo de aberração que se excitava com a dor.

Então comecei a me questionar se ela podia fazer sexo. Será que a machucaria? Ela já fez alguma vez?

Ela tinha namorado, mas isso não significava...

Afastei o pensamento, concentrando-me em verificar o acabamento do teto.

---

1 Personagem de O Corcunda de Notre Dame.

Felizmente, minha ereção desapareceu quando ela terminou. Mesmo assim, peguei o rubor em suas bochechas quando me virei. Será que ela viu?

— Vou tomar banho agora — avisei, apontando com o polegar no banheiro.

— Espera! Eu deveria... — Laney gaguejou, impotente. — Era bom tirar uma foto. Para evidências.

Meu rosto ficou impassível.

— Sua amiga tirou uma foto. E seu telefone está sem bateria.

Então me virei e entrei no banheiro.

Eu era só um caso de caridade – não era homem para ela.

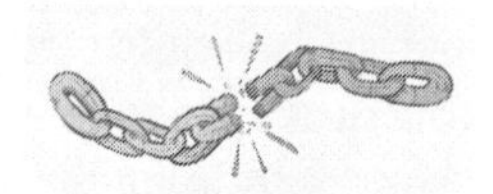

LANEY

Ouvi a água do chuveiro e me dei uma bronca mental.

Ele foi brutalizado e traumatizado. Poderia ser um sobrevivente de estupro, até onde eu sabia.

E não somente isso, era difícil estar perto dele, tocando-o dessa forma íntima. Ash era tão...

Depois me senti culpada por causa de Collin. Mais ou menos. Nós terminamos, não? Ele não respondeu minha última mensagem – quer dizer, não que eu soubesse.

Meus sentimentos por Ash eram confusos. Eu queria ajudá-lo, cuidar dele, salvá-lo mesmo. Mas também estava atraída por ele. Esses sentimentos não eram errados... a menos que eu agisse por conta disso.

Suspirei.

Nota mental: salve só caras feios na próxima vez.

Ash ficou no banheiro por tanto tempo que comecei a pensar no que ele estava fazendo. Mas quando apareceu só de toalha, explicou depressa, como se estivesse tentando me tranquilizar, de que não estava andando quase nu de propósito.

— Lavei as roupas. Para tirar o sangue. E as pendurei no toalheiro. Logo devem secar um pouco para eu poder usá-las. Ou não.

E me deu um sorriso tenso, porque roupas úmidas eram a menor de suas preocupações.

Retribuí seu sorriso o melhor que pude.

— Vi um Walmart aqui do lado — comentei, tentando um tom normal de conversa. — Vou ver se compro jeans e algumas camisetas ou...

Ash ergueu a mão, interrompendo minhas palavras oscilantes.

— Não. Você já fez muito. Não posso tirar...

— Ash — falei, interrompendo com delicadeza. — Não é tirar, sou eu quem está oferecendo. E nós estamos nisso juntos.

Ele fechou os olhos e murmurou algo em seu próprio idioma.

— Vou te pagar de volta. Tudo.

— Que tal isso — eu disse, com cuidado. — É uma ideia simples, tenho certeza de que conhece: corrente do bem.

Ash olhou para mim sem entender.

— Não entendi.

— Eu te ajudei porque podia, porque quis. Talvez um dia você encontre alguém que precise de ajuda e, portanto, vai ajudar pelo simples fato de poder. E eles farão o mesmo. Corrente do bem, entende?

Ash engoliu e eu observei o movimento sutil e erótico de sua garganta.

— Você é uma boa pessoa — disse ele.

Eu era? Era uma boa pessoa? Desejando este homem ferido enquanto meu namorado ou ex-namorado estava em casa?

Ash ainda me observava.

— Qual é o seu nome? Seu sobrenome, quero dizer.

Eu sorri. O papo de se conhecer melhor – é, isso eu podia fazer.

— Hennessey. Laney Hennessey. Ascendência Irlandesa há cinco gerações. E você?

— Aljaž Novak. Meu pai é Jure. Vocês dizem "George".

Esperei por mais, mas foi tudo o que ele disse.

— Essa é toda a sua família?

Ash assentiu.

Nada de mãe? Sem irmãos e irmãs? Achei aquilo insuportavelmente triste. Eu me esforcei para manter o tom alegre.

— Bem, se estamos falando da minha família, ficaremos aqui para sempre.

O canto da boca de Ash se curvou em um sorriso.

— Minhas roupas estão secando, não vou a lugar nenhum de toalha.

Sim, eu era uma altruísta – salvando mulheres de todo o mundo de um homem lindo com um abdômen trincado, vestindo nada além de uma toalha.

— Hmm, uma audiência cativa! — Eu o provoquei. — Você pediu por isso. Meu pai chama-se Brian, ele é um capitão da polícia, como eu disse. Minha mãe, Bridget, é dona de casa; e eu tenho três irmãs, Bernice,

Linda e Sylvia; são casadas com Al, Joe e Mario, e, ao todo, têm sete filhos. Meu tio Donald está no corpo de bombeiros e é casado com Carmen. Eles têm quatro filhos; meus primos, Stephen, Paddy, Eric e Michael. A irmã da minha mãe, Lydia, é casada com o tio Paul e eles têm dois filhos, Trisha e Amelia. Já chega de ouvir? Porque há muitos primos de segundo grau e amigos da família que também são quase familiares.

— Uau! — Ash piscou, balançando a cabeça. — É muita gente.

— Eles são ótimos, na maioria das vezes. — Sorri. — Mas ter uma família grande... Eu sou a caçula dos primos em primeiro grau, então é como se tivesse seis mães e pais e uma dúzia de irmãos e irmãs, e eles se metem na minha vida o tempo todo.

Balancei a cabeça.

— Você deveria ver nossa casa no Dia de Ação de Graças, uma loucura.

Esperei que Ash dissesse algo mais sobre sua família, mas uma expressão distante nublou seu rosto. Eu já percebia que não era próximo de seu pai, e ele não havia mencionado a mãe. Talvez ela não estivesse na vida dele? Ou, talvez, não fosse da minha conta.

Limpei a garganta.

— Por que não pede um desses menus para viagem e, enquanto esperamos, eu verei o que o Walmart tem a oferecer?

Ash brincou com a ponta da toalha, uma careta no rosto, e eu suspirei.

— Nós já conversamos sobre isso — lembrei-o delicadamente. — Você paga quando puder. Agora, quanto você calça?

— Quarenta e seis — murmurou após uma breve pausa.

Ergui as sobrancelhas, confusa.

— Como?

Ash percebeu minha surpresa e depois balançou a cabeça como se quisesse encaixar alguma coisa no lugar.

— Doze no tamanho americano. Desculpe.

— Você me preocupou por um minuto. — Dei risada.

Olhei para seus pés descalços, de repente, e me lembrei que havia muita pele masculina exposta à vista. Mesmo sentado na beira de uma cama de motel, ele parecia elegante, as panturrilhas musculosas levando a coxas grossas e fortes, e seu abdômen era um músculo plano acima da toalha, os gomos ondulados se movendo a cada respiração, o peito definido, mas não estufado. Mas os machucados...

Desviei o olhar antes de encará-lo outra vez. Não queria que ele percebe o que eu estava pensando.

— Que tamanho de calça? — perguntei.

— 38.

— Certo, volto logo — eu disse, minha voz animada demais. — Peça o que quiser, estou morrendo de fome! — E deixei um pouco de dinheiro na mesinha.

— Você está sem sapatos — comentou Ash, com a voz séria.

— Não preciso — respondi, não querendo mencionar que não dava conta de enfrentar os Louboutins de novo nos meus pés.

— Está frio lá fora, Laney.

Que Deus me ajude, mas amei o jeito que ele disse meu nome.

Senti como se toda vez que olhasse nos olhos dele ou deixasse meu olhar permanecer em seu corpo bonito e firme, meu QI caía mais alguns pontos.

— Cadê os seus sapatos? — pediu.

Meu tênis estava na mala, mas eu não conseguia alcançar os pés para colocar meias ou amarrar cadarços. Não ia me preocupar com isso hoje.

— Eu não preciso deles — argumentei, não querendo admitir que havia algo que não podia fazer, principalmente na frente dele.

— Você é teimosa!

Sua voz estava calmamente divertida, mas era verdade. E, às vezes, era útil ser desse jeito. Ser assim significava que eu poderia me recusar a ceder à dor. Teimosia era sair da cama quando o corpo gritava para não se mexer. É, eu era teimosa.

— Eu...

Minha voz travou quando Ash não esperou por uma resposta e foi vasculhar na minha mala, pegando um par de meias vermelhas.

— Pode ser essa? — perguntou, a voz insegura.

Assenti sem palavras, e então ele se ajoelhou na minha frente, com cuidado, colocando o tecido macio nos meus pés. Ele fez tudo tão instintivamente, sem confusão, sem drama.

Lágrimas se acumularam nos meus olhos conforme analisava sua cabeça morena inclinada sobre mim, seu cabelo ainda molhado.

Ele colocou meus pés inchados no tênis e os amarrou bem frouxo, depois me entregou a jaqueta e bolsa.

— Você não vai ficar com frio agora.

— Obrigada — agradeci com a voz enfraquecida.

Ele abriu a porta e eu saí, grata pela lufada de ar frio ao sair do prédio.

A gentil consideração de Ash me comoveu mais do que eu queria admitir, e não tinha certeza do porquê.

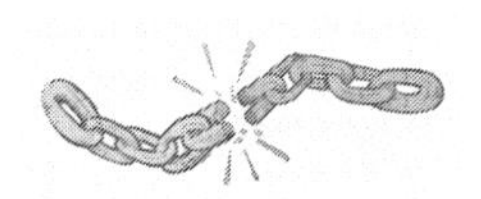

ASH

Depois que ela se foi, andei pelo pequeno quarto.

Os pensamentos me atormentaram. Queria arrancar meu cérebro para não me lembrar mais. Mas não podia. Assim, atacaram minha cabeça. E comecei a pensar no que aconteceria quando chegássemos a Chicago, se ela ainda ia querer me conhecer. Teria que contar *tudo* a seu pai se quisesse que Sergei e Oleg fossem presos e punidos, se quisesse que Volkov fosse detido. Mas então teria que admitir o quão estúpido e fraco fui, como eles me manipularam. Teria que admitir que me vi impotente quando Oleg assassinou a garota, espancou o cozinheiro coreano até matá-lo, e testemunhei Marta ser forçada a se prostituir. Eu vi, sabia e não fiz nada.

Teria que admitir o que Sergei tinha feito comigo, não uma vez, mas duas.

A memória pesada e sufocada revirou meu estômago e corri para o banheiro para vomitar. Meus joelhos atingiram o chão e a privada fria pressionou contra o peito. Lágrimas quentes e furiosas arderam por trás dos meus olhos e as enxuguei com raiva.

Mas então bati as mãos na pia. Os desgraçados não conseguiram ganhar dessa vez.

Lavei a boca e me sentei na cama para pedir o café da manhã.

E me obrigaria a comer, obrigando-me a permanecer forte.

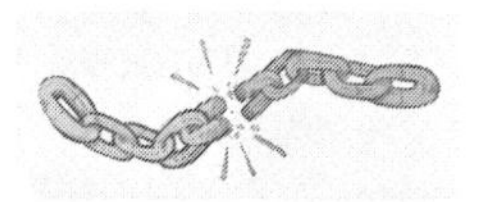

LANEY

Enquanto andava pelo Walmart, não fiquei surpresa ao ver as pessoas. A maioria tentou disfarçar, mas um ou dois olharam abertamente. Se eu fosse generosa, diria que estavam preocupados, mas não – estavam apenas me encarando.

Fiz o melhor que pude para escolher algumas roupas para Ash. Estava com muita pressa para sair daquele quarto de hotel claustrofóbico. A presença dele enchia o ambiente. Ele transbordava masculinidade, a testosterona fluía dele em ondas inebriantes; e acho que nem se dava conta disso, mas o vi olhando de relance para os meus seios quando acordei. Foi só um rápido olhar – bem, dois olhares rápidos –, mas eu vi, certeza. Era um mistério para mim como alguém poderia pensar que ele era gay, embora obviamente o incomodasse bastante.

Suponho que assumir que um dançarino sempre deva ser gay era como pensar que uma mulher em uma cadeira de rodas sempre precisasse de ajuda. Estaríamos lutando contra estereótipos a vida toda. Depois da nossa conversa, por mim, não ligava para essa comparação.

Além de dois jeans, camisas e casaco, comprei artigos de higiene para Ash e mais analgésicos, além de boxer e meias. Parecia um pouco estranho comprar cuecas para um homem que eu mal conhecia, mas comparado ao que havíamos passado juntos, esse pequeno desconforto era irrelevante.

Ainda bem que também pude comprar um carregador de celular. Seria um alívio estar em contato com o mundo de novo. Fiquei pensando em quantos problemas me meti com Vanessa e Jo.

Voltei para o hotel, cheia de sacolas no colo, tanto que quase não conseguia ver por cima. Isso poderia ser uma armadilha. A qualquer momento, tudo podia escorregar, e eu teria que confiar na bondade de estranhos. Mais uma vez.

Porém voltei inteira e Ash abriu a porta assim que me ouviu do lado de fora.

— Roupas e um carregador de telefone — eu disse, apontando com o queixo para a montanha de sacolas.

Senti o cheiro da comida, contente por ela ter chegado. Nós dois estávamos com muita fome para esperar e desempacotar o que havia comprado para ele, então coloquei meu telefone para carregar e o liguei. A gente se sentou na cama, Ash enrolado em um cobertor, enquanto comíamos o suficiente para nos prepararmos para o longo dia.

A cada poucos segundos, meu telefone tocava com outra mensagem ou chamada perdida.

— Acho que as pessoas estão preocupadas com você — comentou ele.

Balancei a cabeça, a boca cheia de ovos e bacon.

— Aposto que Jo e Vanessa estão explodindo meu telefone com mensagens. Ligo para elas assim que entrarmos no carro.

Ash olhou para mim.

— Não é o seu namorado?

Fiz uma careta.

— Não sei. Talvez. Nós meio que terminamos. Ele não queria que eu fosse para Vegas. — Depois dei uma risada estranha. — Parece que ele estava certo, mesmo que fosse pelo motivo errado.

Ash olhou para o prato pela metade.

— Sempre serei grato por você ter ido.

Fiquei em silêncio e Ash ergueu os olhos devagar para encontrar os meus. Havia uma conexão lá, podia sentir. Então ele olhou para baixo e voltou a comer. O momento havia passado, mas sabia que não tinha imaginado – só não sabia o que isso significava.

Era estranhamente pessoal, sentar lado a lado em uma cama, tomar café da manhã. Era o tipo de coisa que você fazia quando namorava, não... seja lá o que for. Era muito cedo para nos chamarmos de amigos. Eu mal o conhecia, e Ash certamente não me conhecia.

Depois que acabamos com o café, entreguei as sacolas cheias de roupas.

— Esqueci de perguntar o tamanho da camisa, então se prepare para mais roupas de palhaço — avisei com um sorriso, esperando que suavizasse minhas palavras.

Ash pegou um pacote de três boxers cinza escuro. Ele parecia sem-graça, como se não soubesse como reagir também, seus olhos escuros brilhando brevemente com alguma emoção. Mas ele vestiu uma sem dizer nada enquanto eu estava de costas.

O jeans não ficou ruim – um pouco folgado demais na cintura –, mas a camiseta Henley de mangas compridas serviu com perfeição. E havia mais duas nas sacolas: uma na cor marinho e outra azul-claro.

Eu também comprei um casaco preto grosso, com luvas e gorro de lã necessários para Chicago. E tênis. Meias. E uma escova de dentes. Eu tinha esquecido de comprar gilete. Paciência.

Ash terminou de se vestir e se virou para mim.

— Como estou?

Segurei um suspiro. *Bonito de tirar o fôlego.* Essa era a verdade, mas não foi o que eu disse:

— Nada mal, embora a toalha tenha feito uma declaração.

— Você acha? — perguntou, entrando na onda das minhas provocações. — O que a toalha disse?

Não havia como dizer a ele o que aquela pequena toalha enrolada em sua cintura me fez pensar. Improvisei rapidamente:

— Hum, infrator de regras, vadio...

— Sadio? Tipo, em forma?

Eu sorri. O inglês dele era tão bom que era fácil esquecer que havia algumas frases que ele nem sempre entendia.

— Significa alguém que é preguiçoso... um fracassado, acho.

Os olhos de Ash refletiram com raiva.

— Não quis dizer isso — eu disse, depressa. — Foi uma piada besta. Desculpa.

Ele assentiu rigidamente, mas não encontrou mais o meu olhar. Em vez disso, arrumou as minhas coisas em silêncio, o rosto fechado em uma expressão vazia.

Criticando-me por dentro, eu o vi andar pelo quarto, deliberadamente me evitando. Eu merecia isso: que coisa estúpida de se dizer.

Suspirando, peguei meu telefone e passei pela longa lista de mensagens e chamadas perdidas. Escrevi duas mensagens curtas para Jo e Vanessa para que soubessem que eu estava bem e que chegaria em casa hoje à noite. Bem, amanhã bem cedinho, caso Ash consiga continuar dirigindo pelas próximas 15 horas. Tomara que eu estivesse bem a ponto de dirigir mais tarde.

Fiquei surpresa ao ver uma série de mensagens de Collin que começaram a chegar na noite passada. Ele queria saber se eu estava bem, mas não comentou se ainda estávamos juntos.

Respondi com uma mensagem curta, assegurando que estava bem e que estaria em casa depois da meia-noite.

Ash continuou em silêncio quando me ajudou a entrar no carro. Apesar de estar chateado comigo, a maneira gentil e discreta com que me tratava não mudou.

Eu queria me desculpar de novo pela minha piada sem graça, mas fiquei quieta. Parecia melhor deixar isso para lá.

Resolvi, então, pegar o telefone e procurar um número na lista de contatos para fazer a próxima ligação.

— Pai, sou eu.

CAPÍTULO NOVE

LANEY

Com um grunhido frustrado, joguei o celular para baixo e fechei os olhos. A conversa com meu pai tinha sido, no mínimo, difícil. Segundo ele, eu merecia ser presa por fugir da cena de um crime, fui completamente irresponsável, com um flagrante desrespeito ao meu dever cívico etc. Comecei a achar que ele me prenderia quando chegasse em Chicago.

E ele não quis ouvir quando disse que iria à delegacia com Ash amanhã. Ele ia enviar uma viatura para nos esperar.

— Pareceu complicado.

Olhei para Ash e dei um sorriso cansado.

— Pode-se dizer que sim. Papai vai nos encontrar no meu apartamento hoje à noite. Tentei adiar até amanhã, mas, bem, sabe como são os pais.

— Ele sabe o que a polícia de Las Vegas está dizendo? — perguntou Ash, receoso.

Estremeci.

— Bem, eles queriam nos interrogar — respondi com calma. — O funcionário do teatro relatou ter visto um homem armado.

Os olhos de Ash se arregalaram e ele desviou o olhar da estrada para me encarar.

— Eles acham que era eu?

— Não! Não, mas não estão felizes por termos deixado a cena.

As mãos de Ash agarraram o volante até que as juntas dos dedos ficaram brancas e sua pele empalideceu sob o seu tom moreno.

— Se seu pai me mandar de volta para lá, eles vão me matar.

Descansei a mão em seu bíceps, esperando que meu toque o tranquilizasse.

— Isso não vai acontecer. Prometo.

O olhar que ele me deu parecia dizer que não acreditava que eu tinha o poder de cumprir essa promessa.

Eu estava com muito medo de que ele estivesse certo. Mas faria de tudo ao meu alcance.

Era frustrante. Papai não ouviu uma palavra do que eu disse, o que não era um bom presságio. Mas tinha uma ideia de como lidar com meu pai: vi a minha mãe fazer isso há anos e aprendi com a melhor. Portanto, em vez de tentar fazê-lo mudar de ideia enquanto me dava um sermão, peguei o telefone novamente e comecei a digitar tudo o que tinha visto e ouvido, desde a chegada em Las Vegas até esse momento. Pedi a Jo que me enviasse a foto que ela havia tirado das costas de Ash e a anexei ao meu arquivo. Depois enviei tudo para o meu pai. Com esperança e com o tempo, ele veria como estava errado.

Ash estava dirigindo pelas colinas de Nebraska antes de voltarmos a conversar de novo.

— Estava curiosa sobre sua tatuagem — comecei.

Pelo canto do olho, vi Ash se contorcer, como se estivesse tão perdido em pensamentos que se esqueceu de que eu estava lá.

— Significa alguma coisa? — insisti.

Ash pareceu ofendido.

— Claro! Por que marcaria meu corpo sem ter um significado?

Lembrei dos machucados nas costas dele.

Ash suspirou.

— Desculpa. Só estava...

Sua frase desvaneceu e eu balancei a cabeça.

— Está tudo bem. Mas as pessoas fazem tatuagens porque gostam de um desenho ou das palavras. Afinal, você pode ir a um estúdio de tatuagem e escolher algo dentre um livro.

— Você tem tatuagem? — perguntou Ash, erguendo uma sobrancelha, com um brilho travesso nos olhos. — Porque não está nas suas pernas ou braços. Não está no seu pescoço. Onde Laney faria uma tatuagem?

Lancei um olhar de aviso, porém, Ash apenas sorriu. Gostava desse Ash: brincalhão, sexy.

— Não, sem tatuagens — respondi. — Nunca encontrei nada que significasse tanto ao ponto de querer fazer uma. Qual é a sua?

Ash franziu o cenho, a expressão brincalhona desaparecendo.

— É um... mapa — ele disse, hesitante, lutando para expressar seus pensamentos. — Um mapa da minha vida. Coisas que aconteceram, coisas importantes. Quando tenho uma nova parte da história, eu adiciono a ela.

Ele deu de ombros.

— Fiz a primeira quando tinha 16 anos depois que minha mãe morreu.

Mantive as perguntas leves depois disso. Conversamos sobre música e dança. O último assunto se estendeu em uma conversa sem fim. Fiquei fascinada por este admirável mundo novo em que nunca havia entrado antes. Os olhos de Ash brilharam e voltei a ver o homem que reivindicou seu lugar no centro do palco em Las Vegas.

Conversamos sobre o meu trabalho, a redação de guias estudantis para manuais escolares, e conversamos sobre Chicago. Foi parecido um pouco com um primeiro encontro; uma daquelas conversas "me conta sobre você". E diferente de muitos caras que conheci, Ash se mostrou bastante interessado em descobrir coisas ao meu respeito tanto quanto eu queria saber sobre ele.

Ele estava ansioso para ver a cidade também, mas ficou nervoso porque o fim da jornada significava... bom, nenhum de nós sabia o que significava.

Ao anoitecer, paramos em algum lugar no meio de Iowa. Ash mal conseguia manter os olhos abertos e nós dois estávamos com fome.

Ele desceu cansado do carro, espreguiçando o corpo alto com uma careta. Quando deu a volta para pegar minha cadeira de rodas no porta-malas, eu o chamei:

— Acho que consigo andar. Se você me ajudar.

— Claro — disse ele, mudando de direção, indo até a minha porta e a abrindo.

Collin teria discutido. Teria insistido em um argumento completo e exaustivo da minha capacidade física, e então, pegaria a cadeira de rodas para mim de qualquer maneira. Porque ele sempre sabia o que era melhor.

Costumava achar que era o seu jeito de se preocupar – e era –, mas ele estava tentando me controlar também. Ash acreditou em mim quando afirmei que poderia andar, simples assim.

Seu braço estava quente quando o segurei. Ele firmou meu cotovelo com a mão, e a distância entre nós era só de alguns centímetros. Pude sentir o calor do seu corpo no ar frio.

Assim que fiquei de pé, Ash deslizou o braço ao redor da minha cintura e, juntos, caminhamos em direção à lanchonete.

Ocorreu-me que era bem provável que parecíamos um casal, tão apaixonados que não aguentávamos ficar separados nem por um segundo.

Eu me perguntei outra vez o que aconteceria conosco quando chegássemos a Chicago.

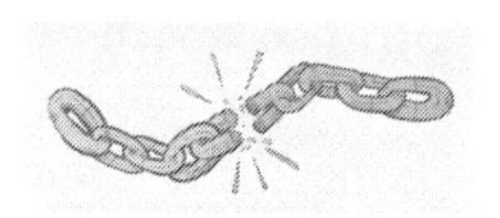

ASH

— Chegamos.

Senti a pequena mão de Laney na minha coxa, me sacudindo.

— Chegamos — repetiu ela.

Meu corpo inteiro estava entorpecido de sono, mas então, uma dose aguda de adrenalina me fez sentar ereto.

Chicago!

Nós conseguimos.

Olhei a ampla rua da cidade pela janela e a primeira coisa que vi foi uma viatura da polícia. Os faróis piscaram uma vez e vi a tensão no rosto de Laney.

— É o meu pai.

Seu tom não era tranquilizador.

A porta ao seu lado foi aberta e uma rajada de vento frio nos envolveu, chicoteando seu longo cabelo no rosto. Estava cerca de quarenta e cinco graus mais frio que o calor do deserto, mas gostei. Nunca mais queria passar um tempo no ar seco e árido.

Laney já estava nos braços de seu pai enquanto ele a olhava de cima a baixo, parecendo verificar se cada braço e perna ainda estavam no lugar.

Saí do carro todo duro e enfiei as mãos nos bolsos, observando a interação dos dois.

Ele não se parecia em nada com ela. Era alto e grande, com um pescoço grosso feito o de um touro, cabelo ruivo e pele áspera; nada pequeno e pálido como a filha. Seus olhos se voltaram para mim.

— É ele?

Seu tom era menos que amigável, e Laney sussurrou algo com raiva, que o fez fechar a cara. Depois apontou a cabeça para outro policial que deu um passo abrupto, me fazendo recuar, batendo as costas contra a porta do carro.

Minha visão embaçou em agonia, e acho que meu movimento repentino o assustou, porque um segundo depois eu estava de bruços no capô do carro, o rosto pressionado dolorosamente contra o metal frio. Soltei um palavrão, mas não consegui me mover ao mesmo tempo em que a dor irradiava através da minha pele esticada.

— Pare com isso agora, Billy Jenkins! — gritou Laney.

— Está tudo bem, Billy — disse o pai de Laney. — Ele não será tão estúpido a ponto de tentar qualquer coisa.

Meu braço foi solto tão rápido quanto foi agarrado. Levantei-me devagar, o coração batendo forte. Eu estava cansado e irritado, mas Laney quase me fez sorrir. Ela estava de frente para dois grandes policiais, as pequenas mãos em punhos.

— Não posso acreditar em vocês dois — esbravejou, furiosa. — Ele não é um criminoso!

Então agarrou minha mão e nos levou em direção a um alto edifício de arenito.

— Só por isso, vai carregar nossas malas *e* a minha cadeira de rodas, Billy Jenkins — gritou ela por cima do ombro. — E depois pode levar o carro de volta para a Hertz.

Ela não esperou resposta, mas me permitiu ajudá-la a entrar no prédio, indo só um pouco mais devagar enquanto usava o corrimão para subir os seis degraus da frente.

Não pude deixar de me perguntar como ela conseguia subir em seus dias de crise.

Olhei por cima do ombro, mas o pai dela não tentou nos impedir. Ele parecia irritado e um pouco confuso, mas não discutiria com ela também. Balançando a cabeça, ele me encarou com um olhar severo. Ficou claro o que quis dizer: *mexa com a minha filha e acabo com você.*

— Sinto muito — disse Laney com a voz tensa conforme esperávamos pelo elevador, ignorando o bufo zangado de seu pai. — Você está bem?

Acenei afirmativamente, meus olhos voltando a todo instante para o nosso guarda-costas da polícia.

— Está tomando seus remédios? — o pai de Laney perguntou com a voz rude.

— Sim, pai — respondeu ela com um leve suspiro.

Entramos no elevador em silêncio, mas fiquei surpreso quando Laney continuou segurando minha mão. Seu pai também não perdeu esse detalhe.

— Você leu meu e-mail? — perguntou intencionalmente.

— Sim.

— E?

— Nós conversaremos lá dentro.

Olhei para Laney, imaginando o que havia no e-mail, mas ela fez um aceno curto com a cabeça.

O apartamento dela era pequeno, mas organizado. Um sofá ocupava a maior parte da sala, embora ainda houvesse espaço suficiente para se movimentar com uma cadeira de rodas. Uma estante pesada era a outra peça de mobília, forrada com livros de capa dura e de capas comuns, copos de *shot* e várias fotografias emolduradas. Reconheci uma Laney mais nova com suas duas amigas; fotos que provavelmente eram da família dela; e um cara grande com o braço em volta dela. Fiquei imaginando por que mantinha uma foto de seu ex.

Virei-me para as portas francesas de estilo europeu que levavam a uma pequena varanda. As cortinas estavam abertas e toda a sala estava iluminada com o brilho suave e alaranjado das luzes da rua abaixo. Mas se olhasse para cima, ainda podia ver um pedaço do céu e algumas estrelas espalhadas entre os arranha-céus.

Entendi sobre querer ver mais da vida, querer ver além do horizonte.

Laney afundou em uma poltrona estofada, deixando o sofá para mim e seu pai.

No entanto, o pai de Laney pegou uma cadeira com um grande encosto de madeira da cozinha e a colocou diretamente na minha frente.

— Pai — disse Laney, sua voz calma e controlada. — Ele não é suspeito, é meu amigo.

Eu virei meu olhar para ela, encontrando seus olhos, e ela me deu um sorriso conspiratório que fez com que uma veia se destacasse na testa de seu pai.

— Você nem conhece esse homem — objetou ele vigorosamente.

— Passamos as últimas cinquenta horas juntos em uma situação muito estressante — argumentou. — Você sempre me falou que se aprende muito sobre uma pessoa em circunstâncias extremas.

O pai de Laney parecia irritado ao ouvir suas próprias palavras jogadas em sua cara. Mas ele não ia ceder. Na verdade, eu tinha certeza de que estava apenas começando.

— Segundo os registros da imigração, Aljaž Novak deixou o país há um mês. Você não tem ideia de quem realmente é esse homem.

— Eles pegaram meu passaporte — resmunguei, irritado, começando a me levantar.

— Sente-se!

O policial esbravejou o comando, mas Laney o olhou com raiva.

— Pai — disse ela com um tom de advertência.

Voltei a olhar para ela antes de me sentar na beira do sofá, sangue quente pulsando forte através do meu corpo. Aqueles desgraçados! Vai saber quem estava usando meu passaporte. Inferno, poderia estar sendo usado para qualquer coisa: drogas, armas, contrabando. Meu estômago revirou só.

— Ele não pode provar quem é — retrucou o pai de Laney.

— Eu posso! — soltei. — Procure no site da Federação Eslovena de Dança Esportiva. Eles terão uma foto minha.

Laney pegou o telefone e fez uma pesquisa rápida, sorrindo quando encontrou minha foto na mesma hora, em seguida mostrando ao pai.

— Bem. — Ele tossiu. — Já é alguma coisa. Podemos verificar o resto com sua embaixada.

— Não sou um mentiroso — eu disse com raiva, olhando de volta para ele.

De repente, a porta da frente se abriu, fazendo todo mundo pular.

O recém-chegado era o cara da fotografia. Ele era maior que eu, mas qualquer músculo que ele possuía, agora estava perdido em uma enorme barriga e dois queixos.

— Collin! — Laney ficou boquiaberta. — O que está fazendo aqui?

Ele parou no meio do caminho e olhou para ela.

— Está falando sério?

— Eu pedi que ele viesse — avisou o pai de Laney, com um olhar confuso enquanto avaliava a reação irritada da filha.

— Vim porque me preocupo com você — Collin afirmou, seu olhar se voltando para mim.

Tentei manter uma expressão neutra, mas, inferno, depois de três segundos, pude dizer que o cara era um idiota de primeira classe. Qualquer homem digno ficaria de joelhos de bom-grado, diria a Laney que a amava e mataria qualquer um que a machucasse, depois moveria céus e terra para estar com ela. Não ficaria ali parado, com aquele ar de certinho e cheio de modos. *Trouxa.*

Gostava de xingar em inglês, e meu vocabulário havia aumentado desde que fui morar com Gary.

Bundão. Bobalhão. Trouxa dos trouxas.

Eu me inclinei para trás e cruzei os braços, olhando para o idiota do namorado, ou ex-namorado da Laney, o que diabos fosse.

Collin virou-se para Laney.

— Pensei que deveria estar aqui depois do que passou. Você não devia ficar sozinha.

— Não estou — retrucou em tom frio. — Estou com o Ash.

O pai de Laney e o idiota começaram a gritar ao mesmo tempo em que eu olhava espantado para ela. De novo.

— Bem, onde achou que ele ia ficar? — perguntou impaciente quando os gritos se acalmaram um pouco. — Não é como se ele pudesse se hospedar em um hotel. — Depois, fixou no pai um olhar feroz. — E, por favor, não me diga que estava pensando em acomodá-lo em uma cela durante a noite!

— Ele não vai ficar aqui!

— Com certeza que vai!

— Mas...

— Isso não é discutível, pai.

O pai dela ergueu o queixo.

— Mais uma razão para Collin ficar aqui — resmungou. — Você não tem ideia do que esse homem pode...

— Acabamos de passar os últimos dois dias juntos — respondeu Laney laconicamente. — Incluindo compartilhar um quarto de hotel ontem à noite. Acho que conheço Ash muito bem agora.

Collin ficou em silêncio, mas seu rosto ficou vermelho.

— Ah, pelo amor de Deus — Laney suspirou. — Nós não dormimos juntos!

Eu me mexi desconfortável no sofá, atraindo todos os olhares para mim.

— Bem, nós dividimos a cama porque era o que o hotel tinha a oferecer — confessou Laney. — Mas só isso!

— Eu não vou a lugar nenhum — disse Collin.

— Nem Ash — respondeu Laney.

O pai dela tossiu e olhou para o relógio.

— Vocês dois precisam ir dar um depoimento sobre o incidente com a arma...

Senti uma onda de ansiedade. Ainda não tinha certeza se confiava na polícia.

— E sobre o que aconteceu com Ash — completou Laney em um tom apressado.

— Tudo bem — disse o homem, estreitando os olhos para mim. — Esteja na delegacia às 9 horas.

— Papai! São duas da manhã! Vou dormir até tarde, depois de ter tomado um banho bem demorado de imersão. Não nos espere até depois do almoço e não mande ninguém, porque não atenderei a porta.

Seu pai resmungou e bufou um pouco mais, mas então a puxou para um abraço apertado e murmurou algo em seu ouvido que fez os olhos de Laney marejarem.

— Também te amo, pai. E não se preocupe, estou bem. Vejo você amanhã.

O pai dela foi embora e nós três ficamos sozinhos.

Laney levantou a mão quando Collin começou a falar.

— Collin, estou cansada e meio aborrecida com você agora. Tenho certeza de que a última coisa que me disse antes de eu ir para Las Vegas foi: "Eu cansei. Já deu."

É, aquilo provou o que eu pensava: Collin era um idiota.

— Eu estava com raiva — murmurou o cara.

— Já entendi o recado — respondeu Laney. Então ela cedeu, esfregando os olhos até ficarem vermelhos. — Olha, nós conversaremos de manhã.

— Eu vou ficar — repetiu, olhando para mim.

— Estou cansada demais para discutir com você. Tudo bem, fique. Você pode ajudar Ash a arrumar o sofá. Sabe onde ficam os lençóis limpos.

Ela saiu por outra porta que imaginei que levava ao quarto.

Assim que a porta se fechou, Collin me encarou com uma careta.
— Se encostar um dedo na minha namorada, eu vou...
— Ela disse que você terminou com ela.
Ele parou no meio da frase, parecendo irritado e desconfortável.
— Foi um mal-entendido.
— Ela foi bem clara.
— Só fique longe dela! Senão, você vai ver!
Então me encarou de forma ameaçadora. Balancei a cabeça, descrente e achando graça.
— Cara, fui espancado pela Bratva e tive uma arma apontada na minha cara. Mas, você? Laney tem mais culhões do que você. Ou talvez tenha dado os seus a ela. Se os encontrar, me avise.
O rosto de Collin ficou roxo e ele curvou os lábios, mostrando os dentes. Se estava tentando parecer intimidador, falhou. Ele só parecia uma bexiga prestes a estourar.
— Seu marginal! Você acha que vou deixar um explorador esperto como você entrar na vida dela? Acho que está inventando tudo! Não há uma marca em você!
Dei risada. Não pude evitar. O idiota era bem engraçado. Na verdade, estava rindo tanto que não ouvi Laney voltar para a sala.
— O que está acontecendo?
— Seu *amigo* — zombou Collin. — Ele não está bem da cabeça.
Minha risada morreu na hora.
— Você é um filho da mãe idiota!
— Rapazes! — gritou Laney, levantando os braços entre nós. — Parem com isso! Estou cansada e já foi o tempo dessa bobagem de postura juvenil de quem é mais macho. — Ela apontou um dedo para Collin. — Mais uma palavra e atravessará por aquela porta tão rápido que sairá com queimaduras de tapete nessa sua bunda. E você — ela franziu o cenho para mim —... Pare.
Ela jogou um travesseiro que peguei com uma mão.
— O banheiro é dentro do meu quarto, então se quiser usá-lo, faça agora ou pode fazer xixi pela janela, não estou nem aí!
Joguei o travesseiro no sofá e entrei no quarto de Laney. Franzi a testa ao ver sua cama. Não gostei da ideia do idiota dormindo com ela. Ainda mais comigo no sofá ao lado.
Peguei minha escova de dentes da nossa bolsa de Las Vegas e lavei-me depressa. Tirei a camisa e quase a joguei no cesto de roupas antes de me lembrar que era apenas uma parada temporária. Queria saber onde estaria dormindo amanhã à noite. Em uma cela, se fosse da vontade do pai de Laney.

Então passei a mão sobre a barba grossa cobrindo meu rosto e queixo, estava começando a coçar. Decidi comprar um gilete de manhã...

Porra! Teria que pedir a Laney o dinheiro para comprar, até que pudesse acessar minha conta bancária e sacar um pouco de grana. E eu não tinha ideia de como faria isso sem documento, mas estava cansado demais para me preocupar agora.

Saí do banheiro, olhando para a cama de Laney mais uma vez, depois fui para o sofá. Vi os olhos de Collin se arregalarem e as bochechas corarem quando viu as contusões pretas, amarelas e roxas cobrindo meu peito, estômago e braços.

Olhei para Laney e a vi me olhando com preocupação.

— Como estão suas costas?

Dei de ombros.

— Bem, acho.

— Deixe-me ver. Sente-se no sofá, tenho uma pomada antisséptica.

— Estou bem.

— Cale a boca. Sente-se. E pare de me irritar!

Eu me sentei, ignorando o ofegar surpreso quando Collin viu minhas costas pela primeira vez. Imaginei que devia parecer muito ruim. Só sabia que a dor era quase insuportável.

Collin saiu da sala, e não sabia se era porque era um covarde, ou se estava bravo ao ver sua – talvez – namorada esfregando pomada nas costas de outro homem.

Tomara que ambos. Mas sua bondade era refrescante e inesperada. Comovente. Ela era sincera, verdadeira.

— Você está gostando disso, né? — disse Laney.

— Do quê?

— Está gostando de irritar o Collin.

Nem me dei ao trabalho de negar.

— Ele é um idiota.

— Ele não é tão ruim assim...

— Você disse que terminou com ele.

— Tecnicamente, sim.

— Então diga a ele para ir embora.

— Não posso fazer isso.

— Por que não? O apartamento é seu.

Laney suspirou.

— Bem, por um lado, ele ligaria para o meu pai...

— Idiota.

— E por outro, nós realmente deveríamos conversar.

— Ele continua sendo um idiota.

— Ash! Pare com isso!

Fiquei calado. Dava para ouvir o cansaço e a angústia em sua voz. Depois de tudo o que ela fez por mim, não queria magoá-la. E não sabia nada sobre o relacionamento deles, exceto o que ela havia contado e o que eu mesmo vi.

Mas suas mãos eram macias e suaves ao esfregar o creme, e isso aliviou um pouco a dor. Não pude deixar de me inclinar em seu toque. Ela ainda cheirava a coco, embora mais fraco agora. Seus dedos deslizaram pelas costas, logo acima do cós da calça jeans, acariciando, curando.

E, então, suas mãos se foram.

— Vejo você de manhã — disse ela. — Durma bem.

Acenei com a cabeça e, mesmo com o corpo exausto, sabia que no segundo em que fechasse os olhos, veria o horror.

Laney hesitou, depois se inclinou e deu um beijo no meu rosto.

— Vai ficar tudo bem.

Não acreditei nela.

Eu me sentei no sofá com a cabeça entre as mãos por um longo tempo.

CAPÍTULO DEZ

ASH

Se a noite anterior foi estranha, a manhã foi pior ainda.

O idiota andou pelo apartamento como se fosse o dono do lugar, ignorando completamente a minha existência. Eu meio que achei que ele fosse mijar nas paredes para marcar território.

O cara possuía a estrutura de um lutador, mas os músculos se tornaram flácidos e a barriga pairava sobre a calça do pijama. O cabelo grosso se espalhava do peito para os ombros e para o estômago. O cara não era amigo de cera quente. Não que eu ligasse para isso: depilar era apenas parte do trabalho porque mostrava o peito e o abdômen. Muitos de nós também depilavam as axilas, porque as roupas do Paso, com pelos à mostra, são meio desagradáveis para o público.

Quando Laney saiu do quarto, tive dificuldade em conter o sorriso. Ela estava tão bonitinha com o pijama dos "Minions", cabelo despenteado e rosto enrugado de sono.

Mas também parecia cansada, e me perguntei se não havia dormido bem. Ela deu respostas curtas a todas as perguntas de Collin e, como ele dirigiu todos os comentários só para ela, foi uma conversa monossilábica. Ninguém falou comigo, exceto pelo murmúrio de "bom dia" da Laney. Fiquei em silêncio, reunindo mentalmente uma lista de palavras para descrever Collin. A lista era alfabética: eu tinha começado com "anta", mas estava preso no "q". A letra "q" no meu idioma não existia.

Eventualmente, Collin saiu para o trabalho. O que me surpreendeu. Se Laney fosse a minha namorada, eu teria ido à delegacia com ela, só para poder segurar sua mão enquanto dava o depoimento. O palerma era realmente sem noção. Agora, o que diabos vinha depois de "palerma"?

Assim que a porta da frente se fechou, Laney olhou para mim.

— Pare com isso!

— Eu não disse nada! — argumentei.

— Posso ouvir você pensando!

Segurei o sorriso que estava ameaçando se transformar em uma risada completa, eu me inclinei para frente no sofá e ergui as sobrancelhas.

— O que estou pensando?

Laney franziu a testa e puxou o roupão com mais força.

— Collin se preocupa comigo — afirmou ela com firmeza. — Ele está apenas tentando me dar espaço.

Não respondi. Entrar em uma discussão com Laney não estava na minha lista de prioridades.

Fechei os olhos, pensando que tipo de merda ia dar hoje. Passei a mão pela barba, coçando o queixo.

— Quer raspar isso? — perguntou Laney. — Tenho lâminas descartáveis, se quiser.

Boas notícias. E adorava como ela era intuitiva.

— Obrigado. Está começando a me deixar louco.

— Tá bom, que tal fazer isso agora, porque depois estou planejando passar pelo menos uma hora de molho na banheira.

— Eu podia esfregar suas costas — ofereci, brincando. Em partes. — Para agradecer por cuidar das minhas.

— Hmm, muito nobre da sua parte. — Sorriu Laney. — Mas acho que consigo. — Anda. Para o chuveiro!

Sorri para ela e entrei no banheiro. Provocar Laney era meu novo hobby favorito.

Tomei banho, aproveitando a água quente, apesar das feridas ardendo nas costas e bunda. Depois, fiz a barba antes de vestir outra camisa de manga comprida que Laney havia comprado. Queria muito poder avançar 24 horas. A ansiedade estava começando a me envolver pelas garras geladas do medo, revirando tudo por dentro. O que aconteceria esta tarde? E se a polícia não acreditasse em mim? Seria bastante difícil passar por tudo o que aconteceu, mas se não acreditarem em mim depois...

Fechei os olhos com força, obrigando-me a desacelerar a respiração, depois os abri e olhei para o meu reflexo, examinando o rosto limpo que me encarava sem expressão. O rosto que outras pessoas diziam que era bonito. Desprezava isso.

Cuspi no espelho, observando a gota de saliva deslizar.

Laney bateu na porta.

— Ash! Você está a vida toda aí, e estou morrendo de vontade de fazer xixi! Anda logo!

Respirei fundo, limpei o espelho e abri a porta.

— Desculpe — murmurei.

O sorriso de Laney sumiu quando me viu, então imaginei que estava tão ruim quanto me sentia.

— Você está bem? — Depois suspirou. — Pergunta idiota. Ouvi você no meio da noite. Gritando. Quase fui até lá, mas quando cheguei à porta, você ficou quieto de novo...

— Desculpe — repeti, passando por ela.

Odiava ser tão fraco, caralho. Tinha esperanças de que ninguém tivesse me ouvido ontem.

— Ash — disse ela, seu tom gentil. — Não tem nada para se desculpar.

— Não?

Minha voz estava amarga e cruzei os braços, incapaz de olhar para ela.

— Não, não tem.

Eu não respondi.

Laney ficou ali, retorcendo ansiosamente a ponta do roupão nas mãos.

— Tem mais uma coisa que eu queria... você sabe que não está sendo acusado de nada, certo? Não vai ser preso...

Continuei sem responder. O que diria? Admitiria que estava pirando?

— Mas achei que deveria ter um advogado com você.

Parei de respirar.

— O nome dela é Angela e ela é uma amiga minha da faculdade. Liguei logo cedo e ela vai nos encontrar na delegacia, tá bom? Ela é muito legal.

Concordei com a cabeça, mas não falei nada. Não conseguia.

Com um suspiro, Laney me deixou sozinho.

Na sala, andava de um lado para o outro, sentindo-me enjaulado, mas sem saber para onde ir. A paranoia estava me deixando tenso, com a pele coçando e sentindo como se fosse explodir. Detestava ter medo de sair pela porta da frente de Laney, vendo a Bratva por toda parte. Meu coração estava disparado, pulsando insanamente.

Uma coisa sempre me acalmou. Precisava dançar.

Achei o telefone de Laney e percorri suas *playlists*.

Não liguei para o espaço pequeno. Não me importava que não houvesse audiência. Dancei porque precisava, porque agora tinha perdido tudo, exceto isso.

Era *jazz*, dança de salão, salsa e *hip hop* – era tudo e nada ao mesmo tempo, em sua essência. Dancei sem ninguém assistir. Dancei porque meu corpo precisava de movimento, como se eu precisasse mais do que ar para respirar.

Mais rápido, girando, dobrando, avançando para um futuro fora de alcance.

Palmas quebraram o feitiço e me virei, deparando com Laney, admiração brilhando em seus olhos.

— Isso foi... Nem sei o que foi isso — disse. — Mas foi incrível. É... lindo.

Abaixei a cabeça, descansando as mãos nos quadris, respirando com dificuldade.

Ela não deveria me ver, então não respondi e não voltei a olhar para ela. Acho que isso fez com ela se sentisse sem graça, como se tivesse espionado algo particular, porque na mesma hora ela mudou assunto:

— Está nervoso com esta tarde?

Franzi o cenho e assenti devagar, ainda evitando encontrar seu olhar.

— É compreensível — comentou num tom calmo, dando um tapinha no meu braço. — Mas lembre-se: você é um sobrevivente. Passou por algo pior que uma entrevista policial, okay?

Fechei a cara e queria discutir, mas quando me virei, vi que ela estava vestindo apenas um robe fino. Notei sua pele corar quando meus olhos percorreram seu corpo. Mesmo aquele contato fraco de sua mão em meu braço fez um arrepio percorrer meu corpo; algo que alcançou meu pau, uma fagulha de tesão, meu corpo aquecido por sua proximidade.

Parei imediatamente, afastando a mão dela e me xingando mentalmente. Virei e me afastei para olhar pela janela.

— Então — disse Laney, sua voz soando tensa. — Vamos sair para um *brunch*: pizza no café da manhã! É uma ótima tradição de Chicago.

Forcei um sorriso.

— Claro, parece... — *Horrível.*

Meu estômago se revirando com ânsia, e a imagem de Sergei apontando uma arma para mim, aqueles olhos enlouquecidos prometendo morte súbita – parecia um filme de terror na minha cabeça.

Deus, isso me fez querer arrancar meus olhos.

— Posso usar seu telefone? — perguntei abruptamente. — Eu preciso ligar... para casa.

— Ah, claro! Desculpa! Devia ter pensado nisso antes. Claro que pode.

— Obrigado.

— Vou me vestir — murmurou Laney, saindo correndo da sala enquanto eu fazia minha ligação.

Estava no meio da tarde na Europa e as chances eram de que Luka estivesse ocupado, mas ele atendeu no segundo toque.

— Droga, Ash! Estou tendo úlceras pensando onde diabos está! Você não respondeu aos meus e-mails. Como está? Onde está?

Ele ficou espantado quando o informei, mas aliviado por ter saído de Las Vegas. Foi um alívio falar em meu próprio idioma, mas depois de alguns minutos comecei a me preocupar com o custo da ligação – e ele fez muitas perguntas sobre Laney. Terminei a ligação, prometendo manter contato a partir de agora.

Quando Laney voltou para a sala, ela vestia jeans e camiseta e não usava maquiagem. Era estranho vê-la andando por aí. Isso me fez sentir ainda menos homem. Pelo menos quando ela estava em sua cadeira de rodas, eu poderia ajudá-la a se locomover.

Pensar nisso me fez sentir um idiota.

— Tudo certo? — perguntou, com o rosto preocupado.

Dei um sorriso tenso para ela.

— Acho que sim. Será difícil não ter identificação. Seu pai disse que ligaria para minha embaixada, mas...

— Claro que vai — disse ela, de forma severa.

— Por que ele se importa? — perguntei, num tom amargo. — Sou apenas mais mão de obra barata da Europa Oriental. Ainda não conheci um americano que tivesse ouvido falar da Eslovênia.

Ela desviou o olhar, com um ar culpado e eu suspirei. Estava insultando o pai dela, seu país, irritando Laney – e ela estava tentando me ajudar.

Mudei de assunto.

— Você está andando muito bem hoje.

Laney deu um sorriso radiante que fez seus olhos enrugarem.

— Eu sei! Que alívio. As crises geralmente passam rapidamente para mim, mas às vezes, podem demorar algumas semanas.

Queria perguntar mais sobre a doença dela, mas Laney não me deu a chance.

— Vamos lá, vamos tomar café da manhã, ou *brunch*, seja lá o que for. Por minha conta.

— Pagarei de volta quando puder — murmurei.

Ela suspirou.

— Ash, você amarrou meus cadarços.

Olhei para ela, confuso.

— Seus cadarços?

— Você colocou meias nos meus pés e amarrou meus cadarços quando eu não podia... porque não queria que eu saísse e sentisse frio nos pés.

— É, e daí?

— Obrigada.

— Pelas... meias?

— Por perceber que eu precisava delas.

Ela me deixou confuso.

— Não entendi.

Laney deu um pequeno sorriso.

— Eu sei. Mas você me ajudou quando precisei e agora estou fazendo o mesmo.

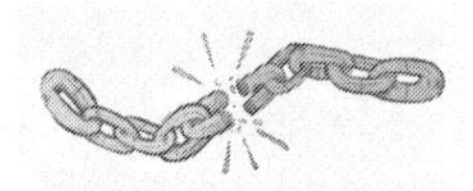

Não comi muito da pizza de café da manhã. Minha ansiedade era contagiosa e Laney acabou pedindo que o garçom embrulhasse tudo.

Quando chegamos ao carro, eu deveria estar parecendo prestes a fugir, porque Laney pegou minha mão e apertou meus dedos.

Jesus, que dor!

Resmunguei e puxei a mão.

— Desculpe! — Laney ofegou, de olhos arregalados.

Balancei a cabeça e segurei firme a mão contra o peito, querendo que a dor desaparecesse.

— O-o que eu fiz?

Fiz uma careta.

— Eu quebrei os dedos um tempo atrás. Ainda sinto dor, às vezes.

— Quebrou como?

Não respondi, e Laney empalideceu quando compreendeu o que havia acontecido.

— Oh — disse, baixinho, a expressão triste.

Nós fomos à delegacia em silêncio. Eu me senti um merda por tê-la magoado – de novo. Tudo que ela queria era me confortar. Nem isso eu conseguia acertar.

Quando vi o prédio, senti um arrepio involuntário. Era um *bunker* feio de concreto, achatado e baixo, com janelas pequenas sem nada de especial, e eu já estava lutando contra a ideia de que ficaria trancado lá. Nunca gostei de espaços pequenos, mas desde que fiquei preso na parte de trás do carro de Sergei, a aversão se transformou em pânico.

Minhas mãos começaram a tremer e engoli várias vezes, tentando não vomitar.

— Vai ficar tudo bem — disse Laney, enquanto entrava no estacionamento.

Olhei para ela, querendo acreditar com todas as minhas forças.

— Ash — disse, seu tom tranquilizante, os dedos acariciando meu rosto, de leve. — Vai ficar tudo bem.

Pisquei, então respirei, ainda trêmulo, e me inclinei na mão dela.

Ficamos lá, tocando-nos, os olhos fechados. E quando entramos no prédio, ela gentilmente segurou minha outra mão.

O pai de Laney veio assim que o sargento informou que havíamos chegado.

— Oi, docinho!

Quando percebeu que estávamos de mãos dadas, franziu a testa e sua voz imediatamente se tornou séria.

— Estamos prontos para ouvi-los agora. Laney, você vai com Mark e Luis — informou. — Sr. Novak, acompanhe os investigadores Petronelli e Ramos. E essa é Angela Pinto, sua advogada.

Uma loira alta e curvilínea sorriu para Laney e elas deram um breve abraço.

— Angie! Muito obrigada por fazer isso.

— Sem problemas, Laney. Estou feliz em poder ajudar.

— Este é meu amigo, Ash.

Angela olhou para Laney interrogativamente, depois se apresentou para mim quando apertamos as mãos. Murmurei algo ininteligível e fui levado embora. Parecia que estava indo para a minha execução. Laney me deu um sorriso encorajador.

Não pude retribuir.

— Você precisa de um intérprete, Sr. Novak?

— Ash? — perguntou Laney quando não respondi.

— O quê? Ah, não. Obrigado.

— Bem, se tem certeza...

Dei um curto aceno. Não conseguia imaginar adiar isso por mais tempo, mesmo que quisesse vomitar. Ou fugir.

A sala de entrevistas era bem-iluminada e espaçosa, mas não havia janelas e senti uma onda inesperada de pânico começar a me sufocar. Meu cérebro imaginou que estava preso aqui com Oleg, e ofeguei por ar, sentindo como se estivesse me afogando. Fechei os olhos e lutei para controlar a respiração.

Não conseguia controlar a reação do meu corpo a uma ameaça que provavelmente nem existia. Mas coisas ruins aconteciam nas delegacias, não é? Meu corpo começou a tremer.

— Podemos pegar um pouco de água para o Sr. Novak, por favor?

Ouvi a voz de Angela, mas demorou alguns minutos para me controlar e, em seguida, um dos policiais voltou com um copo descartável com água. Olhei para ele, pensando se seria capaz de pegá-lo sem deixá-lo cair. Consegui tomar um gole antes que a água escorresse pelas laterais do copo.

— Podemos fazer isso outra hora — avisou Angela, recebendo um olhar irritado de um dos investigadores.

— Não — respondi com voz rouca. — Não, eu preciso fazer isso.

— Entrevista com Aljaž Novak. Investigadores Derek Petronelli e Oscar Ramos e advogada do Sr. Novak, Angela Pinto, estão presentes. Então, Sr. Novak, para registro, você poderia nos dizer seu nome completo, data de nascimento e endereço?

— Aljaž Novak. 15 de março de 1992.

— E qual é o seu endereço, para registro?

— Estava morando com meu amigo Luka Kokot, na Eslovênia. Quer esse endereço?

Não que isso fosse ajudar, pois ele estava em turnê.

— Poderia nos dizer onde conheceu a senhorita Hennessey?

— Em Las Vegas. Ela estava em uma boate no hotel com suas amigas. Conversamos por dois ou três minutos.

— E?

— Ela voltou para o quarto. — *E eu fui procurar uma trepada rápida.* — Não a vi novamente até... quando tudo aconteceu.

Houve um breve silêncio, e olhei para cima para vê-los trocando olhares significativos.

— Poderia descrever as circunstâncias que o levaram à sua chegada a Las Vegas?

Respirei fundo, acalmando a respiração.

— Estava procurando por uma nova parceira em um site que uso e...

— Uma parceira sexual? — o detetive Ramos interrompeu depressa.

O quê? Olhei para cima, confuso. Então percebi o que ele estava sugerindo.

— Não, não, uma parceira de dança. Sou dançarino de salão. A minha última parceira e eu acabamos com a nossa parceria e fui procurar alguém com padrão de competição, não é tão fácil ser compatível. Mas, então, cliquei em um *link* para oportunidades de dança e que me levou a um site sobre trabalhos em Las Vegas.

— E você trabalhava como dançarino na Eslovênia na época?

— Não, é difícil ganhar a vida dessa maneira.

— E o que você fazia?

Suspirei e olhei para o teto.

— Trabalhava com construção civil. — *E odiava cada minuto.*

— Tudo bem, e o que aconteceu depois?

— Enviei um e-mail com meu currículo e eles responderam no dia seguinte. Disseram que eu era exatamente o que procuravam e que arranjariam um visto de trabalho. Só precisava comprar minha passagem de avião. Tudo aconteceu muito rápido.

— Isso te surpreendeu?

Dei de ombros.

— Na verdade, não. Tinha visto o nome deles no site da *DanceSport*, portanto, achei que estava tudo bem.

— Continue.

— Assim que cheguei, foi quando pensei que havia um problema.

— Por quê?

— Esse cara, Oleg, me pegou no aeroporto e tinha uma minivan à minha espera. Havia quatro garotas lá, pareciam dançarinas.

— O que você quer dizer?

— Magras, compleições atléticas, atraentes, sabe?

Derek Petronelli era um homem enorme que parecia nunca ter visto uma rosquinha de que não gostasse. Mas se o olhar em seu rosto fosse um indicativo, ele, com certeza, gostaria de conhecer um monte de mulheres gostosas que eram dançarinas.

— E o que aconteceu depois?

Esfreguei os olhos. Parecia um sonho tão impossível agora. Eu fui tão ingênuo, mas estava cheio de esperança naquela noite.

— Yveta e sua amiga Galina eram russas. Marta era da Ucrânia, pelo que Yveta disse. Nunca soube o nome da outra garota. Não achamos que ela falasse inglês... ou russo. Ela era jovem. Não sei, talvez uns 16... Oleg pegou nossos passaportes. Não fiquei feliz, mas não queria causar problemas na primeira noite com meu novo chefe.

Respirei fundo antes de continuar:

— Quando chegamos ao hotel, eles nos disseram para dizer às nossas famílias que estávamos bem, depois pegaram nossos telefones. Tive um mau pressentimento, mas não sabia o que fazer. Então, no dia seguinte, conheci Sergei.

— Qual é o sobrenome dele?

Balancei a cabeça.

— Não sei. Ele era apenas Sergei. O único sobrenome era do chefão, Volkov.

Petronelli olhou para o parceiro e depois para mim.

— Você conseguiria identificar essas pessoas se mostrássemos algumas fotografias?

Cerrei os dentes e assenti.

— Nunca vou esquecer os rostos deles.

— Tudo bem, depois vamos ver isso. O que aconteceu depois que o telefone foi levado?

Continuei a história, descrevendo o coreano e minha certeza de que ele havia sido espancado até a morte.

— Mas não sabe ao certo?

Os policiais trocaram outro olhar e comecei a suar. Eles não acreditavam em mim – eu não tinha provas. E estava chegando à parte em que tinha que contar sobre a garota... e o que fora feito comigo. Quando descrevi o final da ida às compras, meu pulso começou a acelerar.

— Sergei entrou na limusine e disse: "Papai quer brincar". Sabia o que ele quis dizer. Eu disse a ele para...

Olhei para Angela e ela acenou para que eu continuasse, sua expressão séria.

— Eu disse para ele se foder. Ele apenas riu e disse que essa era a ideia básica. Então, Oleg me deu um soco por trás e eu caí dentro do carro. Foi quando Sergei sacou uma arma. Ele a segurou contra a minha nuca. Conseguia sentir o metal pressionando no pescoço. Lembro-me de pensar: "Se ele me matar agora, o cretino estúpido atirará em seu próprio pau".

Tomei um gole de água, tentando ignorar as mãos trêmulas.

— Ele ficava me dizendo para chupá-lo, mas eu não fazia nada. Não sou gay! — Olhei para os investigadores, mas seus rostos não revelavam nada. — Eu não sou — repeti, batendo com o punho na mesa.

— Está tudo bem. Faça uma pausa — disse Angela, em um tom tranquilo.

Segurei a borda da mesa e me forcei a continuar. Se parasse agora, acho que nunca mais conseguiria dizer isso de novo.

— Ele forçou minha mão contra a porta e a golpeou com sua arma. Ele quebrou esse dedo. E mesmo assim não fiz nada, então ele quebrou outro dedo da mesma forma. Fiquei com medo de desmaiar, mas não fiz o que ele mandou. Estava tão puto de raiva, quase mais bravo do que assustado. Ele me perguntou quantos ossos havia no meu pé, porque os quebraria. Eu disse: "Vou morder a porra do seu pau e cuspir em você".

A humilhação estava viva outra vez, e eu não conseguia olhar para ninguém na sala.

— Depois ele apertou um botão, e o painel entre o banco da frente e o banco de trás baixou. Oleg... Ele estava com a garota... a mais nova. Ela estava chorando e foi espancada. Oleg começou a apertar seu pescoço. Nunca vi os olhos de alguém esbugalharem antes. Eles ficaram vermelhos, todas as partes brancas se tornaram vermelhas... E eu pensei: Meu Deus, todas as veias nos olhos dela estão estourando! Ela estava olhando para mim o tempo todo. E apenas ficou olhando para mim. Seus lábios estavam azuis e ela arranhava as mãos de Oleg, mas ele só ria. E Sergei... estava rindo também. Ele disse: "Ela não vai aguentar por muito mais tempo". E... e... eu não queria que ela morresse. Daí ela parou de se mexer. E eu sabia que ele queria matá-la. Ele estava gostando. Os dois estavam! Aqueles desgraçados psicopatas...

Cobri o rosto com as mãos.

— Então, eu fiz. Eu fiz o que ele mandou. Oleg continuou rindo e Sergei...

Suspirei, mas consegui me controlar para não colocar o conteúdo do meu estômago para fora, engolindo o vômito que ameaçava me humilhar de novo.

— Aquilo me fez passar mal. Quando ele... acabou, vomitei em cima dele. Ele ficou com muita raiva, gritou comigo. Bateu com a arma na minha cabeça, aqui, e pensei que ia atirar em mim, mas ele abriu a porta do carro e me empurrou para fora. Segurou a arma e apontou para mim. Achei que me mataria. Eu nem me importava mais. — Olhei para cima, mas já não era mais a delegacia que eu estava vendo. — A garota... Acho que ele a matou na minha frente e eu não fiz *nada*!

Gritei a última palavra e Angela descansou a mão no meu braço. Seu toque repentino me fez reagir violentamente, virando a cadeira quando pulei para trás.

Houve um silêncio horrorizado enquanto Angela me encarou, assustada.

— Acho que devemos fazer uma pausa agora — disse Petronelli.

Angela assentiu e fechou o bloco de notas.

— Entrevista suspensa às 15h24.

— Desculpa.

Mas eu não tinha certeza para quem estava dizendo isso.

Três horas depois, fiquei sentado sozinho na sala de entrevistas. Estava exausto, completamente desprovido de qualquer sentimento que não fosse a dor maçante da vergonha, exausto demais para me importar com qualquer outra coisa.

As perguntas continuaram: quem eu tinha visto, o que havia sido dito, quem era o motoqueiro, se eu tinha visto drogas, se haviam me dado drogas, o que Volkov havia dito, onde estava Marta quando a vi, o que disse, onde estava o bordel onde ela estava sendo mantida, onde eu conseguiria o dinheiro para pagar Sergei, quantas vezes me vendi para as mulheres, por que não fui à polícia quando tive a chance? Até chegar à noite onde revivi o horror quando me pegaram e o maldito desgraçado do Oleg me açoitou com o próprio cinto enquanto Sergei se masturbava.

Depois os policiais fotografaram minhas costas e bunda, comentando baixinho entre eles sobre as marcas profundas.

De alguma forma, foi muito pior por tudo aquilo estar sendo feito na frente da amiga de Laney. Foi um erro tê-la ali. Ela era profissional, e até gentil, mas agora *sabia* coisas sobre mim. Ela sabia e me julgaria, quisesse ou não.

Mas acho que Laney descobriria de um jeito ou de outro. Se não fosse por Angela, seria por seu pai.

Angela voltou para a sala, empurrando uma xícara de café para mim e se sentou à minha frente. Não conseguia beber sem creme e açúcar, mas gostei de segurar a xícara quente.

— Como você está?

Eu quase ri e Angela me deu um sorriso triste.

— Isso é compreensível, mas você se saiu bem. Eles têm muita informação para trabalhar e repassar à polícia de Las Vegas.

Ergui as sobrancelhas.

— Eu sei o que disseram para você, mas existem bons policiais lá que irão investigar. Isso não será varrido para debaixo do tapete.

Fiquei calado. Queria justiça para a garota, para Marta e as outras. Mas a justiça que Sergei e Oleg merecia estava no final de uma arma ou uma corda, não em tribunais ou delegacias de polícia respeitadas.

— Sua embaixada foi contatada e eles emitirão um novo passaporte, mas pode demorar um pouco, tendo em vista que o atual foi usado ilegalmente. Eles estão preparados para emitir um documento temporário para que você possa acessar sua conta bancária na Eslovênia e reemitir seus cartões de crédito. Mas não se surpreenda se demorar algumas semanas. Farei o melhor para apressá-los... Infelizmente, isso significa que ainda não conseguirão uma passagem área para casa e, com a investigação em andamento, eles gostariam que você estivesse por perto por enquanto. No entanto, sua embaixada me autorizou a emitir um crédito de duzentos dólares e a providenciar um hotel pra você. — Ela sorriu para mim. — Mas Laney disse que você poderá ficar com ela.

Olhei para cima, atordoado.

— Ela vai me deixar ficar?

— Sim.

Encontrei o olhar de Angela, lendo a mensagem não dita.

Depois neguei com a cabeça.

— O pai dela não vai deixar isso acontecer.

Angela riu baixinho.

— Se acha que ele pode impedir Laney quando ela se decide, você não a conhece muito bem.

— E o pana... e o namorado dela?

— A mesma resposta. — Angela sorriu para mim, não deixando passar despercebido meu quase “escorregão”, enquanto pegava algumas notas de dólar e as entregava para mim. — Ela está do lado de fora agora.

Levantei-me devagar. Laney estava me esperando. Até aquele momento, eu não tinha ideia do quanto precisava ouvir essas palavras – só saber que alguém estava aqui por mim, que não estava sozinho.

Abri a porta e ela me viu na hora, jogando-se em meus braços.

O ataque surpresa me fez cambalear, minhas costas batendo dolorosamente contra a parede quando Laney me apertou bem forte.

À medida que a surpresa transbordava de mim, eu me permiti apreciar o calor e a suavidade de seu pequeno corpo pressionado contra o meu. Passei os braços em volta dela, segurando-a com cuidado conforme afundava o rosto em seu cabelo como se tivesse feito isso a vida toda.

O rosto de Laney estava corado quando se afastou. Pensei que ela começaria a fazer perguntas, mas não fez. Graças a Deus, ela não fez.

— Vem — disse ela. — Vamos sair daqui.

Acenei com a cabeça, concordando ao mesmo tempo em que Laney puxava meu braço.

— Conheço o lugar perfeito para comemorar.

Franzi o cenho para ela.

— O que estamos comemorando?

Laney jogou as mãos no ar.

— A vida. Estamos comemorando a vida.

CAPÍTULO ONZE

LANEY

Angela veio com a gente para tomar uma bebida em um bar que eu conhecia, a meio quarteirão da delegacia.

Ash insistiu em pagar, já que tinha dinheiro, embora nenhuma de nós quisesse, só que discutir sobre isso teria deixado as coisas mais desagradáveis.

Foi uma celebração silenciosa com um Ash quieto, respondendo apenas quando eu fazia alguma pergunta direta.

Sabia que devia ter sido traumático reviver tudo o que aconteceu, mas fui sincera quando disse que deveríamos celebrar a vida. E ele tinha muito pelo que viver.

Não ajudou que Angela também parecia nervosa, lançando olhares preocupados para Ash, absorvido por sua cerveja, o olhar vago ao rasgar o rótulo da garrafa.

— Bem — disse Angela. — Tenho que ir. Laney, você me acompanha, querida?

Ash se levantou educadamente quando saímos da mesa, acenou para Angela e murmurou um breve "obrigado". Ele não encontrou os olhos dela, e me perguntei se eles tinham brigado ou algo assim.

— Laney — começou Angela quando estávamos no ar frio do lado de fora. — Eu te amo como uma irmã, por isso vou ser totalmente profissional e dizer que esse cara me preocupa.

— Ash? Por quê?

— Olha, você sabe que não posso te contar, o que estou querendo dizer é... fique longe dele. Estou falando sério. O exterior é lindo, admito, mas ele está destruído. Se você acabar se envolvendo mais ainda com um cara assim, ele vai te arrastar junto para o fundo do poço. Já vi isso acontecer. Sei que você tem um fraco por "salvar" pessoas, mas esse você precisa esquecer.

— Como assim, eu tenho um fraco por "salvar" pessoas? — perguntei, sentindo-me ofendida.

— Qual é, Laney! Você sabe que é assim. Está tentando fazer com que Collin deixe de ser um babaca chato há dez anos, e olha como deu certo.

— Você não entende! — soltei, minha voz aguçada pela frustração.

— Então me explique. Me *faça* entender! Porque o que está fazendo está muito além do que qualquer outra pessoa faria.

Queria ficar com raiva, mas só vi preocupação no rosto de Angie.

— Eu... é difícil de explicar. Mas se você estivesse lá... quando se depara com esse tipo de cena, é impossível não fazer nada. Ele estava tão destroçado – não tinha outra escolha.

Deu para perceber que não a convenci. Talvez porque ela fosse advogada e lidasse com fatos e o que pudesse ser provado. Ou, quem sabe, porque éramos amigas há dez anos e nunca tenha me visto assim.

Ela suspirou e me abraçou.

— Pense nisso, tá?

E desapareceu na noite antes que eu pudesse responder.

Estava irritada além da conta. Sua suposição de que havia algo acontecendo com Ash era *muito* descabida. E Collin havia se desculpado por seu comportamento antes de eu ir para Vegas.

Acho que saber o quão perto estive de me machucar ou até mesmo ser morta tinha sido um despertar para nós dois. Não íamos jogar fora dez anos em uma única discussão.

Ele não ficou feliz ao saber que Ash dormiria no meu sofá no futuro próximo, mas isso não era negociável. Não estava tentando *salvar* Ash, seja o que Angela pensava. Ele era um homem que tinha passado por algo traumático, mas eu já tinha visto flashes do homem gentil, engraçado e sexy de antes.

Dentro de algumas semanas, ele pegaria o seu passaporte e poderia ir para casa. Eu não o faria ficar em algum hotel qualquer onde não conhecia ninguém.

Eu me virei para entrar, mas fiquei surpresa ao ver que Ash havia me seguido e estava encostado na parede, fumando um cigarro.

Odiava cigarro. Fiz Collin parar de fumar no nosso segundo encontro, apesar de não ter tenha certeza se teria esse tipo de influência agora.

— Como é capaz de fumar? — Olhei para ele. — Você é dançarino, pelo amor de Deus!

Ele deu de ombros e piscou para mim.

— Não tem nada que você goste que não seja bom para você?

O Ash brincalhão estava de volta no recinto. Fiquei feliz em vê-lo, mas ele não ia se safar dessa tão fácil assim.

— Onde conseguiu isso? — Franzi o cenho.

— Com uma mulher — murmurou ao redor do cigarro, sugou com força e depois soprou uma longa nuvem de fumaça no ar da noite.

— Mas é claro — respondi, revirando os olhos.

— Por que “mas é claro”? — perguntou, dando um sorriso safado para mim.

— Como se não soubesse! — zombei. — Um sorriso e aposto que ela estava toda derretida em suas mãos.

Ele sorriu e se aproximou, segurando o cigarro longe de mim.

— Funciona com você?

Ah, rapaz, com certeza!

— Eu sou imune — afirmei, erguendo o queixo. — Tenho namorado.

Ash fechou a cara.

— Você voltou com o panaca.

— Pare de chamá-lo assim!

— Otário? Idiota? Retardado? Ei, conhece alguma palavra que começa com “q”?

Ele se afastou, dançando, enquanto tentava socar seu ombro.

— Pare de ser um babaca!

— Com “b” eu já sei. — Ele abriu um sorrisão para mim.

O Ash feliz era adorável, mesmo que estivesse sendo um pé no saco.

Coloquei as mãos na cintura.

— Peça desculpas! Agora!

Ash juntou as mãos como em uma prece, o cigarro pendendo de seus lábios carnudos.

— Desculpa. — E sorriu.

Entrei e tomei um gole de cerveja muito necessário, deixando que a bebida fria me acalmasse. Ash parou para conversar com uma mulher de cabelo pintado de vermelho. Ele parecia estar agradecendo a ela, então imaginei que fora ela quem deu o cigarro.

Não precisava me preocupar com ele – provavelmente seria capaz de conseguir tudo o que precisava de mulheres aleatórias. Mas depois me lembrei do semblante desolado em seu rosto, as costas ensanguentadas quando gritou comigo para sair do banheiro em Las Vegas. O medo no rosto quando chegamos à delegacia, o desespero e a exaustão assim que terminou o depoimento.

Ash me alcançou e pegou a minha mão.

— Dance comigo, Laney.

— O quê? Aqui?

Olhei em volta, sentindo pânico, e notei que dois casais haviam se aproximado da pequena pista de dança e estavam rodopiando ao som da música agitada.

— Não posso.

— Por que não? — perguntou, arrastando-me para a pista de dança.

— Eu... Eu... Eu não gosto de dançar.

Ash olhou para mim.

— Mas... todo mundo gosta de dançar.

Dei risada com sua expressão chocada.

— Hum, não. Menos eu.

Ele me deu um olhar perspicaz e colocou minhas mãos em volta de seu pescoço até que nossos corpos se grudaram. Ele encaixou a coxa dura entre as minhas pernas, depois se inclinou, sua respiração esfumaçada quente na minha bochecha.

— Não se preocupe. Mesmo que não saiba dançar, enquanto estiver comigo, você não vai fazer feio.

Idiota presunçoso! Ele jogou mesmo na minha cara a minha total incapacidade de bater palmas no ritmo, sem falar em dançar.

Seus pulsos descansaram nos meus quadris, e ele usou todo o corpo para controlar meus movimentos. A batida da música, o calor de suas mãos, o brilho alegre em seus olhos me controlavam enquanto nos movíamos. Pela primeira vez na vida, eu estava dançando e gostando.

— Relaxe — sussurrou. — Você está dançando como se tivesse uma vassoura na bunda.

Uma risada explodiu de mim.

— Você é tão grosso!

Ele sorriu.

— Ah, é? Mas funcionou, viu? — E girou os quadris, forçando-me a ir com ele.

Olhei para os nossos corpos unidos e vi uma leve protuberância começar a se formar em sua calça – o suficiente para que eu percebesse.

Minhas bochechas esquentaram e não conseguia encará-lo, mas dancei. Mesmo sem jeito, eu dancei como nunca havia feito. E adorei.

Só que depois pensei em Collin e no que ele diria se nos visse assim, meus seios pressionando o peito de Ash, suas mãos nos meus quadris. Meus movimentos diminuíram e esfreguei a testa: seriam longas semanas.

Ash afastou minhas mãos da cabeça e começou a massagear as têmporas, seus dedos longos fazendo círculos suaves sobre a pele corada. Então me girou, e minhas costas ficaram pressionadas contra seu peito duro, suas mãos deslizaram pelo meu pescoço, os polegares fortes apertando os músculos tensos, fazendo-me gemer.

— Nossa! Você tem mãos maravilhosas.

As palavras saíram da minha boca antes que eu percebesse o que tinha dito. Pensei que Ash faria piada, dizendo que já sabia, mas quando olhei para ele, seu rosto estava sério, um pequeno vinco entre as sobrancelhas conforme se concentrava em seu trabalho.

— Seus músculos estão tensos de verdade — comentou ele, com um tom repreensivo na voz. — Você precisa de uma massagem. Acho que te ajudaria.

Suspirei, seus polegares apertando mais fundo só do lado dolorido.

— Eu faço, às vezes, mas não posso sempre, por causa do meu salário.

Ash pegou todo o dinheiro que Angela havia lhe dado e colocou na minha bolsa.

— Deve dar para uma massagem — murmurou ele.

— Ash, não!

Ele fingiu não me ouvir, então tirei o dinheiro da bolsa e coloquei em suas mãos, afastando-me para que ele tivesse que aceitá-lo.

— Esse dinheiro é seu para o caso de alguma necessidade! Não para eu torrar com massagens!

— Então eu faço — ele ofereceu. — Aprendi muito sobre dores musculares ao longo dos anos. — E riu baixinho. — Mais do que gostaria.

Pareceu maravilhoso, mas...

— Deixa, Laney — pediu ele, a voz baixa e cheia de emoção. — Não tenho mais nada para te dar.

— Ash...

— Por favor.

Não podia dizer não a ele.

Tinha bebido mais do que percebi, provavelmente tentando compensar a ansiedade que senti com a presença de Angela, porque quando me afastei dele, cambaleei. Ash me ajudou a vestir meu casaco, passou o braço em volta dos meus ombros e voltamos para casa assim.

Foi agradável. Eu me senti segura.

Mas no apartamento, estava mais desconfortável.

Ash foi até a geladeira pegar duas garrafas de água, o jeans apertando sua bunda linda. Balancei a cabeça. O homem não podia nem se curvar para olhar dentro da geladeira sem eu molestá-lo com os olhos. Como diabos ia morar com ele?

Ele me passou a garrafa, depois me empurrou para o meu quarto e disse para eu colocar pijama e me deitar de bruços.

Quando estava pronta, ele abriu a porta e entrou. Fiquei um pouco surpresa assim que ele subiu na cama e se sentou em cima de mim, suas coxas pressionando contra meus quadris.

Depois ele se inclinou para a frente e senti seu hálito quente no pescoço quando ele estendeu o braço para pegar o hidratante na minha mesa de cabeceira e esguichou um pouco nas mãos.

Com o perfume de jacinto silvestre no ar, seus dedos apertaram meus músculos. Droga, era bom! Ele realmente sabia o que estava fazendo.

Fiquei me dizendo que não era erótico – mas, caramba, era sim! Suas mãos deslizaram sob o pijama, massageando minha pele nua. Estava excitada, mas me forcei a ignorar os sentimentos inadequados. *Eu tenho namorado*, cantarolei silenciosamente. *Eu tenho namorado.*

Por meia hora, ele massageou meu pescoço, ombros, costas, braços e pernas, até que fiquei mole feito mingau sob seus dedos experientes.

Senti seus lábios roçarem no meu cabelo vagamente quando me cobriu com a colcha. Em segundos, estava dormindo.

Acordei com uma sede furiosa logo após a meia-noite. Só tinha tomado algumas cervejas, não a ponto de deixar uma pessoa normal de ressaca, mas meu corpo não parecia responder a nada normalmente.

Fui na ponta dos pés até a sala para pegar um biscoito na cozinha, para não ter que tomar analgésico com o estômago vazio. Notei que Ash havia deixado as cortinas abertas e isso me deu a chance de estudar seu lindo rosto, mais jovem e calmo durante sono.

Mas ele não estava dormindo, e eu paralisei.

Ele estava estendido no sofá, o peito nu quase brilhando sob as luzes das lâmpadas da rua.

Uma mão descansava no peito, só que a outra...

O lençol fino foi empurrado até as coxas e ele estava se acariciando. Seus longos dedos que me massagearam tão intensamente no início da noite estavam agarrando com firmeza seu pau duro, para cima e para baixo, o polegar passando pela cabeça larga. Seus olhos estavam fechados, a boca ligeiramente aberta, e a respiração estava acelerada e superficial.

Sabia que o certo era me virar e ir embora, deixá-lo sozinho neste momento íntimo, sem observar como uma *voyeur* bizarra. Mas fui incapaz. Fiquei hipnotizada ao vê-lo se dando prazer, a mão se movendo mais rápido, o peito duro subindo e descendo rapidamente.

Ele murmurou algo em seu próprio idioma, e pude notar pela tensão em seu rosto que estava prestes a alcançar o clímax. E, meu Deus, se não era a coisa mais excitante que já vi. Pude sentir minha própria excitação enquanto observava, absorvendo tudo, imaginando muito mais do que deveria – imaginando-o comigo. Dentro de mim.

Seus quadris começaram a tremer e ele gozou, líquido perolado cobrindo o estômago.

E ele disse meu nome, os olhos abertos e fixos nos meus.

Envergonhada, humilhada por ter sido flagrada olhando, ofeguei um pedido de desculpas e voltei para o quarto, esquecendo a sede e a cabeça latejando.

A última visão que tive foi de seus olhos intensos me seguindo, o pau ainda sujo, descansando contra o abdômen rígido.

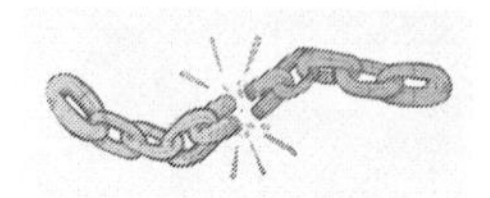

ASH

Ela correu da sala igual a um coelho assustado. Estava me observando, eu sei que estava. Se ficou tão espantada ao me ver masturbando, por que não saiu da sala logo de cara?

Peguei a camisa que estava vestindo e me limpei, guardando meu pau esgotado.

Parte de mim ficou feliz por ela ter visto – visto a mim como um homem, não apenas como uma vítima de merda por ter pena, porém, uma outra parte se arrependia. Havia uma boa chance de ela me expulsar de manhã.

Demorou um pouco para adormecer depois disso, mas quando consegui, em vez de pesadelos, ouvi música na cabeça e sonhei com Laney.

De manhã, sabia que ela ainda estava com vergonha, porque levou uma eternidade para sair de seu quarto. Eu estava desesperado para mijar, e comecei a considerar de verdade em usar a pia da cozinha se ela não andasse logo.

Mas, enfim, entrou na sala, murmurou um bom-dia e se recusou a olhar para mim.

Depois que tomei banho, ela ainda estava agindo esquisito.

— Desculpa pela noite passada... — comecei a dizer.

— Ah, não, você... hum, eu que peço desculpas — gaguejou.

— Quer que eu vá embora?

Ela, finalmente, olhou para mim.

— Não! Por que diria isso?

Dei de ombros.

— Eu te deixo desconfortável.

— Não, não deixa — mentiu, puxando o roupão com mais força ao redor do corpo.

Ergui uma sobrancelha e seu rosto ficou num profundo tom vermelho.

— Sério, não precisa ir — disse ela. — Acabei de esquecer que a sala é o seu quarto à noite. Devia ter batido ou algo assim.

— Acho que eu não teria respondido.

Seu rosto estava tão vermelho agora, que não pude deixar de me perguntar até que ponto seu rubor alcançaria.

— Vamos esquecer isso — murmurou, virando-se e enfiando a cabeça na geladeira. — Quer *waffles*?

— Não, obrigado. Vou indo.

Ela se virou, uma expressão angustiada no rosto.

— Não precisava ir embora! Eu já disse, e falei sério.

— Ei, não! Gostaria de ficar até que... — *Até que?* — Um pouco mais. Eu só quis dizer que vou ver se consigo arrumar um trabalho para ganhar algum dinheiro.

As sobrancelhas dela se ergueram.

— E vai fazer o quê?

Franzi o cenho para ela.

— Sei fazer muitas coisas. Sei trabalhar de garçom, de vendedor, na construção civil...

Ela descansou a mão no meu braço.

— Perguntei porque você não tem documento, um visto.

— Ah... — Dei de ombros. — Sempre tem alguém que paga em dinheiro. Você se preocupa demais, Laney. Te vejo mais tarde.

— Espera! — ela me chamou, mexendo na bolsa. — Este é o meu endereço, caso você se perca. Pegue isso também.

Ela estendeu uma nota de vinte dólares.

— Não posso continuar pegando seu dinheiro — respondi, rudemente.

Ela suspirou, dando um passo à frente e enfiando-o no bolso da frente da minha calça jeans.

— É *seu*. Eu sei que colocou todo o seu dinheiro na minha bolsa. Você precisa para almoçar e pagar a passagem de ônibus. Por favor, pegue. Eu me sentiria muito melhor.

— Me salvando de novo, Laney? — sussurrei enquanto saía pela porta.

Não foi tão fácil quanto eu esperava. Depois que solicitaram minha carteira do sindicato na quinta construção do dia, estava quase desistindo. Eu nem gostava de obras.

Porém, quando estava indo embora, um cara de capacete de segurança gesticulou com a cabeça para mim, mostrando que queria conversar.

Eu o segui até ficarmos fora de vista do chefe de obras.

— Russo? Polonês?

Neguei com a cabeça.

— Esloveno.

— Tem alguma experiência?

— Sim, sei trabalhar com carpintaria, gesso acartonado, pintura, alvenaria, encanamento básico.

— Sim, sim, bom. Vá a uma construção em West Washburne e South Racine, fica em University Village. Pergunte pelo Viktor.

— Obrigado, cara!

— Diga a ele que deve ao Bruno vinte dólares de comissão.

Acenei com a cabeça, memorizei o endereço e parti.

O local era um prédio antigo que já havia sido uma escola e estava sendo transformado em apartamentos. Recebi um capacete e uma marreta, disseram para não o deixar cair no meu pé – porque não haveria indenização pelo ferimento –, e depois apontaram para uma área demarcada para demolir.

Era chato, cansativo e sujo. Nuvens de poeira subiram da placa de gesso demolida, embora os outros homens a chamassem de reboco. A poeira entrou nos meus olhos, nariz, cabelo e roupas. Mas era bom fazer algo onde eu usava meus músculos. Estava meio rígido depois de dias sentado e dirigindo. Minhas costelas ainda doíam no ponto onde Oleg me golpeou, e a pele nas costas ardia, mas era melhor do que ficar sentado no apartamento de Laney, deixando-a gastar mais dinheiro comigo.

Ao girar a marreta, fiquei imaginando se Gary e Yveta estavam bem. Torcia para que não tivessem se enfiado em problemas por minha causa. Não havia razão para isso: era Laney que os homens de Sergei procurariam. Franzi o cenho diante desse pensamento.

Gostaria de ter um jeito de entrar em contato com meus amigos, mas seria muito perigoso – para eles e para mim.

Trabalhei com a marreta, sentindo os músculos lentos contraindo, e imaginei que mirava no rosto feio de Oleg. Em seus dentes, estilhaçando e voando pelos ares com sangue respingando.

Bati a marreta de novo e visualizei Sergei se transformando em pó, feito o maldito vampiro que era, sugando a vida de todos ao seu redor.

— Cara! Vai com calma!

Abaixei a ferramenta no chão, respirando com dificuldade, e olhei em volta, deparando com três homens me encarando com expressões assustadas.

— Quanta agressividade você está extravasando aí, cara — disse um sujeito baixo musculoso igual a um fisiculturista.

— Só estou querendo ser recontratado amanhã — respondi, o que não era uma mentira completa.

Ele ergueu as sobrancelhas, dizendo que estava na hora do almoço e se afastaram.

Cinco horas depois, com as sobrancelhas brancas de poeira do gesso, o rosto cinza, voltei para o apartamento de Laney. Eu estava horrível e os músculos gritavam, mas tinha cinquenta dólares no bolso e me senti como um rei.

Quando Laney abriu o portão para eu subir e a porta da frente do apartamento, ela ficou boquiaberta.

— O que aconteceu? Parece que você rolou na farinha!

— Arrumei um trabalho. Como pedreiro, eles me querem de novo amanhã.

Peguei o dinheiro e enfiei no bolso de sua calça jeans, como ela havia feito comigo esta manhã.

Laney riu e fingiu dar um tapa no meu ombro conforme me afastava.

Então sua expressão mudou quando pegou as cinco notas de dez dólares.

— Pelo amor de Deus! Cinquenta dólares por trabalhar o dia todo! Isso é trabalho escravo!

A raiva ferveu repentina por dentro.

— Sim, eu sou escravo! — gritei com ela. — Era escravo em Las Vegas e sou escravo agora. As pessoas não se importam com a forma como suas casas são construídas, e as esposas não se importam com quem limpa suas casas, ou com as garotas compradas para dormir com seus maridos, e ninguém liga que homens como Volkov sejam empresários à luz do dia. Chegamos aqui e somos dominados pela escuridão. O que acontece em Vegas fica em Vegas, certo? Nada é meu! Nem mesmo meu nome. Não sou nada! Nem ninguém!

Peguei o dinheiro de sua mão e joguei pelo ar antes de sair, batendo a porta com tanta força que toda a estrutura estremeceu.

Eu a ouvi me chamando, mas corri escada abaixo, irritado demais para esperar pelo elevador.

Andei uns cinquenta metros quando a ouvi gritar de dor.

Sentindo pânico, com medo do que pudesse encontrar, corri de volta, esquivando-me de pessoas que corriam para casa no ar gelado.

Laney estava caída no pé da escada em frente ao apartamento, tremendo de frio com uma camiseta fina e segurando a perna direita com as mãos.

Parei e me agachei.

— Meu tornozelo — choramingou, com lágrimas nos cantos dos olhos.

Eu a peguei nos braços e a aninhei contra o meu peito.

— Desculpa! Meu Deus, me desculpa.

Ela não respondeu, apenas aninhou a cabeça e passou os braços em volta do meu pescoço, tremendo de frio e dor.

Levei-a para o apartamento e a deitei no sofá. Comecei a empurrar a calça para cima, mas ela estremeceu.

— Não.

— Me deixe ver, Laney.

— Não, essa calça é muito justa. Não dá... só me ajude a ir para o quarto, por favor.

Ela começou a se levantar, mas gritou, e eu a peguei de novo, carregando e a deitando com cuidado na cama.

— Eu... eu preciso tirar essa calça.

— Tá bom.

Virei as costas enquanto ela tirava a calça jeans, choramingando baixinho. Seu tornozelo estava inchado e a culpa me inundou.

— Vou pegar gelo — murmurei.

Ela não tinha gelo no congelador, mas achei um saco de ervilhas. Eu o enrolei em uma toalha e coloquei sobre o pé dela.

Sentei-me ao seu lado na cama, enxugando suas lágrimas com os polegares.

— Não estava tentando te insultar — soluçou. — Desculpa por te aborrecer.

— Laney, para. Fui um idiota, igual ao seu namorado.

Isso a fez sorrir, com lágrimas nos cílios.

— O que está acontecendo?

Nenhum de nós tinha ouvido a porta da frente se abrir. Collin estava parado na porta do quarto, encarando a cena. Eu e ela sentados lado a lado.

— Collin. Não pensei que viria — murmurou, cansada.

— Você está dormindo com ele? — gritou ele.

Levantei-me depressa, as mãos se fechando, mas Laney interrompeu o que iria acontecer.

— Não seja ridículo! Machuquei meu tornozelo e Ash estava me ajudando.

Os olhos de Collin se estreitaram, depois ele olhou para o pé de Laney.

— Parece que torceu. O que diabos aconteceu?

— Escorreguei nos degraus da frente — disse ela em um tom calmo conforme eu saía do quarto.

— Jesus Cristo, Laney! Você é tão desajeitada! Eu já te falei várias vezes que não deveria morar em um lugar com escadas. Era de se esperar e totalmente evitável. Quando vai aprender?

Ouvi-lo repreendê-la foi irritante. Por que não podia simplesmente cuidar dela? Entrei na cozinha e enchi a chaleira, depois vasculhei seus armários. Eu só a tinha visto tomar café, mas algo mais calmante seria melhor.

Acabei encontrando uma caixa de chá de camomila em sachê. Uma das minhas ex-namoradas falava muito de suas propriedades calmantes. Não a impediu de jogar uma caneca de chá em mim quando eu disse que estava terminando com ela, mas isso é outra história.

Deixei o sachê na água quente até estar com a cara boa. Tinha um pouco de cheiro de feno – e eu esperava que ela gostasse.

Levei o chá para o quarto dela, vendo que Collin ainda tagarelava, dessa vez falando sobre encontrar um apartamento adaptado. Laney estava olhando para a parede, com o rosto tenso.

— Chá — falei, colocando a caneca ao lado dela. — Beba enquanto está quente.

O monólogo de Collin morreu e ele tentou me intimidar com sua cara feia. Dei de ombros e fui tomar banho.

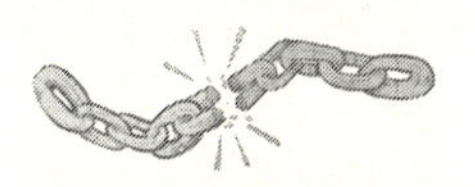

LANEY

Felizmente, a torção foi leve. Depois que Ash colocou o saco de ervilhas congeladas no meu pé, o inchaço começou a diminuir bem rápido e a falação de Collin virou um ruído de fundo.

Depois de um tempo, ele percebeu que me desliguei. Fiquei esperando pela briga, mas ele começou a agir com mais gentileza, lembrando-me do porquê estávamos juntos. Quase fui capaz de esquecer que ele me acusou de dormir com Ash. Quase.

Era para ser estranho, para todos. Estava morando com um cara que eu mal conhecia. Namorava com Collin há dez anos e nunca moramos juntos. Agora eu estava vivendo com Ash.

E para ser sincera, não estava achando tão fácil dividir o meu espaço, embora Ash fosse útil em todo o lugar, quase como se estivesse tentando ser invisível. Não deu certo, óbvio. Ter um dançarino gostoso de quase um metro e noventa de altura na minha sala não era algo que pudesse fingir, ignorar. Ele estava tão *lá*, mesmo quando tudo o que fazia era respirar.

Acho que Collin deve ter se sentido culpado pelo que disse, embora não tenha passado despercebido que ele não havia se desculpado.

Ele até conseguiu ser agradável com Ash enquanto comíamos comida chinesa.

Ash retribuiu com educação, porém, distante. Respondendo a quaisquer perguntas, mas não puxando conversa.

Depois de meio copo de vinho, estava pronta para dormir, e Collin me ajudou a ir para o quarto. Ele deixou claro que queria melhorar as coisas entre nós e acabamos fazendo sexo, o que foi legal. Já tinha algum tempo que não ficávamos juntos.

Lembro-me de ouvir a porta da frente bater e fui distraída ao pensar que não tinha dado a Ash a chave do apartamento. Ele pegou a minha?

Não o ouvi voltar, só que ele deve ter voltado, sim, porque quando Collin acordou de manhã para ir trabalhar, Ash já tinha saído outra vez, seus cobertores foram dobrados com zelo ao lado do sofá e havia uma xícara de café suja na pia.

Trabalhei o dia inteiro em manuais de estudo entediantes, mancando só um pouco, e o tempo todo pensando se Ash estava bem. Então o detetive Petronelli ligou para falar com ele, e precisei dar uma desculpa, falei que ele tinha saído para caminhar.

— Bem, quando ele voltar, poderia pedir que viesse até a delegacia? Temos mais algumas perguntas para ele.

— Claro — suspirei. — Iremos mais tarde. Avisou a advogada dele?

— Acredito que sim. — Ele limpou a garganta. — Não há necessidade de você vir, senhorita Hennessey.

— Nos veremos mais tarde — repeti e desliguei.

Quando Ash chegou em casa, a distância fria do jantar na noite anterior ainda estava presente. Fiquei um pouco magoada por ele estar agindo assim comigo depois de tudo o que passamos. Mas quando saiu do banho, vestindo uma camiseta, ele tinha novos arranhados no peito. Acho que descobri como ele passou a noite.

Seus olhos se arregalaram quando informei que o detetive Petronelli queria falar com ele de novo. Embora não tenha ficado feliz, não discutiu.

Ele enfiou a mão no bolso da frente da calça jeans e tirou um monte de notas dobradas.

— São cem dólares — disse. — Trabalhei um dia inteiro.

— Ash, eu não quero o seu dinheiro.

— E eu não quero o seu — retrucou. — Estou devolvendo o dinheiro das roupas, do hotel, do aluguel do carro, da porra da minha comida!

E foi para a lavanderia, deixando-me espantada e triste. Não queria que ele se sentisse em débito comigo. Maldito orgulho masculino.

Vinte minutos depois, ele se sentou no banco do passageiro do meu Mini Cooper, dobrando as longas pernas no pequeno espaço.

— Desculpe — murmurou.

— Tudo bem.

Dirigimos à delegacia em silêncio até Ash perguntar se podia ligar o rádio. Devia ter pensado nisso. A música o acalmava.

O detetive Petronelli nos recebeu imediatamente, lançando-me um olhar ofendido que dizia que realmente não me queria aqui.

— Obrigado por vir, Sr. Novak. Temos só mais algumas perguntas para você. Pode me acompanhar até a sala de interrogatório. Senhorita Hennessey, pode sentar-se na sala de espera.

— Não, tudo bem, Derek — falei com um sorriso falso. — Vou ficar com Ash.

Ash me lançou um olhar confuso, mas não discutiu. O detetive, no entanto, não ficou feliz.

— A senhorita Pinto está esperando lá dentro — suspirou ele. — Mas só para você saber, seu pai vai acabar comigo quando descobrir que te deixei participar.

O outro detetive, Oscar Ramos, estava conversando com Angie quando entramos. Quando ele me viu, lançou um olhar questionador para Petronelli, que apenas deu de ombros.

— Oi, Angie, obrigada por ter vindo.

— Imagina — respondeu, me dando um breve abraço. — Oi, Ash.

Ele assentiu, mas não disse nada, depois sentou-se na cadeira de plástico duro, as pernas agitadas com uma inquietação nervosa.

— Obrigado por vir, Sr. Novak. Temos mais algumas perguntas para você, principalmente sobre seus colegas em Las Vegas.

Angie franziu o cenho.

— Colegas?

— Sr. Novak mencionou uma mulher de nome Marta que nós identificamos como Marta Babiak. — Ele se virou para Ash. — Ela fazia parte da rede de prostituição que você mencionou?

Ash parecia frustrado.

— Foi o que ela me disse. Você já sabe disso.

— E quanto a Yveta Kuznets e Galina Bely? Elas estavam envolvidas na prostituição com você?

Suspirei. Ash estava metido com prostituição? Ele olhou para mim e depois fechou os olhos, o rosto franzido como se estivesse com dor.

Angie olhou para baixo, fingindo ler suas anotações. *Ela já sabia.*

Santo Deus. Ash havia trabalhado como garoto de programa. Foi o que pensei na primeira noite em que o conheci, mas era horrível ter meus medos confirmados. Quantos segredos mais ele guardava?

— Não, trabalhavam nos espetáculos — respondeu Ash, calmo, evitando meu olhar surpreso. — São dançarinas.

— De acordo com as informações mantidas pelo Serviço de Imigração, Marta Babiak deixou os EUA há três semanas.

Ash olhou para Petronelli, com uma expressão implacável no rosto.

— Você acredita nisso?

Petronelli ignorou sua pergunta.

— Temos algumas fotografias que gostaríamos que desse uma olhada — disse ele, seu olhar se voltando para mim e depois para Ash. — Esta manhã, o corpo de uma mulher caucasiana de vinte e poucos anos foi encontrado no deserto pelos arredores de Las Vegas.

Ah, não, por essa eu não esperava.

— E você acha que é Marta? — perguntou Ash, sua voz tensa.

— Gostaríamos de eliminar essa possibilidade, se pudermos. — Petronelli olhou para mim de novo. — Talvez seja melhor não olhar, senhorita Hennessey.

Dessa vez, segui seu conselho prontamente. Fechei os olhos e recostei-me na cadeira.

Depois de um momento, ouvi a voz embargada de Ash.

— Não é a Marta.

— Tem certeza, Sr. Novak?

— Eu nunca a vi antes.

Houve um silêncio pesado, e quando abri os olhos, Ash estava com a cabeça entre as mãos.

— Você tem certeza disso? Porque, de acordo com sua declaração, você a viu apenas três vezes, sendo que duas dela durante a noite.

— Meu cliente já respondeu a essa pergunta.

— Tenho — Ash falou sem olhar para cima, e os dois detetives trocaram um olhar que indicava que acreditavam nele.

Quando Petronelli guardou algumas fotografias em uma pasta, vislumbrei o corpo de uma mulher nua no chão do deserto, membros dobrados em ângulos estranhos. Meu estômago revirou.

— O interrogatório terminou em...

A voz de Ash interrompeu, as palavras alongadas e estranhas enquanto falava em tom monótono.

— Consegue descobrir algo sobre Yveta e Gary? Se ainda estão no teatro, se estão bem. E Galina. Eu gostaria... Preciso saber.

— Vamos averiguar — garantiu Petronelli.

Ash fechou os olhos.

— Só mais uma coisa, Sr. Novak, a detetive Susan Watson gostaria de falar com você. Ela trabalhou com outras vítimas de estupro e você poderia...

A cabeça de Ash disparou para cima, raiva e frustração transbordando dele.

— Não! Não fui...eles não me estupraram!

— Mas não é só...

— NÃO! Eu não sou uma vítima!

Ele se levantou abruptamente e saiu pisando duro.

Olhei inquieta para Angie e para os dois detetives, depois sai atrás de Ash.

Ele não estava na recepção, e fiquei pensando por um momento se havia ido embora, mas então o vi do lado de fora da porta de entrada, andando de um lado para o outro como se estivesse acorrentado em uma gaiola. Quando ele olhou para mim, vi vergonha, culpa, medo e suas mãos tremiam levemente à medida que passava os dedos pelo cabelo curto.

— Eles podem estar mortos por minha causa. Como aquela garota. O que fizeram com ela...

Ele estremeceu e engoliu várias vezes.

— Você não sabe disso ao certo.

— Eu sei. Se eu tivesse contado a alguém...

— Você provavelmente estaria morto. Essas pessoas são más. Não é culpa sua.

Ele não se deu ao trabalho de discordar de novo, só que pude ver que também não acreditou em mim.

Assim que voltamos para o apartamento, Ash disse que daria uma volta. Não tentei impedi-lo. Dei-lhe uma cópia da chave da porta e vinte dólares do maço de dinheiro que ele havia me dado antes.

Desta vez, ele não recusou e assentiu, abriu a boca para dizer alguma coisa, mas fechou em seguida, balançando a cabeça. Eu o observei andando pela rua até sumir de vista.

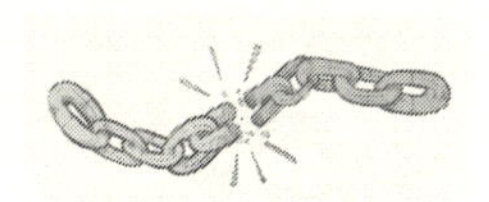

Nós nos encontramos em um *ménage* estranho: Ash silencioso e distante, Collin ruidoso e paternalista.

Era cansativo. O mais fácil seria dizer a Ash para sair, mas eu simplesmente não conseguia.

Então, um dia, papai pediu para almoçar comigo em um restaurante italiano perto da delegacia. Não era algo que fazíamos com frequência, portanto, acho que tinha algo a ver com Ash.

Nem havia mastigado o primeiro pedaço de pão quando ele começou o interrogatório.

— Como está Collin?

— Bem, obrigada. Ocupado. O de sempre.

— E como está o seu hóspede?

— Bem.

— Sem problemas?

— Como o quê?

Ele me olhou, cansado.

— Como está Collin reagindo com outro homem morando com você?

— Ele não acha maravilhoso, mas não é dele a decisão. Do que isso realmente se trata?

— Eu me preocupo com você sozinha com ele. Você não conhece esse homem.

— Ele não me machucaria, pai. Ele não seria capaz.

— Você não sabe do que ele é capaz.

— Eu o conheço melhor que você.

— Laney! Acorda! Ele está envolvido com algumas pessoas muito perigosas.

— Não foi culpa dele! Ele estava no lugar errado na hora errada. Ash é uma boa pessoa.

— Por que está ajudando ele? Deixando ele morar com você? Você se sente responsável? Porque não é! Você fez mais do que suficiente.

Papai estava parcialmente certo. Eu me sentia responsável por Ash. Eu o trouxe para Chicago e o meti em minha vida. Tudo começou comigo, simplesmente querendo ajudá-lo – por caridade, acho. Mas a caridade geralmente não tem rosto, é impessoal – você faz uma doação, assina um cheque e pronto. Mas com Ash, eu tinha visto o rosto dele e o abuso em primeira mão. Aquilo se tornou pessoal.

E como moramos no meu apartamento e passamos algum tempo juntos, comecei a apreciá-lo pelo homem que era, ou pelo homem que estava tentando ser.

Ele era gentil e atencioso. Ajudava, mas me deixava respirar. Era decente e honrado. E odiava vê-lo destroçado, então cada sorriso dele parecia uma conquista.

Respirei fundo e tentei explicar o mais racionalmente possível – o que não foi fácil, porque quando se tratava de Ash, eu não tinha certeza de que razão e lógica poderiam ser aplicadas.

— Porque alguém deveria. Porque eu posso. Porque desde que ele chegou a este país, seu mundo foi destruído, na América, terra da liberdade. Em nosso país, ele foi feito escravo! É real, pai. Está acontecendo, e o que Ash nos contou é só a ponta do iceberg. Eu estive investigando: sabe quantos escravos existem aqui hoje? Agora, em Chicago? Centenas! Milhares! Dezenas de milhares todos os anos em todo o país. Tráfico de drogas, prostituição, trabalho escravo. Você é o policial, pai, você sabe disso.

Sua expressão dura suavizou-se.

— Eu sei, Laney, amor. O que estou perguntando é *por que ele*?

— Eu já te disse — respondi e minhas bochechas ficaram vermelhas.

— Foi o que pensei — suspirou papai, balançando a cabeça.

Comemos o resto do almoço sem tocar no nome de Ash outra vez.

Ash estava demorando a chegar em casa naquela noite. E assim que entrou no apartamento, foi na cozinha e começou a esfregar as mãos. Ele estava muito mais melancólico desde a última declaração na delegacia. Cada dia que passava sem notícias de seus amigos, seu ânimo diminuía. Ele parecia cansado o tempo todo, e eu sabia que não estava dormindo bem porque o ouvia à noite. Ele mudou fisicamente nas últimas três semanas também. Seu corpo magro estava ainda mais firme, os bíceps maiores. Suponho que era inevitável quando se trabalhava na construção civil. Eu nunca tinha visto um corpo tão perfeito quanto o dele, exceto na TV.

Quando lavou as mãos quatro vezes, secou-as com bastante cuidado. Notei que estavam ficando calejadas. Sorri quando o vi passar um pouco do meu hidratante de rosas nas mãos.

— Ash é ga-ro-ta! — cantarolei, sem pensar, brincando para tentar deixar o clima mais leve.

Uma expressão estranha sombreou seu rosto e os olhos cintilaram perigosamente. Então ele se afastou de mim e saiu da cozinha.

Oh-oh.

Fui atrás dele e o encontrei sentado no sofá com a cabeça entre as mãos.

— Ash...

— Não sou uma garota — rosnou. — Mas não posso ser um homem pra você!

— O quê?

— Você me alimenta, me dá um teto, um lugar para ficar. Mas não posso pagar o suficiente. Não consigo trabalhar sem medo. Não posso nem dançar. Eu não sou nada!

Ele saiu do apartamento, desaparecendo na noite.

Laney, sua idiota!

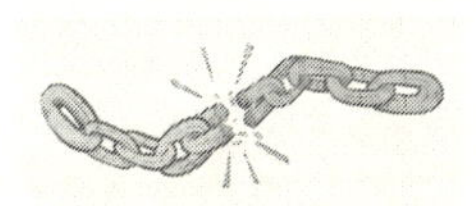

Estava sentada na beira da minha cama, reunindo coragem para enfiar a pequena agulha na coxa. Não era tão doloroso assim, mas ardia. Só que odiava, odiava fazer isso.

Lágrimas se acumularam em meus olhos, e me xinguei mentalmente pela fraqueza, pelo meu corpo idiota que precisava de remédios para mantê-lo funcionando, mantê-lo em movimento. Odiava ser tão dependente.

Ouvi Ash chegar, concentrando-me nos sons tranquilos conforme ele se movia pela cozinha: a torneira aberta pingando, a máquina de café. Dois ruídos suaves quando ele descalçou as botas pesadas. Os sons estavam mais fracos agora com ele andando de meia. Então ouvi música começar a tocar – ele achou meu iPhone e estava ouvindo Bruno Mars.

Ele bateu na minha porta e apontou a cabeça.

— Laney, posso...?

Suas palavras foram interrompidas quando olhou para mim. Fiquei vermelha de vergonha, cobrindo as pernas nuas, mesmo que não fosse nada que já não tivesse visto.

— O que está fazendo? — perguntou ele, a voz mais alta que o normal.

— Viciada em drogas, lembra? — Eu ri sem graça.

Seus olhos se arregalaram e ele deu um breve aceno ao entender.

— Seu remédio.

— Sim, só estou tentando criar coragem. Faço isso toda semana, mas é só que... Estou sendo idiota, eu sei.

Deu um passo mais perto, entrando no quarto.

— Dói?

— Não, na verdade, não — suspirei. — É mais a sensação. Eu te disse que era besteira.

Ele se sentou na cama ao meu lado, seu corpo grande irradiando calor e conforto.

— Eu faço pra você, se quiser.

Acho que meus olhos quase saltaram da cabeça. Se chegasse perto de Collin com uma agulha, ele quase desmaiava.

Olhei para ele, sem conseguir acreditar.

Ash deu de ombros.

— Eu já fiz isso. Minha mãe era diabética. Costumava ajudá-la.

— Eu não sei...

— Não vou te machucar — avisou, inclinando-se e retirando a agulha das minhas mãos com cuidado.

Antes que pudesse discutir, ele pressionou a ponta na minha pele, apertou o êmbolo e pronto.

Ele tampou a seringa vazia com o protetor de plástico e a deixou na minha mesa de cabeceira sem dizer uma palavra.

Foi um momento estranhamente íntimo.

CAPÍTULO DOZE

LANEY

A porta da frente abriu com tudo, me fazendo pular de susto. Deixei cair a faca que estava segurando, feliz por não ter perdido um dedo enquanto cortava cebolas. Olhei por cima do ombro, pronta para dar uma bela bronca em Ash, mas o sorriso em seu rosto me impediu.

Estava tão acostumada a vê-lo sem expressão, que meu coração deu um salto de alegria e um sentimento reconfortante me preencheu.

Seus olhos escuros estavam radiantes e vi suas covinhas pela primeira vez em muito tempo. Por tempo demais. Ele caminhou em minha direção, a felicidade fluindo ao seu redor.

Sem parar, ele me pegou em seus braços e me girou, fazendo-me sentir delicada e tonta, tudo ao mesmo tempo.

— O que está acontecendo? — arfei, rindo um pouco.

— Estamos comemorando! — gritou ele, valsando ao redor da pequena cozinha e meus pés balançavam acima do chão.

Sua alegria era contagiante e, logo, eu estava gritando de tanto rir enquanto girávamos.

— E-estamos rindo do quê? — gaguejei.

— Tenho um teste — gritou, feliz. — Um teste de verdade em um teatro de verdade... Para dançar!

— Puta merda! Como isso aconteceu? Quando? Onde? Como? Já perguntei quando? O que é isso? Ash, me coloque no chão, não consigo respirar!

Deslizei pelo peito de Ash, as bochechas ficando vermelhas conforme sentia cada contorno duro e plano de seu corpo, até que meu rosto parou pressionado contra seu coração, ouvindo as batidas descontroladas começarem a diminuir conforme me balançava com delicadeza, seus quadris rebolando em um ritmo lento de rumba.

— Isso é o que eu estava esperando — sussurrou, sua respiração soprando em meu pescoço ao mesmo tempo em que afundava o rosto no meu cabelo. — Vamos sair e comemorar, fazer qualquer coisa que quiser, onde quiser ir.

Comecei a lembrá-lo de que estava economizando dinheiro e não podia se dar ao luxo de me mimar, mas engoli as palavras. Ash era um homem orgulhoso, e ser lembrado do quão pouco tinha só iria aborrecê-lo. Eu não estragaria este momento.

— Parece fantástico!

Ash agarrou minha mão e começou a me puxar em direção à porta.

— Espere! — Dei risada. — Preciso de alguns minutos para me trocar e você ainda está com suas roupas de trabalho.

Ash olhou para a calça jeans suja e botas com biqueira de aço, e deu um sorriso triste.

— Acho melhor tomar banho.

Ele se abaixou para desamarrar as botas e... não me julgue, mas não pude deixar de dar uma conferida em sua bunda. Sabia que não deveria, mas ele tinha uma bunda maravilhosa: dura, redonda e apertável preenchendo a calça de uma maneira deliciosa.

Desviei o olhar depressa quando ele se levantou.

— Ah, esqueci de dizer, chegou uma carta pra você. — Apontei para a mesa de centro na sala.

Ash franziu a testa, olhando para o envelope pardo como se fosse mordê-lo.

— É da Embaixada — comentei.

Ele rasgou o envelope, tirando vários pedaços de papel de dentro, e praguejou em seu próprio idioma.

— O que foi?

— Eles ainda não vão me mandar um passaporte. Continua sendo investigado.

Meu coração palpitou desconfortavelmente.

— Tenho um documento temporário, mas não sei se será suficiente para ter acesso à minha conta bancária. — E fez cara feia.

— Amanhã veremos isso — comentei rapidamente. — Estamos celebrando hoje à noite, lembra?

Ash sorriu, seu bom humor restaurado na mesma hora. Em seguida, ele foi para o banheiro do meu quarto, tirando as roupas pelo caminho.

— Você é tão bagunceiro! — gritei às suas costas, sem realmente ligar. — E vai me contar tudo sobre o teste!

Uma risada feliz foi sua única resposta e me vi com um sorriso bobo na porta do quarto. O Ash feliz era uma coisa linda, e já fazia muito tempo que não aparecia.

Entramos em sintonia quando se tratava de dividir o pequeno espaço do meu apartamento. Estar no banheiro significava que tinha que sair correndo do quarto também. Dava certo, mais ou menos, para evitar momentos embaraçosos de nudez.

Mas como Ash estava com pressa para sair, aproveitei enquanto ele estava no banho para procurar algo para vestir em meu armário.

Eu tinha acabado de pegar uma calça jeans skinny e uma blusa de seda com alça fina quando a porta do banheiro se abriu, uma nuvem de vapor seguindo Ash, completamente nu e com a toalha ainda na mão.

Demorou alguns segundos para que meu cérebro começasse a funcionar e eu pudesse me virar de costas. Ash enrolou a toalha na cintura, escondendo um dote bastante generoso, mesmo na posição de repouso.

— Desculpa — murmurei. — Vou... hum, estou saindo.

Saí correndo do quarto, o rosto ardendo.

Um momento depois, a porta do meu quarto se abriu e Ash saiu vestindo uma calça jeans limpa e puxando uma camiseta preta lisa sobre a cabeça. Ele estava da cabeça aos pés com roupas de brechó e parecia vestir trajes de um milhão de dólares.

Passei correndo por ele, ignorando o olhar divertido e questionador que me lançou.

— Vou precisar de dez minutos.

Demorei vinte, aproveitando para cachear e pentear meu cabelo liso e sem graça, bem como me recuperar do constrangimento.

Quando voltei, Ash havia colocado suas roupas sujas para lavar, além de ter limpado a cozinha, colocando a cebola picada pela metade em alguma vasilha. Alguém o treinou bem.

Fiquei surpresa com a pontada de ciúme que senti ao pensar nisso.

— Vamos! — disse ele, jogando meu casaco pesado na minha direção.

Ele usava um enorme sobretudo com estampa militar que ia até as panturrilhas e um gorro de lã puxado até na testa. Pisquei diante da transformação. Ele parecia perigoso, o tipo de homem que você não gostaria de encontrar em um beco escuro. Lindo, é claro.

Agasalhados contra o frio, caminhamos pelas ruas geladas. Faltavam só cinco semanas para o dia de Ação de Graças e as lojas estavam bem iluminadas e lotadas de compradores.

O vento frio chicoteou meu cabelo nos olhos e deslizei na calçada escorregadiça. Ash colocou o braço em volta dos meus ombros e me puxou contra ele.

Minha mão rodeou sorrateiramente sua cintura e me senti culpada por gostar muito disso. Collin estava certo? Era impossível para homens e mulheres serem somente amigos? Ou era só impossível para Ash e eu sermos amigos?

Sem precisar discutir o assunto, fomos em direção a um pequeno bar temático irlandês e familiar, perto do lago. A comida era barata e tinha uma atmosfera acolhedora e descontraída.

Estava lotado, por ser uma noite de sexta-feira, mas Ash achou dois banquinhos baixos perto da lareira para nós. Eu já estava suando antes de conseguir tirar o casaco. *Tanto para tentar parecer bonita.*

Ash tirou o casaco e imediatamente atraiu a atenção de várias mulheres e dois gays. Se percebeu, ele ignorou e se dirigiu ao bar.

A garçonete já havia anotado meu pedido de duas tortas de queijo cottage, uma comida que eu sabia que era a favorita de Ash, antes que ele voltasse com duas canecas de cerveja.

Collin teria comprado champanhe e insistido em um restaurante francês para uma comemoração.

— Saúde!

— *Na zdravje*, saúde!

— Agora vai me contar tudo? — perguntei impaciente quando nossos copos tilintaram um contra o outro.

A empolgação de Ash era tão contagiante que, no final de sua história, eu estava na beirada do banquinho, minha bebida correndo o risco de virar.

— Amanhã?! O teste é amanhã? Você não deveria estar, não sei, se preparando?

Ash sorriu.

— Estou pensando nisso tudo. Preciso usar seu iPhone. Tudo bem?

— Claro que pode usar. Que música vai escolher?

— Não tenho certeza. Posso pegar emprestado esta noite, para ouvir enquanto durmo?

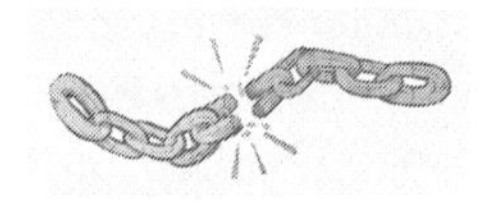

ASH

Perderia o dia de trabalho para fazer o teste e sabia que isso significava que seria demitido. E tive a impressão de que Viktor conhecia muita gente, então, talvez não seria fácil ser contratado em outra obra. Não estava nem aí. Odiava esse trabalho, e todo dia era lembrado de que o sangue do meu pai, que corria em minhas veias, era um sangue desgraçado do caralho.

Passei por aquele antigo teatro a caminho de casa... Quero dizer, para a casa de Laney. Normalmente ficava fechado, mas esta noite estava bem iluminado e um pôster do lado de fora dizia "audições abertas". Quase passei batido, presumindo que fosse para atores, até que vi uma garota com uma bolsa enorme pendurada no ombro e um par de sapatos de salsa na mão.

Era como ver um arco-íris ou beber café fresco recém-moído. Era como ver uma mulher bonita, sentir o cheiro do perfume favorito e seguir o cheiro porque, mesmo que tentasse, não conseguiria se segurar.

Andei atrás da dançarina, seguindo-a para dentro e assustando a mulher que conferia os nomes na entrada.

— Posso ajudar? — Ela respirou fundo, olhando-me de cima a baixo.

Devo ter parecido ridículo com meu sobretudo militar, botas com biqueira de aço e jeans largos cobertos de poeira de demolição. Nunca me pareci tão distante de um dançarino.

— O teste para dançarinos está aberto? — perguntei, educado.

— Sim, e estamos muito ocupados. — Bufou, tentando me enxotar com as mãos.

Duvido que ela tivesse menos de 80 anos, mais de um metro e meio e pesasse mais da metade do meu peso. Mas ela não se intimidou, apenas ficou irritada. Foi engraçado.

— Homens, ou somente mulheres?

— Sério, meu jovem! Estou muito ocupada!

— Eu sou dançarino — eu disse, mostrando a ela o meu melhor sorriso, aquele que geralmente funcionava com mulheres.

— Esta não é uma boate de Hip Hop — retrucou. — É para dançarinos *treinados*.

— Sim, senhora. Sou duas vezes finalista no All-Stars International Ten Dance... Em meu país.

Ela piscou, então bateu a caneta contra o bloco grosso de papel, estreitando os olhos para mim.

— Hmm, muito bem. Então me diga, em qual dança veria um *syncopated separation*?

Eu sorri.

— Paso Doble, minha dança predileta.

Suas sobrancelhas se ergueram e sorri para ela conforme pensava em outra pergunta.

— Bem, muito bem mesmo! E o que é um ocho?

— É um passo do tango, o tango argentino, o nome vem do oito que as dançarinas de tango fazem no chão.

E fiz uma demonstração para ela, o que não era fácil com botas pesadas.
Um leve sorriso passou por seus lábios.
— Nome?
— Ash Novak.
— Bem, Sr. Novak, todas as vagas dos testes foram preenchidos para esta noite...
Meu rosto deve ter transparecido como me sentia, porque sua própria expressão se suavizou.
— No entanto, vou marcá-lo para amanhã às 10 horas. Venha com sua música e uma performance preparada para nós. E, por favor, não use essas monstruosidades nos seus pés.
Inclinei-me e beijei sua bochecha pálida.
— Não, senhora!
Eu correria o resto do caminho para casa. A casa de Laney.

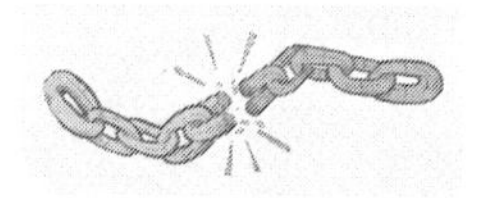

Passei a maior parte da noite ouvindo música e planejando uma coreografia. Dispensei várias ideias antes de ficar razoavelmente feliz com o resultado, depois dormi agitado por duas horas até ouvir Laney se mexendo em seu quarto.
Ela abriu a porta devagar e deu uma olhada na sala, cautelosa. Ela tem feito isso desde que me flagrou me masturbando.
— Você sabe o que vai dançar? — perguntou.
Nada do "bom-dia" de sempre, nem mesmo "oi". Ela acordou pensando no meu teste – assim como eu. Eu a peguei e girei no ar.
— Sim! Acho que sim!
Ela riu, puxando minha camiseta para que eu a descesse.
— Que música escolheu?
— *"Raise Your Glass"* da Pink para um misto de Chá-chá-chá e Paso Doble ou...
— Ou... ? — perguntou, sua voz animada.
— *"Hunter"* de Pharrell Williams: dançando samba e hip hop.
Sua expressão mudou ligeiramente.
— O que foi? Não gosta?
Eu tinha tanta confiança nessas opções. A resposta sem entusiasmo de Laney me afetou mais do que queria imaginar o porquê.

— Não, parece bom — respondeu, com um sorriso fraco.

— Laney! — Agarrei meu cabelo. — Por favor, o que foi?

— Não sou especialista em dança, Ash.

— Mas tem opinião!

— Okay, tudo bem, mas se for uma péssima ideia, me prometa que não fará nenhuma besteira.

Eu a encarei com impaciência e ela suspirou.

— Você deveria dançar rumba.

Não respondi e ela mordeu o lábio.

— Por que eu deveria dançar rumba? Não... chama a atenção.

— É exatamente por isso! — disse, retorcendo as mãos. — Sempre que assisto *"Dancing With the Stars"*, é o único ritmo que os homens *nunca* dançam bem. Mas você é tão...

Não estava conseguindo entender seu raciocínio. O que um programa de dança amador tem a ver com, bem, qualquer coisa?

— Sou tão... ?

— Másculo! — soltou ela, o rosto se tornando rubro.

Abri um sorriso com sua resposta.

— Obrigado. — E pisquei para ela.

— Pare! — Ela riu. — Estou falando sério. Uma rumba bem viril seria... sexy.

Suas bochechas estavam pegando fogo agora, e eu tinha certeza de que, se estendesse a mão e a tocasse, sentiria o calor.

Ela estalou os dedos.

— *"Let it Go"* de James Bay.

— Coloca para mim — pedi, depressa.

Ela conectou seu iPhone e procurou conforme eu aguardava, impaciente. Então, os primeiros acordes de guitarra inundaram a sala e soube que estava certa.

I will be me...

Eu serei eu...

Conseguia visualizar na cabeça, como meu corpo se moveria, a emoção que eu poderia mostrar no rosto, com os braços e pontas dos dedos.

— É perfeito, Laney! Obrigado!

Segurei seu rosto macio e a beijei nos lábios.

Ela ofegou ligeiramente e cambaleou.

— Tudo bem?

— Sim. — Afirmou com a cabeça sem fôlego.

— Vou tomar banho — avisei, correndo para o banheiro. — Depois preciso ensaiar.

— Ash!

— Sim?

— Não faça a barba.

Eu me virei para olhar para ela.

— É que... a mulher ontem, ela achou que você fosse um pedreiro, certo?

— Sim, acho.

— Lembra do que falamos sobre estereótipos? Um trabalhador da construção civil que dança rumba... com certeza eles vão se lembrar de você.

Minhas sobrancelhas se ergueram e sorri para ela.

— Nada de fazer a barba.

Passei a hora seguinte usando a sala de Laney como um lugar de ensaio. Eu até pedi a ela para me filmar com seu celular. Costumava ensaiar em estúdios de dança que possuíam espelhos para que pudesse verificar minha técnica – era frustrante não poder ver como eu estava me saindo. Filmar ajudou.

Com ânsia de chegar ao teatro, repassei uma lista na cabeça: garrafa grande de água, ok; toalha, ok; sapatos de dança, ok; bananas – eu compraria no caminho. Laney fez um currículo para mim e tirou uma foto em seu telefone e imprimiu depois. Parecia profissional quando concluiu tudo. Eu não tinha joelheiras, sapatos próprios de dança latina ou qualquer partitura, então precisei torcer para que não me penalizassem por estar despreparado. Eu simplesmente teria que surpreendê-los com a minha coreografia.

Mas quando saí do chuveiro, Laney estava sentada no sofá. Geralmente, ela ficava na cozinha fazendo o café da manhã ou já estava no computador trabalhando.

— Você está bem?

— Só um pouco travada. Estou bem.

Eu a encarei. Ela estava bem há semanas.

— Ash, estou bem! Vá! Ou vai se atrasar.

Ela fez movimentos com as mãos me enxotando, então peguei uma delas e beijei os nós dos dedos.

— Me deseje sorte!

— Boa sorte! — Ela riu. — Mas você não precisa disso. Você é incrível!

— *Moj sonček!*

— O que isso significa? — perguntou enquanto eu corria para a porta.

Mas não respondi. Sabia que isso a deixaria muito frustrada – ela era tão fofa quando ficava brava. Seu sorriso iluminou os cantos sombrios dentro de mim.

Estava muito agitado para tomar café da manhã, mesmo que fosse uma grande proibição para os testes. Poderia ser um dia longo, com talvez até quatro retornos de chamada.

Parei em uma loja de conveniência e comprei seis bananas com o aspecto mais maduro além do ponto: açúcar e carboidratos. Melhor, impossível.

A fila no teatro estava tão longa quanto no dia anterior, o que era meio deprimente. Muitas pessoas estavam em pares, e havia um grupo de seis homens que estavam praticando alguns movimentos de dança de rua. Eles pareciam bons, mas a menos que tivessem uma técnica para acompanhar, provavelmente não passariam no teste. Não ter técnica nenhuma geralmente significa lesões, e nenhum diretor de dança vai querer isso quando você tem oito espetáculos por semana.

Fui com uma camiseta justa para mostrar meu peitoral e abdômen – algo que trabalhar em obras tinha realmente ajudado.

Estava quente dentro do teatro, mas fiquei de moletom fazendo os exercícios de aquecimento. Eles estavam chamando as pessoas em grupos de trinta, o que significava um palco bastante lotado. Quando ouvi o meu nome, todos no meu grupo tiveram o mesmo pensamento – vá para a frente para que possa ver o que está sendo ensinado pelo coreógrafo e o diretor de elenco possa ver você. Várias garotas baixinhas usaram os cotovelos para me empurrar. É, o mundo da dança é competitivo.

Fiquei na parte de trás, sabendo que era provável que as fileiras mudariam durante o teste para que todos tivessem a chance de ver e ser visto. Eu era alto – não tinha problema.

Tirei o moletom e joguei de lado. Chegou a hora. Precisava me preparar e focar. *Preste atenção, olhe, ouça, aprenda* – pegue o estilo para que o coreógrafo saiba que eu seria capaz de participar do espetáculo, qualquer que fosse.

A execução foi uma mistura de vários estilos latinos com um pouco de *jazz*. Na hora ficou óbvio quem era e quem não era treinado, não que eu tenha passado muito tempo observando outras pessoas – essa era a maneira certa de cometer um erro. E se você não está pensando na música, na dança, acaba com uma expressão vazia.

Quatro dos homens de dança de rua não tinham ideia de como seguir os passos – os outros não eram ruins, mas acho que não seriam chamados de volta. Fui o único homem em meu grupo que fez a sequência até o fim. Você não para em uma audição, mesmo se estiver todo confuso. O que vai fazer em um espetáculo ao vivo? Sair? Não, você tem que continuar, a menos que esteja fisicamente incapaz.

E, então, eu me lembrei de Gary me contando de quando dançou apesar da dor de um pé quebrado. Perdi o foco, pensando se ele estava bem, e ganhei uma cara feia do coreógrafo.

Mesmo assim, meu nome foi chamado no final da rodada, então consegui ficar. Por enquanto.

Achei que haveria talvez mais três rodadas. Seria difícil.

Tinha vinte minutos para comer e me hidratar antes da segunda rodada. Desta vez era estilo popular do *Hip Hop*, e o cara próximo a mim, que mandou muito bem na primeira rodada, estava tendo dificuldades. Achei que ele tinha treinamento clássico e não conseguia se conectar com o estilo mundano e os joelhos flexionados e soltos. Não importava o quanto tentasse, estava muito ereto, as pernas esticadas e duras. Ele não se saiu bem.

Agora eu estava suando muito, e os caras restantes haviam tirado as camisas. Eu não podia fazer o mesmo. Os cortes em minhas costas estavam curados, mas as cicatrizes eram recentes e não tinha vontade de responder a perguntas. Eu queria esquecer.

Quando a mulher que conheci no bar, certa noite, arranhou meu peito, quase a derrubei, empurrando-a para longe de mim. Muitas lembranças ruins para deixar alguém me marcar de novo. Ela não ficou contente. No entanto, eu também não estava muito interessado nela. Voltei àquele bar e ficava até fechar.

Comecei a fazer isso toda vez que o panaca aparecia. Não queria ouvi--lo com Laney. Pelo menos nunca durava muito. Por que diabos ela tolerava um minuto no paraíso?

A terceira rodada foi dança de casal e eles nos testaram com parceiros diferentes. A música era salsa e tínhamos que ficar bem próximos e exalar atração por alguém a quem havíamos acabado de conhecer. Uma loirinha ficou se esfregando em mim o tempo inteiro.

Amigos que não dançam sempre perguntam se fico excitado, mas quando se faz isso o tempo todo, não existe muito risco de ficar excitado sem querer. Talvez por um tempo, quando eu era adolescente, mas a maior razão era porque não sobrava energia para pensar em nada além da dança. É como participar de uma corrida de velocidade seguido de uma maratona, sempre com um sorriso e dando a impressão de que era fácil ao mesmo tempo. Além disso, sua parceira está suada, você também, então, a dança é composta de duas pessoas pingando de suor, fedorentas, escorregadias e grunhindo, cada um dependendo do outro para fazer a sua parte.

Bem, poderia até acontecer, mas geralmente com dançarinos menos experientes ou com um novo parceiro. A maioria dos profissionais consegue se controlar.

Trocamos de novo, e fiquei com uma garota asiática alta que era mais pesada do que minha última parceira, mas uma dançarina muito melhor. Se estivesse procurando uma parceira profissional, definitivamente estaria interessado. Se não passasse na audição, poderia perguntar a ela se queria fazer um teste para algumas competições de dança de salão.

Mas passei. E estava na hora do meu show.

Estava cansado e meu corpo inteiro doía. Mas pensei em Laney. A primeira vez que a vi, sentada sozinha naquela mesa, jamais imaginando que ela estava em uma cadeira de rodas. Senti vontade de dançar com ela e, Deus é testemunha, ainda queria. Mas ela estava com o panaca, então eu teria que dançar *solo*.

From nervous touch and getting drunk
To staying up and waking up with you
De toques nervosos e ficar bêbado
A ficar de pé e caminhar com você

A música dizia tudo o que eu sentia e acabei me entregando ao ritmo. Estava em casa.

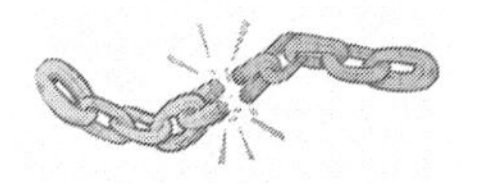

LANEY

Esperei ansiosa. Torcia muito para que esse teste acabasse da forma que ele desejava. Estava atrasado e não sabia se isso era bom ou ruim. Não sabia nada sobre seu mundo, exceto que quando saiu de casa esta manhã, estava muito feliz, de um jeito que nunca tinha visto.

Às seis da noite, horas mais tarde do que eu esperava, Ash entrou pela porta, esgotado.

— E aí? — perguntei, na expectativa.

Seu rosto se abriu em um sorriso enorme.

— Consegui! — gritou.

— Ai, meu Deus! Ai, meu Deus!

E ele me ergueu, abraçando-me com força ao mesmo tempo em que me girava feito uma boneca.

— Foi brilhante! — disse contra o meu cabelo. — Quero dizer, foi muito bom.

Ele me carregou até o sofá e nós caímos juntos, seu braço automaticamente indo ao redor do meu ombro enquanto sua cabeça pendia para trás.

Ele me falou sobre Rosa, a coreógrafa; Mark, o diretor; Dalano, o produtor; e vários membros da companhia e da equipe técnica.

Ainda estava relatando tudo, entusiasmado, quando se inclinou para frente e abriu o zíper da bolsa barata que eu tinha emprestado a ele, tirando seus sapatos de dança e as roupas suadas do teste.

— Vou colocar para lavar — disse ele. — Tem algo que precisa ser lavado?

Um grande envelope caiu no chão, cheio de papéis.

— O que é isso?

Ash deu de ombros.

— Contrato. Devo preencher e entregar na segunda-feira. Você olha para mim? Odeio ler essas coisas, ainda mais em inglês. — Depois sorriu. — Mas comprei um novo celular, você pode me mandar mensagens agora.

Então desapareceu em direção ao subsolo com suas roupas de dança e as minhas roupas sujas da semana.

Sorri para mim mesma ao pegar o maço de papéis e comecei a ler seu contrato, impressionada com o salário de oitocentos e cinquenta dólares por semana. Porém só havia lido algumas linhas antes de perceber que Ash tinha um problema sério. Eu me empolguei tanto que pequenos detalhes como "visto de trabalho" e número do "seguro social" passaram completamente batido.

Tudo estava acabado antes mesmo de começar: eles jamais permitiriam que Ash dançasse. Um chefe de obras poderia arriscar com um diarista, mesmo em Chicago, onde os sindicatos tinham tudo sob controle, mas o *Steps Theater Group* não.

Desde que voltou para casa ontem, Ash tinha sido um homem diferente: feliz, confiante, uma companhia muito divertida para se ter por perto.

Mas Ash conseguiu um visto de trabalho temporário antes – por que não conseguiria outro? Não era uma missão impossível.

Abri meu laptop e comecei a digitar freneticamente as perguntas nas ferramentas de busca. *Que tipo de visto ele precisava? Como conseguiria um? Com que rapidez?* Mas as respostas não eram claras.

Ash perdeu o prazo do seu visto temporário e, portanto, era um imigrante ilegal. Mas como alguém viajou para fora dos Estados Unidos com seu passaporte, ele tecnicamente também não estava nos Estados Unidos.

Minha cabeça estava agitada como um turbilhão. Devia existir um jeito de ajudá-lo, algum tipo de autorização especial. O Papa podia intervir nos vistos de trabalho? Provavelmente não.

Mas que Deus me perdoe – foi isso que me deu a ideia.

Porque depois vi as palavras que me pararam imediatamente:

É possível conseguir um Green Card – um visto permanente – com base no casamento com um cidadão americano, mesmo que você esteja com o período de permanência do seu visto vencido.

Um arrepio percorreu meu corpo, uma centelha de possibilidade.

Não, era uma ideia realmente idiota. Para, não.

Li todo o site, certa de que deveria haver outra maneira.

Tudo depende da sua capacidade de provar que entrou legalmente nos Estados Unidos, o que ele fez.

Você também precisará provar que seu casamento foi celebrado de boa fé e não para aproveitar dos benefícios de imigração dos EUA. Pode fazer isso fornecendo evidências como fotografias, certidão de casamento, contas de serviços públicos, extratos bancários e um contrato de arrendamento ou apólices de seguro em seu nome, bem como no nome do cônjuge cidadão americano.

Depois de tudo que Ash passou, depois de tudo que meu lindo país fez com ele, Ash não merecia uma chance?

Eu podia ajudá-lo.

Tudo que precisava fazer era me casar com Ash.

CAPÍTULO TREZE

LANEY

Comecei a suar. Mas que merda eu estava pensando? Eu era filha de um policial e planejava infringir a lei. O que Collin diria? Ele já estava com ciúmes de Ash. Talvez se eu explicasse, ele entenderia? Até parece.

A voz de Ash me fez pular.

— O que acha, Laylay? Um bom dinheiro, hein? Você tem que ir na estreia. Vou te comprar um vestido novo, requintado, uh, chique, sabe? Da Avenida Michigan.

Ash estava um pouco ofegante, tendo subido quatro lances de escada correndo do subsolo, mas ainda sorrindo de orelha a orelha.

Dei um sorriso sem muita empolgação.

Ele percebeu meu humor no mesmo instante.

— O que foi? Você não parece bem — disse ele sem rodeios.

— Olha só... sente-se um pouco. Tenho algo para te dizer.

— Você está grávida.

— Não! Não... é isso!

— Você quer que eu vá embora?

— Não! Urgh! Dá pra me ouvir?!

Olhamos um para o outro, os lábios de Ash se contraíram, aborrecido.

— Não estou grávida, pelo amor de Deus! E não estou pedindo para você ir embora. — Respirei fundo. — Tem um problema com o seu contrato.

Seus ombros cederam um pouco, mas as sobrancelhas se juntaram em uma expressão preocupada.

— Qual é o problema?

Suspirei.

— Você não tem visto.

Ele deu de ombros, nada surpreso.

— Vou tirar um. Já consegui antes.

— Não é tão fácil. Tecnicamente, sem seu passaporte você não é alguém. E mesmo quando isso for resolvido, o que ainda pode levar semanas, não há garantia de que conseguirá tirar o novo visto. Eles te verão como alguém que ficou ilegalmente aqui.

— Ilegal... o quê?

— Um imigrante ilegal.

— Mas...

— Sinto muito.

— Semanas? Você acha que pode demorar semanas para tirar um?

Não, acho que nunca vai conseguir.

Ash se levantou e começou a andar. Depois foi para a sacada, abrindo as portas e deixando entrar uma rajada de ar gélido.

Seus dedos agarraram a grade e se inclinou sobre ela, perigosamente.

— Ash!

Com o meu grito de pânico, ele me olhou por cima do ombro, seus olhos tristes. Com um aceno de cabeça, voltou para dentro e fechou as portas, deixando a sala gelada. Então, ele desabou no sofá e sua cabeça bateu contra a parede.

— Acabou, não é? A Bratva venceu. Vou ter que ir para casa com o rabo entre as pernas.

— Você vai... o quê?

Ele acenou com a mão impaciente.

— Feito um cachorro. Com o rabo entre as pernas. O que mais posso fazer?

— Você poderia se casar comigo.

Murmurei as palavras tão baixinho que não tinha certeza se queria que ele as ouvisse.

Mas ele ouviu.

Sua expressão congelou em espanto.

— Esquece. É uma ideia idiota.

Levantei-me e fui até a cozinha para esconder meu constrangimento.

Ash me seguiu, encostando na parede enquanto eu procurava algum suco na geladeira. *Abacaxi. Por que ele sempre comprava abacaxi?*

O silêncio era doloroso. Dava para ouvir o sangue zumbindo nos ouvidos, um rugido alto de humilhação.

— Você se casaria comigo?

Suas palavras soaram tão baixas quanto as minhas, mas o ouvi com perfeita clareza.

Eu me casaria?

Fechei a porta da geladeira e me virei para ele. Seu belo rosto estava inexpressivo e a voz neutra.

— Assim você pode conseguir o seu *Green Card.*

— E quanto ao Collin?

— Depois de dois anos, nos divorciaríamos.

Seu rosto mudou só um pouco e não dava para dizer o que ele estava pensando.

— Um casamento de mentira?

— Bem... sim. — *Ele achou que seria outra coisa?*

— Você faria isso? Por mim?

Dei de ombros, desconfortável sob seu olhar intenso.

— Nós somos amigos. Quero te ajudar. Mas, uh, será melhor não contarmos a ninguém.

Sua testa franziu em uma carranca profunda.

— Você tem vergonha de mim?

— Ash, não! Claro que não. É que, bem, casar para conseguir um *Green Card* é ilegal.

Ele suspirou e fechou os olhos.

— Não quero que entre em problemas, Laney.

— Não vai acontecer nada. Contanto que fiquemos quietos.

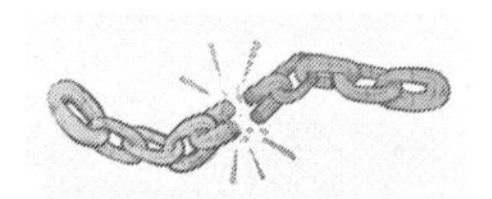

ASH

Não conseguia dormir. Não importava quantas vezes eu me mexesse no sofá desconfortável ou tentasse esvaziar a cabeça. Fiquei pensando em Laney.

Quando ela sugeriu o casamento, acho que parei de respirar. Nunca conheci uma mulher que sequer me fizesse pensar nisso. O único compromisso que precisava era com a minha arte, com a dança.

Mas me casar com Laney... Eu não estava odiando a ideia. Não podia acreditar que ela faria isso por mim, basicamente colocar sua vida em espera – de novo – para que eu tivesse minha chance.

A mulher era tão altruísta. Só que...

Não podia fazer isso com ela. Era ilegal, ela explicou, fora que estragaria seu relacionamento com o panaca. Não que eu me importasse com ele, mas não queria que Laney se magoasse. Ela não merecia.

Eu disse que nós deveríamos pensar antes de tomar qualquer atitude, porque dizer algo mais parecia impossível.

Logo me cansei de ficar me debatendo sozinho no local que passou a ser minha cama.

Conferi se a porta do quarto de Laney estava fechada, em seguida, caminhei ao redor da pequena sala, movendo alguns móveis para criar um espaço para dançar. Esta noite, eu precisava de algo para me acalmar e me concentrar.

As pessoas pensam que rumba é a dança do amor, mas para mim é a dança da paixão. Pode ser furiosa, triste, egoísta, dramática, ciumenta, catártica e amorosa – todas as emoções apaixonantes. Além disso, preferia a rumba flamenca à sua prima mais segura, a rumba de salão. Essa dança era parte rumba, parte paso, parte flamenco – cheia de intensidade. Você precisava de foco para dançar bem, concentração total. Isso me convinha agora. Precisava disso.

Laney havia deixado seu iPhone na cozinha, então o conectei no *Dock Station* e abaixei o volume. *"Take me to Church"* de Hozier fluiu suavemente pelos alto-falantes.

Meu corpo entendia disso: música, movimento, o foco obstinado que vem de ser levado pelos sons, pelas letras, aquela sinergia louca de um momento perfeito de dança e música.

Dancei até que o suor escorreu no corpo e os músculos começaram a doer pedindo alívio. Mas era minha cabeça que precisava de uma válvula de escape para os pensamentos que zumbiam como abelhas furiosas, as picadas mais afiadas e profundas da honestidade.

Você não pode permitir que ela faça isso.

Ela quer ajudar.

É um erro. Você sabe. Não deixe isso acontecer.

Cale-se! Me deixe em paz!

Não significa nada. Jamais vai poder tê-la. Ela está com outro homem.

Ele é um panaca.

Ela ama o cara.

Acho que não.

Não importa o que você pensa – ela não é sua.

— Pare!

— Ash? O que foi?

Laney estava parada na porta, piscando e esfregando os olhos sonolentos. Eu me virei, desejando não tê-la acordado, delirando como um lunático.

— Desculpa.

Desliguei a música.

— Você não precisa fazer isso — disse ela. — Eu sei que a música te ajuda, dançar te ajuda.

Frustrado, franzi o cenho para ela.

— Não essa noite.
Ela acenou com a cabeça, devagar.
— Você está pensando nisso, não é? Sobre casar comigo.
— Estou. É o máximo que alguém já fez...
— Ash, não diga não. Me deixe fazer isso por você.
— Você já fez muito por mim. Não posso te deixar infringir a lei. — Dei uma risada sem a menor graça. — Seu pai me mataria.
— Ash, quero te ver fazendo sucesso. Você está tão feliz desde o teste. Ver você assim... É o que você deveria estar fazendo. Levará alegria a tantas pessoas. Pode ser a coisa errada a se fazer aos olhos de algumas pessoas, mas não aos meus. Há muita tristeza e decepção no mundo, não quero isso para você.
— Mas casamento...
Ela sorriu de repente.
— E talvez eu esteja me sentindo um pouco rebelde.
Olhei para ela com curiosidade.
— Contra o *quê* você está se rebelando?
Ela suspirou, seu sorriso diminuindo.
— Sobretudo contra a AR. As pessoas pensam quando você tem uma doença, uma deficiência, que você é automaticamente uma espécie de modelo: "Olha como ela é boa, aguentando essa dor. Tão jovem e em uma cadeira de rodas", blá, blá, blá. Sou apenas eu e nem sempre sou boa. Talvez esteja me rebelando contra as expectativas. Faz algum sentido?
Afundei no sofá. Entendi o que ela quis dizer, rejeitando o caminho traçado para você, e indo em outra direção. Entendia muito bem.
Ela se sentou ao meu lado, perto, mas sem me tocar. Então estendeu a mão e segurou a minha, os pequenos dedos acariciando os nódulos dos meus.
— Quem sabe um dia eu te veja dançar na *Broadway*.
— É loucura. — Ri baixinho, observando seus dedos desenhando letras preguiçosas nas costas da minha mão, um arrepio ondulando sob a minha pele.
— Ash! Esta pode ser sua grande chance!
Ela estava tão entusiasmada, tão cheia de vida. Admirava tudo naquela mulher. Exceto suas pernas de pau. Ela não sabia dançar – provavelmente nem mesmo se sua vida dependesse disso. Ela me fez sorrir.
— O que você ganha com isso?
Ela piscou, confusão e irritação guerreando em sua expressão.
— Eu? Eu... bem...
— Você não ganha nada com isso, Laney. Não faz sentido.
Ela balançou a cabeça.
— Você está errado. Ganho em te ver vivendo seu sonho. E isso... isso significa muito para mim.

Mas por quê?

— Eu já devo muito a você.

— Não, não deve, porque você vai...

— ... retribuir em uma corrente do bem. Eu sei.

Ela suspirou.

— Ash, todo mundo sempre diz: "você pode conseguir qualquer coisa se quiser com muita força. Bem, nós dois sabemos que isso é besteira. Posso sonhar em ser ginasta olímpica para o resto da vida, mas não vai acontecer. E mesmo que eu esperneie e grite aos quatro ventos que não deixo a deficiência governar minha vida, há definitivamente algum sonho a ser ajustado. Mas você... você tem a chance de pegar aquela estrela cadente. Deve fazer isso por todos aqueles que olharão para as estrelas, mas nunca poderão ser uma delas.

Neguei com a cabeça.

— Você faz parecer altruísta, mas se eu fizer isso, é para mim. E será a coisa mais egoísta que já fiz.

Laney sorriu.

— Agora você está entendendo!

— Você é louca. Eu amo isso em você!

Seus lábios se abriram e desejei poder engolir as palavras, mas ela apenas sorriu.

— Então vamos fazer isso?

Rolei para fora do sofá e fiquei de joelhos, pegando sua mão enquanto olhava em seus olhos.

— Laney Kathleen Hennessey, você me dará a extrema honra de se tornar minha esposa?

Ela riu e eu beijei sua mão.

— Sim, meu marido secreto! Aceito ser sua esposa secreta, pelo período de não mais de dois anos.

Levantei do chão, sentindo-me um bobo, e o olhar de Laney suavizou.

— Desculpa. Eu não esperava por isso.

— Como é que vai ser?

De repente, Laney estava toda séria.

— Eles realizam casamentos súbitos no Cartório de Casamento e União Civil. A gente pega a certidão lá no dia anterior, pagamos uma taxa e assinamos a papelada. Só finja que esqueceu de assinar seu contrato do teatro por alguns dias.

— Simples assim?

— Tomara que sim!

Claro que não foi tão simples. Porque logo depois que concordamos em nos casar, ela passou mal.

— Ash! Ash! ASH!

Acordei assustado, meu coração batendo forte quando quase caí do sofá. Mas desta vez não foram meus pesadelos habituais.

— Ash!

Laney estava me chamando, berrando, seus gritos desesperados.

Corri para o quarto, abrindo a porta com tanta força que se chocou contra a parede. Meus olhos dispararam ao redor, atordoados, esperando ver Sergei, ou Oleg, alguma ameaça. Mas ela estava sozinha, esparramada na cama em um ângulo estranho, um braço preso sob o corpo como se tivesse tentado se levantar, mas sem conseguir se mexer. Seu rosto estava molhado de lágrimas e soluços arfantes fizeram seu corpo estremecer dolorosamente.

— Laney! O que foi? Onde dói?

— E-em t-todos os lugares! — gritou ela.

Eu me ajoelhei na cama tentando colocar os braços em volta dela, mas ela gritou de agonia:

— Não me toque!

Senti seu pulso martelando sob minha mão, seu coração batendo tão forte que tive medo de que sofresse um ataque cardíaco. Nunca havia sentido nada parecido e minha própria ansiedade explodiu.

— Vou chamar uma ambulância — gritei ao pular da cama.

— Não! Remédios! Eu p-preciso dos meus remédios!

Sranje, merda! Quais remédios? Onde estavam?

Tentei falar com calma:

— Tudo bem, vou pegá-los. Onde estão?

Seus soluços eram tão descontrolados, a respiração ofegante e acelerada tornando quase impossível entendê-la. E mesmo quando entendi as palavras, o nome comprido do medicamento não significou nada para mim.

— Amarelos! — implorou. — Banheiro!

Fiz uma bagunça no armário do banheiro até encontrar alguns que eram amarelo-claro – seus anti-inflamatórios.

— Estes?

— S-sim!

Precisava erguê-la para que ela pudesse beber um pouco de água e engolir os remédios, mas cada vez que tentava tocá-la ou movê-la, ela gritava.

— Arde! — gritou, soluçando, seu peito arfando.

Não sabia o que fazer. Precisávamos de ajuda, mas ela me implorou para não chamar uma ambulância. Até pensei em ligar para o panaca – ele deve ter presenciado isso antes, portanto, saberia como ajudá-la. Porém quando me afastava um centímetro de Laney, ela gritava.

— Não me deixe! Ash! Ash!

Eu me deitei na cama ao lado dela, tentando colocar meu corpo por baixo do seu, dessa forma podia se sentar. Não deu certo, então, por fim, passei os braços em volta dela e a puxei para cima, estremecendo quando seus gritos estridentes apunhalaram minha alma.

Peguei um dos comprimidos grandes e empurrei na direção da boca de Laney. Ela quase mordeu meu dedo e tive que me afastar rapidamente.

Tentar segurar um copo de água à boca fez com que a maior parte derramasse sobre ela e na cama, suas mãos tremiam e ela se engasgou e tossiu, vomitando quando a água desceu pelo lugar errado. Após três tentativas, ela conseguiu engolir o comprimido e eu a deitei, vendo-a chorar quase tão descontroladamente quanto antes.

Quinze longos e terríveis minutos depois, sua respiração desacelerou e seu pânico começou a diminuir. Outros trinta minutos, e ela foi capaz de descansar em uma posição normal, ao invés da que se encontrava, toda retorcida e desajeitada como se tivesse caído de uma grande altura.

Esfreguei seu braço bem devagar, tentando confortá-la porque não havia mais nada que eu pudesse fazer.

— Não me deixe sozinha — implorou com a voz trêmula.

Meu peito doeu pelo desespero e medo que ouvi em sua voz.

— Não vou. Eu prometo.

— Fica comigo. Não vá.

— Não vou te deixar, Laney.

Movendo-me devagar e com cuidado para não empurrá-la, eu me ajeitei na cama ao lado dela, cobrindo a nós dois com a colcha.

Ela agarrou minha mão e a puxou contra a barriga.

— Não me deixe.

Quando acordei na manhã seguinte, eu me senti confuso. Estava mais escuro do que o costume. Nunca fechava as cortinas da sala, portanto, deveria estar vendo a luz do dia ou as lâmpadas da rua. Rolei e ouvi um suspiro suave e feminino.

A memória voltou à tona.

— Laney! Você está... como está? Eu te machuquei?

Sua cabeça se virou lentamente para me olhar.

— Estou bem. Me desculpe pela noite passada.

Sentei-me com cuidado, olhando para ela.

— Foi assustador. Você está bem mesmo?

Seus lábios se curvaram formando um sorriso triste.

— Não consigo me mexer, mas estou bem.

— Você... você não consegue se mexer?!

— Quer dizer, um pouco, mas dói. Poderia me trazer outro daqueles comprimidos, por favor?

Rolei da cama e fui depressa para o banheiro, parando por um segundo para abrir as cortinas e, logo em seguida, peguei outro de seus comprimidos amarelos.

Ela deu uma risadinha, seu olhar descendo até a minha cueca. Eu estava preocupado demais para ter vergonha do meu pau saudando a manhã, bem na altura dos olhos de Laney.

— Você consegue se sentar?

— Não. Será que pode me ajudar a me endireitar um pouco? Assim consigo tomar o remédio.

Ela enlaçou meu pescoço, fazendo uma careta quando a ergui, dando pequenas arfadas como se estivesse tentando manter a respiração o mais branda possível.

Laney tomou o comprimido, engolindo com vários goles de água.

— Pode me deitar de volta agora — pediu baixinho.

Seu rosto se contraiu, embora eu estivesse me movendo o mais devagar que podia. Eu a observei por alguns segundos até que tudo se acalmou.

— Isso acontece com frequência? — perguntei, por fim.

Sua expressão estava irritada.

— Não, quase nunca. Só uma vez. Por que tinha que acontecer agora... — E sua voz sumiu.

— Você teve um ataque de pânico — declarei, categórico.

— Eu sei. — Fechou os olhos. — A dor era tão intensa. Parece que todas as partes do seu corpo estão pegando fogo. Foi tão repentino, acordar assim, foi o que me deixou em pânico.

Ela virou a cabeça para mim e sorriu.

— Você foi ótimo. Obrigada.

Eu caí de volta na cama ao seu lado.

— Fiquei com tanto medo, que quase liguei para o panac... Collin.

Ela me cutucou de lado, fazendo-me dar um pulo.

— Não o chame assim. Ele não consegue evitar de ser...

— ... um idiota?

— Ash! — Ela fez uma pausa. — De qualquer forma, estou feliz que não ligou para ele, ou eu estaria acordando no hospital agora. — E me deu um grande sorriso. — É muito mais agradável acordar ao seu lado. Não conte ao Collin. — E riu feliz.

Balancei a cabeça, impressionado com esta mulher incrível. As únicas partes dela que ela conseguia mover sem sentir dor eram a cabeça e os braços, e aqui estava ela brincando comigo, fazendo piada.

Então franziu o cenho.

— Você parece muito sério. O que está pensando?

Escolhi mentir.

— Estava pensando que era melhor eu tomar um banho. Vai que Collin decide fazer uma visita no domingo de manhã e nos encontra na cama juntos.

— Tem razão. Mas pelo menos o monstro em sua calça voltou para a caverna.

Quase me engasguei de tanto rir.

— Monstro?

Suas bochechas ficaram rosadas.

— Vá. Tomar. Banho.

Gargalhando, fui para o banheiro.

— Não acredito que eu disse isso — murmurou ela.

No chuveiro, fiquei sério. Eu me preocupei que o estresse tivesse causado essa crise e o ataque de pânico assustador. Talvez ela tenha reconsiderado toda a ideia de casamento. Ainda não acreditava que ela ganharia alguma coisa com isso, não importava o quanto argumentasse. Todo o benefício era meu, e eu seria um idiota egoísta se a deixasse fazer isso.

Suspirando, eu me sequei com a toalha, determinado a persuadi-la a mudar de ideia. Mas quando saí para o quarto, ela estava mexendo no celular, ainda deitada de costas.

Ela sorriu para mim.

— Tudo certo!

— Não entendi.

— Toda a papelada é bem simples. Sua identidade consular será suficiente, só que precisarei tirar uma cópia de seu visto de entrada. Depois temos que ir ao cartório, pegar uma senha e esperar. Podemos ir pela manhã antes de você ir ao teatro. Portanto... O que acha de se casar na sexta-feira à tarde?

— Laney, não sei...

— Ash, pare. Posso adivinhar o que vai dizer, mas não fale nada.

— Nós concordamos com esse plano maluco e, então, você passa mal com um ataque de pânico e... isto! — soltei, rudemente, apontando o polegar para o seu corpo largado no colchão.

A expressão dela suavizou um pouco.

— Não tem nada a ver com isso.

— Mas deve ser por isso!

— Conheço meu próprio corpo melhor do que você.

Esfreguei a mão pelo cabelo molhado, frustrado.

— Você não quer? — perguntou.

— Não se fizer você passar mal!

— Essa é a sua única preocupação?

— Na verdade, não. O que aconteceria se sua família ou o panaca descobrissem, ou se alguém descobrisse que é um casamento falso? Em quantos problemas você se meteria? Acho que serei apenas deportado.

— Ah, é só isso? — Ela riu. — Você deveria viver um pouco, Ash.

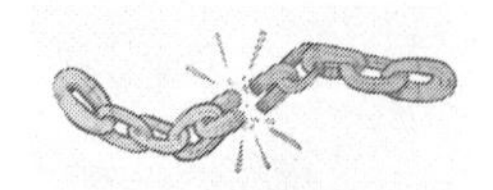

LANEY

Na quinta-feira, eu ainda não tinha me recuperado do meu surto, o que era irritante. Nossa, os olhares quando expliquei que estávamos lá para tirar uma certidão de casamento. Passei por isso sentindo uma onda de indignação. Não tenho certeza se Ash percebeu – ele estava ocupado demais tentando se convencer a fazer isso. Queria poder convencê-lo de que era a única solução.

Mas na tarde de sexta-feira, esperando para me casar, fiquei nervosa e comecei a ficar inquieta. De repente, ocorreu-me que talvez pudesse encontrar algum conhecido que podia ser compreensivelmente curioso. Afinal, estava usando vestido no lugar do jeans de sempre e estava sentada com meu suposto colega de quarto, um cara super gostoso que outras mulheres, com certeza, notariam, na antessala onde as cerimônias de casamento aconteciam.

Ash estava cheio de confiança desde cedo, descartando minhas preocupações.

— Você não pode passar a vida se preocupando com o "e se". Todos nós morremos e servimos de alimento para as galinhas.

— Você quer dizer vermes?

— Galinhas, vermes, todos nós voltamos ao pó, não é? E se chover? Eu pego um guarda-chuva pra você.

Mas agora, parecia que ele estava prestes a vomitar.

Estava quente lá dentro, o velho sistema de aquecimento expelindo todo aquele ar quente, associado à quantidade de pessoas ali dentro, amontoadas, estavam me fazendo sentir suada e desconfortável.

Apesar do calor, Ash parecia alinhado e chique com uma calça de sarja preta, uma camisa branca que ele mesmo passou esta manhã e gravata azul marinho escura, todos encontrados em brechós. Embora sua tez, geralmente bronzeada, estivesse beirando o verde. Torcia para que ele chegasse ao final da cerimônia antes de vomitar. Mas, então, eu me lembrei de que muitos noivos ficam nervosos.

Como ele insistiu que nos vestíssemos bem, queria comprar algo novo para ele, mas ele recusou. Eu já disse que ele era teimoso?

Planejei usar um vestidinho preto bonito que estava pendurado no meu armário para alguma ocasião dessas. Bem, não um casamento secreto, óbvio, só que algo que exigiria certa elegância.

Mas Ash disse que parecíamos estar indo a um funeral, não para um casamento e que ninguém acreditaria naquele enlace, portanto, no último minuto, coloquei um vestido de verão verde-limão claro que teve o aceno de aprovação de Ash. Era totalmente impróprio para o mês de outubro em Chicago, mas ele gostou.

Quando nossos nomes foram chamados, Ash fez todo mundo sair do caminho enquanto guiava minha cadeira de rodas pela porta, ignorando os olhares de compaixão da festa barulhenta de um outro casamento feliz e real. Dava para dizer que sentiram pena de Ash – lamentando por ele estar se casando com uma cadeirante, que obviamente não devia valer o suficiente.

Não importava quantas vezes eu dissesse a mim mesma que não ligava para o que os estranhos pensavam, eu acabava me importando – só um pouco. Ash não disse nada.

Não foi como imaginei o dia do meu casamento. Não que eu fosse uma daquelas mulheres que planejava de tudo, desde o vestido até a comida e os convidados, impaciente somente para encontrar um homem que completasse o cenário. Mas pensei que minha família estaria comigo.

E era tudo mentira – não estávamos apaixonados, não tínhamos declarado nossa necessidade de viver juntos pelo resto de nossas vidas, eu nunca disse que o amava.

Mas agora... Juro que tinha começado com o desejo de ajudar, mas sua bondade silenciosa, sua sensibilidade, seu potencial de pura alegria, todas essas emoções haviam se dirigido ao meu coração. E contra toda a razão, toda realidade, eu estava me apaixonando por este homem frustrante, imperfeito, destroçado, maltratado e bonito. Por que era tão cuidadosa com a minha saúde... e tão imprudente com o meu coração?

A cerimônia foi curta, e Ash me surpreendeu com uma aliança de ouro simples que deve ter custado cada centavo do dinheiro que economizou em seu odiado trabalho nas obras. Então ouvimos as palavras: "Pode beijar a noiva", e ofereci a ele meu rosto.

Mas em vez disso, ele se ajoelhou na frente da cadeira de rodas, segurou meu rosto entre as mãos, com o maior cuidado, como se estivesse segurando uma joia preciosa, e seus lábios pousaram nos meus, suaves a princípio, e depois, cada vez mais apaixonados até que ofeguei e senti meu rosto aquecer.

O flash da câmera surpreendeu a nós dois e a juíza de casamento sorriu.

— Talvez não seja uma foto para mostrar aos netos. — Ela riu.

Com a foto no meu telefone nos mostrando em um abraço bem escaldante, saímos do prédio para o sol forte do outono.

— O que foi aquilo? — exigi saber, assim que estávamos longe de sermos ouvidos.

Ash riu, muito mais relaxado do que o tinha visto em dias.

— O que foi o quê? — perguntou maliciosamente, sabendo muito bem do que eu estava falando.

— Aquele... aquele beijo!

— Tive que fazer com que parecesse verdadeiro — disse ele sem rodeios.

Que era a resposta certa, porém, agora parecia tão errada.

Ele escapou mais cedo dos ensaios daquele dia, dizendo ao diretor que tinha um compromisso prévio.

Terminada a breve cerimônia, tivemos nossa primeira noite como marido e mulher.

— Onde devemos ir para comemorar, Sra. Novak?

— Não me chame assim. — Ri, balançando a cabeça.

— Por que não? Tenho um pedaço de papel que diz que você é minha esposa — brincou ele.

— Sim, muito engraçado.

— Não tem nada de engraçado sobre a santidade do casamento — declarou, inclinou-se e beijou a minha cabeça.

— Você definitivamente não deveria brincar sobre esse assunto com uma boa garota católica.

— Mas eu sou um bom garoto católico.

— Ah, é?

— Sim, por que está surpresa?

— Não sei, só estou. Você costuma ir à igreja?

— Costumava ir com a minha mãe, em todas as grandes celebrações, Páscoa, Natal. Ela me deu uma medalha de São Cristóvão no meu aniversário de oito anos. Usava por ela. — Ele franziu o cenho. — Não a tenho mais.

Fiquei surpresa ao ouvi-lo mencionar sua mãe – raramente tocava no assunto.

— Vocês são próximos?

— Éramos. — Sua voz endureceu. — Ela morreu quando eu tinha 15 anos.

— Ah, Ash.

Ele não disse mais nada e eu não queria pressioná-lo, mas partiu meu coração um pouco.

— Ei, não estamos longe do teatro — comentou com a voz mais leve. — Tem uma panquecaria holandesa que parece boa. Quer experimentar?

— Achei que todos vocês, dançarinos, viviam de água e bananas e comiam alimentos super saudáveis, ricos em proteínas e sem açúcar.

Ele se abaixou sobre a cadeira e senti seu hálito quente banhando meu rosto frio.

— Estou com vontade de panquecas e caldas e aqueles granulados de chocolate que os holandeses colocam no pão. Venha ser má comigo, Sra. Novak.

— Você não deveria me chamar assim, sério — voltei a dizer, sincera. — Ou vai se acostumar e dizer na hora errada.

— Eu gosto de como isso soa — revelou, fazendo meu pobre coração saltitar.

Não pude deixar de pensar naquele beijo. Não só parecia real, mas a sensação era verdadeira também. Ele era tão bom ator assim?

A verdade é que eu gostei, o que poderia me levar a um território muito perigoso se permitisse. Tentei dizer a mim mesma que a atração era superficial, provocada por sua inegável beleza exótica. Depois que era a intensidade do nosso encontro, o perigo compartilhado, sobrevivermos juntos. E, então, mesmo que estivesse atraída por ele, era uma via de mão única.

Mudava de opinião sobre Ash com tanta frequência que eu podia muito bem ser um cata-vento. Mas aquele beijo me deixou mais excitada do que qualquer coisa que Collin já tenha feito, dentro ou fora do quarto. Pelo menos agora sabia como me sentia sobre o meu relacionamento.

— Aqui estamos — disse Ash, apertando o meu ombro. — Devíamos pedir champanhe.

— Hum, Ash, não sei que tipo de panquecaria que tem o costume de ir, mas esta não tem licença para vender álcool.

Ele parecia espantado, como se não pudesse imaginar uma coisa dessas.

— Se quer tomar uma bebida, é melhor irmos àquele restaurante italiano ao lado.

Ele suspirou.

— Sem granulado de chocolate?

— Que tal meio quilo de macarrão e Tiramisu no lugar?

— Combinado!

Ele manobrou minha cadeira de rodas pela porta estreita do pequeno restaurante italiano, ignorando o sorriso forçado da garçonete que pensava que teria que pedir a uma dúzia de clientes que movessem suas cadeiras para que eu pudesse passar.

Odiava essa parte, e quase pedi a Ash para irmos em outro lugar, quando ouvi seu nome sendo chamado.

— Ash! Oi, aqui!

Um grupo de mulheres magras acenou para ele, seus olhos saltando entre nós dois.

Ash xingou baixinho.

— Elas são do teatro — murmurou ele.

— Seria melhor irmos embora.

Ash grunhiu ao concordar, e disse:

— É melhor eu dizer um oi primeiro.

No entanto, uma das mulheres já estava de pé, abrindo caminho pelas pessoas que desfrutavam daquela noite de sexta-feira.

— Ash, querido! — cumprimentou ela, sua voz muito alta e bem inglesa. — Você tem sido um menino travesso, saindo cedo, enquanto todos nós temos suado e ralado pra cacete. Oi, meu nome é Sarah. Você deve ser a namorada de Ash...

Então ela viu a aliança de ouro no meu dedo, a mesma que não tive a chance de tirar.

— Oh! Ash não nos disse que era casado, cretino sorrateiro!

Merda! Merda! Merda!

Por um momento, vi um lampejo de pânico nos olhos de Ash, mas depois, ele deu de ombros.

— Sim, esta é minha linda esposa Laney.

— Sua vaca de sorte. — Sarah sorriu, inclinando-se para pressionar seu rosto no meu. — Todos nós desejamos o seu marido, mas não se preocupe, ele não colocou um dedo em nenhuma de nós, exceto quando o *Führer* está dando ordens. É uma pena.

Então gritou a plenos pulmões para que todos saíssem da frente, segurou nos pegadores da cadeira de rodas e abriu caminho entre as pessoas até sua mesa.

Ash veio logo atrás, com um sorriso no rosto.

— Pessoal, esta é a linda passarinha que é casada com Ash. Podem chamá-la de Laney; eu a chamarei de cadela sortuda.

Tanto para ser discreto. Dei um aceno fraco, e Ash espremeu uma cadeira no espaço ao meu lado.

— Por que estão todos arrumados e chiques? — perguntou a curiosa e espalhafatosa Sarah, fazendo todas se virarem para nos encarar.

Ash segurou minha mão e sorriu para mim.

— Era uma ocasião especial.

— Pelo amor de Deus, ele é repugnantemente romântico também — gemeu Sarah. — Preciso de outra cerveja.

Não consegui me segurar e caí na risada. Ela me lembrava de Vanessa, não dando a mínima para o que as pessoas pensavam dela, levando a minha cadeira de rodas sem dificuldade.

— Então, o que faz da vida, Laney? Duvido que seja dançarina?

Pisquei, pega de surpresa, e Ash franziu o cenho para ela, jogando o braço sobre meus ombros.

— Oh — disse Sarah, arrependida. — Isso soou rude. Desculpe, mamãe sempre diz que sou muito direta. Mas, tanto faz, economiza a fadiga.

— Não, definitivamente não sou dançarina, sou escritora.

— É? Legal! Então, como se conheceram?

Não tivemos tempo de inventar uma história, mas Ash apenas sorriu para ela.

— Estávamos em uma boate e eu a convidei para dançar.

— O quê?

— Não reparei na cadeira de rodas.

— Awn, você estava cego pela beleza dela. Ai, ai. Pode parar de falar agora, Ash. Você é bom demais para ser de verdade. Não, espere! Laney, me conte algo totalmente asqueroso dele para que eu consiga dormir esta noite.

Ri de sua expressão séria.

— Hum, acho que não tem... bem, não é asqueroso, mas irritante... ele chama meu namo... meu melhor amigo Collin de um panaca — concluí meio sem jeito.

— Ele é panaca? — perguntou Sarah, colocando uma enorme garfada de macarrão na boca.

— Sim — respondeu Ash ao mesmo tempo que eu disse não.

Sarah riu e pedaços de macarrão se espalharam pela mesa, fazendo com que as outras mulheres recuassem e lançassem olhares enojados.

— É provável que ele não goste de competição — comentou Sarah com conhecimento de causa, dando a Ash um olhar penetrante. — Até mesmo com os panacas. Mas, sim, isso não é asqueroso.

— O jeito que você come macarrão é — murmurou uma das mulheres.

Sarah a ignorou, e a garçonete chegou, sorrindo radiante para Ash.

— Ela quer um menu? — perguntou, nem sequer olhando para mim.

— Por que não pergunta a ela? — respondeu friamente.

A garçonete pareceu afobada. Pedi um cardápio e ela se afastou rapidamente.

Todo mundo ficou olhando. Eles sempre faziam isso.

As novas colegas de Ash eram amigáveis, conversando animadas sobre os ensaios. Mas não conseguia fingir que não foi doloroso estar cercada por mulheres tão perfeitas. E saudáveis.

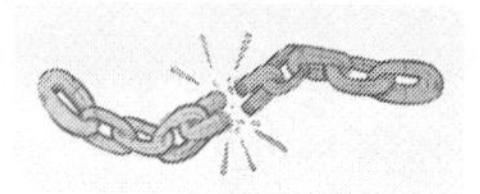

ASH

Que dia estranho, sério.

Tinha tanta certeza de que seria preso e expulso do país que quase vomitei. Acrescente o fato de que iria me casar.

Com uma mulher que gostava de mim – mas não me amava – para que eu pudesse ficar em um país que me mandou para o inferno, para dançar em um espetáculo que eu começava a ter sérias dúvidas. E agora, minha esposa secreta não era um segredo para as outras dançarinas do teatro.

Isso já bastava para fazer a cabeça de qualquer um girar. Tomei outro gole, sentindo os dedos quentes do álcool escorrerem pela corrente sanguínea.

O rosto de Laney estava vermelho com o calor do restaurante lotado e pela taça de champanhe que havia bebido.

Ela estava rindo de algo que Sarah havia dito. Sua cabeça jogada para trás e seus olhos cintilando. Ela parecia feliz. Depois me pegou olhando para ela e seu sorriso abrandou quando se inclinou em minha direção.

— Vai ficar tudo bem — sussurrou.

Senti vontade de beijá-la de novo. Bem, eu queria fazer muito mais do que isso, mas não podia. Ela não iria querer. Corri um risco durante a cerimônia, mas parecia a coisa certa a fazer. E, então, assim que correspondeu, eu a quis na mesma hora. Desesperadamente.

Ela era minha amiga. A melhor amiga que já tive.

Talvez estivesse enxergando errado, mas parecia que havia algo mais entre nós.

Era confuso.

Mas então as memórias voltaram, me lembrando de que ela era boa demais para um homem que jamais voltaria a se sentir limpo.

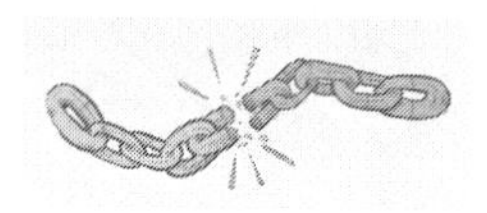

LANEY

Quase tive um ataque cardíaco quando Sarah viu minha aliança de casamento. Mas não acabou tão mal quanto imaginei.

As colegas de trabalho de Ash foram bastante amigáveis e receptivas. Elas admitiram abertamente que o achavam lindo, mas nenhuma me deu a impressão de que queriam mais do que amizade.

Ash parecia se divertir, mas então, sua expressão se tornou séria e fiquei curiosa para saber o que estava pensando. Ele fez um esforço para se alegrar de novo, só que eu sabia dizer a diferença entre seu sorriso verdadeiro e aquele falso que ele dava para tentar mostrar que estava bem.

Ficamos lá até nos deliciarmos com uma *panna cotta* – a famosa sobremesa italiana feita de nata de leite, açúcar, gelatina, especiarias e canela. Depois Ash disse a todas que estávamos indo embora.

Ele me levou para casa, fez um chá de camomila para mim e trouxe meus remédios.

E, então, me levou para o quarto e me deixou lá.

Passei minha noite de núpcias sozinha, na cama, imaginando se Ash abriria a porta e entraria, com esperanças de que fizesse isso.

De uma coisa eu sabia, com toda a certeza: precisava terminar tudo com Collin. Eu não estava sendo justa com nenhum de nós.

Infelizmente, ele viajou a negócios e ficaria fora por duas semanas. Não dava para acabar com um relacionamento de dez anos por telefone. Mas era frustrante.

Portanto, nas duas semanas seguintes, continuamos como colegas de quarto, nossa certidão de casamento escondida na gaveta do meu quarto enquanto várias fotocópias eram enviadas para agilizar o *Green Card* de Ash, ainda sem usar a minha aliança de casamento.

Ash não tentou me beijar de novo, mas o vi me olhando às vezes. Eu sabia que queria que ele me beijasse, só que ele tinha que querer também, e agora, sua expressão era interrogativa, incerta. Quando nossos olhares se encontravam, ele sorria depressa e desviava o olhar.

Eu o ouvia à noite, quase todas as noites. Começava com frases curtas e murmuradas, sempre em esloveno, o sofá rangendo conforme se movia inquieto. Os sussurros ficavam mais altos e, de repente, ele gritava. Isso o acordava, e depois eu o ouvia caminhando até a cozinha para pegar algo para beber. Às vezes, isso acontecia com uma música tocando baixinho e eu sabia que ele estava dançando.

Queria ir até ele, fazer cessar aqueles pesadelos, ou pelo menos, dizer que não estava sozinho, porém, a incerteza me impedia todas as vezes. E essa dança noturna era algo particular.

Ele passou todos os dias das duas semanas seguintes no teatro, voltando para casa cansado demais para fazer mais do que desabar na frente da TV. Por duas vezes ele me chamou para sair com as outras dançarinas depois do trabalho, mas eu sempre recusava.

E, então, o impensável aconteceu.

Collin me pediu em casamento.

No dia em que voltou para Chicago, ele me surpreendeu ao aparecer no apartamento com um buquê de flores.

E fez sua proposta enquanto eu estava deitada no sofá, assistindo TV, e Ash fingindo brigar com a máquina de café na cozinha.

Meus nervos estavam em frangalhos e desejei que Ash se tocasse e fosse embora. Mas ignorou todos os meus sinais, permanecendo no lugar, um teimoso.

Pelo canto de olho, o vi bater gavetas e portas na cozinha, pensando que Collin fosse perceber que algo estava acontecendo, mas ele estava tão acostumado a fingir que Ash não existia, que acho que nem se deu conta.

Continuei me perguntando se estava fazendo a coisa certa e se minha paixão por Ash me forçava a cometer um grande erro. Achei que não, mas dez anos era muita coisa para jogar fora.

Quando digo que Collin me pediu em casamento, não foi uma grande proposta romântica – não era seu estilo. Primeiro, ele me pediu para morar com ele.

— Collin, preciso falar com você sobre...

— Eu sei... eu também. Tenho pensado muito enquanto estive fora. Poderíamos economizar dinheiro se morássemos juntos — ele me encorajou. — E este apartamento nunca foi prático para você, mas é teimosa demais para admitir.

Dei a ele um olhar amargurado conforme ele tagarelava:

— Minha casa é muito mais adequada, e significa que poderemos economizar para comprar uma mais cedo ou mais tarde.

— Collin, acho que não...

— Então, vamos nos casar, Laney — falou Collin, entusiasmado. — Bem, vamos arrumar um apartamento adaptado especialmente para você, com tudo que precisa. Eu sei, eu sei, você não quer um agora, mas vai precisar. Um de nós tem que planejar com antecedência. Quando tivermos filhos, podemos...

Suas palavras me arrancaram do meu estado de choque.

— Não.

Ele parecia irritado com a interrupção.

— Não? Como assim não? Não o quê?

— Não quero filhos — expliquei.
— Sei que não quer agora, mas...
— Nem nunca.
Collin parecia confuso.
— Mas você não ama crianças?
Engoli e olhei para baixo.
— Não estou descartando a adoção de uma criança um dia...
O rosto de Collin ficou vermelho.
— Por que diabos nós adotaríamos?
Enfrentei seu olhar zangado, estoicamente.
— Por minha causa.
Sua expressão abrandou.
— Querida, se ficar doente ou não conseguir cuidar de tudo, vamos contratar ajudantes. Uma babá ou enfermeira – o que for preciso.
Fechei os olhos. Ele podia ser tão gentil. Tão, enervantemente, alheio e tão gentil. Mas sua bondade esmagava meus próprios desejos e necessidades. Sempre foi assim e eu sempre permiti. Até agora.
— Não, Collin. Não quero ter filhos próprios, porque não quero transmitir meus genes. Eu não suportaria ver um filho meu sofrer, sabendo que causei isso. Existem muitas crianças por aí que precisam ser amadas, que precisam de uma família. Posso adotar.
O rosto de Collin se tornou tenso.
— E o que eu quero? Suponhamos que *eu* não queira o filho de outro homem. Quero um filho nosso. Essa é a porra da questão!
Collin nunca falava palavrão. Ele disse que isso mostrava falta de vocabulário, então, ouvindo-o agora, percebi o quão aborrecido estava.
— Não deveria ser uma surpresa para você — falei, num tom calmo. — Sempre soube que não queria filhos.
— Eu não sabia que você estava querendo dizer "nunca"! — gritou.
— Então deveria ter ouvido melhor! — gritei de volta, minha própria raiva e frustração acendendo. — Eu falei que não queria filhos no nosso terceiro encontro!
— Toda mulher diz isso! — berrou. — Ninguém diz isso a sério!
Abaixei a voz:
— Falei sério na época e ainda penso assim.
Collin esfregou as mãos no rosto.
— Laney, querida, estão tendo grandes avanços médicos, o tempo todo. Sua doença está sob controle.
— Sim! — interrompi com raiva. — Por causa dos medicamentos que tomo, os remédios tóxicos dos quais teria que parar de usar antes de engravidar. Posso perder a mobilidade que tenho agora. Permanentemente.

Ele mudou o tom da conversa na hora.

— Não foi o que quis dizer. Você está distorcendo tudo. Sempre faz isso.

Tentei engolir a raiva, sabendo que tudo o que eu disse o estava magoando.

— Portanto serei bem clara, para que não haja mal-entendidos. Eu não quero engravidar. Jamais. Não quero ter filhos próprios. Nunca. Não posso arriscar.

Collin se recostou na cadeira.

— E não tenho o direito à opinião sobre o assunto?

Acenei negativamente com a cabeça, sabendo que era definitivo. Mesmo se tivesse escolhido Collin, ele não teria me escolhido – não a longo prazo. A ameaça das lágrimas fez minha garganta fechar.

— Não, não tem.

— Uau. — Collin massageou as têmporas. — Uau — repetiu. — É assim? Sem discussão? Sem compromisso? Laney falou, está falado?

— Não posso me comprometer com isso — sussurrei. — E não posso me casar com você.

Ele se levantou devagar, o peito subindo e descendo depressa.

— Eu podia ter tido qualquer uma — disse ele com a voz tensa. — Mas queria você. E mesmo quando me disse como era... o que você é... não me importei. Eu teria conseguido para você os melhores médicos, os melhores fisioterapeutas...

— Não preciso de uma enfermeira — respondi baixinho.

— Talvez precise! Um dia, talvez precise! — gritou, sua voz aumentando o volume de novo.

— Collin — suspirei, minha voz falhando. — Tudo o que você vê quando olha para mim é alguém a quem quer ajudar a ficar bem. Eu nunca ficarei bem: do jeito que estou hoje, é o melhor que pode ficar.

— Você não sabe disso!

— Sei sim. Eu sei disso. Não posso ficar com alguém que quer mudar quem sou.

— Não quero mudar você! Eu só quero que fique...

— Melhor.

Terminei a frase por ele.

Ele fechou os olhos, com a cabeça baixa e meu coração saltou com a dor e a derrota que vi quando abriu os olhos.

Ele deu a volta na mesa e começou a se inclinar, como se fosse beijar meu rosto. Ele se controlou no último momento e se endireitou.

— Tchau, Laney. Se cuida.

— Sinto muito — disse, baixinho, minha voz rouca.

Ele acenou com a cabeça e, um segundo depois, se foi.

Eu me inclinei na cadeira e deixei as lágrimas quentes deslizarem. Collin era um bom homem e odiei magoá-lo.

— Laney, você está bem?

A voz suave de Ash interrompeu meus pensamentos tristes.

— Não.

Ele se sentou à minha frente no assento que Collin acabara de desocupar, estendeu a mão e segurou a minha, sem falar nada.

Senti o calor de seus dedos pressionando contra a palma da mão até que nossos dedos se entrelaçaram e seu polegar acariciou minha pele.

— Você ouviu? — perguntei, uma sensação de entorpecimento nauseante rastejando através de mim.

— Sim — respondeu, seus olhos escuros não revelando nada.

— Eu fiz a coisa certa?

A pressão em meus dedos aumentou.

— Um pássaro em uma gaiola está a salvo da águia, mas não pode voar para muito longe.

Soltei uma bufada nada atraente.

— É um ditado esloveno?

Ash sorriu para mim.

— Bem, é um ditado Aljaž.

— Acho que não vai virar popular.

— Não? Eu gostei.

— Eu também — suspirei, minha tristeza assumindo o controle de novo.

Então comecei a chorar de verdade: por mim, por Collin, por dez anos de amizade perdida. Ash se aproximou, envolvendo-me em seus braços e me puxando contra seu peito duro, balançando-nos suavemente.

Ficamos assim por muito tempo.

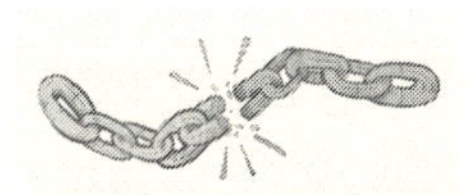

Quando pensei sobre tudo mais tarde, Collin nunca disse que me amava. E isso falava por si só.

CAPÍTULO QUATORZE

ASH

Mentiras e mais mentiras... Era difícil manter o controle de todas. Laney e eu fingimos que éramos amigos e, então, precisamos fingir que éramos casados naquela vez que ela conheceu as outras dançarinas.

No teatro, eu tinha que responder perguntas sobre ela, sobre nós, quando não existia "nós". Éramos amigos e eu a respeitava: a maneira como lidava com sua doença era uma lição de humildade. Mas não era só isso: ela se esforçava muito em seu trabalho e era, infalivelmente, leal às pessoas que amava.

Fingi que meu *Green Card* chegaria a qualquer momento, mas, na verdade, não sabia se aquilo daria certo.

O panaca estava fora de cena, mas Laney não parecia mais feliz, e fiquei pensando se ela se arrependeu de terminar com ele e do falso casamento comigo.

A polícia não tinha notícias da Bratva e todas as suas promessas de justiça pareciam vazias. Ninguém me disse se identificaram a garota que encontraram. Via seus olhos mortos em meus pesadelos todas as noites, e o entorpecimento se espalhou por mim.

Ainda não havia notícias de Yveta ou Gary, e me disseram que a polícia de Las Vegas não tinha conseguido encontrar o lugar que Marta descreveu. Outro beco sem saída, uma névoa de derrota.

Rosa, a coreógrafa, estava frustrada, puxando-me de lado e dizendo que faltava paixão em minha dança. Eu estava perdendo a única coisa que pensei que sempre seria meu alicerce. Os ensaios eram uma merda, e não só por minha causa, mas não podia conversar com Laney sobre isso, não depois de tudo que ela já tinha desistido. Então, quando ela me perguntava, eu sempre respondia que estava bem.

Dançar e o tempo que passava no teatro não deveriam parecer ruins.

Mas então Rosa desistiu após várias discussões acaloradas com o produtor. As ideias de Dalano eram obsoletas e antiquadas, e acho que ele não teve uma nova ideia desde o musical *"42nd Street"*. Mark, o diretor, era namorado de Dalano, então fazia tudo o que era ordenado. Depois que Rosa saiu, toda originalidade e criatividade foram retiradas do espetáculo. Não precisava de paixão agora: tudo que Mark queria era o boneco de cartolinha em forma de dançarino que ele fora trinta anos atrás.

O espetáculo estava previsto para estrear na primeira semana de dezembro e nós estávamos sendo chamados para fazer as provas de figurino. Olhei para a calça lamê dourada, o fraque e a cartola combinando e soltei um gemido.

Seria um desastre do caralho.

Laney sabia que algo estava errado, mas se casou comigo para que pudesse ter essa chance. Como diabos seria possível contar a verdade a ela?

Igual às nuvens de tempestade no horizonte, à pressão caindo feito pedra, algo iria estourar.

Estrearíamos no primeiro fim de semana de dezembro, e achava que o espetáculo encerraria no ano novo. Depois disso, não sabia o que fazer.

— O que foi? — perguntou Laney pela centésima vez.

— Na...

— Nada, né? Você está bem. Você está ótimo. Nenhum problema. É o que você sempre diz hoje em dia. Não sei por que me dou ao trabalho de perguntar.

Ela zombou alto e entrou na cozinha. Quase de imediato, ouvi o som da cafeteira.

Afundei no sofá e fechei os olhos. As pequenas discussões frequentes eram desgastantes. Às vezes, eu realmente me sentia casado. Exceto que minha esposa não dormia comigo. Bem, pelo que outros caras disseram, isso também não era incomum.

Eu tinha 23 anos e não tinha transado desde... desde Yveta.

Meu humor piorou ainda mais. A polícia não foi capaz de encontrá-la. Não sei o quanto tentaram, ou se sequer tentaram. Não saber era como uma dor constante e latente. Conseguia ignorar essa dor na maioria do tempo, mas vez ou outra...

Senti o sofá afundar ao meu lado e abri os olhos, deparando com Laney segurando uma caneca de café para mim.

— Uma oferta de paz — ela disse.

Acenei com a cabeça e peguei a caneca.

— Pode falar comigo, sabe. Você pode me dizer qualquer coisa, Ash. Algo está te incomodando. Gostaria que simplesmente me contasse. Odeio adivinhar. Somos amigos, não somos?

— Laney, por favor...

— Não, Ash. Não dessa vez. Você vai me dizer o que te deixou todo nervoso... — Seus lábios se estreitaram em uma linha fina. — Sou eu?

Suspirei e olhei para baixo.

— Não, não é você.

— Então o que é? Por favor, não me obrigue a fazer um interrogatório.

Coloquei o café na mesa.

— É o espetáculo — confessei, por fim. — Está ruim.

Laney franziu a testa.

— O que você quer dizer?

— Um lixo. Ruim do tipo péssimo. Tão ruim que ninguém em sã consciência gostaria de ver. Se durar um mês, ficarei espantado. Todos os dançarinos sabem disso. Mas desde que Rosa saiu, não teve ninguém para enfrentar Dalano. Todos nós tentamos dizer algo, mas ele só diz que se não gostarmos, podemos ir embora. — Fechei a cara. — Nenhum de nós pode se dar ao luxo de fazer isso.

— É isso que está te preocupando?

A voz de Laney soou quase aliviada, o que realmente me irritou.

— Sim! — gritei. — É com isso que tenho me preocupado! Você sacrificou tudo por mim, por um espetáculo lixo que não vai durar um mês. Então me perdoe se estou um pouco aborrecido com isso!

— Não grite comigo! — berrou, seu rosto ficando vermelho e os olhos incendiados.

Silêncio surgiu rapidamente entre nós e eu podia jurar que era capaz de ouvir seu coração batendo.

Ela me encarou, os olhos acinzentados escurecendo de forma ameaçadora, e tinha certeza de que me daria um tapa. Meus músculos ficaram tensos, mas depois ela riu.

— Pelo menos você não está mais dizendo "está tudo bem". — E sorriu, cutucando meu peito com o dedo.

— Entendo, sim, porque você não quis dizer nada para mim, e sinto muito que este espetáculo não deu certo para você, mas não sou uma mosca-morta, dou conta de aguentar a verdade.

— Não sei de nenhuma mosca-morta, mas você é baixinha.

— Cuidado, senhor!

Agarrei sua mão quando ela tentou me cutucar outra vez.

— Desculpa — falei sério. — Você é forte. Eu já sei.

Ela sorriu para mim, seus olhos radiantes. Tive uma vontade repentina de beijá-la e meu olhar desceu para seus lábios.

Ela limpou a garganta e se afastou, com o rosto corado.

— Então, sabe que o dia de Ação de Graças caí neste fim de semana, né?

Revirei os olhos.

— Sim, acho que percebi.

Mesmo um cão cego e surdo teria notado que os americanos estavam entrando no ritmo de feriado. Não entendi muito bem – tudo parecia um ensaio para o Natal. Mas se significava que teria alguns dias extras de folga dos ensaios, tudo bem por mim.

— Bem, sempre tenho um encontro em família, é na casa da minha tia este ano.

— Laney, ficarei bem. Provavelmente vou dormir, lavar roupa e assistir TV.

Foi a vez de ela revirar os olhos.

— Você está convidado, seu bobo. Além disso, minha família está morrendo de vontade de conhecê-lo, principalmente a minha mãe.

Franzi o cenho para ela, confuso.

— Ela está?

— Claro! O misterioso colega de quarto esloveno.

— E quanto ao seu pai?

— Ele estará lá, mas não tem nada a dizer sobre quem será convidado para o Dia de Ação de Graças, pois as esposas é que são responsáveis por isso.

Olhei para ela com ceticismo.

— Sério, vai ficar tudo bem. Haverá muitas pessoas lá e... — Ela me deu um olhar malicioso. — Um monte de comida. Tia Lydia cozinha muito bem: peru com recheio e molho de mirtilo, purê de batata, torta de abóbora. Sempre como tanto que tenho que abrir o botão da calça na mesa de jantar mesmo. O que há para não gostar?

Meu estômago roncou agradecido e Laney riu.

— Pelo menos parte de você concorda. Bom, está decidido.

Acho que ia encontrar os sogros.

LANEY

Havia combinado de encontrar Ash logo depois do ensaio no teatro, e então, iríamos direto para a casa do meu tio Paul e tia Lydia, uma hora de viagem.

Mesmo que a maioria dos lugares deixem as pessoas saírem mais cedo na quarta-feira antes do Dia de Ação de Graças, a programação de ensaios não mudou, e pelo que Ash disse, o diretor invejou a todos pelo longo fim de semana deles.

A área perto do teatro estava movimentada e precisei estacionar a alguns quarteirões de distância. As pessoas já estavam entrando no clima do feriado, e as lojas estavam tão cheias quanto os bares, com gente correndo para fazer compras de última hora.

Ash tinha me dito a senha de entrada dos artistas na lateral do prédio, mas hesitei, sentindo-me estranha ao invadir seu espaço de trabalho.

Minha respiração soltou o vapor gélido conforme tentava decidir o que fazer. O beco era um pouco assustador e isso me fez decidir.

Assim que comecei a digitar o número, a porta se abriu e Sarah saiu correndo, seguida por várias dançarinas.

— Laney! Onde diabos se meteu? — gritou na maior altura. — Devo ter pedido a Ash um zilhão de vezes para você nos encontrar... Minha Mãe do Céu!

— O que foi?

Sua expressão atordoada me fez dar uma olhada por cima do ombro, mas seu olhar arregalado estava preso a mim.

— Você está... andando!

— Ah, sim. — Eu ri sem graça. — Só uso a cadeira nos dias ruins. Eu me movimento bem.

Ela me encarou, depois piscou e pareceu voltar a si mesma.

— Uau! Quer dizer, uau!

Sarah ainda estava me encarando quando Ash saiu do teatro. Sua hesitação foi breve quando nos viu juntas, mas então enlaçou minha cintura e me puxou para um beijo que me aqueceu até a ponta dos pés.

Não acho que amigos se beijem de língua, mas imaginei que estava dando um belo show para seus colegas de trabalho.

Podia sentir o cheiro de menta do sabonete líquido que usou no teatro, junto com uma pitada de fumaça de cigarro sobre a qual definitivamente perguntaria a ele mais tarde.

— Oi, minha esposa — disse com um largo sorriso enquanto eu deslizava por seu corpo rígido.

— Oi — respondi animada.

— Nossa, ei, pessoal — bufou Sarah, balançando a cabeça. — Laney, você e eu vamos, sim, beber na próxima semana. Não ouse recusar, querida!

Ela saiu, acenando com a mão no ar.

— Ela é sempre assim?

Ash deu de ombros.

— Sim. Gosto dela.

— Eu também.

Fiz uma pausa, percebendo pela primeira vez que ele estava vestido com a mesma calça de sarja do dia do nosso casamento, com seu pesado sobretudo de estilo militar aberto.

— Pronto para conhecer seus sogros? — provoquei.

Seus olhos se enrugaram com o sorriso.

— As mães me amam — respondeu com uma piscadela.

— Você conheceu muitas?

Ele deu de ombros, sem dar muita importância.

— Todos os pais das minhas parceiras. — E ele olhou para mim, ainda sorrindo. — Parceiras de dança.

— Então, nunca levou uma namorada em casa para conhecer seus pais? Quer dizer, seu pai?

Seu rosto ficou sério.

— Não.

É, lá estava eu de novo – fazendo seu bom humor piorar em menos de dez segundos.

Quase fomos atropelados na calçada por três homens que cambaleavam e fediam a álcool.

Ash largou sua bolsa e me segurou enquanto eu tropeçava. Ele abriu a boca para gritar com eles, mas algo o distraiu.

Eu gritei por ele:

— Ei!

Os homens se viraram e um deles apontou para mim, rindo.

— Desculpe, nanica. Não vi você parada aí.

— Idiota — murmurei.

Ash ainda não tinha dito nada, mas parecia estar olhando diretamente para eles.

— O que está olhando, rapazinho?

Ash não respondeu, mas não deixou de encará-los, e fiquei com medo de que isso se transformasse em algo mais se não fôssemos embora. Puxei sua manga e sussurrei seu nome.

Ele parecia atordoado, mas balançou a cabeça rapidamente e pegou sua bolsa, ignorando os homens.

— Bicha!

Outro deles gritou com Ash, e todos riram. Eu o senti enrijecer ao meu lado, mas continuou andando e não se virou.

— Que maricas.

Ash revirou os olhos e murmurou algo que não pude ouvir. Torcia para estivéssemos longe o bastante deles e para que não houvesse nenhum problema.

Mas então o líder gritou de novo:

— É, vem chupar o meu pau!

Vi a mudança em Ash na mesma hora: a luz se apagou e uma escuridão o preencheu. Ele largou a bolsa no chão e correu em direção aos homens.

Pareciam surpresos, mas estavam bêbados demais para se moverem.

Assisti horrorizada quando Ash derrapou até o primeiro homem e deu um soco no rosto sem dizer uma palavra. *Bam! Bam! Bam!*

O sangue jorrou do nariz do homem e seus braços giraram conforme caía em câmera lenta.

A rua iluminada pelas luzes amarelas lançava sombras estranhas sobre a cena feia. O rosto de Ash parecia demoníaco à medida que dava mais três socos. Tudo aconteceu tão rápido, só o segundo tentou revidar, seu punho se enrolando no sobretudo de Ash.

Então, dois deles estavam deitados na calçada fria, a respiração ofegante soltando ar feito cavalos, espanto e dor em seus rostos.

O terceiro homem olhou incrédulo, seu cérebro encharcado de álcool tentando entender o que tinha acontecido.

Eu estava tão chocada que não tinha movido um músculo, mas quando vi Ash agarrá-lo, embora o cara não estivesse resistindo, e socá-lo sem parar até que o homem vomitou e desabou em seu próprio vômito, gritei:

— Ash, não!

Juro que ouvi o estalo de costelas se quebrando quando Ash deu uma pisada forte. Depois hesitou e se virou devagar para olhar para mim. Do outro lado da rua, as pessoas gritavam e pude ver duas delas em seus celulares, provavelmente chamando a polícia. Tínhamos que sair daqui ou Ash passaria o dia de Ação de Graças em uma cela. E, desta vez, eu tinha certeza de que meu pai não o ajudaria.

Ash abaixou o pé e pareceu voltar em si. Ele correu em minha direção, pegou a bolsa e agarrou minha mão, puxando-me pela rua, até que viramos a esquina e os homens sumiram de vista.

Meus dedos congelados se atrapalharam quando chegamos ao meu carro, e Ash pegou as chaves da minha mão trêmula com tranquilidade, abriu a porta do passageiro e me ajudou a entrar.

Em seguida, ele se sentou no banco do motorista e se afastou da calçada, o rosto tenso, as mãos segurando o volante com força. Nunca tinha visto nada assim... tão *cruel* antes. Aqueles caras bêbados não tiveram chance, e não tenho certeza de que Ash teria parado antes de causar danos ainda mais sérios. O que diabos aconteceu? Estávamos indo embora. O que o provocou? Tentei pensar no passado, mas minha cabeça deu branco.

— Você viu aquele cara? — perguntou Ash, de repente.

— Sim! Eu... Meu Deus, Ash! Aqueles homens! Aquilo foi... — *Insano.*

Horrível.

Ash me lançou um olhar confuso, depois seu rosto se transformou em uma máscara rígida.

— Eram idiotas.

— Sim, mas...

Ele respirou fundo.

— Você está com raiva de mim?

As emoções quentes e frias que se passavam por mim não podiam ser resumidas em uma palavra ou mesmo uma frase, então nem tentei.

— Sua camisa está suja de sangue.

Seus lábios se estreitaram de novo.

— Você está brava comigo.

— Você poderia ter sido preso por agressão.

Ele balançou a cabeça.

— Posso ir para casa, voltar para o apartamento, se não quiser que eu esteja com sua família legal e feliz.

Seu tom era sarcástico, mas havia uma vulnerabilidade que me fez querer protegê-lo, deixar tudo bem. Vendo que acabou de enfrentar três caras – bêbados, eu admito, mas três caras ao mesmo tempo –, ele definitivamente não precisava da minha proteção.

— Não, já passou. É só que... Não acredito... tão cruel.

Nós não voltamos à conversa, exceto para dar instruções enquanto saíamos da cidade e seguíamos rumo ao sul.

Parecia muito com a nossa fuga de Vegas. Havia a mesma tensão no ar e incerteza entre nós conforme Ash dirigia noite adentro. Por fim, lembrei-me do truque que sempre funcionou com ele: liguei o rádio. Ouvimos uma canção *country* triste antes de Ash apertar o botão e encontrar uma estação de *jazz* de Chicago.

À medida que dirigíamos para o sul, passamos pela pitoresca comunidade de Canaryville, onde cresci. Cada rua tinha uma memória, com jardins ornamentados, velhas árvores espalhadas e uma vida cultural que se centrava em São Gabriel. Mamãe iria adorar o fato de Ash ser católico. Eu sabia que, no Natal, ela nos arrastaria para a missa da meia-noite.

Assim que pensei nisso, fiz uma pausa. Ash não era da minha família, não importa o que um pedaço de papel dissesse, e pelo que sabia, agora que ele tinha dinheiro e seu passaporte e *Green Card* estavam a caminho, ele iria para casa no Natal, ainda mais se o espetáculo estava terminando do jeito que imaginou.

Uma dor aguda me fez pressionar os dedos no peito. E não foi a noite fria de novembro que me fez estremecer.

De repente, meu telefone tocou e apareceu o nome do meu primo

Paddy no celular.

— Oi, Paddy!

— *Ei, garota! Está a caminho?*

— Sim, chego em dez ou quinze minutos. Por quê?

— *Bem, não se desespere, mas Collin está aqui.*

— Collin?

Ash me lançou um olhar questionador.

— *Sim. Ele está bebendo...*

— Collin nunca bebe.

— *Bem, hoje ele está, Laney, então é melhor vir aqui. E, hum, ele tem dito coisas.*

— Que tipo de coisas? O que ele andou dizendo, Paddy?

Houve um suspiro.

— *Só venha, Laney.* — E desligou.

— Que estranho.

— Tudo bem? — perguntou Ash.

— Eu não sei. Aparentemente, Collin foi para o jantar. Nossa, vai ser estranho! O que diabos ele está fazendo na casa da minha tia?

Ash tamborilou um dedo comprido no volante.

— Ele quer você de volta.

— Não, não depois de como as coisas terminaram. Você *ouviu* o que ele disse.

Ash não disse nada, e eu fiquei fervilhando com perguntas pelos próximos dez minutos.

Pouco antes de chegarmos a Kankakee, eu disse a ele onde virar e seguimos por estradas cada vez mais estreitas até que paramos do lado de fora de uma grande casa de dois andares, com cercas de madeira e uma varanda branca. O lugar parecia sulista, embora o ar estivesse fresco a ponto do tempo prometer neve.

Soltei meu cinto de segurança, mas antes que pudesse sair, Ash agarrou minha mão.

— Tudo bem, Laney?

Eu sabia o que ele estava perguntando, mas achei difícil encará-lo. A violência repentina me chocou. O fato de que quase não parou de bater naquele homem. E isso me fez pensar no quanto eu realmente o conhecia. As palavras de meu pai passaram pela minha cabeça.

— Sim — eu disse, baixinho. — Mas, por favor, não faça nada parecido de novo.

Ele negou com a cabeça.

— Não posso prometer.

O que estava acontecendo? Por que sua expressão era tão sinistra? Queria que ele conversasse comigo, só que agora não era o momento.

— Só... Tudo bem... Mas deixe Collin comigo. Na verdade, deixa *toda* a conversa, tá bom?

Mais uma vez, ele acenou negativamente.

Inferno, este seria um dia de Ação de Graças complicado.

Não queria estar aqui. Para não enlouquecer por completo, passei um momento listando lugares sombrios e trágicos onde preferia estar, contando nos dedos das mãos. Quisera eu poder tirar os sapatos, para poder usar os dedos dos pés também.

Ash descarregou o porta-malas, tirando nossa bagagem e as sacolas de comida que trouxemos. Esperava que ele tivesse tempo para trocar de camisa antes de encontrar meus pais.

Endireitando os ombros, subi os degraus até a porta da frente, mas antes que pudesse apertar a campainha, a porta se abriu e um Collin – de rosto vermelho – cambaleou na minha frente.

— Aí está ela — zombou. — A noivinha.

Ah, não!

Uma mão veio por trás, e vi Paddy agarrar um punhado da camisa de Collin e arrastá-lo de volta para dentro.

Olhei por cima do ombro, certa de que o espanto que vi no rosto de Ash se refletiu no meu. Mas então minha mãe e minha tia estavam paradas na porta, puxando-me para o corredor e me sufocando com abraços e perguntas.

Ash me seguiu mais devagar e o ouvi deixar as sacolas no chão de madeira.

— Laney, que bobagem é essa?— perguntou mamãe antes que eu tivesse a chance de respirar. — É verdade?

— Deixe-a passar pela porta, que tal? — bufou tia Lydia. — Estamos todos na cozinha.

Mamãe me encarou furiosa e pisou duro de volta para a grande cozinha de estilo rural nos fundos.

Olhei para Ash e ele deu de ombros. Depois me ofereceu a mão e, após uma breve hesitação, a segurei.

O ar estava quente e picante, o delicioso aroma de cidra e canela quente enchendo a cozinha de tia Lydia. Respirei fundo, deixando o cheiro familiar de infância me penetrar.

Papai já estava sentado à mesa maciça de madeira com o tio Paul, cada um segurando um copo de cerveja. Collin desabou na cadeira, seu sorriso largo e ameaçador, os olhos pesados, magoados e acusadores.

— Vai negar que se casou com *ele*?

— Ash é meu marido.

Todos ficaram com cara de espanto, incluindo Ash, que se recuperou antes que alguém percebesse e sorriu orgulhoso, colocando o braço sobre os meus ombros.

— Sou um homem de muita sorte — declarou como se falasse a verdade.

Sentei-me na cadeira em frente a Collin quando meus joelhos cederam, e Ash deslizou no assento ao meu lado. Enquanto todos nos encaravam, de repente, senti um calor sufocante na cozinha. Afrouxei alguns botões do casaco, pensando se seria melhor darmos meia-volta e voltar para Chicago.

Debaixo da mesa, Ash segurou minha mão de novo. Dei um olhar de relance para ele, porém ele encarava meu ex-namorado com frieza.

Collin ergueu um copo e me saudou ao mesmo tempo em que a cerveja derramou pela borda.

— Para o feliz casal!

Paddy tirou o copo de suas mãos e despejou a cerveja na pia.

— Você já bebeu sua cota, amigo.

Collin não estava bêbado a ponto de discutir com Paddy, que era um cara grande, como todos os homens da minha família, e trabalhava para o Corpo de Bombeiros.

— Laney? — Os olhos da minha mãe estavam arregalados.

— Hum, bem... — Pigarreei, nervosa, sentindo-me como se tivesse 13 anos, e não estivesse a alguns meses de completar trinta.

Collin riu alto.

— Ele se casou com ela pelo *Green Card*. Por que mais?

Meu rosto ficou vermelho.

A mão de Ash apertou a minha e ele olhou de forma questionadora, esperando minha resposta. Mas não tinha uma. Eu disse a ele para deixar comigo, mas simplesmente não conseguia encontrar as palavras.

Ash levou minha mão aos lábios e deu um beijo suave nos nódulos dos meus dedos.

— Laney é meu raio de sol — disse ele, simples assim, e deu seu sorriso de tirar o fôlego.

Estava disposta a apostar que aquele sorriso havia conquistado a maioria das mulheres na cozinha, exceto papai. Claro.

— Laney, mas que inferno estava pensando? Fraude com documentos de imigração é grave.

A mão de Ash apertava constantemente e minha boca secou ao olhar para o rosto desapontado de meu pai.

— Eu...

As palavras ainda não vinham.

— Sei que não me quer como genro — interrompeu Ash, seu rosto sério. — Mas gosto de Laney e sempre a protegerei.

O olhar de papai era de fúria, o policial se foi, ficando o pai bravo. Ele piscou, então desviou o olhar, a expressão derrotada.

— Devia ter presumido — murmurou ele.

— Quando... Como... Você se casou de verdade? — perguntou minha mãe, ainda parecendo atordoada e magoada.

Concordei.

— O padre Patrick não disse nada!

— Foi uma cerimônia no cartório civil, mãe.

Ela sacudiu a cabeça e cerrou os lábios.

— Quando? — repetiu papai.

Umedeci os lábios e olhei para Collin.

— Três semanas atrás.

A mágoa em seu rosto era horrível.

— Três semanas atrás? *Duas* semanas atrás eu estava te pedindo para se casar *comigo*! Você não disse nada! Por quê? Por quê?!

— Desculpa.

Meu Deus, pareceu tão inadequado.

— Você estava transando com ele o tempo todo?

A cozinha explodiu. A cadeira de Ash caiu no chão quando ele contornou a mesa para alcançar Collin. Paddy chegou primeiro, puxando Collin pelo colarinho, que se soltou com um forte ruído de tecido se rasgando. Collin saltou de volta contra a mesa, fazendo os copos e pratos voarem. Tia Lydia e papai gritaram, o lugar estava um alvoroço. Os irmãos de Paddy, Stephen e Eric, puxavam os braços de Ash para trás conforme ele resistia e lutava contra eles, gritando palavras em esloveno que soavam como palavrões. Tio Donald correu para a cozinha para ajudar papai e o tio Paul a tirar Collin dali, embora ele não estivesse resistindo muito.

Ash ainda estava reagindo tempestuosamente quando Collin foi arrastado para fora.

— Ash, não!

Pela segunda vez esta noite, eu estava tentando acalmá-lo. Seus olhos ainda irradiavam raiva, mas pude vê-lo recuperar o controle aos poucos. Ele soltou os braços e saiu.

Paddy sorriu para mim.

— Correu tudo bem.

— Cale a boca.

— Sério, Laney. Você se casou com aquele cara?

— É verdade, sim.

Paddy deu de ombros.

— Pelo menos não se casou com o panaca.

— Por que todo mundo chama ele assim? Collin *não* é panaca. Ele é só...

— Um panaca — disseram Stephen e Eric juntos.

Suspirei.

— Ele está magoado e com raiva. Não posso culpá-lo.

— Ele te pediu mesmo em casamento?

— Sim, pediu. Jesus, sou uma pessoa horrível!

Paddy colocou o braço em volta dos meus ombros.

— Não, você não é tão ruim. Claro que fez a festa começar com um estrondo. Bem, vamos lá. Quero conhecer o homem que finalmente colocou uma aliança no seu dedo.

— Você me faz parecer uma solteirona.

Paddy piscou para mim.

— Se a carapuça serviu.

Mostrei um dedo diferente a ele, que apenas riu.

Ash estava sentado na varanda da frente, olhando para as estrelas enquanto a fumaça do cigarro pairava em redemoinhos preguiçosos ao seu redor.

— Laylay, sinto muito...

Mas quando viu meus primos me flanqueando, suas palavras morreram e ele se levantou abruptamente, esfregando a ponta do cigarro sob a bota, em uma postura defensiva.

— Bem-vindo à família — sorriu Paddy, dando um tapa no ombro de Ash. — Você tem um senhor gênio, hein?! Corre um pouco de sangue irlandês nessas veias aí?

Ash negou com a cabeça, seus olhos disparando para os meus.

Cutuquei o braço de Paddy e fiz as apresentações conforme voltávamos para dentro.

— Bem — disse tia Lydia, toda alegre enquanto seguia pelo corredor outra vez. — Collin está dormindo no outro quarto de hóspedes, então... já que são um casal, por aqui.

Ela nos levou a um dos quartos menores.

— Desculpe, Laney — desculpou-se quando nos esprememos para dentro, olhando para a estreita cama de solteiro. — Achei que ficaria aqui sozinha. Ia colocar Ash no quarto de hóspedes, mas...

— Tudo bem, tia Lydia — respondi, cansada.

— Vou deixar vocês se acomodarem — avisou, olhando para Ash. — E, então, acho que todos nós gostaríamos de conhecer seu novo marido do jeito certo.

Ela fechou a porta assim que saiu, e eu desabei na cama.

— Isso é um completo pesadelo — gemi.

Senti o pequeno colchão afundar quando Ash se sentou ao meu lado.

— Talvez seja melhor assim.

Eu me sentei e olhei para ele.

— E como é que pode ser melhor?

— Não precisamos mais mentir.

— Você está de brincadeira comigo? Mas *é claro* que vamos ter que mentir. Não conhece minha família! As perguntas serão infinitas. Mamãe pressionará por uma bênção católica e seremos o tópico de conversa favorito de todos na próxima década!

Ash deu de ombros.

— Eles logo esquecerão.

Meus olhos arregalaram.

— Daqui a dois anos estaremos divorciados, né? Notícia velha.

Ele desviou o olhar conforme eu o analisava.

— Certo.

Ele deu uma risada sem graça e se sentou de costas para mim.

Desabotoei meu casaco e o joguei na pequena cama.

— Vou descer e... Não sei... tentar acalmar as coisas. Esteja preparado para *muitas* perguntas. — Abaixei-me para tocar seu rosto. — Desculpa por tudo isso.

Ele me surpreendeu ao se inclinar na minha mão, de olhos fechados.

— Quem deveria estar se desculpando com você sou eu. E peço desculpas, Laney. Sinto muito... por tudo.

Suspirei, sentindo o leve formigamento de sua barba por fazer na palma. Então o momento passou e ele se afastou.

Quando me virei para sair, parei na porta.

— Não se esqueça de trocar de camisa.

Ash olhou para o sangue respingado no algodão branco e assentiu.

CAPÍTULO QUINZE

ASH

Não conseguia acreditar no quanto tudo acabou mal.

Os pais geralmente gostavam de mim depois que me conheciam: as mães adoravam o fato de eu dançar, e os pais gostavam quando eu dizia que trabalhava na construção civil – emprego fixo, papo-furado de homem. A família de Laney deve ter me odiado por colocá-la em perigo antes mesmo de me conhecerem. Deus sabe o que pensavam agora. O panaca teria algumas perguntas para responder quando ficasse sóbrio.

Mas não foi o que me incomodou mais. Por duas vezes, esta noite, eu havia perdido o controle por completo. Eu costumava ser um cara legal. Era competitivo, queria vencer, mas nunca fui violento. Porém tudo isso mudou. Tive vontade de machucar aqueles homens na rua, machucá-los de verdade. Acabar com eles.

Encarei as juntas inchadas, esfregando uma mancha de sangue. Cristo, quase matei aquele cara. Se Laney não tivesse me impedido, eu poderia ter feito isso.

Quando ele me disse para chupar seu pau, ouvi a voz de Sergei, vi seu rosto nojento e não consegui parar de bater nele. Na minha mente, estava batendo no mafioso filho da puta – vendo seu rosto malicioso enquanto apontava uma arma para mim, masturbava-se, fodia a minha boca. Senti vontade de vomitar.

Tirei o sobretudo e caminhei pelo corredor até encontrar um pequeno banheiro. Vomitei, quase virando meu estômago do avesso. Provavelmente nunca pararia de me sentir assim quando pensasse no desgraçado maldito ainda caminhando, roubando ar, arruinando vidas.

Enxuguei o rosto com a manga, tirei a camisa e a usei como toalha. Havia uma toalha de hóspedes em nosso quarto, mas não me dei ao trabalho de voltar para pegá-la.

Olhei em volta, dando ao meu estômago tempo para se recuperar e parar de querer subir pela garganta.

O banheiro era bom, aconchegante, com uma banheira antiga com pés de ferro e armários de pinho. Não pertencia a um lugar como esse.

Quando saí, um garoto de 13 ou 14 anos estava esperando do lado de fora, encostado na parede e mexendo no celular.

Ele não falou nada ao se esgueirar por mim indo para o banheiro, e em troca, só acenei para ele. Mas depois ele me chamou:

— Cara! O que aconteceu com suas costas?

Pendurei a camisa no ombro, cobrindo algumas das cicatrizes.

— Acidente.

— Uau! Que fodido. Legal! — Ele fez uma pausa, olhando para mim. — Parece que foi esfaqueado centenas de vezes.

— Algo parecido.

Ele acenou com a cabeça sabiamente.

— Maneiro. Você é o marido da tia Laney. Todo mundo está falando de você.

Ele fechou a porta e ouvi o clique da fechadura.

— Maneiro — concordei.

Achei o caminho de volta para o minúsculo quarto e peguei uma camiseta limpa da minha bolsa. Eu só tinha mais uma camisa de botão para vestir e estava guardando para amanhã. Então vi manchas de cerveja na minha calça, provavelmente do panaca quando agitou seu copo.

Coloquei um jeans, e em seguida voltei para o banheiro vazio para tentar limpar a mancha da minha calça. Isso me lembrou da época em que participava do circuito de competição e ficava em hotéis baratos – você se organiza com muito pouco.

Respirando fundo, desci as escadas: hora do show.

A casa estava abarrotada de gente. Era difícil encontrar Laney sobre as cabeças de todos os homens ruivos altos que eram obviamente parentes de seu pai. Não era somente o cabelo que os entregavam, mas a maneira como me olhavam como se eu fosse um suspeito. Laney havia dito que eles eram do Corpo de Bombeiros, mas pareciam policiais para mim. Fiquei pensando no quanto tinham ouvido – Jesus Cristo, talvez todos eles soubessem de tudo.

Finalmente encontrei Laney em um cômodo ao lado da cozinha. Ela estava cortando vegetais, mas era como se estivesse em um interrogatório com as mulheres sentadas ao seu redor questionando sobre mim. Coloquei as mãos em seus ombros e beijei o topo de sua cabeça. Era mais do que só encenação; era um pedido de desculpas também.

— *Moj sonček* — sussurrei e ela sorriu para mim.

— Você vai me dizer o que isso significa?

— Não.

Percebi que o lugar havia ficado em silêncio e todos estavam olhando para nós. Laney me deu um sorriso conspiratório e depois voltou a cortar vegetais.

O garoto que conheci antes recebeu alguns gritos por tentar roubar um dos biscoitos recém-tirado do forno. Se achasse que poderia ter me safado, teria feito o mesmo.

— Estou entediado — reclamou o garoto. — Ninguém quer jogar "Black Ops III".

— Nolan, ninguém quer jogar esses jogos horríveis. Vá assistir TV ou algo assim.

— Eu jogo com você.

Laney me deu uma olhada.

— Que foi?

— Só não sabia que gostava dessas coisas de *nerd*.

Nolan bufou.

— Não é nerd! É legal.

Pisquei para ela e me levantei para seguir o menino, que estava olhando para os biscoitos de novo.

Laney teve pena dele, entregando um para cada um de nós e dispensando as bufadas irritadas das outras mulheres com um acenar de mão.

— Vá atirar nas coisas. — E riu.

Por um momento, meus pensamentos escureceram. Se eu tivesse uma arma perto de Sergei...

Sua mãe me parou quando dei minha primeira mordida no biscoito.

— Laney nos disse que é dançarino, Ash.

Mastiguei e engoli depressa.

— Sim. Sim, senhora.

— Imagino que não seja uma profissão muito estável.

— Não, senhora.

— Então, como planeja sustentar minha filha?

— Mãe! — disparou Laney. — Eu me sustento. Sempre fiz isso.

— Meu Deus, Laney! Não precisa gritar comigo! Só estou tentando conhecer seu novo marido.

— Pode me perguntar qualquer coisa, Sra. Hennessey.

— Não, não pode, mãe — disse Laney, firme.

Houve um silêncio desconfortável, então segui Nolan para fora.

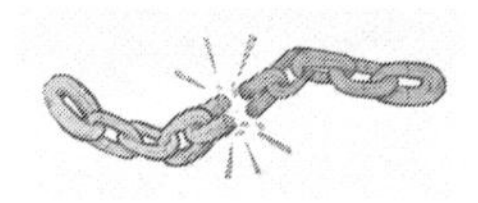

LANEY

— Ele joga videogame? Quantos anos tem ele? — perguntou tia Lydia, erguendo as sobrancelhas.

— Muitas pessoas gostam dessas coisas, mas já que perguntou, ele tem 23 anos.

— Ele parece mais jovem.

Às vezes, sim, principalmente quando tinha acabado de fazer a barba, mas tinha o olhar de uma pessoa madura. Olhos que viram muito e experimentaram todas as coisas erradas.

— Laney também parece mais jovem do que a idade dela — comentou minha irmã Berenice com uma piscadela. — E tenho que dizer, esse é um belo homem. Mandou bem, mana.

— Sério, Bernie! Este não é assunto para rir — reclamou mamãe. Depois voltou sua atenção para mim. — E a família dele? Presumo que tenha família? O que acham desse casamento secreto? Ou talvez você tenha contado a *eles*.

Mamãe estava sendo muito irritante. Ela estava magoada, sabia disso, portanto, segurei a língua e tentei responder com calma e de forma abrangente:

— A mãe dele morreu quando ele tinha 15 anos e não é próximo do pai. Ash saiu de casa quando tinha 18 e se sustentou trabalhando na construção civil.

— Bem, acho que já é alguma coisa — bufou mamãe, não muito sincera.

— Mas sua paixão é dançar. Ele é campeão em seu país, mas queria ampliar os horizontes.

— E se meteu em todos aqueles negócios desagradáveis em Las Vegas — acrescentou mamãe. — Algumas pessoas só atraem problemas.

Bati a faca na pesa e me levantei abruptamente.

— Desde que ele está neste país, foi uma vítima e sofreu abusos. Esperava que minha própria família tratasse melhor *meu marido*.

E saí da cozinha igual a um furacão.

Como regra, eu não era alguém que saía furiosa dos lugares, mas mamãe estava cutucando, provocando, tentando me irritar. Bem, conseguiu, e eu não permitiria que ela fizesse o mesmo com Ash.

Meus tios e primos estavam amontoados na sala da família assistindo a um filme de ação com meu pai. As crianças corriam pela casa, agitadas pelos altos níveis de açúcar e empolgação. Ajudei Lottie a trançar seu cabelo e acabei com uma briga entre James e Kevin. Uma série de tiros e explosões eventualmente me atraiu para o escritório do tio Paul, onde encontrei Ash sentado com Nolan, franzindo a testa, concentrado. Parei e observei por um tempo antes de Ash olhar para cima e me ver.

— Tudo bem, Laney?

Isso me fez rir.

— Claro. O que poderia estar errado?

Seus lábios se torceram em um sorriso irônico, mas foi Nolan quem respondeu:

— Vovô e vovó estão bravos porque pensam que ele se casou com você para ficar em Chicago. Tio Paddy diz que não é da conta de ninguém, e tia Carmen diz que você deveria ter se casado com Collin. Mas eu não gosto dele – ele nunca conversa comigo. Queria ter visto você brigar com ele. Trisha e Amelia disseram que ele é bonito, mas são duas chatas.

A verborragia de Nolan deixou Ash com cara de confuso. Nolan fazia parte de um espectro do autismo e nem sempre entendia de etiqueta social. Mas, pelo menos agora, sabíamos o que todos estavam pensando.

— Tuuudo bem, então. — Sorri. — Ash, vou me deitar um pouco. Venha me encontrar quando terminar.

Ele acenou com a cabeça assim que algo explodiu na tela e eu saí.

Tinhas esperanças de escapar de todos, mas mal me sentei na cama do quarto de hóspedes quando mamãe bateu e entrou logo depois.

— Mãe, eu...

— Você vai me ouvir, Laney Kathleen Hennessey!

— Por quê? — respondi bruscamente. — Você já se decidiu, então por que eu deveria ouvir?

Ela só hesitou por um segundo.

— Porque sou sua mãe.

— E Ash é meu marido, então tome *muito* cuidado com o que vai dizer.

Seus olhos se arregalaram, então parou antes de voltar a falar:

— Você ama esse garoto? — perguntou baixinho.

— Ele não é um garoto. — Fechei os olhos e respirei fundo. — Ele é incrível, mãe, se pudesse dar uma chance. Ele é gentil e meigo, muito engraçado. E trabalha muito, além de ser supertalentoso. Sinto muito orgulho dele.

Ela se sentou na cama ao meu lado e passou o braço em volta dos meus ombros.

— Você o ama?

Ash tinha entrado em meu mundo através da raiva e violência, mas toda vez que o via, um sorriso despontava no meu rosto; quando entrava em algum lugar, ele o iluminava. O jeito com que me beijou, duas vezes, fez minha pele ferver sob seu toque.

Porém não conseguia mentir para minha mãe. Tentei encontrar as palavras certas e engoli em seco, nervosa.

Mamãe estudou meu rosto e me beijou na bochecha.

— É tudo que eu precisava saber.

O quê?

Depois que foi embora, eu me deitei na cama, repetindo nossa conversa, curiosa sobre o que ela quis dizer. O que viu em meu rosto que a fez sorrir daquele jeito?

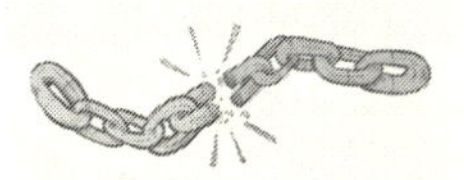

Acordei quando a porta se abriu e a luz do corredor se infiltrou no quarto.

— Laylay?

— Estou acordada — tossi, minha voz rouca.

Ash se sentou na cama, a coxa pressionada contra as minhas costas, sua mão esfregando meu ombro delicadamente.

— Eles estão se preparando para comer.

— Já?

Olhei para o relógio, surpresa ao ver que tinha cochilado por mais de uma hora.

— Ah, uau, não queria dormir por tanto tempo. Desculpa por ter deixado você sozinho. Tudo bem?

Ele riu baixinho.

— Sua família é legal. Eles não são monstros, Laney. Estou bem.

— Eu sei, mas podem ser intensos às vezes.

Descemos juntos e, ao pé da escada, Ash pegou minha mão e a beijou. Olhei em volta esperando ver alguém nos observando, mas estávamos sozinhos.

Meu coração confuso deu um salto feliz e lancei a ele um olhar questionador, só que a única resposta foi um leve curvar de seus lábios carnudos. Tive vontade de perguntar a ele o que significava tudo isso. Todo mundo estava tão confuso esta noite.

Mas vozes estavam nos chamando e acabamos nos dirigindo para a cova dos leões.

Não foi tão ruim quanto pensei. Acho que meu ataque de fúria de antes havia obtido o resultado desejado. Ou isso, ou mamãe colocou ordem no lugar. Todos foram amigáveis, embora papai ainda lançasse olhares intensos.

No entanto, eles encaravam. Continuaram lançando olhares furtivos a Ash, como se ele fosse um flamingo que acidentalmente pousou em um lago de patos, estranho, fascinante, mas no lugar errado.

Ele parecia tão diferente dos homens da minha família, mais moreno, mais exótico. Seu sotaque possuía um toque estranho, e as palavras se misturavam, ainda mais com ele falando rápido.

Mas estavam tentando. Todos nós estávamos tentando.

Fiquei admirada quando Eric e Ash iniciaram uma conversa sobre futebol, e ele revelou que era torcedor do Barcelona, um time espanhol. Perguntei se havia algum time de futebol famoso na Eslovênia, porém, ele e Eric riram da minha ignorância, então desisti. Ash estava bem sem mim.

Comecei a relaxar pela primeira vez desde que Collin abriu sua boca grande. Acho que sabia como ele descobriu: um de seus amigos de faculdade trabalhava no cartório onde nos casamos. Não pensei que fossem amigos próximos, mas suponho que as circunstâncias eram bastante incomuns para que Andy tivesse entrado em contato com Collin. Não que fizesse diferença agora.

Ash estava certo sobre uma coisa: senti mais alívio do que achei que pensei, agora que minha família sabia. Eu o observei conversando animado, a energia emanando dele; tão diferente do homem raivoso e volátil de antes. Isso me lembrou que eu não o conhecia – *meu marido* – muito bem. Havia tempo para descobrir – exceto que nosso casamento tinha uma data de validade de dois anos.

Depois de mais comida e bebida, as bochechas de Ash estavam vermelhas e seus olhos brilhantes. Ele sorriu para mim, inclinando-se para beijar meu pescoço. E apesar do calor da cozinha lotada, um pequeno arrepio percorreu minha pele.

Ele era tão bom ator assim? Parecia de verdade, mas... era?

Então, da sala de estar, o som da música *cèilidh* – tradicional estilo de música da cultua irlandesa – flutuou para a cozinha.

— Vem. — Paddy riu. — Vamos mostrar ao Ash uma dança de verdade!

Minha família era tão irlandesa que era quase clichê: música, dança, Guinness – a cerveja tradicional. Achei que eu deveria ser mesmo um retrocesso, porque era a única pessoa em minha família que não tinha herdado os genes altos e ruivos; a única que não sabia dançar ou cantar; além de jamais ter bebido Guinness.

Ash seguiu todos para a porta ao lado, então, de repente, percebeu que não estava com ele, virou e me ergueu.

— Vem!

— Ash, não! — choraminguei. — Todo mundo sabe que não consigo dançar!

— Consegue sim. — Ele riu, alegre.

Ele me arrastou para a sala, ignorando os sorrisos. Minha família inteira sabia que eu era um caso perdido – totalmente fora de ritmo. Mas Ash só me levantou e me girou, meus pés nem tocaram o chão. Travei os braços em volta do seu pescoço, rindo com o sorriso malicioso dele enquanto dançávamos ao redor da sala, meus pés balançando na altura de suas canelas.

Estávamos dançando, juntos, nosso ritmo em perfeita sincronia, porque eu estava me movendo no ritmo *dele*. Seus braços fortes rodeavam minha cintura e meu rosto descansava contra o dele. Com Ash, eu conseguia dançar.

Passamos o resto da noite com minha família e foi bom. Podia ver as perguntas em seus olhos, mas nos deixaram em... paz.

Só que foi um pouco estranho quando fomos dormir. Não era a primeira vez que Ash e eu dividíamos uma cama, porém, esta não deixou muito espaço entre nós. Fiquei pendurada na borda, tentando não cair, mas, bastava fazer qualquer movimento para que meu corpo se encostasse ao dele. No final, depois de vários minutos sem nos sentirmos confortáveis, ele grunhiu, frustrado, fez com que eu me deitasse de lado e aconchegou o corpo comprido às minhas costas.

— Durma — disse ele, seu hálito quente soprando em minha nuca.

Dei um pulo e acordei no momento exato em que o cotovelo de Ash se chocou contra as minhas costelas e ele gritou. Em seguida soltou algumas palavras distorcidas em um longo gemido com seu corpo se debatendo.

Lutei para me soltar de seus braços e rolar, mas quando consegui, vi que seus olhos estavam bem fechados e uma fina camada de suor fazia sua pele brilhar sob o reflexo da lua.

— Ash, acorde!

Ele gritou de novo, então se sentou, desorientado, pânico transformando seus olhos em poças negras.

Ele reagiu de repente, mas não foi o que eu esperava.

Seus lábios caíram sobre os meus com força suficiente para ferir e ofeguei quando seu corpo pesado me pressionou contra o colchão. Assustada, empurrei seus ombros, porém, e ele se levantou um pouco, movendo a boca para o meu pescoço, as mãos segurando minha cintura em um aperto firme.

— Laney — murmurou com voz rouca. — Minha esposa.

Foi uma declaração, uma pergunta, um convite? Não sabia dizer, mas ouvi a necessidade em sua voz, e quando seus dedos cravaram em meu quadril, meu corpo despertou.

Foram semanas fingindo que não o queria. Dois meses ignorando nossa atração mútua. Este era o homem que invadiu minha vida e a coloriu. Era a peça que faltava.

— Ash, eu quero...

— Laney, eu preciso...

Falamos ao mesmo tempo, mas sua boca deslizou pela minha garganta, para meu peito, e quaisquer palavras que ele pretendia dizer se perderam. Seus dentes morderam o tecido do meu pijama, prendendo em torno do mamilo duro, e eu arfei.

Ele se ajoelhou, arrancando a camiseta encharcada de suor de seu corpo conforme minhas mãos famintas empurravam o cós de seu short sobre seus quadris e pela curva de sua bunda. Ele os chutou impacientemente de lado e todo seu corpo longo e magro foi revelado brevemente: coxas sólidas e pênis rígido. Ele se apoiou sobre mim, pendeu a cabeça e arrastou minha camiseta para cima com os dentes, arrancando minha calça de pijama com uma mão.

Um segundo depois, estava dentro de mim, por mais que meu corpo não estivesse totalmente preparado.

Gritei quando ele ergueu meus joelhos, afundando mais ainda, e desta vez um arrepio de prazer percorreu minhas costas e se estabeleceu abaixo, em minha barriga.

Seus olhos estavam fechados, o cenho franzido em concentração enquanto a cabeça se mantinha inclinada.

Então enterrou o rosto no meu pescoço, bombeando com tanta força que a cama balançou e rangeu. Eu estava certa: ele fodia como dançava – intenso e cheio de paixão, completamente focado.

Eu me sentia querida, indispensável, toda mulher, desejada.

Foi tão repentino e furioso, tão urgente, respondendo a um desejo que não reconhecia, tão surpreendente, chocante e inebriante. Uma tentativa e fui fisgada.

Segurei em seus ombros conforme ele arremetia em meu corpo, e tentei envolver sua cintura com minhas pernas, mas a força caótica de seu pau se chocando contra mim me sacudiu. Tudo que podia fazer era me segurar a ele com força.

O suor tornava nossas peles escorregadias, meus seios achatados quase dolorosamente contra o peito definido.

Ele gozou de repente com um rosnado e senti o pulso de esperma quente se derramar dentro de mim, me fazendo gritar.

— Ash!

Ao ouvir minha voz, ele parou e ergueu a cabeça lentamente, os olhos arregalados e uma espécie de admiração em seu semblante.

— Laney?

Ele olhou para mim, choque e descrença evidentes em seu lindo rosto. Arfei, meu clitóris disparando raios de prazer pelo meu corpo.

— Eu estava sonhando — sussurrou. — Achei que estava sonhando.

— Parece de verdade para mim — murmurei, afrouxando meu aperto feroz em seus ombros.

Ele saiu inesperadamente, fazendo-me estremecer, e quando seu esperma escorreu pelas minhas pernas, o nível de constrangimento entre nós se tornou quase insuportável.

Ele moveu as longas pernas e se sentou na beira da cama, a cabeça entre as mãos.

— Meu Deus, desculpa, Laylay — suplicou com o corpo trêmulo. — *Moj sonček*, desculpa.

Não sabia como responder. Meu corpo estava quente e saciado, mas minha cabeça viajava a um milhão de quilômetros por hora.

— Eu... hum... É melhor eu ir me limpar — murmurei.

Peguei meu robe do chão e corri para o banheiro, sentindo-me úmida e desconfortável à medida que o sêmen continuava a escorrer pelas coxas.

Limpei-me depressa, em seguida, respirei fundo, tentando processar o que acontecera, ou melhor, o que tudo aquilo significou para mim, para Ash, para nós.

Ele obviamente se arrependeu do que aconteceu. Eu tenho que... Jesus Cristo, ele nem sabia que era eu, sabia? Mas de alguma forma, não conseguia me arrepender. Eu o queria. Desde a primeira vez que o vi, a atração foi intensa, porém, muita coisa se interpôs entre nós. A vida era cruel.

Quando abri a porta do quarto, ele olhou para cima. Estava na mesma posição, ainda sentado na beirada da cama.

— Eu te machuquei.

Suas maçãs do rosto acentuadas projetavam sombras em seu rosto e seus olhos estavam nublados.

— Fiquei surpresa — admiti baixinho, me sentando ao lado dele.

Ele analisou meu rosto em busca de qualquer traço de mentira, dor ou medo, mas parecia satisfeito conforme eu o observava com firmeza.

— Desculpa — pediu, gentilmente. Seus olhos se desviaram para as mãos vazias.

— Pelo quê?

Seu olhar disparou para encontrar o meu, um questionamento explícito naquelas profundezas escuras.

— Acho que enlouqueci um pouco — confessou, as palavras saindo uma atrás da outro ao mesmo tempo em que seu corpo estremecia.

— Acho que nós dois, então — comentei, pegando uma de suas mãos.

Nossos dedos se entrelaçaram e ele estudou nossas mãos unidas antes de voltar a falar:

— Você está bem mesmo?

— Ash, se me comprar margaridas em vez de tulipas, vou mentir e dizer que as amo; se comer o último biscoito e deixar o pote vazio, vou mentir e dizer que não estava com fome; se usar meias com sandálias, vou mentir e dizer que não ligo, mas te juro que não estou mentindo sobre isso.

Inclinei-me e beijei seu ombro nu, a pele fria e lisa igual cetim.

— Você está gelado. Volte para a cama.

Ele suspirou e seus ombros se ergueram um pouco como se um grande peso tivesse sido tirado dele.

Ainda estava nu, mas sem nenhuma vergonha de seu corpo. Diferente de mim. Apesar do que tínhamos acabado de fazer, coloquei meu pijama de volta antes de me deitar.

Ele me puxou contra seu corpo, estremecendo um pouco quando nossas pernas se emaranharam e meus pés frios encostaram em suas panturrilhas.

Ele se mexeu, tenso.

— Laney — disse, a voz ainda insegura. — Não usei camisinha.

— Está tudo bem — afirmei, tranquila. — Uso DIU. Não posso engravidar.

Houve uma longa pausa, a noite prolongando o momento.

Então seus braços se apertaram ao meu redor.

— Laney, eu...

Acariciei seus fortes antebraços enquanto me seguravam.

— Não, agora não. De dia é quando vamos resolver as coisas. Agora, na escuridão, nós apenas vamos nos abraçar. Esta noite, vamos acreditar no conto de fadas.

Seus braços relaxaram um pouco e senti seus lábios macios em minha cabeça.

Todas as preocupações, todos os medos foram calados naquele silêncio profundo do quarto da minha tia, numa noite fria de Chicago.

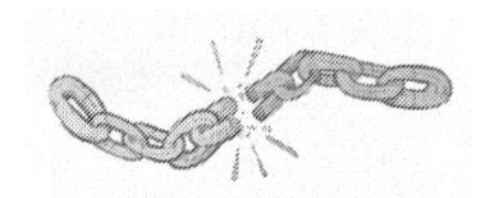

A luz se infiltrava pelas cortinas finas quando acordei. Na hora, tive consciência do grande corpo sólido atrás de mim, até porque Ash estava segurando meu seio e sua ereção pressionava a minha bunda.

O que aconteceu ontem à noite, agora, à luz do dia, parecia estranho.

Estava prestes a tentar deslizar para fora da cama sem acordá-lo, quando os longos dedos flexionaram à medida que ele flutuava em direção ao despertar, apertando meu seio com delicadeza. Ofeguei e ele acariciou meu mamilo intumescido, movendo os quadris em um movimento de vai e vem.

Virei-me em seus braços e, por um instante, suas pálpebras se fecharam e ele soltou um longo suspiro. Ele olhou para cima de novo, observando-me com cuidado enquanto seus dedos deslizavam sob minha camiseta, acariciando a pele macia entre meus seios pequenos, depois, fechou a mão sobre a pele quente.

Um suspiro de prazer se transformou em um gemido de excitação e isso acendeu um fogo em Ash.

— A noite passada foi muito rápida — murmurou, a voz rouca no meu ouvido. — Quero fazer amor com minha esposa.

ASH

Nunca usei uma mulher como usei Laney na noite anterior e me sentia envergonhado. Tinha sido só sexo, para provar a mim mesmo que eu não era o que o desgraçado havia tentado fazer de mim. Não era a puta de ninguém. Preferia morrer. E quero dizer isso do jeito literal mesmo, a ponto de colocar uma arma na cabeça e puxar a porra do gatilho.

Mas mesmo em meu estado meio desperto e meio sonhando, não foi o violento choque do extravasamento físico urgente e impensado que tive com Yveta: era mais. Eu só não sabia porquê ou a intensidade. Não fazia sentido, mas, ao mesmo tempo, sim. Não éramos iguais, mas éramos. Não estávamos apaixonados, mas éramos casados.

Eu a respeitava, admirava e ela merecia mais do que uma explosão acalorada no escuro no final de um pesadelo. E se tudo que tivesse para dar a ela fosse um corpo quente com o coração congelado, então faria o melhor possível.

Beijei seu ombro e braço, virando-a para que se deitasse, olhando para mim. A surpresa se transformou em desejo, tornando seus olhos turvos, e ela segurou a minha mão e a apertou entre suas pernas. Seus olhos acinzentados se conectaram aos meus enquanto minha mão escorregava para baixo. Meus dedos encontraram o tecido macio e já úmido entre suas coxas.

— Por favor — sussurrou, a voz suave e aflita.

— Linda esposa, do que você gosta? — perguntei, beijando seu pescoço conforme suas costas arqueavam, pressionando seus seios cobertos contra meu peito nu.

Fiz uma pausa, encontrando seu olhar, vendo um leve rubor de embaraço.

Ela riu um pouco sem graça.

— Apenas as coisas normais, sabe?

— Hmm, bem, esta manhã farei do seu corpo o nosso *playground*, tá? Me interrompa se houver algo de que não goste. — Eu estava falando sério agora. — Não tenho nada mais a oferecer. Tudo o que tenho é o meu corpo. Gosto de foder. Sou bom nisso. A noite passada não foi... Eu quero fazer você se sentir bem.

E é tudo o que tenho a oferecer. Porque o sexo faz a gente se sentir vivo. Porque você é tão sexy e nem sabe disso, porque é deslumbrante, tão corajosa e porque sei que seremos incríveis juntos.

— Isto é para você, Laney.

— Gostei da massagem que você me fez — confessou, sorrindo, com as bochechas rosadas.

— Mas te deu sono — argumentei, confuso.

— Não antes de me excitar. — Ela sorriu com um brilho nos olhos.

Lembrei-me de como aquela noite tinha acabado, com ela testemunhando o momento em que me masturbei.

Sorrindo, eu a despi devagar – roupas demais para o que queria fazer. Então a rolei de bruços, despejando seu hidratante favorito nas mãos, aquecendo-o antes de colocar uma gota em cada sarda em suas costas.

— O que está fazendo? — perguntou, tentando ver por cima do ombro.

— Brincando — respondi. — Juntando os pontos. Fico pensando que imagem daria. Hmm, parece uma mulher sexy.

Ela deu uma risada rouca que fez meu pau estremecer. O cretino ganancioso teria que esperar – isso era para Laney.

Embora, por mais infantil que pareça, não pude resistir a usar o hidratante para escrever "Sra. Novak" nas costas dela. Depois comecei por seus ombros, alisando os músculos tensos conforme ela gemia e grunhia. Meu pau estava dificultando a concentração, um terceiro convidado da festa, esfregando-se em suas costas, arrastando o creme ao mesmo tempo em que trabalhava seus músculos.

Peguei o caminho mais fácil e me levantei, pressionando os polegares em suas solas dos pés. Mas mesmo ali, os ruídos que ela fazia, o cheiro quente de sua pele, estava me levando a um novo nível de loucura. Olhei para o meu pau, nada surpreso ao ver a gota vazando. Fechei os olhos, tentando ignorar a maneira como minhas bolas estavam apertando e implorando para gozar.

Meus polegares cravaram na parte de trás de suas panturrilhas. Ela gemeu de novo e meu pau estremeceu, solidário.

Sua bundinha empinada me fez perder o controle. Essa bunda macia era mais do que um homem de carne e osso poderia aguentar.

Puxei seus quadris para cima, esquecendo de avisá-la, e ela plantou o rosto no travesseiro. Suas palavras abafadas mal me fizeram parar conforme empurrei a ponta do dedo mindinho em seu pequeno buraco enrugado.

— Não faço isso! — bufou, as bochechas em chamas quando puxou o travesseiro do rosto e olhou para mim.

Deslizei o dedo para dentro e para fora devagar, erguendo uma sobrancelha quando sua boca abriu e seus lábios formaram um suave "Oh!".

— Só estou brincando, minha esposa — brinquei, inclinando-me para beijar sua nuca.

Não conseguia parar de querer repetir isso: *minha esposa.* As palavras me intrigaram, como um novo brinquedo que veio sem manual.

— Bem, *meu marido* — ela disse, com um toque de firmeza na voz. — Você não vai ter sexo anal: isso aí serve apenas pra saída! Está claro?

Eu ri, provocando meu dedo um pouco mais fundo e circulando seu clitóris ao mesmo tempo.

Meu marido – ainda mais intrigante.

— Muito claro, meu amor. Estou só brincando. Não é bom?

— Sim, muito — suspirou. — Mas não estou...

Deslizei o dedo indicador em sua boceta molhada e suas palavras sumiram. Suas costas arquearam e ela jogou o cabelo loiro cor de mel sobre os ombros, empurrando a bunda contra minha mão para que meu dedo afundasse ainda mais.

Dava para sentir o cheiro de almíscar no ar enquanto sua excitação e a minha aumentavam a temperatura no quarto frio.

Havia muito mais que eu queria fazer, para agradá-la, para dar prazer a ela.

Deslizei na cama e a lambi por trás. Um suspiro agudo esboçou sua surpresa, e provei sua doce boceta pela primeira vez, mergulhando a língua dentro, circulando seu clitóris.

Ela nos surpreendeu ao gozar na mesma hora, seu corpo pequeno tremendo, os olhos bem fechados.

Desabou sobre a barriga, a respiração pesada, então deu uma risadinha – um som lindo.

— Isso foi... inesperado!

Eu me estiquei ao lado dela, puxando seu corpo aquecido contra o meu e deixando meus lábios vagarem atrás de sua orelha.

Mesmo que meu pau estivesse duro nos últimos trinta minutos, fiquei contente em descansar ao lado dela, puxando a colcha sobre nossos corpos frios.

Estava quase dormindo quando senti seus lábios quentes e úmidos se fecharem sobre a cabeça do meu pau.

— Não!

Empurrei seus ombros com força, jogando-a para trás.

Da felicidade pacífica, eu estava, de repente, de volta ao banheiro de Las Vegas, Sergei de joelhos tentando acordar meu pau flácido, Oleg segurando meus braços.

Afastei a escuridão, puxando-me em direção à luz – e me virei e vi o rosto assustado de Laney.

— Laylay, eu...

Horror, o terror pelo que fiz, do que quase fiz, o que foi feito comigo – eu vomitei. Laney saltou da cama, conseguindo pegar uma pequena lata de lixo bem a tempo. Segurei o metal frio e esvaziei o estômago. De novo e de novo.

Estava apenas vagamente ciente de que ela havia saído do quarto, mas depois senti uma toalha fria contra a testa febril, o rosto e boca.

— Está tudo bem — sussurrou. — Desculpa. Por favor.

Tentei sacudir a cabeça porque ela não tinha do que se desculpar. Era tudo comigo – eu era o fodido. Ela não. Ela jamais.

Deitei-me na cama, exausto e deprimido. Eu só queria agradá-la, me sentir normal, e agora tudo estava mil vezes pior.

Mas ela não saiu do quarto com o desgosto silencioso como imaginei. Não, ela puxou a colcha sobre nós, descansando a cabeça no meu braço e acariciando meu peito devagar.

— Não, é minha culpa — ela disse, calma. — Devia ter pensado melhor antes de pegar você de surpresa. Eu *devia* ter imaginado; não vai acontecer de novo, Ash.

Afundei ainda mais na nuvem negra que sempre pairava por perto. Um homem deveria ser capaz de ter uma bela mulher fazendo um boquete sem surtar. Joguei o braço sobre o rosto, humilhado outra vez.

A tortura em minha mente era muito pior do que a dor física. Minha armadura se foi, com os nervos a mil, a pele em carne viva.

Senti os dedos suaves de Laney puxando meu pulso.

— Eu sei o que está fazendo — disse ela. — Está se culpando. Não faça isso. Só temos que melhorar nossa comunicação. — Ela fez uma pausa. — Agora que estamos casados.

Eu a deixei abaixar o meu braço de lado e a vi sorrindo para mim, cautelosa.

Não consegui reunir energia para retribuir seu sorriso. Em vez disso, fechei os olhos, deixando a frustração tomar conta de mim.

— Por que está fazendo isso, Laney? Desde que me conheceu, tudo deu errado para você.

Ela parou, como se estivesse pensando, em busca da verdade.

— Não, é só a vida — disse, sem cerimônia. — E ter você em minha vida, deixou tudo melhor. Eu sei que não faz parte do plano, mas não consigo evitar.

O plano. O grande plano. Casado por causa de um pedaço de papel, vivendo juntos por conveniência. Cristo, eu era um idiota.

Suspirei, pego pela grande mentira.

— Meu corpo sabia que eu queria você antes do meu cérebro. Fiquei entorpecido por tanto tempo, você me trouxe de volta à vida. Você me salvou várias vezes.

Ela sorriu.

— Fizemos tudo ao contrário: nos conhecemos, nos casamos, fizemos sexo. Essa é a nossa história, Ash. Desisti de tentar entender.

Ela beijou meu peito, seus lábios suaves e quentes, e meu vergonhoso corpo reagiu de novo. E, desta vez, precisava tê-la. Foi quando qualquer aparência de gentileza, de sutileza, desapareceu.

Nossos olhos se encontraram e ela se lançou sobre mim, beijando-me com força.

Por meio segundo, fiquei chocado demais para reagir. E então fui para cima.

Pensava em beijá-la a cada hora de cada dia desde o nosso casamento, há quase três semanas. Aquele foi um beijo gostoso demais, porra, senti a paixão dentro dela, mas não achei que ela realmente me quisesse. Eu a peguei me olhando, só que era tudo o que ela fazia. E depois dos ensaios naquele outro dia, com a desculpa de que Sarah e as meninas estavam vendo, fiz o que queria desde então; peguei o que precisava.

Mesmo quando as unhas dela cravaram em meu couro cabeludo e meu pau endureceu, fiquei pensando, *"Esta é a minha esposa! Estou beijando minha esposa!"*

Foi difícil, mas não rápido. Foi intenso, mas não febril. Eram as minhas bolas batendo contra sua bunda conforme ela se agarrava ao meu corpo, suas pernas presas à minha cintura. Era eu dentro dela, e ela ao meu redor.

E quando gozamos, parecia que significava algo.

Ficamos deitados de costas respirando com dificuldade, seu peito corado pela excitação, seu pescoço e queixo vermelhos por causa da minha barba.

Então ela se virou para olhar para mim.

— Ash — disse, baixinho, acariciando meu peito com os dedos.

Sabia que ela podia sentir meu coração batendo forte, e não por causa do sexo que havíamos acabado de fazer. Ela me pegou desprevenido e sabia disso.

— Está tudo bem. Você está seguro. — Ela fez uma pausa. — Pode me contar o que estava sonhando noite passada... e antes?

Lancei a ela um olhar sério, recusando-me a ceder.

— Por que quer saber?

— Porque quero saber tudo sobre você, o bom e o ruim.

Neguei com a cabeça.

— Não.

— Por que não?

Suspirei e encarei o teto, esperando que as palavras certas surgissem em um passe de mágica. Olhei ao redor até encontrar seus olhos.

— Você vai me olhar de forma diferente.

— Não vou — negou, gentil.

— Vai. Claro que vai. Deveria. Não gosto de pensar nisso, nunca. Não quero que você tenha essa merda dentro da sua cabeça.

Eu me levantei de uma vez e comecei a andar no espaço minúsculo, sentindo-me enjaulado.

Era assim que eu lidava quando estava chateado ou com raiva – meu corpo precisava de movimento. Mas mostrar a ela como eu realmente era revirado por dentro... era como se eu estivesse partindo seu coração.

— Ei — chamou, baixinho, estendendo a mão para mim.

Parei de andar e me virei para olhar para ela, torcendo para que não visse o desespero sombrio, a angústia, o nojo.

Peguei a mão dela, segurando-a suavemente. Os nós de seus dedos estavam um pouco inflamados hoje e sua pele estava quente ao toque. Apesar do sexo que fizemos antes, senti a necessidade de tratá-la como se fosse delicada, preciosa... e quando olhei para ela, queria que visse que era bonita e desejável.

Seu rosto ficou vermelho.

— Você é a pessoa mais forte que já conheci — falou, olhando no fundo dos meus olhos. — Você é — continuou ao me ver negar veemente com a cabeça. — Você sobreviveu a muita coisa e nunca parou de lutar. — Ela se endireitou. — O que quer que tenha feito, foi porque precisava fazer.

Não conseguia encará-la.

E afastei meu olhar, envergonhado.

Lentamente, ela levou a mão ao meu rosto, fazendo com que me virasse em sua direção, desejando que visse em seus olhos a confiança que ela sentia.

Foi um momento suspenso no tempo.

Fiquei surpreso quando ela se abaixou e remexeu embaixo da cama, procurando por algo. Então colocou uma pequena caixa de joias na colcha ao meu lado.

— Feliz dia de Ação de Graças — disse, baixinho.

— Ah, merda. Você troca presentes no dia de Ação de Graças? Desculpe, eu não sabia.

— Normalmente não, mas... bem, você comprou minha aliança, então pensei em comprar algo pra você, bem, espero que goste.

Abri a caixa e encarei uma corrente prateada com uma medalha de São Cristóvão, semelhante à que eu havia perdido.

— O santo padroeiro dos viajantes — disse, tirando-a da caixa e prendendo-a no meu pescoço. — E você viajou tanto, Ash.

Eu não tinha palavras, então a beijei, mostrando com minhas mãos e com meu corpo o quanto isso significava para mim.

Segurei seu rosto entre minhas mãos, deslizando em seguida em uma carícia pelo seu pescoço, sentindo a pulsação sob meus dedos. Continuei percorrendo seus ombros, braços, cintura, quadris, puxando-a contra minha nova ereção.

Ela riu baixo contra a minha pele, os lábios quentes roçando meu peito, gentilmente me afastando, corada, sem fôlego.

Relutante, deitei-me e ela começou a traçar os dedos em torno das minhas tatuagens.

— Você nunca me disse o que tudo isso significava. O que quer dizer?

Não precisei olhar para saber do que ela estava falando.

— É servo-croata, escrito em cirílico. Meu avô era sérvio. Diz “nascido para dançar”.

Ela riu.

— Claro que sim. Quando fez?

— Eu tinha 16 anos. Foi minha primeira tatuagem, é ilegal se tiver menos de 18 anos. Mas mamãe tinha morrido alguns meses antes e eu estava enchendo o saco do cara do estúdio para fazer em mim. Quando ele viu que eu não desistiria, acabou cedendo.

Ela acenou com a cabeça, compreendendo, e deixou seus dedos deslizarem sobre meu ombro e o resto do desenho.

— E seu pai odiava.
— Sim.
Ela hesitou na próxima pergunta:
— Você falou com ele desde que... desde que tudo aconteceu?
Neguei com veemência.
— Não, e nem vou.
Ela franziu o cenho.
— Mas família é importante.
— Minha mãe era importante. Não dou a mínima para ele.
— Por quê? O que ele fez?
Suspirei.
— Odeio falar dele.
— Ash, depois de tudo o que passamos, não pode me dizer?
Ela parecia magoada.
— Não é isso.
— Então é o quê?
— Ele é apenas um idiota. Nunca me quis por perto. Meus pais se casaram seis meses antes de eu nascer.
— Ah.
— Sim. Ele deixou claro que eu era um erro. Não tenho lembranças dele sorrindo ou rindo conosco. Quando estava com os amigos, sim, mas não com a gente. Acho que ele não queria ser pai.
— E a dança?
— Foi ideia da mamãe. Ela adorava dançar, então me mandou para as aulas quando eu era pequeno. Meu pai ficou zangado quando soube o que ela tinha feito. Ele pensou que ia me cansar disso. — Dei a Laney um pequeno sorriso. — Ainda está esperando.
— Certamente ficou orgulhoso quando se saiu tão bem nas competições?
— Não, era constrangedor para ele quando meu nome saía no jornal. Seus amigos diziam que eu era gay. Era só mais um motivo para ele me odiar. Não era tão ruim quando mamãe estava viva, mas depois...
Eu me estiquei na cama e fechei os olhos, sorrindo ao sentir o beijo suave de Laney em meu peito.
— Ele achou que podia me fazer desistir e me mandou trabalhar em sua empresa de construção. "Você mora nesta casa e come da minha comida", foi o que ele disse. Quando não aguentei mais, me mudei.
Os dedos de Laney acariciaram minha barriga.
— É ele quem perde — ela disse, baixinho.
Mas agora, eu podia ouvir o som de vozes e sabia que todos estavam acordados. Significava que nosso momento neste casulo de sentimento havia acabado.

Laney também sabia e se sentou.

— Você pode me contar sobre o resto outra hora. — Ela sorriu. — Agora, vou verificar se o banheiro está vazio. Eu te chamaria para vir comigo, mas o banheiro de hóspedes da tia Lydia é muito pequeno, infelizmente.

Ela sorriu para mim e saiu.

Minha cabeça girou com novos pensamentos.

O impulso urgente e necessário de ontem à noite e dessa manhã. Isso, com Laney, me transformou em um homem diferente desde que entrei em nosso quarto emprestado.

Eu tinha 23 anos e vivi três vidas: antes de vir para os Estados Unidos, Las Vegas, e então o recomeço da minha vida com Laney. Cada um deles me esculpiu e me transformou.

Só não tinha certeza se era para melhor.

LANEY

Cada nova peça do quebra-cabeça construía uma imagem mais clara.

O que quer que tenha acontecido com Ash em Las Vegas foi mais do que imaginei. Mas com o que vi, eu teria que adivinhar a agressão sexual associada à surra, embora ele negasse ter sido estuprado. *Graças a Deus.* Isso explicaria por que Angie e meu pai haviam se referido a Ash como alguém "destruído". A reação dele, o fracasso épico quando tentei lhe fazer um boquete era prova disso. Mas, pensando bem, a maneira como dizimou aqueles homens fora do teatro, o catalisador foi o grito de um deles: "Chupa o meu pau".

Assustei-me ao vê-lo tão, tão *desumano*, por falta de uma palavra melhor.

Uma parte minha precisava saber a verdade porque prevenção é prevenção, mas outra parte não queria viver com o horror dentro de mim. Talvez isso tenha me tornado uma covarde, não sei. Porém Ash também não queria me dizer, ou melhor, não queria que eu soubesse. Também explicaria por que era tão indiferente a Angie, por que relutava em ser amigável com ela. *Ela sabia.*

Devo dizer que as últimas 24 horas foram uma revelação.

E Collin, que nunca mostrou nada próximo de paixão nos dez anos em que estivemos juntos, dirigiu até a casa dos meus tios para me confrontar com a verdade. A culpa me atormentava. Devíamos ter terminado as coisas anos atrás.

E agora havia Ash. Por mais confuso que fosse, eu sabia que não havia maneira de prever o futuro, e ainda não tinha lidado com meu passado – precisava conversar com Collin.

Tomei um banho rápido, ciente de que uma fila de pessoas aguardava para usá-lo, e voltei para o quarto, desejando que esta velha casa de interior tivesse um aquecimento melhor. Embora Ash estivesse fazendo um bom trabalho em me manter aquecida.

Ele puxou tanto a colcha que tudo que dava para ver era um tufo de seu cabelo escuro saindo do topo.

Decidi deixá-lo dormir. Com ensaios seis dias por semana para *"Broadway Revisited"*, ele só tinha a chance de dormir até tarde aos domingos, e não era fácil quando sua cama ficava na minha sala. Não que ele tenha dormido bem de qualquer maneira. E parecia cansado antes do desastre de ontem e das revelações desta manhã.

Vesti uma calça jeans e uma regata, feliz por ter trazido o suéter novo que mamãe fez para mim há três anos, sorrindo com a expressão assustada do peru bordado.

Meias grossas e um par de chinelos de tia Lydia completavam meu conjunto estiloso. Minha família não se arrumava para o dia de Ação de Graças – isso era reservado para a missa à meia-noite, no Natal.

Desci as escadas, encontrando minha irmã Berenice, seu filho agarrado a ela como um bebê urso.

— Feliz dia de Ação de Graças, irmã. Marie, diga oi para a tia Laney!

A menina se contorceu, então gritou igual a uma sirene estridente quando viu o gato Mittens. Berenice a colocou no chão com uma careta, depois sorriu ao ver as pernas rechonchudas de minha sobrinha perseguindo o pobre animal.

— Desculpa — disse ela. — Estamos trabalhando em sua "voz interna", mas é um trabalho em andamento, obviamente.

— Obviamente. — Eu ri.

— Você parece feliz — comentou, erguendo uma sobrancelha. — Nada a ver com aquele marido misterioso incrivelmente gostoso com quem você transou a manhã toda.

Foi automático abrir a boca para negar quando o sangue correu para minhas bochechas.

Berenice riu alto.

— Você tinha que ver sua cara. Estou com ciúme, é claro. Uma criança pequena na sala definitivamente limita o nosso estilo. Mas aqui vai uma dica, de irmã para irmã: pelo bem da minha sanidade e do meu casamento, por favor, afaste a cabeceira da parede.

Ela piscou para mim conforme eu procurava um buraco conveniente para me enfiar.

Já devia estar acostumada com isso – raramente havia privacidade em uma família grande. Foi uma das razões pelas quais comprei meu próprio apartamento assim que pude. Mas porque tudo com Ash era tão novo, tão imaturo, era constrangedor pensar que tínhamos sido ouvidos.

A cozinha estava maravilhosamente quente e cheia de aromas deliciosos, com o enorme peru já no forno.

E, para minha sorte, meus pais, tias e tios estavam sentados ao redor da mesa. Era óbvio que estavam falando sobre mim porque a conversa acabou assim que entrei.

Peguei um pedaço de torrada de uma pilha e comecei a espalhar manteiga grossa e cremosa. Eu tinha 29 anos e ganhava meu sustento – não precisava da aprovação deles.

— Feliz dia de Ação de Graças! — cumprimentei animada.

— Feliz dia de Ação de Graças, amorzinho — disse papai com carinho.

— Onde está o seu, hum, marido? — perguntou a mãe. — Ah, meu Deus, é tão estranho dizer isso!

Somos duas que acham isso estranho, mãe.

— Ele está dormindo. Ele tem ensaiado de segunda a sábado há um mês, e por muitas horas, também. A estreia será em uma semana.

— Seremos convidados *desta* vez? — perguntou mamãe friamente. — Ou é uma estreia *secreta*?

Amava minha mãe, mas ela tinha a capacidade de me fazer sentir péssima sem dizer uma única palavra. Exceto que desta vez, ela tinha muito a dizer.

— Bem — respondi com cuidado. — Ash ganhará quatro ingressos para a família e amigos, mas está um pouco decepcionado com o espetáculo. — Suspirei. — Ele acha que não vai dar certo, então talvez você não queira...

— Nós iremos! — disse mamãe, enfática. — Já assisti a 22 anos de peças e apresentações na escola, certamente não vou perder isso. Se eu for convidada, é claro.

Segurei um suspiro.

— Você está convidada. Você também, pai. Alguém mais quer ir?

Por fim, o ingresso sobressalente ficou para Berenice, embora mamãe tenha declarado que todas as minhas irmãs também gostariam de ir. Não sabia como Ash se sentiria a respeito disso, mas não havia muito que eu pudesse fazer. E meio que adorei que minha família estivesse tentando encontrar uma maneira de apoiá-lo – apoiar a nós.

— Ótimo, está decidido — disse a mãe. — Agora, preciso ligar para o padre Michael sobre os arranjos... bem, não sei como se chamaria... algum tipo de bênção. Qual é a religião de Ash, se é que ele tem uma?

— Bridget — papai repreendeu gentilmente.

— Não, Brian, é importante. Não sei por que Laney decidiu fugir para ter um casamento secreto, mas como mãe dela, o mínimo que posso fazer é garantir que ela receba a benção, seja qual for o marido com quem seja casada.

Todo mundo estremeceu, e eu olhei para minha mãe.

— Mãe, pare! Estamos felizes assim. Não queremos festança – foi por isso que fizemos desse jeito.

O que não era uma completa mentira.

Ela mudou de tática abruptamente.

— Padre Michael ficará tão desapontado que não saberei o que dizer ao pobre homem. Ele te batizou e foi com ele que fez a sua primeira comunhão; ele oficializou todos os casamentos de suas irmãs. Só porque escolheu não se casar no religioso, não vejo por quê...

— Não é assim.

Sabia que não deveria ter dito isso, mas mamãe se iluminou na hora.

— Ash é católico?

— Sim — eu suspirei. — Mas ainda não significa que nós...

Por cima do ombro de papai, vi Collin entrar, parecendo cansado com os olhos vermelhos e a pele corada sob a barba pálida.

Todos pararam de falar, até mesmo minha mãe, e o dia se tornou oficialmente o pior começo de Ação de Graças de todos os tempos.

— Oi, Collin — disse, calma. — Quer um pouco de café?

Ele acenou com a cabeça e limpou a garganta.

— Seria ótimo. Obrigado.

Servi uma caneca para ele e sugeri que bebesse na varanda coberta. Estava frio lá fora, mas pelo menos teríamos um pouco de privacidade.

Passei para ele um dos casacos do meu tio e me enrolei em uma colcha grossa.

— Como está se sentindo? — perguntei, enquanto ele bebia seu café.

Ele pensou nisso por alguns momentos.

— Não sei, Laney. Confuso, eu acho. Por que fez isso? Por que se casou com ele e não comigo?

Decidi abrir o jogo. Eu devia isso a ele.

— Desisti de pensar que nos casaríamos há muito tempo, Collin. Acabei presumindo que não era o que você queria e estava feliz morando no meu apartamento. Você nunca mencionou casamento.

— Depois de dez anos, pensei que era desnecessário dizer!

— Mas não era.

— Mas você se casou com *ele*. Pelas minhas costas. Quando ainda estávamos namorando!

Ele balançou a cabeça, descrente, e eu me senti envergonhada.

— Aconteceu de repente — tentei explicar. — Ele precisava de um *Green Card* para poder manter o emprego. Dançar é importante para ele, e depois de tudo que passou, eu queria ajudar.

— E tudo o que *nós* passamos? — perguntou, a voz aumentando o tom. — Dez anos, Laney! Dez anos! Dez anos administrando seus surtos e...

— Collin — suspirei. — Você sempre me viu como um problema a ser resolvido, ainda me vê desse jeito, e não funciona assim. Não vou me recuperar. É algo com o qual vivo. A cada surto que acaba, eventualmente, outros virão. Não consigo me concentrar no que a dor está tirando de mim, tenho que me concentrar no que posso fazer, no que farei. E... Não quero ser sua obrigação.

Ele ficou em silêncio por um momento.

— Mas admite que ele se casou com você para conseguir um *Green Card*?

— Ash é meu amigo. Eu me preocupo com ele, muito. Mas quando sugeri que se casasse comigo...

Collin pareceu atordoado.

— Foi ideia *sua*?

— Bem, sim — admiti, com a voz fraca.

— Uau — disse. — Não posso acreditar nisso.

— Você e eu já estávamos no limite — falei, cuidadosamente. — Nós terminamos uma vez e teria acontecido de novo.

— Por causa dele!

— Não — retruquei calma. — Por causa de nós.

Ele pensou nisso por um instante e não discutiu.

— Você ia me contar?

Hesitei.

— Não, não do casamento — admiti. — Não íamos contar a ninguém. Mas sobre você e eu, sim. Assim que tivesse a chance de conversar com você cara a cara, que foi o que aconteceu.

Ele estremeceu quando eu disse “nós”, referindo-me a mim e Ash, mas ainda parecia irritado. Não que eu o culpasse.

— Sua família parece pensar que esse casamento falso é real — comentou, amargo.

Fiquei olhando para a geada cobrindo os campos e celeiros; tudo parecia tão puro, tão simples.

— Bem — falei com cautela. — Passei a ter sentimentos por Ash e acredito que ele sente o mesmo.

Collin riu com raiva.

— Você é tão ingênua assim? Ele está dizendo exatamente o que você quer ouvir. Assim que ele tirar o *Green Card*, irá embora.

— Essa é a sua opinião — respondi firme. — Lamento que tenha descoberto dessa maneira. Você não merecia isso.

— Não, não merecia.

Ficamos sentados em silêncio enquanto ele bebia seu café.

— Tenho mais uma pergunta — disse, franzindo a testa para a caneca.

— Vá em frente.

— Está dormindo com ele?

Olhei nos olhos dele enquanto respondia.

— Eu juro, nunca te traí.

Deu para perceber que ele não acreditou em mim, mas não havia nada que pudesse fazer. Já fiz tudo que podia.

A porta atrás de nós se abriu e Ash apareceu, parou com os braços cruzados, rosto franzido enquanto nos encarava.

Collin se levantou abruptamente e passou esbarrando em Ash ao voltar para a cozinha.

— Babaca — murmurou enquanto passava.

— Panaca — respondeu Ash, sem pestanejar.

O forte cheiro de testosterona pairava no ar.

CAPÍTULO DEZESSEIS

LANEY

Voltamos para a cidade depois do jantar. Meus pais ficaram desapontados por não ficarmos mais tempo, mas Ash e eu realmente precisávamos de um pouco de privacidade para conversar sobre o que tinha acontecido na noite passada.

Além disso, não estava confortável com a ideia de fazer sexo com ele de novo enquanto minha família estava sob o mesmo teto. Eu nem sabia se era algo que aconteceria de novo.

E não seria uma pena caso não acontecesse? Porque foi o melhor sexo de toda a minha vida.

Conforme dirigia pelas ruas escuras em direção à rodovia, as perguntas encheram minha cabeça. Estávamos juntos ou não? Ele deveria voltar a dormir no sofá? Será que ele cogitou em dormir na minha cama? Eu queria isso?

Bem, pelo menos eu sabia a resposta para a última.

Quando finalmente fechamos a porta da frente do meu... do nosso apartamento... Minha cabeça latejava e foi um alívio estar em casa.

Desabei no sofá, agradecida por deixar Ash carregar nossa bagagem e abastecer a geladeira com todas as sobras de comida que mamãe insistiu que trouxéssemos conosco.

Ele roubou meu iPhone da bolsa e a melodia suave do novo álbum de Adele saiu pelos alto-falantes.

Ouvi Ash se mexendo na cozinha, enchendo a chaleira com água, colocando-a para ferver, e logo o aroma de chá de camomila encheu a sala.

Abri um olho quando ele tirou minhas botas e começou a massagear meus pés doloridos.

— Isso é bom — gemi quando afundou os polegares no arco do meu pé esquerdo.

Ele não respondeu, cantarolando junto com a música, seus lábios se movendo sem que proferisse som algum.

Seus dedos deslizaram até meus tornozelos, massageando meticulosamente. Ele não podia subir mais porque eu estava usando calça. Eu deveria optar por saias no futuro.

Deixei escapar os pensamentos que se passavam em minha cabeça.

— O que acontece agora, Ash?

Ele ergueu as sobrancelhas e olhou para mim, as mãos ainda se movendo ritmicamente.

— O que você quiser, Laney.

Franzi o cenho, frustrada por ele não ter me dado uma resposta verdadeira.

— Só quero saber em que pé estamos.

Ele suspirou e se sentou nos calcanhares.

— Não sei — disse ele, com simplicidade.

Teria que soletrar. Eu me preparei para a conversa.

— Estamos juntos, Ash?

Sua testa se enrugou.

— Somos casados — respondeu, como se isso explicasse tudo.

Para outras pessoas, talvez, mas não para nós.

— Nós nos casamos para você poder conseguir o *Green Card* — expliquei, o mais pacientemente possível. — Mas... ontem à noite e, hum, esta manhã, nós transamos.

Ele sorriu para mim, seus olhos brilhando com pensamentos lascivos.

— Sim.

Sacudi a cabeça, frustrada.

— Não durmo com as pessoas assim!

Sua expressão repentina e irritada combinou com a minha.

— Sou seu marido!

— No papel! — soltei. — Não é sério.

Ele se levantou abruptamente, as narinas dilatadas pela raiva.

— Não sei o que você quer!

Respirei fundo, forçando-me a manter a calma.

— Precisamos definir algumas regras — falei, com firmeza.

Ash gesticulou de forma teatral.

— Quais são essas regras? — perguntou, a voz cheia de desdém.

— Bem — respondi, pensando em meus pés. — Você vai... Vamos fazer sexo de novo?

Ele piscou, surpresa substituindo a raiva.

— Claro. — Então seu rosto se anuviou. — Você não quer?

Quase ri. Que comédia de erros. Tinha que tentar lutar com minhas emoções turbulentas com certa ordem e tranquilidade, ou nunca chegaríamos a lugar nenhum. Muito menos para o quarto.

— Ash, venha, sente-se ao meu lado — pedi em um tom calmo, dando um tapinha no sofá.

Ele se sentou, tenso, exalando relutância.

— O que estou dizendo é... Se seu pau estiver em algum tipo de concurso de popularidade, não estou interessada em competir. Ou sequer dividir.

Ash recuou espantado.

Ops, pode ter sido um pouco mais rude do que o necessário.

— Não há mais ninguém!

— Nem mesmo a mulher com quem passa as noites? Ou eram mulheres?

Ash estava atordoado.

— Que mulher? Não tem mulher nenhuma!

— Ash, eu vi! As marcas de unhas no seu peito... e todas aquelas noites em que você não ficou em casa.

Seus lábios se curvaram.

— E por acaso eu deveria ter ficado aqui enquanto você transava com o panaca?

Ah, isso não estava indo bem.

— Não, claro que não. Eu...

— Ouvir você com ele me deixou com o estômago revirando — disse com raiva. — Não podia mais ficar aqui.

— Então... onde você foi?

— No bar.

— Oh!

Ele ergueu uma sobrancelha, desafiando.

— Então... não estava com... mulheres?

— Não.

— Mas seu peito arranhado? Eu vi!

Ele suspirou e olhou para baixo.

— Eu queria. Você estava com o panaca, então quis transar com alguém. Encontrei uma mulher, mas quando ela... me arranhou... Não consegui. Eu não estava tão a fim mesmo.

A expressão em seu rosto era sombria, e percebi como isso deve tê-lo afetado – ser *marcado* por outra pessoa. Meu coração apertou dolorosamente.

Tentei de novo.

— Estamos em uma situação bastante única — comecei, extremamente compreensiva. — E não tenho certeza do que está acontecendo conosco. Porém... Não posso dormir com... Não posso fazer sexo contigo se você transar com outras pessoas. Sei que não estamos juntos no sentido tradicional, ou em qualquer sentido, na verdade, mas...

Seu rosto relaxou e ele segurou a minha mão entre as suas.

— Você se casou comigo para me ajudar, eu sei disso. Mas acho que há algo mais, certo?

— Bem, sim.

Ele acariciou meu rosto com os dedos gentis.

— Não quero mais ninguém, Laylay. Minha esposa. Você quer?

— Não, não quero. Então... estamos juntos? De verdade?

Tive um momento de dúvida ao fazer esta pergunta. Pedir a Ash para viver comigo em meu mundo, seria um fardo sem fim. Queria pegar as palavras de volta e enterrá-las em algum lugar profundo.

Mas, em vez disso, Ash ergueu minha mão e a segurou contra o peito.

— De verdade.

Avaliei sua expressão, tentando entender o que se passava em sua cabeça. Foi agridoce. Ash me escolheu, eliminando outras possibilidades.

— Espero que nunca se arrependa de sua escolha — confessei, minha voz falhando. — E se parar de me querer porque meu corpo é débil desse jeito?

A raiva brilhou em seus olhos.

— E se? É tudo o sempre diz! Você se esconde atrás disso como um escudo. E se estiver em uma cadeira de rodas! E se andar igual a uma velha!

— Seu cretino!

— Sou cretino porque faço você enxergar a verdade? Eu não me importo com essas coisas! Você é meu raio de sol!

Minha família e Collin me protegeram de muitos dos altos e baixos da vida. Mas com Ash, cada extremo faria parte de nossas vidas.

Juntos.

Suspirei e me inclinei contra ele.

— Leve-me para a cama, Ash.

Seus olhos brilhavam, a paixão ardente cintilando. Então abaixou a cabeça e beijou as costas da minha mão.

Foi um gesto meigo e à moda antiga, totalmente em desacordo com a luxúria que vi quando seus olhos passearam pelo meu corpo, aparentemente incapaz de escolher entre os seios ou lábios.

Ajudei a decidir ao cruzar os braços ao redor dele e puxando sua cabeça para baixo para que eu pudesse pressionar os lábios contra os dele.

Ele abriu a boca, e começou a me dar o beijo mais excitante, lento e tentador que já dei na vida. Dizia que estava no controle e que me beijaria do jeito que ele bem queria.

O Ash brincalhão, sério, ou o sedutor – não dava para escolher, mas definitivamente, o Ash sensual estava se mostrando meu favorito.

Seus quadris se moviam em um ritmo lento que poderia tanto ser um movimento de dança, quanto a demonstração óbvia do que pretendia fazer. Massageei a protuberância crescente em sua calça jeans, sentindo o calor que ele exalava.

Um arrepio percorreu seu corpo e ele se apertou com mais força contra minha mão. Não via a hora de estar pele a pele.

Desabotoei sua camisa de um jeito desajeitado, meus dedos nada "hábeis" tentando alcançar sua pele nua. Ele riu contra os meus lábios e ergueu os braços para que eu pudesse passar o tecido por sua cabeça.

Pele cálida como seda, lisa e macia, cobrindo músculos rígidos... Arrastei os dedos pelos planos e ondulações de seu peito e abdômen, depois estremeceram sobre os vergões e cicatrizes em suas costas.

Ele grunhiu de alívio quando abri o zíper de sua calça. Seu pênis estava pressionando com tanta força contra a costura que fiquei preocupada pensando que teria uma marca permanente.

Tirei suas roupas, desejando poder dar um beijo na cabeça brilhante conforme minhas mãos deslizavam para baixo. Mas não fiz isso. Talvez um dia chegaríamos lá, mas tínhamos todo o tempo do mundo. Que pensamento maravilhoso.

Ash tirou os sapatos e se livrou do resto de suas roupas antes de me rondar. Seus olhos diziam, *nua agora!* Os meus responderam, *tire minhas roupas.*

Ele me ergueu tão rápido que meu estômago embrulhou, e me carregou para a cama, *nossa* cama, tirando minhas roupas entre beijos lentos e quentes.

Fechei os olhos, precisando de alguma defesa contra seu lindo rosto e as sensações que ameaçavam me dominar. Ele era uma onda do oceano, a maré alta, e eu estava me afogando na felicidade e no prazer físico.

Ergui os joelhos, um arrepio de expectativa iluminando meu corpo quando ele parou para beijar minha coxa, respirando fundo ao acariciar meu monte. Seus lábios quentes e úmidos encontraram os meus, e ele circulou meu clitóris com a língua, saboreando e tocando, explorando intimamente. Então, um momento depois, ele pressionou os quadris contra a parte interna das minhas coxas, e o calor de seu lindo e poderoso pau estava dentro de mim.

Nós dois paramos, a respiração ofegante e curta à medida que encarávamos um ao outro, reconhecendo juntos que isso era verdadeiro, que *nós* éramos reais.

E, então, ele começou a se mover, mostrando-me exatamente quanta resistência um dançarino profissional poderia ter, muito acima de nós, pessoas comuns. Duas vezes mais. Ele era mesmo um perfeccionista. E aproveitei cada segundo.

Adormecemos de pura exaustão, felizes após o sexo intenso, o braço de Ash enrolado em meu seio esquerdo. Parecia ser seu novo lugar favorito e não vi motivo para reclamar.

Foi maravilhoso dormir até tarde. E, finalmente, acordamos ao meio-dia.

Contar ao resto dos meus amigos sobre nosso casamento repentino foi estranho. Enfrentei Vanessa, encolhendo quando ela me repreendeu por não a ter convidado. Ela jurou que viu uma conexão entre mim e Ash – mais do que a ameaça de morte iminente, aparentemente. Não discuti. Precisei prometer que a visitaria o mais rápido possível, com Ash.

Jo aceitou melhor, alegando que eu parecia mais feliz com Ash do que jamais viu, e não via a hora de nos encontrar.

Depois contei aos meus colegas de trabalho mais próximos, mas acho que a mensagem ficou um pouco confusa, porque meu chefe me enviou um cartão parabenizando meu enlace com Collin. Resolveria isso quando o visse pessoalmente em nossa reunião mensal.

Mamãe ficou responsável de contar para minha grande família e todos estavam desesperados para ver Ash.

Eu também.

Na última semana, ele mal tinha estado no apartamento. Entrava pela porta depois de horas de ensaios, esgotado, quase sem energia suficiente para comer antes de cair na cama e desmaiar.

Mas, então, na única vez que tivemos uma noite inteira livre, acabamos brigando.

A discussão foi sobre a coisa mais idiota do mundo. Bem, eu achei que era, Ash não.

Estávamos assistindo a algumas reprises de *"Dancing with the Stars"*. Quando o convenci a assistir, ele agiu com certa arrogância, dizendo que era um programa de amadores e não estava interessado. Mas levou apenas algumas danças antes que ficasse viciado – e irritante – falando durante todo o programa, explicando o que os dançarinos profissionais estavam ensinando. Bem, até que me ofereci para fechar sua boca com fita adesiva.

Seus olhos estavam turvos de cansaço e estávamos assistindo ao programa aninhados no sofá, um cobertor jogado sobre nós. Ele estava cansado e um pouco mal-humorado. Na TV, exibiam uma gravação em que a atriz dizia o quanto sentia falta do pai, que morrera nove anos atrás, alegando que aquela dança era para ele. E, então, ficou toda chorosa. Revirei os olhos com a cena.

— O que foi? — perguntou Ash bruscamente.

— Ela é tão manipuladora! "Estou triste porque meu pai morreu. Vote em mim!" Me incomoda, só isso.

A mandíbula de Ash cerrou e pude ver um músculo pulsando em seu olho.

— Não é manipulação. Quando você dança, tem que sentir a emoção. É como uma... uma memória muscular, puxando a emoção para a dança.

— Ah, por favor! É uma manobra barata para conseguir votos. É cafona e desagradável.

Ele se levantou de repente, me surpreendendo.

— Você não sabe do que está falando!

E saiu da sala, batendo a porta do quarto com força.

Pisquei, sem entender nada. *O que diabos aconteceu?* Estávamos brigando por causa de um programa de TV?

Era difícil evitar suas minas terrestres emocionais quando eu não sabia onde estavam. Era cansativo. E eu estava exausta.

Ele reapareceu vinte minutos depois, com o corpo ainda úmido do banho e se desculpando.

Sua maneira de se desculpar foi me levar para a cama para um pouco mais de sexo atlético. O homem era uma máquina e, se não estivesse tão exausto de tantos dias ensaiando, não tenho certeza se teríamos conseguido dormir. Embora Ash raramente dormisse bem. Muitas de suas noites eram perturbadas. Demônios ainda o perseguiam na escuridão de seus sonhos.

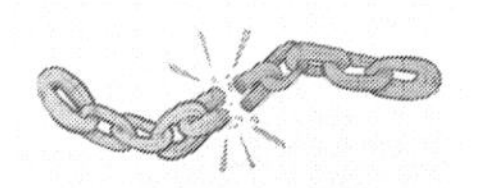

Quando o dia da primeira apresentação finalmente chegou, Ash estava todo agitado, apesar de jurar que o espetáculo seria um desastre.

Tentei acalmá-lo, mas ele estava muito nervoso.

— Você vai ser incrível lá — sussurrei com a voz baixa que só os amantes usam.

Ele encostou sua testa à minha.

— Sou incrível quando estou com você. Sem você...

Eu o beijei. Segurando sua mandíbula forte nas mãos, eu o beijei, despejando cada emoção, cada grama de amor, reverência e admiração naquele beijo.

— Eu te amo, Ash. Nós nos conhecemos, nos casamos, nos apaixonamos. Fizemos o caminho inverso. Mas é o que somos, essa é a nossa história. E agora você pode estar saindo para ensaiar, mas vai voltar logo mais. Porque *essa é a* nossa história, também. Nunca terei as coisas que as outras pessoas consideram como algo certo, saúde, filhos, certezas...

Ash balançou a cabeça.

— Aconteça o que acontecer, sempre teremos um ao outro e temos o nosso amor. Isso nos torna tão ricos quanto reis.

— Por que fica comigo quando não posso te dar isso? Quando não posso te dar filhos?

Ele olhou para mim, os olhos sérios.

— Porque eu amo você. Porque não quero dançar sozinho.

Ele deixou o apartamento depois de me dar um beijo ardente que me aqueceu até a ponta dos pés, com a promessa de mais.

Encontrei minha mãe e irmãs para uma bebida em um bar que ficava bem perto do teatro, mesmo no frio intenso que assolava a cidade.

Uma quantidade boa de gente se reuniu no teatro, e torcia para que Ash estivesse errado sobre ser um desastre. Ele provavelmente estava apenas sendo muito exigente consigo mesmo.

Tirando o casaco, cachecol, chapéu e luvas, eu me acomodei em meu assento – bons lugares mesmo na terceira fila – entre mamãe e Berenice. Papai planejou vir, mas mudou de ideia de repente, ou foi o que ele disse, pelo menos. Porém fiquei feliz por ser apenas uma pequena parte da minha família.

Tamborilei os dedos inquietamente até que mamãe pegou minha mão e deu um aperto reconfortante.

— Obrigada por vir, mãe — sussurrei.

— Não teria perdido por nada. — Ela sorriu.

Gostaria de saber como Ash estava se sentindo nos bastidores, esperando. E fiz uma oração rápida para que tudo corresse bem.

Quando as luzes diminuíram e a música começou, minhas esperanças estava nas alturas. Senti uma onda de adrenalina e percebi que era só um leve reflexo de como Ash estaria se sentindo. Mas, apesar de tudo, era emocionante – ia ver meu *marido* no palco, se apresentando pela primeira vez desde Las Vegas. *Tinha* que ser especial.

Estava me contorcendo de ansiedade e nervosismo conforme os dançarinos corriam e saltavam para o palco, mas, gota a gota, minha felicidade foi se esvaindo.

Não queria acreditar, mas Ash estava certo. *"Broadway Revisited"* era horrível. Foi uma triste atrapalhada, sem tema coerente ou enredo. Eu me senti mal pelo elenco – todos trabalharam tanto. O diretor e o produtor ainda pareciam acreditar que haviam produzido o espetáculo do século, mas eram os únicos. As críticas seriam brutais.

Aplausos silenciosos saudaram os dançarinos quando fizeram suas reverências. Não houve pedido de bis, e o teatro, com sua capacidade tomada apenas pela metade, esvaziou rapidamente. Devíamos sair "para comemorar". Não tinha certeza se alguém estava animado para isso.

— Ash foi bem — disse Berenice, gentilmente. — E aquela loira com quem ele dançou também.

— É a Sarah — suspirei. — Ela é muito legal.

— Sim, eles ficam bem juntos. Deviam ter deixado que eles dançassem mais do que aquele tango. Foi bem sensual.

Sim, aquele era meu marido – um homem que ficava gostoso quando dançava. Ou em pé ou sentado. E muito gostoso deitado na minha cama.

Um brilho caloroso de posse me fez sorrir. Berenice percebeu minha expressão e ergueu as sobrancelhas, achando graça. Não estava nem aí.

Fomos para o bar mais próximo, mas se passaram vinte minutos antes de avistar Ash vindo em nossa direção, de banho tomado, o bronzeado alaranjado falso sob a iluminação impiedosa.

Uma explosão quente de ciúme passou por mim quando vi que ele tinha o braço em volta de Sarah, a cabeça baixa, conversando com ela. Mas tudo se dissipou assim que percebi que ela estava chorando, seus lindos olhos azuis vermelhos e inchados.

Fui para o outro lado da mesa para abrir espaço para ela, que acabou se sentando ao meu lado.

Ash me deu um leve sorriso, acenou com a cabeça para minha família ao mesmo tempo em que Sarah se apresentava, então foi ao bar, retornando logo com uma garrafa de uísque Hennessy e seis copos.

Nós brindamos e bebemos tudo de um gole só.

— Nossa, eu precisava disso — murmurou Sarah. — Juro, Laney, se não fosse por seu marido, eu já teria morrido há muito tempo. Ele está sempre tão calmo. Não sei como consegue.

Nem eu. Minha opinião duradoura sobre Ash era que ele era esquentado. Foi intrigante ouvir isso sobre ele, e outra vibração de ciúme me alfinetou.

Nós ficamos para alguns drinques e alguns dos outros dançarinos se juntaram a nós, mas ninguém estava com vontade de festejar, então nos despedimos logo depois.

Foi um alívio entrar em nosso apartamento e recuperar a sensação nos dedos das mãos e dos pés. Ash estava flexionando a mão direita e estremecendo. Os dedos que haviam sido fraturados doíam com frequência, mas no frio tendia a piorar.

Ia sugerir fazer um pouco de chocolate quente, só que Ash me surpreendeu ao me puxar para o calor de seus braços acompanhado de um beijo cheio de desejo. Ele tinha gosto de uísque e cigarro, porém, eu estava muito excitada para discordar disso agora.

Ele enfiou as duas mãos no meu jeans e apertou minha bunda.

— Aaargh! Suas mãos estão congelando! Vai ter troco, senhor!

Riu contra os meus lábios e puxei seu cinto conforme rodávamos pelo apartamento, tirando roupas e dividindo sussurros de todas as coisas gostosas e safadas que íamos fazer um ao outro.

Estremeci de leve quando Ash me puxou para baixo dos lençóis frios, mas estremeci de prazer quando ele me aqueceu de uma maneira maravilhosamente à moda antiga.

Ash acordou cedo no dia seguinte, vestindo a calça jeans e o casaco para sair e comprar as primeiras edições dos jornais.

Esperávamos más notícias, mas torcíamos para que fossem boas.

Ash andou de um lado ao outro na sala enquanto eu encontrava a seção de entretenimento e passava pelas críticas.

Estremeci quando li a manchete:

Este peru de Natal deve ser evitado.

Ai.

— Leia para mim — pediu Ash, baixinho.

Este peru de Natal deve ser evitado.

"Broadway Revisited" é o tipo de espetáculo que deveria ter ficado como uma má ideia e nunca ter chegado ao palco. Mark Rumans fez carreira como dançarino em "Forty Second Street", na Broadway, mas não parece ter tido uma ideia original desde então. Há rumores de brigas nos bastidores com a respeitada coreógrafa Rosa Hart, que deixou a produção há um mês.

O único ponto positivo são os novatos Sarah Lintort e Ash Novak. O tango argentino de "Evita" foi uma aula magistral de tensão sexual, musicalidade e saudade reprimida, enquanto a dupla deliciosa duelava no único momento interessante de uma noite longa e triste.

Uma estrela para Lintort e Novak, do contrário, o conselho é: evite.

— Ele gostou do seu tango — eu disse, sem jeito.

Ash acenou com a cabeça e entrou na cozinha.

Ele estava encostado na pia, contemplando a manhã nublada e cinzenta pela janela. Envolvendo os braços em sua cintura, descansei a cabeça em suas costas. Senti suas mãos quentes cobrirem as minhas e ouvi seu suspiro pesado.

— Estarei desempregado no Natal. Desculpa.

— Não tem do que se desculpar, você foi maravilhoso, até aquele crítico pensou assim. Vai encontrar outro emprego, eu sei que vai.

Ele não respondeu.

Quando saiu para o teatro naquela noite, meu coração doeu por ele. Foi um dia tenso e ele não falou muito. Pude perceber como era difícil ter que fazer tudo de novo, sabendo que não era bom, apesar do pequeno raio de sol que o crítico havia lançado sobre ele.

Dadas as nossas circunstâncias incomuns e nosso acordo original de que nos divorciaríamos depois de dois anos, apesar de nossas travessuras sexuais atuais, tive a estranha sensação de querer apoiar meu marido.

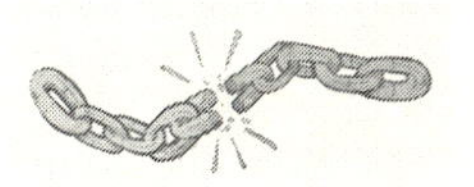

— Nossa! Não pare, Ash! Não pare!

Ele empurrou com mais força, a menos de um minuto de seu clímax, embora o meu estivesse muito mais perto.

No começo, achei que a batida fosse a cabeceira se chocando contra a parede. Ash a havia afastado duas vezes, mas de alguma forma a cama sempre se movia, e agora havia um amassado na parede que ele prometera consertar.

O dia tinha começado tão bem e estava começando a gozar, formigamentos quentes subindo e descendo pela minha pélvis. Então ouvi de novo.

— Ash!

— Sim, meu amor! — ofegou ele, os dentes cerrados, quadris batendo contra mim.

Seu polegar pressionou meu clitóris e, apesar da distração, uma explosão correu por mim, urgente e implacável, luzes explodindo em meus olhos conforme as pálpebras se fechavam com força.

Então ouvi pela terceira vez.

Ash estava à beira de perder o controle, seus movimentos mais descontrolados, desleixados, aquele ritmo perfeito mais desesperador.

— Tem alguém... na porta! — suspirei.

Ele rosnou algo que provavelmente foi muito grosseiro, mas como era em esloveno, eu não tinha certeza.

Toque! Toque! Toque!

— Sr. Novak! Sra. Novak! É Ralph Phillips, do Serviço de Cidadania e Imigração dos EUA. Por favor, abram a porta.

— Santo Deus! Ash! Pare! Nós temos que... temos que...

Com outro palavrão, ele abaixou a cabeça e se dirigiu para a reta final. Foi uma daquelas transas intensas, bem dada.

— É Ralph Phillips, do Serviço de Cidadania e Imigração dos EUA. Devo insistir para que abram a porta.

Ash praguejou e saiu de repente, pisando forte em direção à porta, seu rosto tempestuoso.

Observei suas costas e a bunda deliciosa se afastando, parando só para pegar uma toalha – um pequeno pedaço de tecido que não fazia nada para esconder o fato de que ainda estava duro.

Vesti um robe e dei uma espiada na sala. O peito de Ash estava subindo e descendo depressa, seu rosto corado quando abriu a porta do apartamento.

Um homem alto e magro com óculos redondos deu um passo para trás, enquanto 77 quilos de um esloveno furioso o encarava.

— Ah, Sr. Aljaž Novak?

— Que foi?

— Gostaria de saber se podemos conversar com você e com a Sra. Novak. Eu sou Ralph Phillips, do Serviço de Cidadania e Imigração dos EUA, e esta é minha colega Moira Walsh.

— Estamos ocupados! — rosnou.

Vi o homem olhar para a toalha de Ash e seu rosto ficou vermelho.

— Mesmo assim — disse ele, obviamente perturbado. — Devo insistir.

Achei que Ash estava prestes a fechar a porta na cara deles, então saí correndo.

— Desculpe — falei, ajeitando o cabelo. — Nós, hum, eu estava prestes a tomar banho.

— Peço desculpas. Sra. Novak, presumo.

— Claro — respondi num tom seco.

Ele pareceu um pouco envergonhado e, me contendo para não o encarar com irritação, o deixei entrar.

Ash ainda estava irritado e o pau estava perigosamente perto de saudar nossos visitantes. Pedi que fosse tomar banho enquanto fazia café, e Deus sabia que precisava de um pouco, também. Tive um vislumbre do meu reflexo na janela da cozinha, horrorizada com as manchas vermelhas no rosto, queixo, pescoço e colo dos seios – e o cabelo todo bagunçado.

Meu coração estava batendo forte, e não só por causa da última meia hora. O Serviço de Imigração só fazia visitas domiciliares sem aviso quando suspeitava de um casamento falso. Fiquei curiosa para saber quem havia nos denunciado. Collin teria sido tão vingativo? Mesmo que as coisas tenham acabado mal entre nós, não queria acreditar nisso.

O homem, Phillips, olhou-me desconfiado, mas sua colega parecia mais simpática. Talvez fosse uma versão do policial bom e policial mau, ou talvez seu humor tenha melhorado ao ver Ash quase nu logo de manhã –

sempre funcionava comigo. Porém gostaria que Ash e eu tivéssemos pensado em discutir o que dizer, caso isso acontecesse. Fui uma idiota.

Servi o café, tomando vários goles da bebida fumegante, depois me virei para tomar banho, mas Moira, como me pediu para chamá-la, estava admirando algumas obras de arte na sala. Tarde demais, percebi que ela me atrasou o suficiente para que Ash já estivesse vestido e na cozinha, sem nos dar tempo para conversar. Ela sorriu benignamente quando ele passou.

Suspirei, saindo para tomar banho e me vestir, voltando logo para a sala, onde Ash estava sentado com ar carrancudo e nervoso.

— E vamos querer entrevistá-los separadamente — concluiu o Sr. Phillips, após explicar o processo.

Ash me lançou um rápido olhar, mas o que eu poderia dizer?

A Sra. Walsh me acompanhou até o quarto, e Ash ficou com Phillips.

— Ah, que quarto lindo! — exclamou enquanto eu corria para endireitar os lençóis e esticar a colcha. — Você tem uma bela vista daqui.

— Sim, obrigada. Por isso que escolhi este apartamento.

— E não conhecia Ash na época?

— Não.

— Há quanto tempo mora aqui?

— Seis anos.

— E há quanto tempo você conhece seu marido?

— Três meses. — Quase.

Ela bateu a caneta contra o bloco de notas.

— Foi um noivado curto.

Não respondi.

— O que sua família pensa?

Fui cautelosa, pensando no que dizer.

— Eles gostam de Ash, mas teriam preferido um grande casamento em família.

— Mas não fez assim?

— Não.

— Posso perguntar o porquê?

— Tenho três irmãs mais velhas. Para cada um de seus casamentos, minha mãe exagerou em tudo. Não sou assim. Nem Ash.

— E como se conheceram?

Respirei fundo e comecei. Quando terminei, as sobrancelhas da Sra. Walsh haviam desaparecido sob a franja.

— Extraordinário! — murmurou. — Simplesmente extraordinário.

Ela estava certa nisso.

Achei que talvez as perguntas estivessem no fim, mas me enganei.

— Ele tem um apelido para você?

Pisquei, surpresa.

— Bem, sim. Soa igual a “moy suncheck”, mas não sei o que significa. Ele não me diz.

Ela franziu a testa, mas escreveu mesmo assim.

A entrevista tornou-se gradualmente mais pessoal: que cor de escova de dentes Ash usava; em que lado da cama ele dormia; se gostava da luz acesa ou apagada durante o sexo; que posição preferia.

A raiva pela natureza intrusiva das perguntas começou a crescer dentro de mim. E parecia um castigo. Meu governo realmente queria saber disso?

— Sra. Novak, se pudesse responder, por favor? — perguntou a Sra. Walsh gentilmente, mas com firmeza.

— Ele dorme do lado esquerdo — repliquei no mesmo tom. — Às vezes, mantemos a luz acesa, às vezes, não. E nós gostamos de uma variedade de posições.

Minhas bochechas estavam vermelhas. Eu me senti violada e suja à medida que ela anotava cada palavra.

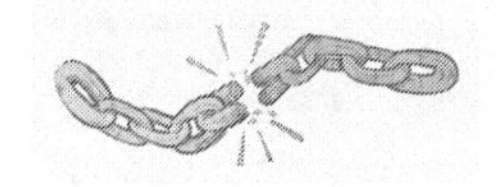

ASH

As perguntas eram estranhas. Ele queria saber quem levava o lixo para fora e quem comprava os mantimentos, quem limpava o apartamento, quem passava o aspirador. Começou a ficar irritado quando eu respondia quase tudo com “Nós dois fazemos”, mas era verdade.

— Você tem abajur no quarto?

— Laney tem um na mesa de cabeceira.

— Mas você, não.

— Não.

— Por quê?

— Não leio muito. — E ler inglês era algo difícil.

Ele deu uma risada seca.

— Você não lê muito, embora ela escreva para viver; e ela não dança, embora essa seja a sua profissão. Exatamente o que você e sua esposa têm em comum, Sr. Novak?

Não sabia como responder. Na verdade, não tínhamos nada em comum. Mas nunca ficamos sem assunto um com o outro. Não existia silêncio desconfortável com Laney – só silêncio, e era pacífico.

— Ela gosta de ouvir música também — respondi, num tom fraco.

— Hmm. E de que lado da cama sua esposa dorme?

Que porra é essa? Respirei fundo.

— Direito.

Ele escreveu algo em seu formulário.

— Quando tem seu momento de intimidade com sua esposa, ela gosta da luz acesa ou apagada?

Cruzei os braços.

— Não é da sua conta!

Ele olhou para mim por cima dos óculos.

— Sabe, senhor Novak, que temos todos os motivos para acreditar que seu casamento com a senhorita Hennessey foi para conseguir a cidadania americana? As estranhas circunstâncias em que você mesmo descreveu, a pressa com que se casaram: essas questões são válidas. Se não puder respondê-las, seremos forçados a tirar nossas próprias conclusões. É do seu interesse, e dela, responder com clareza.

Encarei o teto, furioso e impotente. Ele era exatamente como Sergei, mas sem a veia psicopata violenta. E usava óculos.

— Apagadas.

Laney não gostava de seu corpo. Ela se achava muito magra, muito disforme. Porém era toda mulher para mim.

— E que posição ela prefere?

Cerrei os dentes e me recusei a responder.

Ele suspirou.

— Esta é minha última pergunta, Sr. Novak.

— Todas! — disse, entredentes.

Eu me levantei e entrei na cozinha. Não conseguia olhar para seu rosto presunçoso por mais um segundo sem querer socá-lo.

Naquele momento, Laney saiu do quarto, parecendo pálida e chateada. Eu a abracei em silêncio e suas pequenas mãos agarraram minha camiseta com força quando ela repousou a cabeça no meu peito.

— Manteremos contato — disse Phillips ao saírem.

Xinguei alto e Laney se virou para se sentar no sofá, com as mãos cobrindo os olhos.

Nos dias seguintes, nós dois ficamos nervosos, esperando um telefonema, carta ou outra visita pessoal dos "capangas" da Imigração – minha nova palavra favorita que aprendi depois de assistir às reprises de "Breaking Bad". E, todas as noites, eu tinha que ir ao teatro e dar o meu melhor para entreter um público que parecia estar diminuindo bem rápido.

Estávamos todos esperando que o machado caísse, então, quando Dalano e Mark pediram a todos que aparecessem dez minutos mais cedo, tive uma boa ideia do que diriam.

Nós nos reunimos em um círculo no palco vazio, Sarah encostada no meu ombro enquanto Dalano silenciou a todos e pigarreou.

— Obrigado a todos por terem vindo mais cedo. Tenho más notícias. As vendas de ingressos não estão indo muito bem. Esses críticos idiotas não conhecem classe quando a veem. Mark fez um trabalho incrível como coreógrafo de vocês. — E se virou para sorrir tristemente para o namorado. — Mas o lançamento pouco antes do Natal, que foi a escolha do teatro, não funcionou a nosso favor. Teremos que fazer uma pausa, então, nosso último espetáculo por enquanto será na véspera de Natal. Sei que isso será um choque para todos, e odiamos ter que dizer isso, porém, prometo, do fundo do meu coração, que este *não* é o fim da *"Broadway Revisited"* e nós iremos renascer como uma fênix das cinzas.

Ele respirou fundo enquanto todos nós o encarávamos, estoicos.

— Sinto muito amor nesta sala esta noite, e gostaria de agradecer a todos por fazerem parte desta visão incrível. Estamos à frente do nosso tempo. — E deu uma risadinha. — Estou esperando que todos dancem e provem que os críticos estão errados. Muita merda!

Ninguém aplaudiu, mas Dalano e Mark não pareceram notar conforme se encaravam.

Todos nós fomos para os camarins e depois que fiz a barba, me sentei ao lado de Sarah enquanto começávamos a maquiagem. Fazia a minha em três minutos: delineador de olhos em gel, base, bronzeador artificial em pó, acabamento com rímel e brilho labial. Não era minha parte favorita em ser dançarino, mas fazia isso há anos e não me incomodava. Embora se tivessem me perguntado isso quando eu tinha 14 anos, a resposta seria diferente.

— Reservei meu voo de volta para Londres há uma semana — comentou Sarah polvilhando corretivo sob os olhos.

— Ah, é? Vai voltar para Chicago depois?

— Duvido. Bem, vou aonde for contratada. Uma amiga minha da RADA trabalha na *Sydney Opera House* e está sempre tentando me convencer a visitá-la. Talvez eu vá, um pouco de sol no inverno seria fabuloso. E você?

Dei de ombros.

— Vou procurar outro emprego, acho.

— Devia dar uma chance a Londres, Ash — sugeriu ela, espalhando base em sua pele lisa. — Minha amiga Paula me disse que alguns teatros estão contratando para o Ano Novo. Você nem precisaria do visto de trabalho, pois a Eslovênia faz parte da União Europeia. Laney pode ir com você. Ela costuma trabalhar em casa, certo?

Não pude deixar de rir, e Sarah me lançou um olhar confuso. Seria irônico eu ter me casado com Laney para conseguir um *Green Card*, e, em contrapartida, se eu trabalhasse na Europa, ela poderia trabalhar na Grã-Bretanha porque éramos casados.

— Você é esquisito — disse Sarah, jogando uma nuvem de pó na minha cabeça.

Ela provavelmente estava certa. Só que o que ela disse me deu algumas coisas para refletir. Assim parei de pensar se seria ou não expulso dos Estados Unidos.

O espetáculo aconteceu com um público de menos de cinquenta pessoas em um teatro que comportava quinhentas. Não havia nada pior do que dançar até que seu coração estivesse prestes a explodir, e ouvir alguns aplausos fracos e dispersos. Mas mantivemos o sorriso. Nós mostrávamos os nossos malditos sorrisos todas as noites e dançávamos até os pés sangrarem.

Acordei na véspera de Natal com uma sensação estranha, sombria, como uma tempestade se formando, como se alguém tivesse roubado meu fôlego. Meu coração batia descontrolado, mas nada parecia fora do lugar e Laney estava dormindo tranquila ao meu lado.

Saí da cama o mais silenciosamente possível e fui para o banheiro. Olhei no espelho, imaginando o que a vida iria jogar em mim agora.

Tentei compartimentar tudo, tentando esquecer o que acontecera em Vegas, sobre Sergei, até mesmo dos meus amigos. Às vezes dava certo, mas às vezes eu sentia que ia enlouquecer com todas as partes estilhaçadas em mim, despedaçado como vidro quebrado.

A mulher que deixei na cama me ajudou de muitas maneiras. Seria eternamente grato a ela. Laney me manteve firme e me impediu de desabar – eu nem sabia o porquê.

Queria comprar para ela um ótimo presente de Natal e pensei em dar um anel de noivado para combinar com sua aliança de casamento, mas não parecia certo e eu não tinha certeza se ela iria querer.

Em vez disso, comprei 100 das minhas músicas favoritas e as baixei em segredo no telefone dela. Todas significavam algo para mim – e tinhas esperanças de que significassem para ela também.

Joguei água fria no rosto, mas evitei me olhar no espelho. Era mais fácil assim.

Laney ainda estava dormindo quando voltei para o quarto. Fiquei olhando para ela, o cenho levemente franzido. Estava mancando há dois dias e nós dois sabíamos que uma crise se aproximava, ela só não queria admitir. Ou melhor, ela não permitiria que isso a impedisse de continuar com sua vida.

Ela viveu com restrições e limitações; havia coisas que não podia fazer, não deveria tentar, nunca faria, mas tinha o coração maior e mais aberto que qualquer outra pessoa que já conheci. Ela era notável em muitos aspectos, mas não via isso em si mesma.

Abriu sua casa para mim quando mal me conhecia. Mas sempre confiou e cuidou de mim quando eu sabia que todos estavam dizendo para se afastar, tomar cuidado.

Em um mundo onde era mais fácil olhar para o outro lado, ela realmente se importou com algo diferente além de si.

Ela me salvou, e retribuí virando as costas para os meus amigos e tentando continuar com a minha vida. Não fiz nada por Yveta, Marta, Galina ou Gary. E a garota – aquela criança sem nome que assombrava meus sonhos e era esquecida durante o dia –, também não fiz nada para protegê-la. Podia fingir o quanto quisesse, mas a única pessoa que salvei foi a mim mesmo.

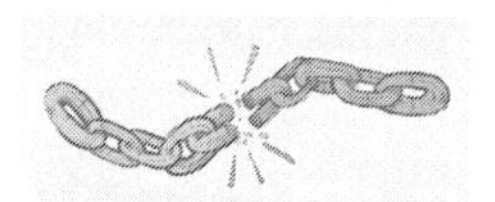

Estava fazendo café, quando ouvi alguém batendo à porta. Meu primeiro pensamento foi que aqueles idiotas do governo estavam de volta com suas perguntas intrusivas.

Foi o que pensei, mas estava errado. O destino me odiava. E dessa vez era muito pior.

Vesti uma calça jeans e abri a porta.

Um policial sem farda estava parado à minha frente.

— Sr. Novak, sou o policial Jenkins.

— Sim, eu me lembro de você.

O idiota empurrou minha cara no capô de sua viatura na noite em que cheguei em Chicago. Não pretendia esquecer isso.

— Gostaríamos que viesse à delegacia para um interrogatório.

Senti a presença de Laney atrás de mim e sua mão pousou no meu ombro: um aviso e uma garantia.

— *Mais* perguntas, Billy? Preciso ligar para Angela?

O homem corou e engoliu em seco, nervoso.

— Seu pai, hum, o capitão Hennessey acabou de pedir que o levasse. Ele não está sendo preso.

— Espero que não! — ela disse com firmeza. — O que houve dessa vez?

— Não sei, pelo menos, não tenho a certeza. E é a verdade, Laney.

Ele estava praticamente implorando a ela, o que teria me feito rir se já não estivesse no limite.

Laney olhou para mim.

— É melhor irmos ver do que se trata.

O policial parecia muito mais feliz depois que ela disse aquilo. Não posso dizer que eu fiquei.

Com o rosto fechado, terminei de me vestir, peguei meu casaco e os segui porta afora.

O caminho até a delegacia foi tranquilo. Acho que os policiais não tinham permissão para ouvir "The Mix" ou "Kiss FM".

Instintivamente, estendi a mão para segurar a de Laney. Se era o fim, se estivesse sendo mandado para casa, precisava gastar cada segundo para mostrar a ela que sempre seria seu amigo, que...

Seus olhos acinzentados se voltaram para os meus, cheios de compaixão, cheios de amor.

Um estalo confirmou o que eu já sentia. Eu mal tinha percebido isso acontecer, não sabia o que significava, neguei por muito tempo – só que de alguma forma, em algum momento, amizade e admiração se transformaram em amor. Estava tão apaixonado por ela que não sabia onde eu terminava e ela começava.

Meus pulmões se apertaram dolorosamente e eu respirei fundo. Não sabia que o amor poderia fazer você se esquecer de como respirar. Sexo com Laney estava na minha lista de prioridades há algum tempo, acima do ar, acima da comida, e igual à dança. Não, não mais. Laney estava acima da necessidade de oxigênio. *Moj sonček – meu raio de sol.*

— Chegamos — ela disse, baixinho.

Quase não a ouvi quando me inclinei, pressionando os lábios contra os dela, segurando seu rosto contra o meu, e então, a beijei como se fosse a primeira ou a última vez.

— Eu te amo — confessei, minha respiração sussurrando em sua pele. — Você é meu raio de sol, Laney Novak. Eu te amo muito.

Ela piscou, assustada, e depois, seu lindo sorriso se espalhou pelo rosto, iluminando-a como o sol que era.

— Demorou bastante — disse ela. — Eu te amo desde o primeiro dia em que te vi.

Ri, surpreso, e ficamos ali, sorrindo feito dois idiotas apaixonados, até que o policial Babaca abriu a porta do carro.

O sorriso de Laney desapareceu.

— Aconteça o que acontecer, Ash, estamos nisso juntos, certo?

Ela apertou minha mão de novo e eu acenei com a cabeça, minha boca seca.

O capitão Hennessey estava esperando, mas desta vez, ele não tentou nos separar e não comentou a forma como Laney se agarrava a mim. Ou, para ser sincero, a maneira como me agarrei a ela, feito um homem se afogando que se segurava até mesmo a uma lasca de madeira.

Ele nos levou a uma sala de interrogatório onde já estavam sentados os investigadores Petronelli e Ramos, bem como a amiga de Laney, Angela, e um homem de terno que eu não conhecia.

— Angie! O que está acontecendo? — perguntou Laney, saindo do meu lado para abraçar sua amiga.

— Ainda estou esperando para descobrir — disse ela franzindo a testa para mim antes de apertarmos as mãos brevemente. — Mas ouvi dizer que tenho que te dar os parabéns.

Laney assentiu e sorriu.

— Obrigada.

— Você parece feliz — a advogada disse com relutância.

— Estou. Estamos — disse Laney, segurando minha mão outra vez.

O pai de Laney fechou a porta, sinalizando que era hora de prestarmos atenção, e meu coração disparou. Odiava estar em espaços fechados – era muito parecido com a sensação de estar preso naquele carro com Sergei.

O suor brotou em meu corpo conforme tentava não perder a cabeça.

Laney apertou meus dedos com muita força e eu estremeci.

— Desculpe — sussurrou, soltando-me imediatamente.

— Obrigado por ter vindo, Ash — disse o pai de Laney. — Nós...

— Eu assumo daqui, Capitão Hennessey — disse o cara de terno, sem nem mesmo olhar para ele.

O pai de Laney se irritou.

— Ash é meu genro — avisou, e meus olhos se desviaram para os dele.

Houve uma pausa.

— Claro — disse o estranho, em um tom calmo. — Sou o Agente Especial John Parker do ATF[2], Departamento de Justiça. Minha equipe

2 ATF: Agência Federal que trata de assuntos como contrabando de Bebidas alcóolicas, Tabaco, Armas e Explosivos. Equivale à nossa Polícia Federal.

tem investigado seu amigo Volkov e suas conexões com os *Outlaws*, uma gangue de motociclistas responsável por 55% da atividade criminosa em Nevada, e é só o que sabemos.

Ele olhou diretamente para mim.

— Graças às suas informações, conseguimos localizar o epicentro de sua rede de prostituição e tráfico de pessoas.

O pai de Laney lançou um olhar irritado para o homem.

— Ash, eles encontraram seus amigos Yveta Kuznets e Gary Benson.

Os dedos de Laney voltaram a apertar minha mão. Desta vez, a dor foi muito bem-vinda.

— Eles estão bem?

Ele fechou a cara.

— Ficarão.

Não sabia o que isso significava.

— Marta? Galina?

— Não conseguimos localizar Marta Babiak — respondeu Parker por ele. — Uma mulher com seu passaporte deixou os EUA há mais de um mês, mas depois disso, a trilha desapareceu.

— Galina? — perguntei, minha voz falhando.

— Temos razões para acreditar que Galina Bely foi morta por volta de 15 de dezembro.

Enquanto eu estava dançando em um espetáculo ridículo. Meu Deus.

Fechei os olhos, mas não pude evitar que as lágrimas teimassem em querer se derramar.

— Sr. Novak — disse Parker —, seguindo pistas que começaram com suas informações, conseguimos resgatar 137 mulheres e 27 homens de uma dezena de locais diferentes em todo o país. E haverá mais. — Ele pigarreou. — Também levamos 33 pessoas dos *Outlaws* sob custódia e gostaríamos que tentasse identificar aquele que viu. Volkov rompeu os laços com eles e perdeu vários de seus próprios homens em tiroteios. Acreditamos que Volkov está limpando a casa. Está encerrando as operações. O que você fez, ao fugir, na verdade salvou muitas vidas.

Senti as mãos frias de Laney no meu rosto e percebi que ela estava enxugando minhas lágrimas.

— Você fez bem, amor — sussurrou. — Estou tão orgulhosa de você.

Neguei com a cabeça. Não fiz nada, exceto fugir, salvando minha própria pele.

— Tem outra coisa — continuou Parker. — Encontramos os restos mortais de um homem branco, com idade entre 30 e 50. Achamos que poderia ser Oleg Ivanowski, o segundo no comando de Sergei Boykov. Gostaríamos que tentasse identificá-lo.

— O que quer dizer com isso, Agente Especial Parker? — perguntou Angela. — Meu cliente não é patologista forense.

O homem olhou diretamente para ela ao responder:

— Nós temos uma cabeça, Sra. Pinto.

O rosto de Laney ficou branco igual papel e sua mão suava frio contra a minha.

— Ele tem que fazer isso? — sussurrou.

— Realmente nos ajudaria, Sra. Novak — respondeu Parker.

— Eu farei — respondi, minha voz seca feito poeira.

Ele acenou com a cabeça, esperando até Laney olhar para longe, então colocou uma fotografia preta e branca na minha frente. Não parecia real, a forma de abóbora inchada na foto. O cabelo cortado rente parecia o de Oleg, mas era difícil dizer.

— Não sei, pode ser. Ele... Oleg... tinha uma longa cicatriz na bochecha direita e seu nariz havia sido quebrado.

Parker pareceu satisfeito com minha resposta.

Foi estranho, olhar para a fotografia da cabeça de Oleg. Não combinava com a ameaça, o mal em sua essência que sempre senti ao redor dele. Em vez disso, ele não era nada.

Torcia para que seu corpo estivesse alimentando os vermes.

Para que tivesse sofrido quando o mataram.

Que tivesse sentido cada lâmina de cada faca, cada bala de cada arma.

Que tivesse gritado de agonia.

Ou demorado bastante a morrer.

E fiquei feliz por ele estar morto. O mundo era um lugar melhor sem ele.

— E quanto a Sergei? — perguntei, quase me engasgando com o nome.

Parker deu de ombros.

— Volkov é muito meticuloso. É provável que Boykov já esteja morto ou estará em breve. Tivemos sorte com Ivanowski. Um fazendeiro encontrou os restos mortais quando estava demarcando sua propriedade. Nós pensamos em coiotes... bem, não importa agora.

Meu estômago revirou, mas ia passar mal. Laney deu um pequeno suspiro e eu coloquei o braço em volta dela automaticamente.

— Você vai prender Volkov?

— Ainda estamos coletando evidências. Não queremos só Volkov, queremos todos os seus contatos e estamos trabalhando com a Interpol. É tudo que posso dizer agora.

Não sabia como me sentir. Estava tudo acabado, depois de todos esses meses. Devia ter sentido alívio. Eu queria sentir algo, mas não conseguia. O entorpecimento percorreu todo o meu corpo e me deixou com uma sensação fria e flutuante. Nem mesmo o pequeno corpo de Laney curvado no meu peito surtiu efeito para me aquecer.

Engraçado, esta manhã senti que estava apaixonado por ela. Agora, não sentia nada. Sabia que ainda a amava, pelo menos pensava que sim – simplesmente não conseguia sentir isso.

Seu pai estava me encarando com o olhar entrecerrado. Eu o encarei de volta até que ele desviou o olhar.

— Yveta e Gary? — perguntei, concentrando-me em Parker.

— Eles foram trazidos para Chicago. O Sr. Benson tem família em Kenosha. A Sra. Kuznets optou por ir com ele. Ele ficou muito feliz em saber que está na mesma cidade.

— Onde os encontrou?

Parker olhou para mim pensativamente antes de responder:

— Eles foram encontrados em um dos esconderijos dos *Outlaws* perto de Boise. Haviam sido removidos várias vezes antes disso.

— Posso vê-los?

— Pode ser providenciado. Estão sendo tratados no Mercy.

Suas palavras me confundiram, mas Laney explicou:

— É o nome de um hospital.

Sua voz parecia vir de muito longe, como se um painel de vidro entre mim e o mundo tivesse se tornado espesso, mais nebuloso a cada segundo. Minha cabeça começou a latejar.

— Por que estão no hospital?

A expressão de Parker permaneceu neutra, mas pude ver que havia algo que ele não estava me dizendo.

— Desidratação, principalmente. Quando os *Outlaws* começaram a ser alvejados pelos homens de Volkov, eles abandonaram seus amigos. Não temos certeza, mas acho que ficaram sem comida e água por três ou quatro dias.

Esfreguei as têmporas, desejando que a dor de cabeça diminuísse. Laney segurou minha mão com suavidade.

— Eles não teriam permitido que viajassem se estivessem realmente em péssimas condições — ela tentou me tranquilizar em voz baixa.

— A menos que tenha mais alguma coisa, meu cliente já passou por muito hoje — disse Angela com firmeza.

Parker olhou para ela.

— Preciso apenas que confira algumas fotografias e pronto.

Uma por uma, várias fotos foram mostradas. Algumas eram fichas criminais, outras pareciam ter sido tiradas à distância, provavelmente de câmeras de vigilância. Pensei ter reconhecido o motoqueiro, mas não tinha certeza. Parker não pareceu desapontado – o cara mostrava menos emoção do que uma pedra. Eu definitivamente conhecia a sensação.

Por fim, ele acenou com a cabeça para Angela.

— Terminamos. Obrigado, Sra. Pinto. Sr. Novak, Sra. Novak.

Todos se levantaram para sair, mas eu precisava saber.

— E se Volkov não encontrar Sergei?

Parker franziu os lábios e pensei, por um momento, que ele não me contaria. Mas depois balançou a cabeça.

— Ele cruzou a fronteira com o México. Achamos que sabemos para onde está indo. É apenas uma questão de tempo até que Volkov o encontre, ou nós o prendamos primeiro.

Eu esperava que Volkov o encontrasse, castrasse e o matasse. Nessa ordem.

CAPÍTULO DEZESSETE

ASH

Eu não queria enfrentar Gary, e quando entrei naquele quarto de hospital todo iluminado, não tinha ideia do que encontraria ou mesmo se ele ia querer me ver. Tudo o que havia acontecido com ele – mesmo sem saber ao certo o que de fato ocorreu –, se deu por minha causa.

Gary sentou-se na cama, a TV estava em um volume baixo, mas ele contemplava a vista do lado de fora da janela, perdido em pensamentos. Quando ouviu a porta se abrir, ele se virou, franzindo o cenho. Mas, então, seu rosto se iluminou em um sorriso enorme. Estremeci quando vi que vários dentes estavam faltando, e que as contusões amarelas começavam a desaparecer de seu rosto.

— Pareço horrível, eu sei. Você está lindo como sempre. Me dê um abraço, gostosão.

Ele sorriu, acenando os braços para mim.

Eu me inclinei para abraçá-lo e senti um tremor correr pelo corpo dele, seus braços me apertando com mais força.

— Estou feliz pra caralho que você conseguiu — sussurrou.

Recuei, surpreso. Estava esperando culpa, não... isso.

— Nossa, é bom vê-lo. Não tem um médico fofo à vista — comentou, meio rindo, meio chorando enquanto limpava os olhos com os dedos. — Como você está?

— Eu... Não sei o que dizer. Por que não está gritando comigo?

Gary parecia surpreso.

— Bem, estou feliz em gritar de prazer em ver seu rosto bonito, mas por que tenho a sensação de que não é isso que você quer dizer?

— Mas é tudo minha culpa!

Gary negou com a cabeça, enfaticamente.

— Não. Não. Você está errado. Você tentou fazer com que eu tomasse uma atitude, contasse a alguém, e eu não quis saber. Jesus, mesmo quando foi espancado e estava desesperado... Eu deveria ter feito algo para ajudar. Mas não fiz nada.

Ele gesticulou para o próprio rosto e corpo.

— Isso aqui é responsabilidade minha. Estou tão feliz por você ter escapado. Não faço ideia de como. No início, achei que haviam te matado, mas quando continuaram insistindo em saber seu paradeiro, como havia fugido, fiquei feliz. Bem, teria ficado muito mais feliz se tivessem parado de me bater, mas fora isso, é...

As palavras se tornaram inaudíveis.

— Eles só te espancaram? — perguntei, sem acreditar.

Gary olhou para as mãos, e então vi a pele machucada em torno dos pulsos. Ele tinha sido amarrado ou algemado.

Ele deu uma risada falsa, o rosto ficando vermelho.

— Bem, tive que chupar alguns paus, mas isso não é nada novo.

E quando olhou para mim, vi a escuridão em seus olhos que combinava com a minha.

— Você faz o que tem que fazer para sobreviver — eu disse.

Seus olhos se arregalaram, compreendendo.

— Você também?

Acenei com a cabeça.

— Sergei?

— Sim.

— Como conseguiu fugir dele? Nunca mais te vimos, você não voltou para a segunda metade do show.

Fiquei tenso e Gary se arrependeu na mesma hora.

— Não tem que dizer nada.

Neguei com a cabeça.

— Sim, eu tenho.

Ele não falou enquanto eu tirava meu casaco, suéter e camisa. Então me virei de costas para ele. E o deixei ver o que haviam feito.

Depois de um momento, virei-me para enfrentá-lo. Sua expressão era severa e parecia mais velho.

— Uma mulher me encontrou antes de fazerem mais alguma coisa — revelei, a voz calma. — Uma turista. Ela fugiu e me deu o tempo que eu precisava. Foi quando fugi. Desculpa. Não tinha como avisá-lo.

Ele ficou pensativo por um momento, só observando à medida que eu me vestia em silêncio.

— Todos nós temos nossos demônios, Ash. Vou ficar bem. Meus pais foram me ver. Estão chateados, como pode imaginar, mas vieram. Então, sim, ficarei bem. Com o tempo. Tenho que colocar uns implantes dentários. Não posso sair por aí parecendo um caipira para sempre. Mas como acabou em Chicago? Não consegui acreditar quando me disseram que estava aqui.

Limpei a garganta. Explicar sobre Laney não seria fácil.

Sua expressão mudou de surpresa para descrença para algo mais resguardado conforme eu falava.

— Acho que te devo os parabéns — disse, me dando um sorriso falso.

— Obrigado.

Seu sorriso logo desapareceu.

— Já viu Yveta?

— Não, eu vim te ver primeiro.

— Você soube que mataram Galina?

Respirei fundo.

— A polícia me disse que achavam que ela estava morta, mas...

— Eles a mataram na nossa frente. Depois de Sergei entregá-la para ser compartilhada com seus amigos motoqueiros. Meu Deus, Ash. Eu nunca vi...

Sua voz tremia e ele engoliu várias vezes antes de continuar:

— Era óbvio que não sabíamos de nada. Inferno, eu me caguei todo quando olharam para mim. Acho que por isso que me deixaram em paz. Eu estava uma nojeira para eles.

Ele fechou os olhos e respirou profundamente.

— Para Yveta foi pior. Muito pior. Ela... ela não está nada bem, Ash.

Sempre pensei no sentimento de raiva como algo quente e repentino, mas o que sentia agora mais se parecia a gelo revestindo minhas veias, artérias, até alcançar o meu coração.

— Você deveria ir vê-la — disse ele, apoiando a mão na minha e apertando suavemente. — Só não espere muito. Tente não olhar, ela odeia. E, hum, não conte a ela sobre a esposa. Ainda não.

— Mas...

— Sério, Ash. Uma coisa de cada vez.

Com aquele aviso enigmático tocando meus ouvidos, acenei com a cabeça e me levantei.

— Eu vou voltar.

— Obrigado — disse Gary, tentando sorrir. — Eu adoraria.

Laney estava esperando por mim, a expressão ansiosa, mas não tinha palavras para ela. Só acenei com a cabeça para o policial fora do quarto de

Yveta, e ele me deixou passar.

A única luz vinha do sol se pondo, e sombras profundas encheram o quarto.

— Oi, é o Ash — sussurrei, não querendo assustá-la.

Ela virou a cabeça na minha direção, bem devagar, sem dizer absolutamente nada enquanto seus olhos sem vida me encaravam. O lado esquerdo de sua boca estava repuxado para cima, deformado por uma cicatriz longa e enrugada – recente e mal curada – que se estendia até a raiz do cabelo.

— Tudo bem se eu me sentar?

Ela não respondeu. Com cuidado, sentei-me na beirada da cadeira ao lado de sua cama. Não sei se me reconheceu ou não. Talvez estivesse tão drogada que não sabia de nada. Torcia para que fosse esse o caso, cacete.

Não sabia o que dizer a ela.

Estendi a mão lentamente e segurei a dela. Seus dedos estavam frios, então os acariciei com delicadeza. Falando baixinho, eu disse a ela tudo – quase tudo –, que havia acontecido comigo, e que sentia muito. Uma e outra vez, eu pedia desculpas.

Quando terminei, levantei a cabeça. Seus olhos estavam fechados, mas lágrimas escorriam pelo seu rosto. Não sabia se estava chorando por ela ou por mim ou por todos nós. Eu também quis chorar, mas minhas lágrimas estavam congeladas, trancadas lá dentro.

Fiquei pensando se algum dia voltaria a sentir algo.

Sentei-me por uma hora, segurando sua mão frágil, sem dizer nada, até que uma enfermeira veio me expulsar.

— Eu voltarei — avisei, repetindo as mesmas palavras que disse a Gary.

Não sei se ela entendeu.

Laney ainda estava esperando lá fora, e por alguma razão isso me irritou. Queria ficar sozinho com meus pensamentos sombrios. Laney era a luz do sol, mas não podia suportar seu brilho agora.

Ela deve ter percebido o meu humor, porque não tentou me tocar, embora fosse nítido que era o seu desejo. Porém ela tinha perguntas, e isso era pior.

— Algum dia vai me dizer? Sobre Sergei, quero dizer? Por que era tão implacável?

Dei de ombros, inquieto, cautela escurecendo meus olhos.

Ela segurou minha mão, e eu andei lentamente pelo corredor do hospital. Eu me vi esfregando o peito, como se o toque solitário pudesse aliviar a dor que vinha de dentro.

Ainda não tinha respondido sua pergunta. Minha cabeça estava tentando afastar o pânico e o pavor. Quase esqueci que Laney estava lá, esperando para ouvir a minha história: a meiga, gentil e boa Laney.

Encarei seus olhos ansiosos.

— Não posso te dizer.

A decepção refletida me apunhalou e tive que desviar o olhar.

— Você pode me dizer qualquer coisa. Eu amo vo...

Explodi, toda a minha raiva, nojo e frustração direcionados a Laney. Não queria pensar em toda essa merda. Por que continuava insistindo? Já tinha acabado! Fim! Por que ela não esquecia do assunto?

— Eu sobrevivi! — gritei.

LANEY

Pulei quando ele bateu o punho na parede, e então correu. Só podia ouvir os passos rápidos de Ash saindo pelo corredor.

Lágrimas começar a escorrer pelos meus olhos e as limpei com raiva.

— Burra — murmurei em voz alta. — Sua idiota!

Precisava saber todas as coisas sórdidas e desesperadas que Ash tinha feito? Testemunhei o que aquele homem, Sergei, planejava fazer com ele; vi com meus próprios olhos. Mas algum instinto ainda me avisou que era Ash quem precisava aceitar o que havia acontecido. Se ele não podia falar sobre o assunto comigo, talvez precisasse conversar com outra pessoa. Um terapeuta, talvez? Para nós dois.

Sabia que ele vivenciava alguns momentos de profundo torpor. Ele lidou com aquilo ao guardar tudo o que havia acontecido. Só que talvez, no final, a melhor terapia fosse quando estávamos nos braços um do outro, agarrados como dois sobreviventes.

Eu o encontrei esperando do lado de fora da entrada do hospital, fumando, com a testa franzida em uma expressão sombria.

— Chamei um táxi — comentei. — Estará aqui em alguns minutos. Podemos ir para casa...

— Tenho um show para fazer.

— Ash, você não precisa...

— Sim, eu preciso! — gritou. — Eu preciso, sim! Por que não entende isso?

Uma enfermeira que passava por ali me lançou um olhar preocupado, tentando decidir se precisava intervir, mas no fim, decidiu se afastar, olhando de relance por sobre o ombro. Os funcionários provavelmente viam um monte de pessoas loucas no hospital.

O trajeto no táxi foi feito em total silêncio até Ash sugerir que eu voltasse para o apartamento.

— Não, vou ficar com você.

Seus olhos se estreitaram e senti uma pontada no peito, mas tentei ignorar.

O motorista nos deixou na esquina na entrada do teatro, e segui Ash para dentro. Dava para dizer que ele preferia ficar sozinho, mas o teatro não estaria aberto ao público por mais uma hora e estava frio lá fora. Além disso, achei que precisava de mim, mesmo que não concordasse.

Ash foi o último a chegar e o diretor não parecia satisfeito, mas como era a noite de encerramento, não disse nada.

— Legal você aparecer — sussurrou Sarah. — Ah, oi, Laney! Veio nos ver valsar até o pôr-do-sol?

— Algo assim — respondi com um sorriso sem graça.

— O que foi? Vocês dois parecem ter vindo de um funeral. Meu Deus, não vieram, né?

— Só um dia muito, muito ruim — respondi com calma. — Eu te conto mais tarde.

— Tá certo — Sarah disse, desconfiada. — Ash, quer se trocar primeiro ou devo fazer sua maquiagem?

— Posso fazer isso se você quiser — ofereci.

Ash deu um aceno curto, negando.

— Não, você não sabe o que fazer.

Aquilo magoou e ele sabia disso. Sarah colocou as mãos nos quadris.

— Você está meio que sendo um idiota, sabia?

Encontrei um canto tranquilo para me sentar enquanto Ash foi se barbear e vestir sua primeira fantasia.

Observei tudo em silêncio, mas percebi que ele me queria longe dali.

Assim que terminou, ele se reuniu a alguns dos outros dançarinos para se aquecerem, e murmurei que o veria mais tarde.

— Você está sendo um verdadeiro idiota com a Laney — ouvi Sarah dizer, enquanto passavam por sua rotina de alongamento. — Vocês brigaram ou algo assim?

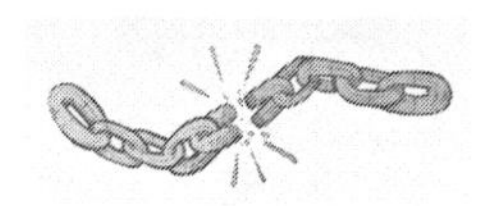

Eu quase ri. Aquela era pior coisa que ela poderia pensar?

No entanto, assim que refleti no assunto, fiquei enojado comigo mesmo. Gostaria que alguém como Sarah soubesse na pele que o bicho-papão era real? Que também fosse arruinada por ele? Não.

A sexy, sorridente e paqueradora Yveta tinha sido transformada em algo sem vida e esperança.

Senti um pequeno pedaço de gelo no meu coração quebrar, e soltei um longo suspiro conforme olhava para Sarah.

— Não. Só um dia ruim. Um dia muito ruim.

Ela me encarou, a cabeça inclinada de lado.

— Todos nós passamos por isso — disse ela, em um tom calmo.

Olhei para longe, alongando meus músculos.

— Estava em um hospital. Vi alguns amigos. Eles... foram gravemente feridos.

A mão da Sarah cobriu a boca.

— Meu Deus, sinto muito. Foi acidente de carro? Odeio dirigir em Chicago, o trânsito é uma loucura e...

— Não foi acidente de carro. Foi... alguém que os machucou.

Sarah parecia ainda mais chocada, mas fomos interrompidos pelo anúncio de cinco minutos antes de o espetáculo começar.

Houve um aumento súbito na venda dos ingressos – quase 70 vendidos. A maior audiência que tivemos a semana toda.

Eu estava nos bastidores, na escuridão, ouvindo o burburinho do público, ouvindo-os respirar, sussurrar, papéis farfalhando na abertura de embalagens de doces. Pude sentir o cheiro da poeira girando sob as luzes do palco, da maquiagem, o suor dos dançarinos mais próximos a mim. E quando a música começou, mais gelo se desfez.

Meu coração começou a bater mais rápido.

Era impossível ver além dos holofotes, mas fingi que o teatro estava cheio, e disse a mim mesmo que importava... dançar, entreter, tudo importava. Porque viver é difícil e o mundo é cruel, e todos nós precisamos de um pouco de sol em nossas vidas.

Laney era o *meu* raio de sol, então eu dançaria para ela.

Nós fomos para o palco em uníssono, uma fila de coro brilhante, e os aplausos fracos eclodiram, espalhados e fora do ritmo, mas estavam lá. Movi meu corpo do jeito que me ensinaram, e sorri do jeito que me ensinaram.

Sentada no escuro, ela me observava. Eu sabia, porque pude sentir um pouco de calor rastejar de volta para o meu corpo dormente.

Quando subi no palco no segundo tempo para o meu número de tango com Sarah, foi para Laney que dancei. O tango é uma história de amor e ódio, são duas pessoas lutando, duas pessoas se tornando apenas uma com a música, uma com a outra.

É difícil explicar com as palavras – você tem que *sentir* – a pressão e a atração, a intensidade das emoções.

Pulei para a frente, a mão estalando bruscamente, finalizando o movimento. Um barulho igual ao estalo de um chicote soou acima da música e disparou calor entre meus dedos.

Atordoado, olhei para minha mão, perdendo completamente o próximo passo quando Sarah tropeçou. Meu corpo já não estava onde deveria estar para apoiá-la. Fiquei hipnotizado pelo sangue que escorria pelo meu pulso.

Alguém gritou e então o caos explodiu.

Eu tinha sido baleado!

Olhei para minha mão em descrença, a ponta do dedo indicador agora ausente.

Adrenalina fez com que me movesse e desabei no chão do palco, temporariamente protegido pelas réguas de holofotes, segurando a mão contra o peito, enquanto gritos soavam pelo ar.

— Ele está armado! — gritou alguém.

Tudo voltou: a dor, o medo, a certeza de que Sergei estava lá fora, e que eu morreria logo mais.

Um pensamento cristalino penetrou o pânico e a batida esmagadora do meu coração: *Laney!*

Eu meio que pulei e pulei do palco, caindo diretamente no fosso onde a orquestra se situava. O auditório estava imerso em penumbra, mas luzes amarelas surgiram nas portas de saída de emergência, conforme as pessoas corriam, em pânico e desesperadas. Rezei para que Laney estivesse entre elas, mas instintivamente já sabia a resposta.

Na noite anterior ao dia de Ação de Graças, pensei ter visto o rosto de Sergei. Achei que pudesse ter sido um reflexo dos meus pesadelos, mas fora real. Sabia disso agora. Pouco antes de me envolver na briga contra aqueles homens, eu o tinha visto, me observando, nos observando. Ele sabia sobre Laney. E ele não estava sob custódia de Volkov, nem havia fugido para o México – ele era real e estava aqui, me caçando, caçando Laney.

Senti-me quente e febril só de pensar nele colocando suas mãos imundas sobre ela.

O sistema de som foi cortado de repente, e tudo o que restou foram gritos aterrorizados. Outro tiro soou, e desta vez eu estava mais perto da fonte.

— Saia, saia, onde quer que você esteja, Aljaž! — cantarolou Sergei. — Estou com a sua pequena esposa! Papai está esperando, e você tem sido um menino, muito, muito mau!

Vi a forma escura e volumosa duas fileiras à frente, e meu estômago revirou. Ele estava com Laney.

E apontava uma arma contra a sua cabeça.

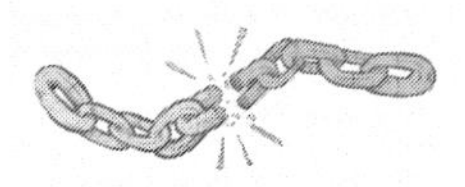

LANEY

Vi Ash cair do palco e gritei. Um medo desesperado e intenso me dominou. Ash! Meu amor, meu marido, minha vida. Meu mundo parecia estar acabando da mesma maneira que havia começado. Esperança, alegria e cada puro prazer humano foram exterminados.

Meus joelhos cederam e o verme lutou para me segurar. O cheiro poderoso de sua loção pós-barba combinada com odor corporal me fez querer vomitar.

Deduzi que fosse ele assim que deslizou no assento vazio ao meu lado quando o Ash começou a dançar o tango. E concluí que o metal frio pressionado contra a minha barriga fosse o cano de uma arma.

— Tenho observado você — sussurrou, o hálito rançoso me fazendo engasgar. — Sra. Novak. Rá! O garoto é mais esperto do que eu pensava, casando-se com uma ratinha assustada para conseguir um *Green Card*. Bem, ele me deve, e eu *sempre* cobro.

Então baixou os óculos escuros que estava usando e olhou para mim com uma órbita ocular vazia.

— Olho por olho, é justo, não é? Um lobo pegou o meu, então acho que vou pegar o *dele*. É quase uma pena, ele tem olhos bonitos, não? Uma cor tão linda, quase âmbar quando está se mijando de medo.

— Meu pai é policial — arfei.

— Eu sei — sussurrou, acariciando meu rosto com uma luva de couro.

Então me estapeou. A ardência me fez acordar.

— Você é Sergei.

Ele sorriu, o olho vazio piscando para mim.

— Ah, então ele falou sobre mim?

— Sim, ele disse que você é doente!

Nem parecia, mas o ego do homem inflou, obviamente satisfeito.

— Hmm, isso resume tudo. — Ele riu. — No entanto, acho que me lembro de como ele gostava da minha trepada doentia. Ah, sim, minha querida, tive aqueles doces lábios em volta do meu pau. Ele era muito bom em me chupar. Gostei muito.

Seu olho bom brilhava maliciosamente.

— Você está mentindo!

Ele riu de mim, depois gritou alto com uma voz cantarolada.

— Saia, saia, onde quer que você esteja, Aljaž! Estou com sua pequena esposa! Papai está esperando, e você tem sido um menino muito, muito mau!

Então ele se virou para mim e falou como se nada estivesse acontecendo:

— Por que eu mentiria? Vou te matar mesmo, então o que importa? Quero que morra sabendo disso... mas acho que mudei de ideia. Talvez eu deixe você ver enquanto eu fodo a bunda bonita dele e então, te mato.

Não pude evitar. Vomitei no sapato dele.

Sua expressão demonstrou a repulsa que sentiu, e ele ergueu a arma e acertou meu rosto com ela. Tentei me proteger com as mãos e ouvi meu pulso estalar conforme a dor me atravessava. Eu gritei e caí no chão, escorregando em meu próprio vômito.

Rolei sob a fileira de assentos e comecei a rastejar na escuridão, ouvindo seus gritos enfurecidos ao perceber que eu tinha escapado.

Vacilei quando dois tiros soaram por cima. Torcia para que Ash tivesse o bom senso para se manter escondido, longe das luzes brilhantes do palco onde seria um alvo fácil. Se pudéssemos aguentar um pouco mais, a polícia chegaria aqui. Eu tinha certeza de que cada pessoa naquela plateia havia ligado para a emergência. Nós só precisávamos aguentar...

E então as luzes se acenderam.

Sergei se contorceu, procurando por mim, sorrindo de orelha a orelha quando o cano da arma seguia meu corpo rastejando. Eu teria gritado de frustração se tivesse havido algum ar nos meus pulmões.

Vi Ash se levantar, correndo para a frente e se jogando em cima dele. Outro tiro soou e Sergei cambaleou na minha fileira, mas não caiu. Ele viu o choque em meu rosto quando Ash caiu de joelhos, segurando uma mão ensanguentada sobre o peito, e devagar afundando no chão. Sergei sorriu, apontando a arma para a minha cabeça.

Ash! Meu Deus, não!

Meu mundo acabou.

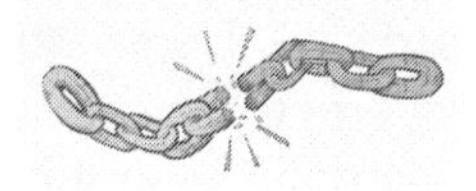

ASH

Dizem que o tempo desacelera quando você enfrenta a própria morte.

Sergei sorriu quando puxou o gatilho.

Meu corpo pareceu congelado conforme eu olhava para baixo, a arma apontada para o meu coração. Mas o rosto chocado e aterrorizado de Laney me fez agir, uma vontade primitiva de protegê-la, de ferir a coisa que a ameaçava, e comecei a me mover.

Mesmo quando meus músculos tensionados, prontos para me levar adiante, senti o impacto da bala, o ar perfurando meus pulmões. Vi o clarão do disparo e ouvi o som estalado. Estava tudo na ordem errada, e isso me incomodou.

Caí da beirada do palco, despencando no fosso da orquestra, um barulho discordante quando bati contra o conjunto da bateria.

Estava enrolado no chão, atordoado, imóvel, sem fôlego algum. Olhei para o teto, os holofotes do palco pintando uma silhueta sinistra enquanto Sergei mostrava o olhar triunfante. No entanto, quando ele se virou e apontou a arma para Laney, o tempo parou. Estava vendo todo o futuro caindo no vazio, e não queria mais viver assim.

A respiração voltou ao meu corpo e minha visão embaçada deu lugar à nitidez da cena.

Mas estava muito devagar. Mesmo quando me endireitei, mesmo quando o ar passou pelo meu rosto, mesmo quando voei para a frente, estava muito devagar. Sergei disparou a arma e desta vez foi Laney quem caiu no chão.

Meu corpo se chocou contra o dele e estávamos presos entre duas fileiras de assentos do teatro, as cadeiras dobráveis pressionando minhas costelas feridas.

— Você não vai morrer mesmo, hein? Não importa, sempre quis você em cima de mim, Aljaž — murmurou Sergei conforme eu o enchia de socos.

Os nódulos dos meus dedos se rasgaram quando um de seus dentes cortou a pele.

Ele cuspiu um pouco de sangue e tentou falar alguma coisa. Não me importava com o que tinha a dizer. Cada pensamento sombrio que aquele desgraçado maldito já teve, cada respiração que já deu, exalava o fedor da depravação. Laney era meu raio de sol, e agora ela se foi.

À distância, ouvi sirenes da polícia, depois gritos.

Sergei suspirou teatralmente, em seguida, sorriu para mim com os dentes ensanguentados.

— Sairei da cadeia antes do café da manhã. Depois, virei atrás de você.

Acenei negativamente com a cabeça.

— Desta vez não.

Eu o mandaria direto para o inferno.

Arranquei a arma de sua mão flácida e me ajoelhei. À distância, ouvi alguém gritando comigo para largar a arma. Mas eu tinha algo a fazer primeiro. Apontei a pistola contra o rosto de Sergei, ignorando seu nariz e a boca deformada. Empurrei o cano da arma na órbita ocular vazia. Sergei riu.

E, desta vez, puxei o gatilho.

Seu corpo deu um solavanco e pude sentir o cheiro forte de pólvora.

Mãos me agarraram por trás, torcendo meus braços, forçando-me a largar a arma.

Olhei para os respingos de sangue no peito: o meu, o dele, não sabia dizer.

Olhava fascinado como sangue se acumulava em torno de sua cabeça, em um líquido mais espesso com massa encefálica e ossos.

Olhei para aquela cena e senti nada, talvez apenas o mesmo que um açougueiro sentia quando encarava um pedaço de bife. Nenhuma emoção. Satisfação, sim. Alívio, sim. Consciência, não. Minha consciência estava tranquila.

A dor no meu peito gritou dentro de mim enquanto minhas mãos eram forçadas para trás com um *clique* silencioso – o aço frio das algemas.

E, então, eu a vi, quieta e silenciosa, o lado de sua cabeça ensanguentada. Cada emoção voltou com tudo, uma porta se abrindo com uma enxurrada de tristeza, terror e choque.

— Laney!

Gritei seu nome, tentando alcançá-la, mas estava contido.

— Laney! — gritei.

Tentei mais uma vez chegar até ela, mas minhas mãos algemadas foram puxadas para trás e a dor no meu peito foi tão intensa, que senti a escuridão me rondar, como se estivesse prestes a perder a consciência.

— Ele é o marido dela! Solte-o!

E então Billy estava lá, gritando mais ainda.

— Tire as algemas *agora*! Merda, ele foi baleado, seus idiotas. Onde estão os paramédicos? Ah, merda, Laney!

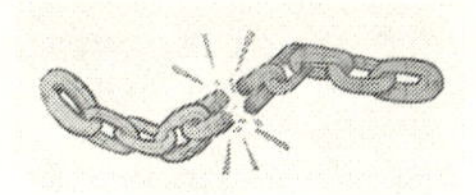

LANEY

Eu estava sonhando, flutuando naquele lugar feliz entre dois mundos.

Estávamos deitados na cama juntos. Era muito macio, como descansar sobre nuvens, ou no oceano em um dia de verão. Sim, estávamos deitados em uma praia, a água tocando nossos pés.

— Você sonha, Laney? Deve sonhar. Com o que você sonha?

Ash estava com o peito de fora, sua pele refletindo um bronzeado profundo, seus olhos da cor de um uísque irlandês. O Ash dos sonhos era lindo ao extremo, seus traços longos, finos e tonificados, as coxas musculosas e torso esculpido. Ele brilhava e resplandecia sob o sol quente, tão bonito.

O Ash dos sonhos sorriu para mim, mais relaxado e feliz do que jamais havia visto, a tensão em seus olhos completamente ausente, até que enfim.

— Meus sonhos diurnos são diferentes dos noturnos. — Sorri. — À noite, sonho em voar, não em um avião, só eu, voando. — Eu ri baixinho. — É bem evidente o que significa. Com o que você sonha?

— De dia? Esses não mudaram. Sonho em levar minha dança pelo mundo todo, contar histórias através de cada passo, fazer as pessoas felizes. À noite, eu sonhava em ficar sob um holofote, e se fosse um bom sonho, a música começaria a tocar e, em seguida, eu dançaria. Começaria em um ritmo normal, mas os saltos se tornariam maiores, até que eu chegasse ao ar, voando como você.

Eu sorri.

— Você ainda tem esse sonho?

— Ultimamente, eu...

— Não temos segredos entre nós. — Lembrei-o com um empurrão suave.

A luz do sol era muito brilhante, então fechei os olhos, ouvindo o ligeiro e suave sotaque de Ash.

— Ainda sonho que estou sob os holofotes, mas quando a música começa, meu corpo não se move. É como se eu estivesse congelado. Estou tentando me mexer, só que não consigo. E, então... então Sergei está lá, às vezes Oleg também, e estão rindo e gargalhando. Uma vez, a garota estava lá também, e eles apontaram a arma para ela e depois para mim, decidindo em quem atirariam primeiro.

Senti umidade nos olhos e os abri, vendo Ash me encarar com seu rosto banhado em lágrimas.

— Você não deve desistir de seus sonhos. Não por causa daqueles monstros. Nunca por causa deles.

E eu não tinha certeza qual de nós havia falado aquilo...

CAPÍTULO DEZOITO

ASH

Sentei-me na cama de Laney, vendo o movimento constante de sua respiração. Podia ver traços de sangue seco em seu cabelo. Ela odiaria. Um curativo branco cobria o lado esquerdo da cabeça, enquanto o antebraço ostentava um gesso pesado e azul-escuro.

Ela teve sorte, disseram. A bala passou de raspão pela cabeça e a nocauteou. Mas isso não a havia matado. E, em breve, ela acordaria.

Eu também tive sorte. Mais sorte do que merecia. Minha medalha de São Cristóvão se dobrou ao meio e amorteceu o impacto da bala. O Raio-X confirmou apenas uma fissura no esterno, que doía somente quando eu respirava. Hematomas pretos e roxos se espalhavam pelo meu tórax, e de tempos em tempos, eles checavam meu eletrocardiograma. Algo a ver com uma lesão no peito, mas eu não estava nem aí.

Subindo e descendo. Subindo e descendo.

Por horas, vi Laney respirar. Eu a vi se agarrando à vida. E era suficiente.

Minha mão esquerda latejava, enrolada em ataduras. Sergei havia atirado na ponta do meu dedo indicador. Eles não o tinham encontrado, então provavelmente ainda estava largado no chão do teatro. Senti pena do zelador. Varrer embalagens de doces era uma coisa; sangue e partes humanas, provavelmente, não faziam parte de seu contrato.

Subindo e descendo. Subindo e descendo.

A polícia veio conversar comigo enquanto ainda estava sendo atendido. Não conseguia me concentrar e não entendia suas perguntas. Também não me importei. O pai de Laney me disse que a Angela estava ajudando com aquilo. Mas nada importava, apenas Laney.

Seu pai estava sentado do outro lado da cama, e ele olhava o tempo todo para a porta, à espera da mãe de Laney que chegaria a qualquer momento. Ela tinha saído da cidade com as outras filhas, mas todas estavam a caminho.

Ele limpou a garganta.

— Temos uma testemunha, um dos porteiros diz que você se jogou naquele pedaço de merda, mesmo desarmado.

Virei a cabeça de uma vez, surpreso por ele ter falado comigo. Eu ainda estava esperando que ele me jogasse na cadeia por ter machucado Laney.

Seu rosto avermelhado e olhos lacrimejantes me encaravam.

— Você salvou a vida dela.

Inclinei a cabeça para um lado, pesando suas palavras e detectando a sinceridade, mas ele estava errado.

— Sergei veio para Chicago por minha causa. Laney nunca teria se metido em perigo para começo de conversa.

— Filho, posso ver que não é o tipo de homem que sai à procura de problemas. Há muitas pessoas ferradas neste mundo, e coisas ruins acontecem com pessoas boas. Não sei por que e ninguém mais sabe também. Minha esposa me disse que Deus sabe. Bem, bom para Ele, porque com certeza essa merda não faz nenhum sentido para mim. — Ele fez uma pausa. — Mas eu sei que minha filha está viva por sua causa.

Então ele se levantou para apertar a minha mão.

— Bem-vindo à família, filho.

Foi tão inesperado que só o encarei feito um idiota até perceber que o tinha deixado esperando. Fiquei parado, sentindo dor, tentando respirar com calma, e apertei sua mão.

Um momento depois, a porta se abriu e a mãe e as irmãs de Laney entraram. Suas perguntas voavam como chuva em um telhado metálico e eu não conseguia me concentrar.

Felizmente, o pai dela estava acostumado e refez as perguntas uma de cada vez, até que todos estavam convencidos de que Laney estavam fora de perigo.

— Mas e o chefão? — perguntou Berenice. — O chefe da máfia?

O pai fez uma careta.

— Achamos que ele é a razão pela qual Boykov estava aqui, em primeiro lugar. O chefão, Volkov, está limpando a casa. Parece que se cansou da bagunça que seu segundo no comando estava fazendo. Se Ash não tivesse acabado com ele, Volkov teria.

Seus olhos arregalados se desviaram para mim.

— O garoto salvou nossa Laney.

E foi isso – fui envolvido por abraços e beijos que me fizeram gemer de dor. O pai de Laney as afastou, uma a uma, explicando que eu também estava ferido. Então elas me rodearam e tudo o que eu mais queria, era que saíssem de perto de mim. Elas queriam fazer com que eu me sentisse melhor, mas estar cercado por tantas pessoas me deixava nervoso.

Eu me inclinei para a frente, concentrando-me no rosto de Laney, e quando olhei para cima novamente, muito mais tarde, todos haviam saído do quarto.

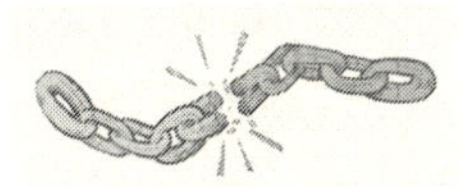

Estava ficando claro. A manhã finalmente chegou. Eu sabia que os monstros não desapareceriam ao amanhecer, mas algo sobre a luz do sol me fez sentir mais feliz.

As enfermeiras tentaram me fazer sair, mas depois que o pai da Laney conversou com elas, me deixaram em paz. Uma delas voltou mais tarde com um cobertor, então fiquei na cadeira ao lado da cama de Laney, observando.

A porta se abriu lentamente e vi Gary parado ali, parecendo estranhamente nervoso.

— Posso entrar? — Acenei com a cabeça e ele entrou. — É ela?

— Minha esposa, sim.

Ele entrou de mansinho no quarto e olhou para baixo.

— Cara, não consigo acreditar que está casado.

Meus lábios se curvaram em diversão.

— Eu voei mais de onze mil quilômetros para ser sequestrado pela Bratva, ser chicoteado por um psicopata que queria me foder, atravessei metade dos Estados Unidos para escapar dele, e então ele me segue e tenta me matar... e a parte que não consegue acreditar é que estou casado?

Ele empurrou meu ombro, fazendo-me estremecer.

— Desculpe — disse ele. — Mas é meio louco. Ela é uma gracinha, no entanto.

— Não, ela é a mulher mais bonita e incrível que já conheci.

Ele olhou para mim de lado.

— Gostaria que um cara olhasse para mim assim.

— Acho que você é incrível, também — comentei, sinceramente.

Gary sorriu.

— Ah, querido! Você diz as coisas mais doces. Mas não vou dormir com você, nem mesmo se implorar. Bem, talvez se implorar.

Então seu rosto mudou e ele ficou sério.

— Só para avisá-lo, Yveta não aceitou muito bem.

Franzi o cenho em confusão.

— Não aceitou o quê?
Gary suspirou.
— Você estar casado.
— Mas...
Eu não sabia o que dizer. Transei com Yveta algumas vezes. Nunca pensei que significasse alguma coisa para nenhum de nós. Apenas algo que nós dois precisávamos na época – temporário.
Gary acenou com a mão.
— Eu sei, eu sei. Mas quando estávamos naquele lugar, ela ficava dizendo que se você tivesse saído, nós também poderíamos. E quando conseguíssemos, ela ia procurar por você. Você era uma espécie de amuleto da sorte, "a esperança de tempos melhores". — Ele suspirou novamente. — Ela realmente ficou magoada quando descobriu sobre a sua esposa, eles tiveram que sedá-la.
Gary balançou a cabeça.
— Sinto muito, Ash.
Ele colocou a mão no meu ombro por um momento, depois abaixou-se para me beijar no rosto.
— Feliz Natal — sussurrou antes de sair.
Esperança. Uma palavra tão pequena no meu idioma: *upanje*. Uma palavra pequena, mas que representava uma enorme emoção. No entanto, quando se tem muito, pode ser esmagador diante da impossibilidade de seus sonhos.
Laney era o sol, meu sol. Ela me aqueceu, me deslumbrou. Ela acendeu o caminho como um farol de esperança.
Mas Yveta não tinha uma Laney em sua vida. E eu não sabia o que poderia fazer para ajudar.
— Ash? Estou sonhando?
Os olhos de Laney se abriram e a pedra que eu carregava no coração se dissolveu.
— Não, meu amor. Você está acordada agora.
Sua testa franziu.
— Ele te matou. Eu vi Sergei atirar em você!
Inclinei-me para beijar seu rosto, cheirando o pescoço dela.
— Sergei não pode mais nos machucar. Ele se foi.
Seus olhos se fecharam.
— Ele vai voltar?
— Nunca.
Ela sorriu e segurei sua mão pequena, vendo-a voltar a adormecer.
— Feliz Natal, meu amor.
Os pais de Gary chegaram para levá-lo para casa – solenes e sinceros,

agradecidos por tê-lo de volta em suas vidas, confusos ao encontrá-lo de mãos dadas com Yveta. Eles a convidaram para passar o Natal e o Ano Novo, e ela aceitou com gratidão.

Gary disse que ainda estavam esperando por um filho hétero, mas acho que estava brincando.

Yveta deixou claro que não queria me ver, o que significava que eu teria que explicar tudo para Laney.

O estresse das últimas 24 horas nos deixou exaustos, e ambos estávamos tomando analgésicos. Podia ver a expressão cansada em seu rosto, mas ela tentou brincar sobre isso.

— Estava torcendo por sexo gostoso embaixo da árvore de Natal, mas ter você só para mim também é bom.

— Vamos ter que deixar para outro dia — prometi.

Os pais dela queriam que passássemos o feriado com eles. Não falei nada, mas não suportava a ideia de estar cercado de pessoas, então fiquei aliviado quando Laney insistiu em ir para casa. Ela comprometeu-se dizendo que os visitaríamos em breve.

Um táxi nos deixou no apartamento e subimos os seis degraus, cansados, Laney encostada em mim para se apoiar.

Peguei as correspondências, chocado ao ver uma carta do Serviço de Imigração endereçada a nós dois.

Quase dormente, abri o envelope e tirei uma única folha de papel. Ainda demorei um pouco para ler inglês, mas três palavras se destacaram: nenhuma ação adicional.

Respirei fundo. Eles não podiam me mandar para longe de Laney – e eu tinha um documento para provar isso.

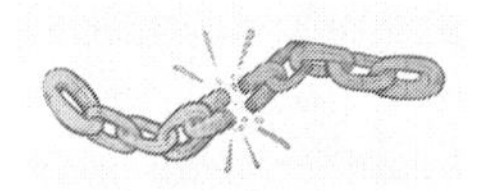

LANEY

Fiquei tão aliviada por estar em casa. Embora não pudesse me lembrar de tudo com clareza, flashes do horror vivido dentro do teatro atormentaram meus pensamentos. Ser golpeada na cabeça por uma bala calibre 32 faz isso com uma pessoa... foi o que os médicos me disseram.

Ash também estava sentindo dor. Ele tomou alguns comprimidos de codeína para aliviar o incômodo em seu esterno trincado, e meu pulso fraturado latejava, juntamente com a cabeça.

Passamos o Natal enrolados no sofá sob a colcha do quarto, mastigando tudo que estivesse ao nosso alcance: pizza congelada, batatas fritas e tudo o que não havia de saudável que pudéssemos encontrar conforme assistíamos filmes natalinos bobos. Então fomos para o quarto e dormimos de mãos dadas.

Fui acordada na manhã seguinte com o toque do meu celular. Ash xingou, sonolento, quando o peguei para ver quem estava ligando tão cedo, mas o número era desconhecido. Pressionei "rejeitar" e joguei de volta na mesa de cabeceira, mas um momento depois, estava tocando novamente.

Se fosse uma chamada de *telemarketing*, eu ia ficar puta.

— Alô?

— Sra. Novak, bom dia. Meu nome é Phil Nickeas do "Chicago Tribune". É uma boa hora para conversarmos?

Levou alguns segundos para meu cérebro raciocinar. Para começar, não estava acostumada a ser chamada pelo meu nome de casada, e segundo, *que diabos*?

— Como conseguiu esse número?

— Drª Angela Pinto. Ela é minha amiga e trabalhamos juntos algumas vezes. Ela pensou que se eu conversasse com você, isso poderia realmente ajudar no caso do seu marido.

Caso?

Meu cérebro estava sentindo dificuldade compreender o que ele dizia.

Meu silêncio foi tomado como um consentimento.

— Gostaria muito de ouvir o seu lado da história antes da investigação. Máfia russa é uma grande notícia. Não serei o único jornalista a ligar pra você, mas sou um repórter criminal, não um caçador de notícias. Angie disse que ia te ligar para avisar que eu entraria em contato. — Ele fez uma pausa. — Talvez precise de um minuto para falar com seu marido... Okay, bem, você pode me ligar de volta neste número. A qualquer hora.

Murmurei algo e desliguei. Ash estava sentado com uma expressão curiosa no rosto.

— Era um repórter do Tribune. Ele quer falar com você, conosco, sobre Sergei, eu acho.

Ash já estava negando com a cabeça.

— Ele disse que ajudaria no seu *caso*. O que ele quer dizer?

Ash deu de ombros e estremeceu enquanto ajustava o travesseiro às suas costas. Seu peito mais se parecia a um arco-íris de contusões pretas, roxas e amarelas que irradiavam do centro.

— Ash, que *caso*?

— O caso do assassinato, acho.

Meu coração bateu forte.

— Que... que caso *de assassinato*?

Ele olhou para mim de relance, depois desviou o olhar.

— Porque eu atirei em Sergei.

— Você?! Achei que a polícia tinha atirado em Sergei!

Seus lábios curvaram de lado.

— N-não. Depois que ele atirou em você, eu lutei com ele. Peguei a arma e atirei nele.

Um suspiro de alívio escapou de mim.

— Então, foi legítima defesa.

Ash acenou com a cabeça.

— Graças a Deus. Pensei por um momento... Não sei o que pensei. Ele fez parecer que a polícia estava te incriminando.

— Eles falaram comigo no hospital, mas seu pai disse que eu não precisava sair do seu lado.

Uma dor de cabeça estava começando a apontar.

— Ash, diga-me *exatamente* o que a polícia disse.

Ele franziu a testa.

— Eu tenho alguns papéis que eles me deram.

E saiu da cama, movendo-se mais bruscamente do que eu estava acostumada a ver, já que ele era normalmente gracioso e cheio de energia.

Ele procurou em seu jeans largado no chão e colocou alguns papéis sobre o colchão, em seguida, sentou-se na cama, me observando.

Desdobrei a folha de cima e quando comecei a ler, o sangue drenou do meu rosto.

— Ash, diz aqui que vai haver uma investigação. Eles vão reunir provas de testemunhas e você será interrogado formalmente. Nós dois seremos. — Mordi meu lábio. — Não vejo como podem possivelmente acusá-lo de qualquer coisa, é ridículo.

Ash não parecia nem um pouco preocupado.

— Sua amiga Angie deixou uma mensagem no meu celular, ela quer falar comigo.

Acenei com a cabeça rapidamente.

— Sim, isso é bom. Vou ligar para ela agora mesmo. Mas... Não sei... Por que aquele repórter falou sobre um "caso"? Não tem caso.

— Eu o matei. E não me importo com a forma com que chamem isso — soltou Ash, com a mandíbula cerrada. — Podíamos ouvir as sirenes da polícia e suas vozes. Sergei riu, dizendo que sairia da cadeia pela manhã e depois viria atrás de nós. Então, empurrei a arma na cara dele e puxei o gatilho. Ele não estava mais rindo. E eu faria de novo. Um dos policiais pegou a arma.

Achei que ia desmaiar, este não era um caso aberto e fechado de legítima defesa. Poderiam chamar de assassinato? Não queria acreditar que fosse possível.

A polícia investigaria e o levaria ao promotor. Ele decidiria se haveria alguma acusação.

Meu Deus, certamente que não. Foi legítima defesa.

— Ash, você precisa falar com Angie o mais rápido possível. É sério.

— Eu fiz o que tinha que fazer! — gritou.

Ele entrou bravo no banheiro, bateu a porta, e um segundo depois ouvi o chuveiro sendo ligado. Esperava que fosse frio, porque ele tinha que se acalmar. Ele claramente não tinha ideia de quão sério era aquilo.

Liguei para Angie na hora.

— Finalmente! — disse ela, respondendo no primeiro toque. — Eu tenho ligado sem parar atrás de você! Deixei mensagens!

— Eu só vi agora. Meu Deus, Angie. O que vamos fazer?

— Em primeiro lugar, não entre em pânico. Preciso falar com Ash, mas, em poucas palavras, é isso aqui: oficiais armados entraram no teatro. Boykov estava no chão e Ash estava batendo nele com as próprias mãos. Eles não podiam ver claramente porque estavam no chão entre duas fileiras de assentos. A próxima coisa que ouviram foi um tiro. Boykov estava morto e Ash estava segurando a arma. Mas o russo já tinha atirado em vocês dois. Pessoalmente, não acho que há muita chance de que apresentem acusações.

Eu estava achando difícil respirar.

— Mas há chance?

— Laney, acalme-se. Temos alguns fatos a nosso favor. Primeiro: mesmo que dois policiais gritassem para Ash largar a arma, ele não parecia ouvi-los. Você sabe como é: as pessoas geralmente olham na direção do ruído súbito. Ash nem sequer vacilou, o que sugere que ele não ouviu as ordens. Segundo: ninguém mais viu o que *aconteceu.*

— Mas...

— Não me diga nada que eu não queira ouvir, Laney — ela avisou. — Em terceiro lugar, durante as declarações anteriores de Ash para a polícia, suspeitaram que ele estivesse sofrendo de um distúrbio pós-traumático. Isso tudo está a seu favor.

— Tudo bem — suspirei, mais calma, tentando respirar direito. — E sobre este repórter? Por que deu a ele o meu número?

— Ele é um cara legal, Laney. Já trabalhei com ele antes, uma pessoa honesta. Ele tem trabalhado em várias histórias relacionadas com a máfia e tráfico de pessoas. Ele será justo, e Ash poderia tirar vantagem de uma boa publicidade, vai colocar a comunidade do seu lado. O fato de ele ser um estrangeiro, e que se casou com você tão depressa, vai parecer que só o que ele quer é um *Green Card*. E não brigue comigo!

Eu me acalmei em silêncio, mesmo que o que ela tenha dito não fosse mentira, exceto que agora era.

— Ele precisa ter certeza de que vai encantar a todos que conhece de agora em diante. — Ela fez uma pausa. — Fale com Phil. Vou informar Ash sobre o que ele pode ou não dizer. Tá bom?

— Sim.

Houve uma longa pausa, então ela falou mais calma:

— Farei tudo o que puder.

Desligamos, e prometi falar com seu amigo repórter.

Mas primeiro tinha que falar com Ash.

Ele finalmente reapareceu, parecendo mais calmo, embora pudesse ver a tensão persistente em sua expressão.

— Temos algumas coisas para conversar.

Por um momento, pensei que ele discutiria, mas então seu corpo relaxou e ele se sentou na cama.

Expliquei tudo o que Angie havia dito e porque achava que deveríamos falar com o repórter. Ele não estava interessado no início, mas eventualmente concordou.

Pedi que ele ligasse para a advogada, para que ela o orientasse sobre o que dizer. Nesse meio-tempo, eu contataria o repórter. No entanto, Angie já havia entrado em contato com ele e Phil Nickeas estava a caminho.

Não tive muito tempo para tomar banho e me vestir, ainda mais porque meu punho estava fraturado.

Ash arrumou o apartamento, o que não demorou muito, já que não éramos bagunceiros, além de ele quase não ter parado em casa nos últimos dias. Então ouvi a cafeteira apitar na cozinha. Eu mal havia conseguido dar um gole antes de Ash trazer o visitante.

Phil Nickeas era um cara bonito, com cerca de trinta anos e com cabelo loiro claro. Não sei o que esperava, talvez um homem mais velho e grisalho.

— Obrigado por disponibilizar esse tempo para me ver, Sra. e Sr. Novak.

— Bem, Angie falou muito bem de você, então...

Ele sorriu, parecendo muito mais jovem.

— Mulher inteligente, a Sra. Pinto.

Ah. Ele gostava muito da minha amiga. Interessante.

De repente, eu me senti muito melhor a respeito da entrevista. Ash, por outro lado, estava cauteloso e desconfortável, como se estivesse prestes a discutir e tentar se safar da entrevista.

— Tudo bem se eu gravar nossa conversa? — perguntou Phil quando colocou o telefone entre nós.

Ash olhou para mim e acenei com a cabeça.

— Então, Sr. Novak, leve-me de volta ao que o trouxe aos Estados Unidos em primeiro lugar.

A boca de Ash torceu-se em desgosto e segurei a mão dele para tranquilizá-lo. Ou a mim. Provavelmente nós dois.

— É difícil falar sobre o assunto — disse Ash, brusco. — Continuo tentando esquecer tudo isso.

— Eu entendo, mas com todo o respeito, não vai acontecer.

— Eu só quero viver minha vida! — Ash rosnou. — Ficar com minha esposa, dançar. Não é pedir muito!

Seu sotaque sempre se tornava mais pronunciado quando estava chateado.

— Sua melhor chance de fazer isso desaparecer é mostrar o seu lado da história agora. Angie é uma grande advogada criminal e ela não teria sugerido que falasse comigo se não achasse que ajudaria no seu caso.

Ash abaixou a cabeça, olhando para nossas mãos.

— Tudo bem.

— Se ajuda em alguma coisa, já falei com o Sr. Benson e a Sra. Kuznets, e eles só têm coisas boas a dizer sobre você.

Ash olhou para cima.

— Você os viu? Como eles estão?

A expressão de Phil foi simpática.

— Vocês todos passaram por algumas coisas ruins, e vai levar tempo. A Bratva é implacável, cruel. Mas são espertos, também. Bons em cobrir seus rastros, pelo menos é nisso em que Volkov acredita. Esse tal de Sergei parece ter enlouquecido há um tempo, e Volkov estava ansioso para se livrar dele. Porra, você provavelmente fez um favor ao cara.

— Ele era mau. Estou feliz por ter matado aquele verme.

Apertei a mão dele, advertindo de alguma forma para que não admitisse nada. Sim, este repórter estava do nosso lado, mas no final, estava aqui para vender jornais – tínhamos que ter cuidado.

Ash respirou fundo antes de começar a contar sua história, desde o momento em que viu o anúncio para o trabalho em Las Vegas. Eu acrescentava algumas coisas sobre a nossa fuga: a memória de Ash ainda estava um pouco confusa. Eu deveria ter percebido na época que ele poderia estar em choque, mas meu medo superou a compreensão de tudo.

Ele não quis olhar quando mostrei ao repórter a foto de suas costas laceradas, embora tenha concordado em mostrar o estado em que se encontrava agora. As cicatrizes do meu pobre rapaz eram piores por dentro.

Ele estava no meio de nossa pequena sala e tirou camiseta, suspirando, resignado, enquanto Phil tirava várias fotos.

Então falamos sobre nosso relacionamento, e até admiti que estava saindo com outra pessoa quando o conheci, mas tentei minimizar isso o máximo possível. Não me orgulhava da forma como tratei Collin.

E como Phil era bom no que fazia, ele também descobriu que Ash havia assumido o trabalho no teatro antes de seu *Green Card* ter, efetivamente, chegado.

Estremeci, sabendo que a mesma informação estaria registrada se o caso fosse aos tribunais.

— Ash entrou no país com um visto de trabalho de Ocupações Especiais H-1B. Era legítimo e acreditava que ainda era válido — improvisei. — Nós já estávamos casados quando ele percebeu que seu prazo tinha expirado. Foi um erro genuíno.

Não sei se acreditou em mim, mas também não nos desafiou.

E então o repórter solicitou que Ash descrevesse que havia acontecido no teatro. Ele começou calmamente, mas logo sua voz se levantou e ele começou a andar pela sala, puxando seu cabelo curto.

Dei-lhe um olhar de advertência, mas ele estava muito preso em suas memórias.

— Eu vi Laney cair e meu mundo acabou — gritou ele. — Queria morrer com ela, mas queria que *ele morresse* primeiro. — Ele respirou fundo, satisfeito. — Então o matei.

Oh, Ash.

As sobrancelhas de Phil dispararam.

— Hum, então pode querer praticar essa resposta antes da declaração com a polícia...

— Por que alguém deveria se importar? — esbravejou. — Ele era mau! Ele era um assassino! Gostava de torturar pessoas, quem se importa por ele estar morto? Ele tentou matar Laney! Eu faria isso de novo!

— Ash — chamei, estendendo meu braço bom para ele.

Ele se jogou aos meus pés, enrolando os braços ao redor da minha cintura. Seu corpo estremecia enquanto tentava respirar.

— Eu te amo — sussurrei, sentindo as lágrimas ardentes à medida que o segurava em um abraço firme. — Eu te amo.

Do canto do meu olho vi Phil se levantar.

— Eu mesmo encontro a saída — disse ele, baixo.

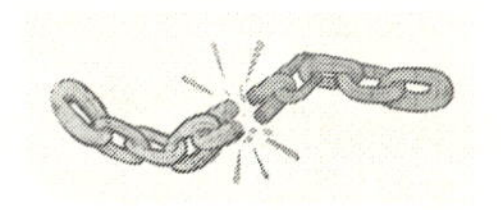

ASH

Não tinha mais ego, nem arrogância. Tudo havia sido despojado. Roubado. E eu estava nu perante ela. Não sobrou nada, apenas Laney e seus braços me envolvendo.

Ficamos naquela posição por muito tempo, os dedos gentis acariciando minhas costas, entremeando-se em meu cabelo, acalmando, sem a necessidade de palavras.

Eventualmente, meus joelhos protestaram contra o piso duro de madeira, e desajeitadamente enxuguei meus olhos, exausto demais para sentir vergonha por ter desabado na frente daquele repórter.

Eu tinha perdido tudo o que me restou, a perda de dignidade não me mataria. Eu queria rir da ironia. Não, eu estava errado. Não havia perdido nada, porque minha Laney ainda estava aqui.

Quando me atrevi a erguer a cabeça, deparei com seu olhar gentil, caloroso. Foi um daqueles momentos calmos e sutis, onde palavras não eram necessárias para comunicar os sentimentos mais profundos.

Estávamos juntos, nos bons e maus momentos. E finalmente entendi. Por que ter um coração pulsando se você não sabe por que ele bate ou por quem?

— Eu também te amo — eu disse.

CAPÍTULO DEZENOVE

LANEY

A matéria de Phil Nickeas saiu dia 28 de dezembro, na manhã da nossa entrevista policial. Angie me avisou que seria publicada. Ash se ofereceu para sair e comprar o jornal, já que precisava sair um pouco do apartamento. Apesar de ainda sentir dor por conta da fissura no esterno, ele estava enlouquecendo por não ter nada para fazer. Ele não gostava de ler em inglês e a televisão o entediava. Ele passava a maior parte do tempo na internet e ouvindo música, exercitando-se o máximo que podia – provavelmente mais do que deveria.

Ele voltou dez minutos depois, as bochechas coradas pelo frio e com flocos de neve grudados em seus longos cílios.

Sem dizer nada, jogou o jornal na minha mesa e seguiu para a cozinha.

Passei somente quatro páginas quando encontrei a matéria escrita por Phil:

ESCRAVOS DO SISTEMA

Por Phil Nickeas

Assassinato, estupro, tráfico de drogas, tráfico de pessoas, uma guerrilha armada. E não a um milhão de milhas de distância, em algum califado do Oriente Médio. Tudo isso aqui nos EUA. Aqui em Chicago.

O repórter criminal Phil Nickeas se reuniu com três vítimas da ascensão da nova máfia russa, três pessoas que sobreviveram à terrível opressão e à escravidão moderna.

E havia uma grande fotografia em preto e branco de Ash no meio de um número de dança, seu intenso olhar parecendo sair da página, junto com seu poderoso físico à mostra. Reconheci o figurino que usava: calça preta e camisa prateada cortada na altura da cintura. Foi do tango que ele havia apresentado no espetáculo *Broadway Revisited*. Eles excluíram Sarah da foto – aposto que ela ficaria brava com isso. Mas então me lembrei de que ela estava a seis mil quilômetros de distância, em Londres.

O artigo tinha uma voz poderosa, clamando contra o crime organizado e a forma como as brechas no sistema eram usadas e abusadas. No geral, em específico nos detalhes, relatava a história de Ash ao lado de Yveta e Gary.

Meu celular tocou e o nome da Angie apareceu.

— Você já leu?

— Estou lendo agora. É bom, muito bom.

— Eu te disse. Acho que isso vai ajudar muito no caso. Phil quer manter a pressão sobre as autoridades aqui e em Nevada. Ele tem provas de que outros casos foram varridos para debaixo do tapete, e as vítimas que sobreviveram foram enviadas de volta para a Europa ou África ou onde quer que seja. Mas Ash é muito público, simplesmente o que precisávamos.

Eu me arrepiei com seu tom animado.

— Ash é uma pessoa, não uma história!

Ela se arrependeu na mesma hora.

— Eu sei, me desculpe. Mas se Phil mantiver o caso de Ash nos jornais, ajudará outras pessoas, você deve saber isso.

Suspirei.

— Sim, eu sei. Mas também vejo que isso o coloca sob muito estresse.

— É verdade. — Ela fez uma pausa. — Então, vejo vocês na delegacia.

— Sim.

— Vai ficar tudo bem, Laney.

— Claro.

E assim, pela quarta vez desde que conheci Ash, passamos a tarde na delegacia sendo interrogados.

Eu não tinha permissão para me sentar com ele ou ouvir o que dizia, mas Angie me disse que Ash havia ido bem, e que se controlara durante o tempo todo.

Agora, tudo o que tínhamos que fazer era esperar.

— Meu melhor conselho é tentar deixar isso para trás — disse ela. — Em poucos dias será o *Reveillon*. Vocês deveriam sair e comemorar. Afinal, entraremos em um novo ano, e vocês, mas do que ninguém, têm motivos para celebrar.

Eu ri muito.

— Bem, isso é, definitivamente, um fato. Na verdade, vamos almoçar com Gary e Yveta na casa dos pais dele no feriado. Eles estão em Kenosha. Não queremos fazer muito nos próximos dias, então vamos ficar em casa assistindo TV, descansando quietinhos, já que é tudo o que podemos fazer agora.

Nós nos despedimos com promessas mútuas de nos reunirmos em breve e discutir estratégias adicionais de publicidade. *Deixaríamos isso para trás?*

Enquanto o sol se escondia no horizonte, e as nuvens se transformavam de roxo para um cinza sinistro cheio de neve, vimos o velho ano desaparecer no passado. Sozinhos, mas juntos.

— Foi um ano e tanto — comentei pensativa.

Ash enlaçou minha cintura enquanto nos aconchegávamos no sofá, minha cabeça recostada em seu ombro.

Ele se virou um pouco para olhar para mim.

— Você se arrepende? — perguntou com cautela.

— Sim, de muitas coisas — respondi com sinceridade. — Eu nunca deveria ter deixado as coisas continuarem tanto tempo com Collin. Odeio que ele tenha descoberto sobre nós daquela forma. Ele é um bom homem, não merecia o que aconteceu. Mas você também é um homem maravilhoso, Ash. Lamento a maneira como nos conhecemos. Odeio o que aconteceu contigo, mas nunca me arrependerei de termos nos conhecido, assim como nunca me arrependerei por me casar com você. Nós não fazemos nenhum sentido, nada sobre nós se encaixa, mas somos *reais*.

Ele sorriu, os olhos com um tom de chocolate sob a iluminação fraca, as maçãs do rosto bem-delineadas e lançando sombras contrastantes.

— Você é a pessoa mais forte que já conheci, Laney. Estou maravilhado contigo, meu amor.

Balancei a cabeça.

— Não, não me coloque em um pedestal. Mas vou dizer uma coisa: sou mais forte ao seu lado. É como... — Lutei para encontrar uma palavra que transmitisse tudo o que sentia: — É *syzygy* — eu disse, finalmente.

A testa de Ash enrugou em confusão.

— Não conheço essa palavra. É polonês?

Eu sorri.

— Não, é do grego antigo. O psicanalista Carl Jung a usou para significar "uma união de opostos". Na astronomia, é um alinhamento do Sol, da Terra e da Lua: três objetos celestes.

Eu podia ver que a ideia o atraiu. Ele me puxou para si com mais firmeza.

— Meu sol — disse.

Suspirei.

— Eu realmente quero fazer amor com você agora, mas estou tão cansada e tudo dói.

Ele ficou em silêncio por um momento.

— Talvez eu possa fazer você se sentir bem, sem precisar ter foder...

— Palavras tão doces. Você está realmente me excitando — brinquei, respondendo na lata.

Ash deu uma risada contida, e, em seguida, beijou meu pescoço.

— Isso significa um sim?

Seus dedos deslizaram pela lateral do meu corpo, enviando faíscas pela minha pele que se alojaram em meu ventre. Eu me levantei para beijá-lo, mas, acidentalmente, golpeei seu peito com meu gesso, fazendo nós dois gemermos de dor.

— Acho melhor não... — Estremeci, segurando meu punho fraturado.

Seus olhos cheios refletiram desapontamento, mas ele não discutiu.

Então estendeu a mão para segurar a minha e depositou um beijo suave no dorso, os lábios macios e persistentes.

— Feliz Ano Novo, meu amor.

Ano Novo. Gostei de como isso soou.

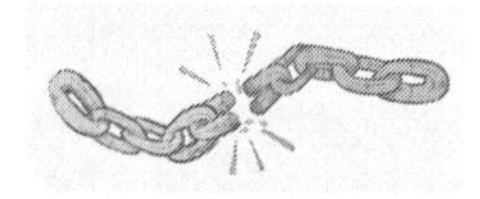

A neve caiu da noite para o dia, transformando a cidade em um país das maravilhas invernal. Apenas alguns carros e caminhões haviam transitado pelas ruas, e as calçadas ainda permaneciam brancas. Em breve a lama decadente daria as caras, mas, por enquanto, eu poderia ficar em nossa varanda e respirar o ar cortante e gélido, como se tudo tivesse renascido.

Ash ficou feliz quando Gary nos convidou para sua casa, e vi algo brilhar dentro dele. Então me disse o que queria fazer, os pensamentos e planos rondando sua incrível mente e me deixando admirada. E tão orgulhosa. Mas ele precisava do Gary. E de Yveta.

Chegamos um pouco tarde, e seu amigo deve ter nos avistado, porque assim que paramos o carro, ele saiu correndo ao nosso encontro, usando chinelos ridículos. Seu sorriso era largo, e tentei não demonstrar nada quando vi a lacuna de vários dentes faltantes em um lado de sua boca.

Ele abriu a porta do motorista e puxou Ash para um abraço apertado, sussurrando algo que fez meu marido sorrir.

— Bem-vindos à minha humilde morada, adoráveis Novaks! — Gary cantarolou. — Entrem e conheçam os meus pais. — Ele baixou a voz. — Vimos o artigo no jornal.

— O que achou?

— Foi justo. Não sei se isso vai fazer alguma diferença.

— Como está Yveta? — perguntou Ash.

Gary suspirou.

— Está vivendo altos e baixos. Acho que ela precisa de ajuda, mas ninguém quer saber. A Embaixada Russa se ofereceu para levá-la para casa, mas ela não tem família ou amigos próximos por lá. Não sei quanto tempo vão deixá-la ficar aqui... — Ele olhou para mim. — Talvez eu devesse me casar com ela.

Ash deu um soco no ombro dele e Gary riu. Então, ele deu a volta no carro para me ajudar a descer, entrelaçando nossos braços enquanto seguíamos até a entrada da casa.

Era uma casa antiga de madeira, como uma casa de fazenda, embora houvesse outras construções próximas mais recentes.

Os pais de Gary, Judith e Henry, eram como algo saído de uma pintura de Grant Wood. Muito eretos, contidos e austeros em seus cumprimentos de boas-vindas. Como eles conseguiram gerar um filho tão extravagante era uma incógnita. Eu sabia que Ash guardava muito ressentimento por causa de seu pai, que considerava a dança como algo afeminado, e tentei imaginar como deve ter sido para Gary crescer aqui.

No entanto, quando entramos dentro da casa, fomos recebidos pelo cheiro maravilhoso de pão assado, e aquilo me levou de volta aos momentos simples e descomplicados da minha vida.

Yveta estava aconchegada em uma poltrona na sala de estar, as cortinas fechadas, a iluminação fraca.

— Misericórdia! — disparou Gary. — Isso tudo é muito gótico. Abra as malditas cortinas!

Ele as abriu de fora a fora, fazendo-nos piscar, e foi quando vi Yveta pela primeira vez. Meu olhar se focou na cicatriz horripilante em sua bochecha, que lhe dava um ar de escárnio, como se ela estivesse zombando do mundo – e talvez estivesse.

Ela era alta e muito magra, com o cabelo loiro e volumoso que emoldurava um rosto sem maquiagem.

Ash simplesmente se aproximou dela e a beijou em ambas as bochechas, sorrindo enquanto segurava suas mãos.

Os olhos frios de Yveta se umedeceram e ela se jogou em seus braços, com lágrimas repentinas e de partir o coração.

Observei em um silêncio constrangido, sem saber o que fazer, até Gary cutucar meu braço.

— Café?

Acenei afirmativamente com a cabeça e o segui até a cozinha onde seus pais estoicamente haviam arrumado a mesa com guardanapos de pano e talheres. Eles pareciam ignorar sua presença e ele fazia o mesmo.

— Yveta faz isso o tempo todo — disse ele, triste. — No entanto, acho que ela está bem melhor. Mais tranquila... Aos pouquinhos...

Ele perdeu o fôlego, em seguida, mudou de assunto:

— Então, conte-me tudo sobre a Sra. Novak. Estou morrendo de curiosidade a respeito da mulher que pegou o talento mais gostoso da cidade.

— Tenho certeza de que Ash lhe contou como nos conhecemos.

Gary acenou com a mão.

— Ele é um cara. Eu preciso ouvir alguma conversa de menina.

Eu sorri.

— Você adoraria a casa dos meus pais... somos quatro filhas. Papai está em total desvantagem numérica.

— Deve ser o paraíso. Falando nisso, como eles encararam o jeito exótico do seu maridinho?

— Ficaram surpresos, mas estão se acostumando com a ideia. — Dei de ombros — Meu pai está tendo um bromance com ele desde que Ash salvou minha vida.

O rosto do Gary estava sério.

— Ele deve realmente te amar.

— É mútuo.

Então ouvimos a porta da frente bater e, dois segundos depois, Ash e Yveta desapareciam pela garagem, pisoteando a neve. Suas cabeças estavam inclinadas, próximas, enquanto ele a enlaçava pela cintura delgada.

Gary me deu uma olhada de relance.

— Eles passaram por muita coisa juntos.

— Todos nós passamos — eu disse, baixinho.

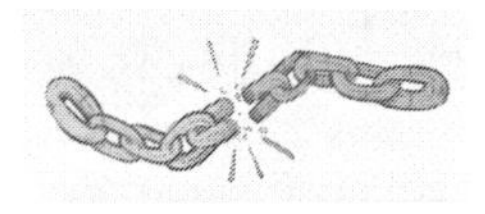

ASH

Caminhamos devagar pela neve espessa, nossas botas deixando um rastro e o vapor de nossas respirações nos circulando. Minhas mãos estavam doendo: o pedaço amputado e os dedos que sofreram a fratura prévia sofrendo com o frio.

Eu me sentia confortável com o silêncio e, apesar de tudo, sair um pouco da cidade me fez bem, como se eu pudesse respirar.

— Isso me lembra de casa — disse Yveta após alguns minutos — Embora esteja mais quente aqui. — Deu um sorriso singelo, o cabelo cobrindo um pouco de sua cicatriz — Eu cresci na Sibéria. Como Galina. Eu não a conhecia na época e não nos encontramos até nos mudarmos para São Petersburgo quando tínhamos 14 anos. Não possuíamos muito e era difícil às vezes, sabe? Nosso apartamento ficava em um antigo bloco de concreto soviético com mais outras cinquenta famílias. A gente encontra um jeito de trabalhar com afinco: balé, xadrez, matemática, ginástica, dança. Eu praticava todos os dias por horas, antes e depois da escola. Dançar sempre foi tudo o que quis fazer.

Ela bufou uma risada amarga.

— Mas quem quer ver uma dançarina cheia de cicatrizes? Ninguém, eu acho.

Não discordei porque sabia que estava certa. As cicatrizes que eu carregava eram menos óbvias.

— E uma cirurgia plástica?

— Talvez — ela suspirou. — Se tivesse o dinheiro.

Então seus olhos encontraram os meus.

— Você a ama? Ou se casou por causa do *Green Card*?

Eu esperava essa pergunta.

— No começo. Mas agora, sim, eu a amo muito.

Ela me encarou, como se não tivesse certeza se eu estava dizendo a verdade.

— É melhor voltarmos.

— Para sua esposa? — zombou.

Ignorei o tom ácido e me virei, refazendo nossos passos.

Depois de um tempo, ela puxou minha manga, e olhei para cima, deparando com sua expressão arrependida. Suspirei e entrelacei nossos braços, caminhando lado a lado.

— Eu pensava em você o tempo todo em que estivemos naquele lugar terrível — disse ela, com a voz suave. — Quando aqueles homens... Eu fechei minha mente. Em vez disso, pensei em dançar com você. Em como estávamos felizes quando nos foi permitido fazer um dueto: você e eu, Gary e Galina. Parece que foi há muito tempo. E foi há uma vida. Acho que morri naquele lugar com Galina. Ela era minha melhor amiga. Mas Las Vegas foi ideia minha. Ela ainda estaria viva se... Eu me odeio. Não sei quem é essa pessoa horrorosa agora.

— Você não é horrorosa — eu disse, brusco.

Ela deu uma risada desprovida de humor.

— Não minta para mim, Aljaž. Eu sou um monstro. Ninguém vai querer olhar para mim em um palco. Ninguém enviará seu filho para ter aulas comigo. Eles ficariam aterrorizados. Minha vida acabou.

Parei de andar e a puxei para que me encarasse. Com cuidado, desenhei o contorno de sua cicatriz com meu dedo, depois ergui seu rosto quando tentou se esconder.

— Você possui muitas cicatrizes, mas ainda é você, e ainda é linda, Yveta.

Seus olhos brilhavam com as lágrimas, mas um sorriso tremulava em seus lábios.

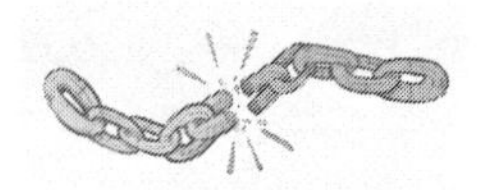

— Há algo que gostaria de conversar com vocês — eu disse, olhando para Gary e Yveta.

Segurei a mão de Laney debaixo da mesa, e ela deu um aperto encorajador.

— Depois que falei com aquele repórter, fiquei pensando que não era suficiente. O FBI está desmantelando a rede de Volkov, pelo menos por enquanto. Mas podemos fazer mais. Eu tenho que fazer mais.

— Não nos diga que você está se juntando aos fuzileiros — desabafou Gary.

— Quero contar nossa história. Eu digo para contarmos nossa história do nosso jeito.

— E que maneira é essa? — perguntou Gary cético.

Sentei-me e olhei para ele.

— Através da dança.

Houve um longo silêncio, então Gary balançou a cabeça.

— Boa ideia, gostosão, mas nunca funcionaria.

— Por que não?

— Porque as pessoas vão ao teatro para serem entretidas, não para se sentirem miseráveis.

Levantei as sobrancelhas.

— Não me lembro de muitas risadas em "Romeu e Julieta" ou "La Traviata".

Gary parecia pensativo, mas não respondeu. Eu me inclinei para a frente, querendo... Não, *precisando* que eles entendessem.

— Nós podemos fazer isso! Contamos nossa história, a história de todos: Galina, Marta, a garota. Mostramos o que aconteceu conosco, e mostramos que sobrevivemos.

Eu podia ver que até Yveta estava intrigada, com uma vivacidade no olhar pela primeira vez desde...

Gary balançou a cabeça.

— Nós nunca teríamos apoio. Todo o dinheiro se concentra em espetáculos em fase de testes, a merda da "Noviça Rebelde" está em cartaz. Nada como isso que você está descrevendo já foi feito antes.

Eu sorri para ele.

— Sim e não. As pessoas vão ao balé, não é? Bem, vamos levá-los à dança de salão em vez disso. Só temos que conquistar o interesse de alguém, um patrocinador. Mas adivinha, conhecemos um jornalista que quer nos ajudar.

— E como você pensa em chamar essa sua ideia extravagante? Sangue, suor e dança?

— *Slave: Uma História de Amor.*

Gary sorriu e bateu palmas.

— Então nós os faremos chorar em cima de suas pipocas e doces porque eles serão felizes para sempre. Tem potencial, meu bem. Mas e a música? E os artistas? Espaço para ensaios? Um teatro?

— Para a música, usaremos uma mistura de números clássicos de salão, rock e pop. O público identificará algumas delas, mas não todas. Temos um grupo que pode fazer *covers*...

— Opaaa, espera aí! Música ao vivo?

Balancei a cabeça.

— Sim, nós queremos o fator 'surpresa'. Tem que ser 100% ao vivo. Quero que as pessoas *sintam* a música, *sintam* a dança. Quero que eles saibam como é.

O semblante de Gary endureceu.

— Você realmente quer lavar toda a nossa roupa suja em público?

— Não, mas eu preciso. Não se trata apenas de Sergei ou até mesmo de Volkov. Isto será a representação de dezenas, talvez centenas de meninas como Galina, como Marta; milhares de pessoas como a Garota Desconhecida. Eles não tinham voz, mas temos a chance de falar por eles, de contar *suas* histórias. Se fizermos isso, significa que a Bratva não ganhou ao final.

Gary ficou em silêncio, olhando para Yveta. Mas seus olhos estavam fixos nas ranhuras da mesa da cozinha.

Laney acenou com a cabeça, com os olhos brilhando, dando-me sua aprovação silenciosa.

Meu amigo franziu o cenho.

— Você realmente acha que pode fazer isso?
— Eu não sei — respondi com sinceridade. — Mas tenho que tentar.
Gary respirou fundo.
— Estou dentro. Yvie?
Ela não olhou para cima.
— Eu estou dentro.

CAPÍTULO VINTE

LANEY

Eu estava tão orgulhosa dele. Tão orgulhosa. Depois de tudo pelo que passou, seu coração continuava sendo imenso, cheio de amor.

Ele estava enfrentando um grande desafio, mas eu faria tudo o que pudesse para ajudá-lo.

Yveta, Gary, Ash... e eu. Será que todas essas pessoas despedaçadas poderiam fazer algo inteiro?

Phil adorou a ideia. Ele nos encontrou na nossa cafeteria favorita para ouvir o discurso de Ash.

— É uma ótima história — disse ele, girando a caneta entre os dedos. — Eu vou conseguir alguma coisa para a próxima semana. Posso mencionar que você está procurando por patrocinadores, e falarei com Chris Jones, nosso crítico de cinema. Ele pode conhecer algumas pessoas. O que você precisa?

Ash se encolheu.

— Tudo: um teatro para o espetáculo. Talvez um fora da cidade, também; dançarinos, cantores e músicos, espaço para o ensaio, figurino e maquiagem, marketing, venda de ingressos, publicidade, gráficos, anúncios, bastidores. Um local que tenha hall de entrada, iluminação, áudio, um produtor...

Ele suspirou e me encarou, desencorajado pela longa lista de coisas necessárias para colocar este show em prática.

Phil estava otimista e tirou fotos de Ash que eram realmente dramáticas, de pé na neve, com as mãos apoiadas nos quadris em uma posição desafiadora, sua mão enfaixada contra o casaco escuro.

Quando voltamos ao aconchego do apartamento, seus níveis de energia estavam altos, ao mesmo tempo em que eu só queria me enrolar em uma colcha e comer pizza até passar mal.

Eu o vi andando para cima e para baixo, pensativo. Então pegou seu celular, o mesmo que havia comprado para ele no Natal, e conectou os fones de ouvido. Perdido na música, com um semblante fechado em total concentração, era nítido que devia estar pensando sobre seu novo show. De vez em quando, fazia um gesto dramático com os braços ou, de repente, deslizava para o lado. Então franzia a testa e acenava, ou balançava a cabeça. Era fascinante observá-lo trabalhar, então acabei desistindo da minha ideia inicial de ler alguma coisa. Eu preferia estudar sua presença dinâmica e tão graciosa.

Às vezes eu conseguia identificar o estilo da dança por conta dos movimentos específicos; em outros momentos, ele se movia mais livremente, sem tantos traços de dança de salão, muito mais Ash.

A tarde passou e o céu escureceu, e os postes da rua transmitiam ao mundo um brilho enganoso que prometia calor. Porém os dias de inverno eram curtos e as noites longas.

Devo ter adormecido, porque acordei quando Ash sentou-se ao meu lado, me entregando um chá de camomila.

— Luka também está dentro — disse ele, animado.

— Quem?

— Meu amigo Luka. Ele me mandou uma mensagem. Ele está em turnê na Alemanha, que se encerra em breve, então vai voar para cá. Tudo bem se ele ficar com a gente?

Esfreguei minha testa.

— Ash, você lhe ofereceu um emprego?

— Ele é um grande dançarino — disse ele, desviando estrategicamente da minha pergunta.

— Eu não duvido disso. Mas ele não tem visto de trabalho, não temos como pagá-lo, e nem sabemos quando ou se o show vai acontecer.

A raiva iluminou seus olhos e ele se levantou do sofá.

— Você está sempre dizendo para trabalharmos e tentarmos não desistir. E agora está querendo desistir antes de começarmos.

— Não foi isso que eu disse! Só estou tentando dizer...

— O quê? Que é difícil? Que existem alguns desafios no caminho? Meus amigos foram estuprados, duas meninas foram assassinadas, mas isso é muito difícil pra você!

— Você não está sendo justo!

— A vida não é justa! — gritou.

— Pare de gritar comigo! Eu estou do seu lado!

Ele ficou na minha frente, os punhos cerrados, as narinas dilatadas.

— Ash — eu disse com mais calma —, só estou dizendo que há muito trabalho a ser feito antes de pensarmos em oferecer um emprego ao Luka. Eu não sou uma especialista nisso, nem sei se *eu* serei capaz de ajudá-lo a produzir este show. E não quero decepcioná-lo.

Ele afundou no sofá, com a cabeça recostada nele.

— De quanto dinheiro precisamos? — perguntou, de olhos fechados.

— Bem — falei, devagar —, estou me baseando mais ou menos no que você recebeu como salário no *"Broadway Revisited"*. Se contarmos com vinte dançarinos, doze músicos, seis técnicos de iluminação, áudio e bastidores, além de dois administradores, a oitocentos dólares por semana, digamos... por um mês de ensaio, como você deve estar querendo, certo?

— Mínimo.

— São 128 mil dólares. E mais alguns milhares para alugar o espaço para os ensaios. Meu palpite é que o orçamento fique perto de 135 mil dólares para as primeiras quatro semanas de ensaios.

— Merda!

— E se estivermos pensando em um teatro com quinhentos assentos, 45 dólares por cabeça, e com cerca de 75% de capacidade, isso dá 16.875 mil dólares por noite. Com o teatro retendo 50% do salário e pagando os salários por três semanas... — Respirei fundo, balançando a cabeça enquanto contabilizava mentalmente. — Teríamos que vender dez mil e quinhentos ingressos para pagarmos as contas.

Ash olhou para mim. Ele parecia pálido.

— Dez *mil*?

Acenei com a cabeça.

Ele se levantou, puxando o cabelo e andando de um lado ao outro na sala com passos longos.

— Dez *mil*?

— Sim.

— *Pizda!!*

— Desculpe?

— *Merda! Porra, que merda! MERDA!*

Ash pegou seu casaco e saiu do apartamento.

A verdade é que precisávamos de pelo menos um quarto de milhão de dólares para viabilizar o show.

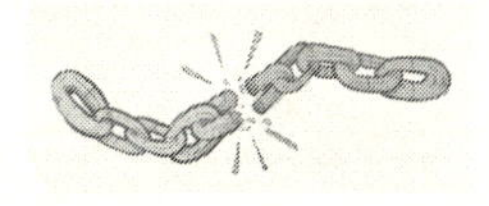

ASH

Vaguei pelas ruas, sentindo o calor da raiva me aquecendo, mesmo com o vento gélido soprando em meu rosto.

Eu não estava zangado com Laney. Agora entendia porque ela estava tão preocupada. Eu era um tolo, um tolo imbecil e ingênuo. Como não fui capaz de ver tudo isso? Dei esperança a todos por nada.

O rosto de Yveta me veio em mente – a excitação e o brilho de seus olhos se enchendo de vida enquanto eu falava sobre o show, sobre assumir o controle de nossas vidas e pegar de volta o que nos havia sido roubado.

De *alguma forma, de algum jeito* eu precisava conseguir o dinheiro.

Meus passos desaceleraram quando olhei para o céu, mas as estrelas estavam escondidas sob nuvens pesadas que prometiam mais neve, quase tornando palpável o peso do que estava tentando fazer.

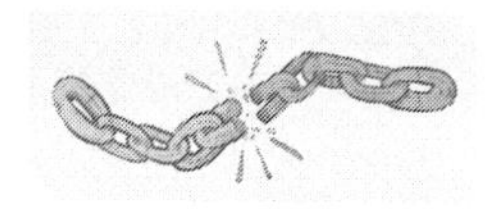

LANEY

Ash voltou meia hora depois, congelando e pedindo desculpas, alegando que não gritaria mais comigo. Mas ele estava quieto, e eu me perguntava o que se passava em sua cabeça. Sua expressão determinada demonstrava algum tipo de objetivo misterioso.

— Laney, Chicago tem um prefeito?

— Sim, por quê?

Ele assentiu.

— Bom, então começamos em cima. Você pode fazer uma lista das cem pessoas mais influentes de Chicago: políticos, empresários, celebridades, delegados, todos em que possa pensar. Entraremos em contato com todos eles.

Pisquei, surpresa com o que ele estava sugerindo. Um sorriso lento se ampliou em meus lábios.

— Você não vai desistir.

Ele olhou para mim, sério.

— Eu não posso.

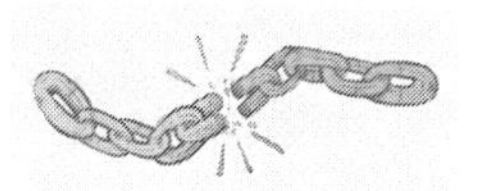

As duas semanas seguintes foram um turbilhão. O artigo foi publicado e tiramos proveito do máximo. Ash se mostrou bastante natural em ganhar as pessoas no papo, quando necessário, e logo em seguida, diversas estações de TV e rádio começaram a solicitar entrevistas. Era óbvio que, o que ajudou e muito, se dava pelo fato de ele ser bonito e carismático.

O dinheiro estava começando a entrar. Não pelas vias tradicionais – a maioria dos empréstimos levava muito tempo para ser aprovado, além de ser uma baita burocracia. Ao contrário disso, quem nos financiava, diretamente, era o público. Nossa conta da *"Go Fund Me"* já havia arrecadado quase 13 mil dólares. Tínhamos um longo caminho a percorrer, mas estávamos chegando lá. Ash estava fazendo isso acontecer.

Um dos colegas de Angie concordou em doar tempo para preparar qualquer contrato assim que chegássemos àquele estágio, e papai estava preparando uma coletiva de imprensa – oportunidade para tirar uma foto ao lado do Comissário de Polícia.

O melhor de tudo: a academia que eu frequentava ofereceu a Ash, Yveta e Gary adesões gratuitas, além da permissão para que usassem o estúdio de dança quando estivesse vago.

Ash disse que precisava entrar em forma. Acredite, eu verifiquei, e sua forma parecia muito boa para mim. Mas a oferta foi uma dádiva de Deus e ele passou muitas horas lá dentro fazendo uma combinação de yoga, natação e até levantamento de peso. Isso me surpreendeu, já que pensei que os dançarinos não gostassem de músculos volumosos.

— Eu não gosto — ele disse. — Mas treino com pesos leves, a ideia é alongar e tonificar os músculos, não construir massa. Para dançarinos, é melhor optar por mais séries de repetições e menos peso, porque, aí, sim, construímos resistência. Não é um pré-requisito para a dança de salão tradicional, mas quando você está treinando para erguer um parceiro, sim, é útil.

— Você vai fazer um monte disso, levantamento, quero dizer? — perguntei, intrigada.

Ash me deu uma olhada que não consegui interpretar e assentiu com a cabeça.

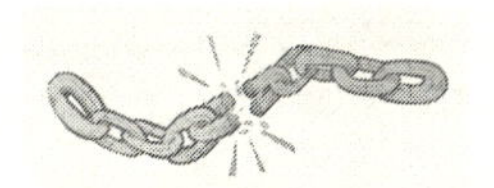

ASH

Olhei para Laney, vendo o estresse refletido em seu rosto, odiando saber que eu era a causa disso. Ela estava sentindo dor de novo, embora não tenha admitido. Ela me encontrou no estúdio de dança hoje porque eu estava trabalhando até tarde com Gary e todos nós sairíamos para comer depois.

Eu não tinha compartilhado minhas ideias para o show, e quando chegássemos a ensaiar – se isso acontecesse –, eu teria que proibi-la de vir, o que seria difícil porque ela não entenderia e eu não poderia explicar ainda.

Laney ainda estava me observando, o rosto expressivo cansado e preocupado. Eu me inclinei para beijá-la novamente, vendo nos espelhos do estúdio, repetidamente, o reflexo de dois amantes, viajando para o infinito.

Eu a beijei mais uma vez, meus lábios se demorando um pouco mais, como sempre. Então, com a promessa selada para mais tarde, fui para os chuveiros. Gary já estava se vestindo quando cheguei lá, discretamente olhando alguns homens que reconheci da sala de musculação.

Ele sorriu e piscou enquanto eu passava, e arqueei as sobrancelhas.

— Oi, gostosão! Seu armário está tocando há dez minutos. Laney deve estar sentindo sua falta.

Franzi o cenho.

— Não, acabei de vê-la no estúdio. Ela vai esperar por nós na frente.

— Bem, então alguém quer colocar as mãos na sua bunda bonita, não que eu possa culpá-los.

Sentei-me no banco e peguei o celular no armário – houve uma chamada perdida de um número local e um alerta de correio de voz.

Escutei atentamente.

— *Olá, Sr. Novak. Meu nome é Selma Pasic e sou diretora do Teatro Savannah Phillips. Tenho lido sobre você e sua performance de dança. Bem, temos uma vaga de duas semanas disponível para as últimas duas semanas de março e gostaríamos de oferecê-la a você. Se estiver interessado, por favor, me ligue o mais rápido possível para discutir os termos.*

Reproduzi a mensagem para Gary. Ele olhou para mim em descrença.

— Caramba! Nós temos um teatro!

Liguei de volta imediatamente, mas recebi uma mensagem de voz, então joguei meu telefone para Gary.

— Eu vou tomar banho. Se ela ligar de volta, marque uma reunião. Eu não me importo quando. Nesse exato instante, se ela quiser.

Três minutos depois eu estava tentando me vestir ainda com o corpo úmido, vendo Gary todo empolgado.

— Ela pareceu ser bem legal — ele jorrou — Totalmente apaixonada pelo conceito. Ah, deixe sua camisa mais um pouco aberta.

— O quê?

— Ela é uma mulher. Ela tem sangue quente. Deixe a camisa aberta.

— Foda-se. É janeiro e está vinte graus abaixo de zero lá fora!

— Escuta aqui, gostosão! Nesse exato instante, a mulher do outro lado da linha está oferecendo tudo o que você quer. Trabalhe seus malditos pontos fortes. Abra. A. Camisa.

Murmurando para mim mesmo, fiz o que ele orientou. Pelo menos ninguém veria até eu tirar o casaco. Eu me senti um idiota.

Assim que Gary viu Laney, ele se lançou em uma explicação, então pegou as alças de sua cadeira de rodas e começou a empurrar.

Dei uma cotovelada em suas costelas para que saísse da minha frente.

— Meu trabalho — rosnei.

— Por mais que eu adore sua esposa — ele disse, especificamente —, eu ainda sou gay. Deixe de ser tão territorial.

— Meu trabalho! — repeti.

Laney riu, mas Gary me cutucou na lateral do corpo, me fazendo contorcer.

Caminhamos pelas ruas encharcadas pela chuva, Gary marchando em frente e acenando para todos se afastarem de nosso caminho, como se fôssemos da realeza.

— Ele é sempre assim? — Laney perguntou baixinho.

— Pior — bufei.

— Eu definitivamente posso ouvi-los! — Gary surtou.

Laney enterrou o rosto em seu cachecol para esconder o sorriso.

Deus, todos os dias eu me apaixono mais e mais.

Fui lentamente me apaixonando, como flutuar através das nuvens, meu corpo sem peso. Foi uma queda pacífica, com sol batendo no rosto, meu coração aquecido. Apenas coisas comuns que ninguém mais notaria – a maneira como ela tamborila os dedos fora do ritmo quando uma música favorita está tocando, o jeito que olha para mim quando passo pela porta. Sempre o mesmo: meus olhos, meus lábios, meu corpo, de volta aos meus olhos.

E ela era tão forte. Eu estava admirado com ela.

Além disso, sexo com Laney era o melhor que já tive. Não conseguia entender isso. Ela não era a mais atlética, obviamente; não era a mais liberal e levou um tempo para persuadi-la a tentar coisas novas. Mas toda vez, essa mulher abalava meu mundo. Meu orgasmo era tão intenso e tão frequente que, às vezes, chegava a pensar que murcharia, mas morreria feliz.

Talvez o amor seja aquilo que faz toda a diferença.

Deslizamos para uma parada fora de um teatro um pouco pobre com novos pôsteres de novas peças. Podia até ser pequeno e bem antigo, mas eles estavam mostrando um trabalho interessante.

— Talvez eu deva esperar naquela cafeteria — disse Laney, hesitante.

— Para quê, querida? — perguntou Gary, me cutucando.

— Bem, ela está esperando para ver dançarinos, não eu.

Abri a porta, empurrei-a para dentro, então me inclinei e sussurrei em seu ouvido:

— Onde estaríamos sem nossa produtora?

— Além disso — disse Gary, arqueando uma sobrancelha —, cá entre nós, cobrimos todos os grupos de diversidade: gays, estrangeiros, deficientes. — Então franziu a testa para Laney. — Você poderia fingir ser uma lésbica negra, que tal?

— Não acredito que você disse isso! — ela bufou, tentando conter o riso.

Uma mulher de aparência impressionante, com um longo cabelo castanho e um belo conjunto de peitos, surgiu do final do corredor para nos cumprimentar.

— Sr. Novak? — perguntou ela, com os olhos piscando de mim para Gary e de volta, em seguida, mergulhando para Laney.

— Sim — respondi, estendendo a mão e ignorando o sussurro de Gary para abrir outro botão da minha camisa. — Sra. Pasic?

— Me chame de Selma.

Ela olhou para mim com expectativa.

— Ash. — Sorri. — E esta é minha esposa, Laney Novak, também nossa produtora; e meu coprotagonista Gary Benson, também coreógrafo adjunto.

Ela nos levou a um escritório pequeno e desordenado, empurrando de lado um adereço da cabeça de um cavalo para abrir espaço para a cadeira de rodas de Laney.

— Então, inesperadamente temos uma vaga para as últimas duas semanas de março. Já que é tão em cima da hora, vamos cortar nossa comissão para 40% das bilheterias, e fornecer todos os serviços da frente da casa, bem como nossa equipe de som e iluminação. Você será responsável por trazer a produção para o palco: e isso inclui todas as permissões relevantes para música e seguros. Cuidaremos da venda de ingressos e marketing, mas precisamos que mantenha a presença da mídia. Então, o que você diz?

Eu estava balançando a cabeça durante todo o discurso dela, espantado que finalmente as coisas estavam seguindo o nosso ritmo, mas Laney descansou a mão no meu braço.

— Tudo parece maravilhoso, Selma. Se você pudesse encaminhar os contratos para mim, vou entregar para nossa equipe jurídica analisá-los.

Eu sorri para ela. Tínhamos uma equipe jurídica agora?

Trinta minutos depois, estávamos do lado de fora e com os contratos no bolso.

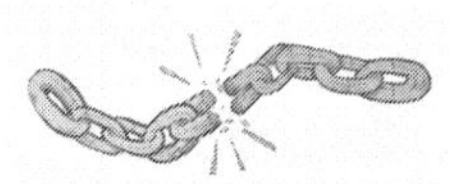

LANEY

— Preciso de um nome para a empresa. — Ele franziu a testa.

— Você poderia chamá-la *de Novak* — eu sugeri. — Você me disse que seu sobrenome significa "novo homem". Acho que fica ótimo.

Ash balançou a cabeça.

— Significa mais como "novato". De qualquer forma, preciso de algo que *se explique por nós*.

Eu não tinha certeza de quem ele quis dizer com "nós": os dançarinos, a história, ou ele e eu, mas tive uma ideia.

— Que tal Syzygy: uma união de opostos, um alinhamento místico?

Seu rosto se iluminou com um sorriso enorme.

— Perfeita, minha esposa esperta — disse ele, beijando-me profundamente.

Mais tarde, me perguntei se era isso o que o amor representava: uma conversa interminável com um homem que te interessa e excita para a vida toda.

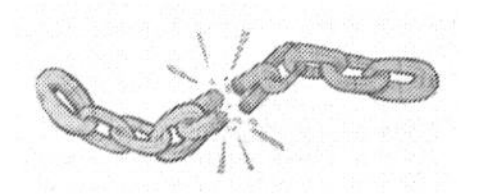

No dia seguinte, sentei-me com um bloco de papel e uma calculadora. Depois de meia hora, senti vontade de chorar. Por mais que eu me esforçasse em cortar os gastos, a quantia era astronômica.

Faltavam 80 mil dólares.

Mas... Se vendêssemos metade dos lugares disponíveis para cada noite, nós cobriríamos o orçamento. Qualquer coisa acima disso, e estaríamos no lucro.

Era um risco.

Mas, novamente, a vida é um risco.

Não é mesmo?

Peguei o telefone e liguei para o meu banco.

— Olá, estou ligando para perguntar sobre um empréstimo, por favor.

Ash ficou furioso quando descobriu o que eu havia feito. Ele era famoso pelos seus episódios de raiva.

— Superamos o maior obstáculo ao encontrar um local — afirmei com calma. — E sei que você pode fazer as coisas da dança, então qual é o problema?

Seus olhos cintilavam de fúria.

— O problema! — ele gritou. — Eu tenho 80 mil problemas. Caramba, Laney! Oitenta mil dólares!

Ele se inclinou em minha direção, o rosto colado ao meu enquanto apertava as mãos sobre os apoios de braço da cadeira de rodas.

— Não! Eu não vou permitir isso!

— Tarde demais. Está feito.

— Mande o dinheiro de volta! Digamos que você mudou de ideia.

— Eu já estou pagando juros sobre o empréstimo, então essa opção, realmente, não me interessa. Você vai ter que coreografar um espetáculo incrível e me pagar mais tarde. Faça o seu lance com a dança.

— Meu lance com a dança? *Meu lance com a dança!* São horas de trabalho, Laney! A música, a coreografia, os figurinos. Merda, eu não sei!

— A propósito, falei com Selma e enviei os contratos assinados de volta. Ela também está disposta a realizar audições abertas no teatro, no sábado, sem custo. Coloquei um anúncio em vários jornais, bem como online, e liguei para meia dúzia de estúdios de dança na cidade para avisá-los. Você deve obter uma boa seleção de talentos a partir disso.

Ele ficou boquiaberto, os olhos arregalados de surpresa.

E então me beijou. Ele segurou meu rosto entre as mãos e devastou minha boca com tanta paixão e intensidade que fiquei sem fôlego.

Mais tarde, deitamos na cama, saciados e aquecidos, Ash acariciou minha coxa, trazendo o assunto de volta.

— Nós somos marido e mulher, não é? Uma equipe?

— Claro — eu disse, aconchegando-me em seu peito.

— Mas você tomou essa grande decisão sozinha.

— Hum, bem, você teria dito não.

— Sim, eu teria.

— É por isso que eu não lhe disse. Nós podemos fazer isso. *Você* pode, definitivamente, fazer isso.

Ele se afastou um pouco para que pudesse ver meu rosto.

— Laylay, o quão brava você teria ficado se eu tivesse tomado uma decisão tão importante e você não pudesse dizer nada?

— Muito brava — reconheci. — Mas você teria dito não pelas razões erradas. Você acha que estaria me protegendo, mas, na verdade, você estaria tirando minha chance de vê-lo feliz, alcançando o sucesso, nosso futuro.

Ele esfregou a testa, cansado.

— Você é boa demais com palavras para mim.

Eu me aninhei mais perto e beijei seu peito novamente.

— Você é inteligente com palavras, mas é mais divertido quando é inteligente com seu corpo.

Senti as risadas silenciosas sacudindo seu peito.

— Eu entendo. Você está certo em ficar bravo comigo, mas, por favor, confie em mim, Ash. Esta é a coisa certa a fazer.

— Confio em você com a minha vida — disse ele, baixinho.

Dois dias depois, Luka chegou. Ele parecia um dançarino e tinha a mesma estrutura longilínea de Ash, com uma grossa mecha de cabelo loiro platinado saindo debaixo de um gorro de lã, os olhos em um surpreendente azul-escuro. Ele era muito atraente, e sabia desse fato. Dava para ver pela maneira confiante com que se controlava e pela forma que dava um olhar avaliativo às mulheres, o que quase as fazia desmaiar.

— Luka, esta é minha esposa, Laney — disse Ash orgulhoso.

Seu amigo segurou minha mão e a levou aos lábios, depositando um beijo no dorso.

— Encantado, madame — disse ele, suavemente, o sotaque mais acentuado que o de Ash.

— É bom conhecê-lo também — repliquei, cuidadosamente retirando minha mão da sua.

Luka me deu um sorriso largo, então colocou o braço sobre os ombros de Ash e disse algo em esloveno, fazendo o amigo rir.

Mas ele não perdeu tempo, e mal deu tempo para que Luka deixasse a mala, antes de fazerem planos. Lembrei meu marido que havíamos combinado de encontrar Yveta e Gary para jantar em um pequeno restaurante que eu conhecia. Yveta era muito autoconsciente sobre sair em público, então preferia lugares tranquilos.

Decidi pegar a cadeira de rodas porque apesar de me sentir razoavelmente bem, estava me cansando muito rápido. Mas o olhar assombrado no rosto de Luka quando me viu optar pela cadeira, veio associado a algo que proferiu em seu idioma.

Ash franziu o cenho, respondendo rapidamente. Então olhou para mim, sorriu e deu de ombros.

— Esqueci de dizer a ele.

Ele merecia um beijo por isso, porque meu homem, meu marido, sempre me via como uma mulher acima de tudo, nunca como um problema a ser cuidado.

Quando o beijo se tornou um pouco mais ardente do que era apropriado, Luka pigarreou, com uma expressão divertida no rosto, e disse em um forte e acentuado inglês:

— Talvez eu devesse ir jantar sozinho, ou um minuto ainda é o bastante para você, Aljaž?

Ash puxou sua orelha e murmurou algo que soava muito rude.

Luka sorriu.

— Meu amigo está apaixonado, nunca pensei que veria isso acontecer.

Ash sorriu e piscou para mim, apertando o braço ao redor da minha cintura.

Eu adorava o jeito com que ele olhava para mim. Nunca me cansaria disso.

Então me lembrei que Luka não devia saber sobre Yveta. Talvez Ash tenha esquecido de comentar sobre o assunto.

— Luka, quando encontrar Yveta, não olhe para a cicatriz dela, okay?

Ele me deu um olhar sério, em concordância. Mas quando Yveta e Gary entraram no restaurante, Luka a encarou. Ash chutou-o debaixo da mesa.

Ele disse algo em russo para Yveta, que ficou constrangida, porém relutava em encontrar seu olhar.

— O que ele disse? — perguntei para Ash.

Ash me deu um sorriso sutil.

— Acho que ele disse que ela é linda.

— Eu disse. — Luka acenou com a cabeça. — Falei para ela que olho para todas as mulheres bonitas.

Gary ainda estava de pé, pairando protetoramente ao lado de Yveta, mas ao ouvir as palavras de Luka, revirou os olhos e sentou-se pesadamente.

— Outro galã esloveno com mais charme do que é saudável. Eles devem ter uma fábrica por lá. Acho que vou planejar algumas férias por aquela região.

Luka lançou um olhar paquerador e inclinou-se mais perto, apoiando a mão na coxa de Gary.

— Já estou de férias.

Dei uma olhada para meu marido enquanto Gary se abanava.

Ash deu de ombros.

— Luka gosta de homens e mulheres.

— É verdade! — Luka sorriu, então disse algo que fez Ash rir.

Três vozes gritaram ao mesmo tempo:

— O que ele disse?

Ash ergueu as mãos e balançou a cabeça.

— Com licença — Luka disse, astuto. — Meu inglês nem sempre é bom. Eu disse que estou aberto às oportunidades de sexo.

Eu me engasguei com uma tosse e Gary começou a rir. Yveta não sabia se ria ou chorava, mas em vez disso, deu um sorriso tímido.

A feição de Luka suavizou enquanto retribuía o sorriso.

Relaxei no meu lugar e tomei um longo gole de água. As coisas ficariam ainda mais interessantes e por "interessantes", eu queria dizer complicadas.

Mas que diabos. Tínhamos sobrevivido ao pior, então continuemos.

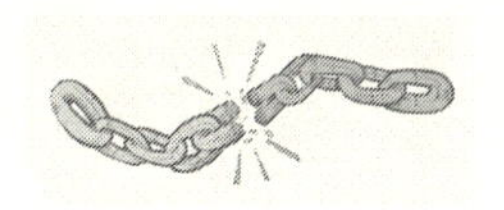

No dia seguinte começaram as audições. Gary e Ash estavam no comando do show, mas Yveta e Luka pairavam ao fundo, fazendo anotações e sussurrando um para o outro.

Selma também estava lá. Eu gostava dela e do jeito com que fazia as coisas, mas sua personalidade era uma espécie de trem de carga. Em seu entusiasmo, era bem possível sermos atropelados por ela.

— Você está gostando de ser a produtora? — perguntou ela.

Dei-lhe uma olhada rápida, sabendo que ela não gostava de conversa-fiada.

Dei de ombros.

— Estou aprendendo.

Ela me deu um olhar especulativo.

— Sem ofensa, mas este é um grande trabalho para alguém que não sabe o que diabos está fazendo.

— É verdade. Mas não podemos pagar outra pessoa. Mal estamos conseguindo arcar com tudo.

Não contei sobre o empréstimo maciço que estava me dando pesadelos.

— Eu tenho uma proposta pra você — disse ela, inclinando-se para a frente, o decote surpreendente amplo dando um tom brincalhão à sua expressão séria e intensa. — Assumirei os deveres como produtora, sem necessidade de taxa alguma. Vou aceitar uma porcentagem dos lucros em vez disso.

Sentei-me na minha cadeira, a mente vasculhando as possibilidades.

— Pode não haver lucros — apontei.

Selma sorriu.

— Eu acredito neste projeto. E se sair tão bem quanto acho que vai, serei muito bem reembolsada pelo meu tempo.

Eu a avaliei, pensativa.

— É algo que tenho desejado fazer há algum tempo — admitiu. — O que seu marido está fazendo, é inovador. Por enquanto, eu manteria meu emprego no teatro, mas se Slave decolar, e realmente acredito que irá, será um grande passo para trabalhar como produtor teatral em tempo integral. Todo mundo ganha.

— Você já discutiu isso com Ash?

— Você é a produtora, querida. Ele é apenas o talento.

Eu ri enquanto ela piscava para mim.

— Eu te falo depois — eu disse, e nós apertamos as mãos.

Luka acenou assim que me viu, e me sentei ao lado dele, tentando ignorar o fato de que Yveta parecia alheia à minha presença. Mais uma vez.

— Como estão as coisas?

— Boas, muito boas — disse ele, inclinando-se para a frente. — Vê aquele cara mais velho, o pequeno à esquerda? Aquele é Oliver. Ele seria um grande Sergei.

Ao ouvir aquele nome, estremeci, e Luka me deu um olhar simpático.

— Foi muito legal da sua parte vir aqui — comentei. — Especialmente quando tudo eram só planos e esperança.

Luka parecia desconfortável.

— Era o mínimo que eu poderia fazer. Não pude ajudá-lo antes, então...

Então se virou para olhar os dançarinos no palco.

Ash estava lá, usando uma regata preta, calça de moletom cinza e seus sapatos de salão. Ele e Gary estavam trabalhando juntos para dar aos dançarinos os passos que queriam que acompanhassem. Sua expressão era focada e pensativa, uma pequena carranca de concentração gravada em sua testa.

Olhei para Luka, que observava Ash com cautela, com os lábios franzidos em confusão.

— Ele é diferente. Aljaž, quero dizer. Sempre foi um criançäo. Não exatamente imaturo, apenas... divertido, sempre caçoando, fazendo brincadeiras. Mas agora... — Ele balançou a cabeça. — Ele está tão sério.

Meu coração se partiu pela perda daquele Ash, brincalhão, feliz, despreocupado.

— Você faz bem para ele — disse Luka, em um tom calmo. — Eu não poderia imaginá-lo com alguém de fora do universo da dança, mas funciona, não é?

Dei um aceno rígido, pega de surpresa por seu elogio duvidoso.

— Acho que sim.

Naquele momento, Yveta se levantou e se afastou, sendo seguida pelo olhar de Luka.

— Ela não gosta de mim.

Ele deu de ombros.

— Ela não te odeia. E vai superar isso. Provavelmente quando conhecer outra pessoa.

Arqueei uma sobrancelha.

— Você está falando de si mesmo, por acaso?

Ele balançou a cabeça, e por um segundo vi uma emoção intensa cintilar ali, mas então ele sorriu para mim.

— Eu não sou o sonho de ninguém.

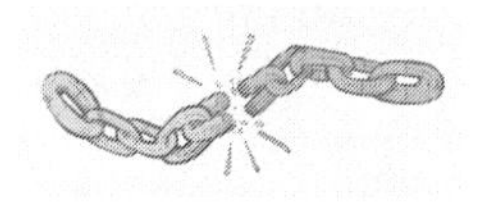

ASH

Eu adorava ter Laney assistindo às audições, adorava que pudesse ver o que eu era capaz de fazer.

No final do dia, tínhamos nosso elenco completo. Foi assustador, mas excitante. A parte assustadora foi saber que eu pagaria em breve parte do empréstimo de Laney, como o salário de cada um deles. Eu ainda estava meio bravo com a forma como ela fez isso, mas também aceitei que não havia como voltar atrás. Para nenhum de nós.

Laney veio até mim e me deu um abraço muito necessário.

— Urgh — resmungou, envolvendo meu corpo com seus braços. — Você está todo suado.

— Quer ficar suada comigo? — perguntei, beijando seu pescoço.

— Sim, mas não aqui. — Ela riu. — Eu amei esse movimento que você faz que tem a ver com seus braços. De alguma forma, fez a sequência de passos. Quase não acreditei como aquela pequena coisa faz tanta diferença. Como você pensou nisso?

Dei de ombros.

— Não sei. Acabei de ouvir o toque na música.

— Toques.

— Uma ênfase, algo mais alto ou mais dramático, mas pode ser sutil.

— O que passa pela sua cabeça quando você está se apresentando?

Isso era mais fácil de explicar:

— A música... sempre me deixa perdido no momento. — Inclinei-me mais perto para que só Laney pudesse ouvir: — Era por isso que, como acompanhante, fui péssimo. Quando dançava com minhas parceiras, me perdia na música e esquecia que deveria seduzi-las. Ruim para os negócios.

Seu rosto ficou vermelho e ela olhou ao redor.

— Você não deveria dizer coisas assim — ela respondeu, nervosa.

— Laney — eu disse com seriedade: — Faz parte da minha história.

Ela inspirou fundo, e era nítido que estava pensando no assunto. Ela deu um passo para longe de mim e cruzou os braços.

— Mostre-me essa coisa com os braços novamente. Quero entender por que isso faz diferença.

Eu a observei, minha cabeça inclinada para um lado. Se ela precisasse de tempo para pensar sobre o que eu disse, sobre o que não estava dizendo, eu daria isso a ela.

Demonstrei a sequência de passos sobre a qual perguntou, observando seus olhos o tempo todo.

— Toques como esse são bons cenários e ajudam a atrair o público. Mas eles precisam ser ensaiados, porque se a pessoa com quem você está dançando fez isso de verdade, no improviso, eles me surpreenderiam, me distrairiam. É tudo fingimento, Laney. Exceto quando danço com você.

Agarrei-a e puxei-a para o meu peito.

— Eu não consigo dançar. — Ela riu.

— Sim, você consegue. Eu vou te ensinar. — E movi os quadris dela contra os meus, recuando em seguida. — Veja, eu convido você para o meu abraço, e faço isso deixando o espaço. Agora você me segue.

Ela tropeçou em mim por alguns passos, quase me dando uma joelhada nas bolas, ao mesmo tempo em que pisava nos meus pés. Talvez ela estivesse certa: minha esposa não sabia dançar.

— De qualquer forma... — Ela riu. — Há algo que quero falar com você.

— Muito sério?

— Um pouquinho, mas no bom sentido. E eu realmente gostei de assistir as audições hoje. Você estava diferente.

Peguei minha toalha e cobri meu pescoço.

— Sério? Como?

— Você era o chefe lá fora. Nunca tinha visto isso antes.

Eu lhe dei um olhar chocado.

— Eu sou o chefe no quarto sempre.

Ela cutucou minha barriga.

— Estou falando sério! É como... duas pessoas diferentes.

Eu me sentia assim, às vezes, como se fosse duas pessoas diferentes. Tenho flashes do Ash do passado, mas, na maioria das vezes, eu era o Ash do agora. Mas sabia o que ela queria dizer.

— Eu tenho dois lados — expliquei simplesmente. — O lado do público, sendo o coreógrafo lá fora, ou agradando ao público, o que for necessário.

— E o outro?

Dei de ombros.

— Eu não tenho certeza.

Eu estava mentindo? Já nem sabia ao certo. Mas não queria falar sobre o lado sombrio... não para o meu sol.

— Sobre o que você queria falar?

Ela olhou para mim como se soubesse que estava mudando de assunto. Ela só não sabia o porquê, mas me safei.

— Selma fez uma oferta interessante...

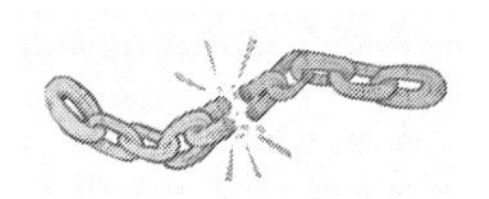

Dois dias depois, nosso primeiro ensaio com Gary, Luka e Oliver tinha sido incrível. Foi um pouco estranho mostrar ao Oliver como "ser" um Sergei, mas ele era um cara legal, então teria que superar isso, embora meu corpo estivesse tendo dificuldade em entender a diferença.

E eu estava certo sobre Sarah – ela seria extraordinária. Minha mente explodiu com as possibilidades. Gary parecia igualmente animado.

— Ah, meu Deus! — gritou ele. — Você estava muito certo sobre ela. O teatro pode fazer as armações? Devemos usar o arreio para fazê-la voar por sobre o palco.

Sarah deve ter ouvido o comentário, porque veio na nossa direção, com os olhos arregalados.

— Ah, nem pensar! Não vou ficar pendurada por um arame!

Os olhos de Gary se estreitaram, e eles logo estavam se estapeando. Era provável que algum deles venceria o duelo. No começo, pensei que se odiavam, mas depois de um dia inteiro de ensaios, percebi que era assim que se tratavam. Seja como for, parecia funcionar entre eles, e inúmeras ideias despertavam desses arroubos.

Foi o mais difícil que já fiz na minha vida, e por ser eu, o protagonista em todas as cenas – exceto uma –, meu corpo teve que arcar com as consequências: músculos tensionados, contusões, ombros doloridos, banhos de gelo e alongamento de emergência. Tudo pela intoxicação vertiginosa de esperar e rezar pela ovação do público, a necessidade desesperada de evitar o desprezo contínuo dos críticos, o golpe de comentários negativos.

Eu me sentia destroçado, emocional e fisicamente, e tudo doía. Mesmo depois de um banho de gelo e uma massagem profunda, eu passaria o resto da noite andando como um velho. Mas a adrenalina, a correria – quando estava naquele palco na frente de Laney... Esse seria o segundo momento onde mais senti orgulho na minha vida.

Pelo menos não sofria com os pés lacerados das dançarinas. Claro, bolhas e pés doloridos eram um risco ocupacional, mas eu não podia imaginar como era dançar de salto alto por horas durante um dia inteiro. Todas elas usavam uma espécie de álcool próprio para calejar a pele dos pés, além de revestir com esparadrapos.

Não era muito glamuroso, mas se acertássemos, seria incrível.

Eu esperava.

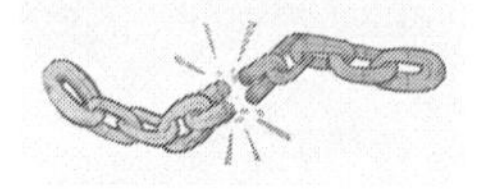

LANEY

Já passava das 23 horas quando cheguei ao estúdio de dança. O zelador ergueu a cabeça e mostrou o relógio de pulso, informando que Ash tinha dez minutos para dar o fora.

Eu podia ouvir a música tocando, algo com uma batida de tango. Ash estava no meio do estúdio vazio, com o cabelo preto empapado de suor.

Abri a porta e a cabeça dele se levantou. Acho que tentou sorrir, mas saiu como uma careta.

— Oi. Já está tarde. Você está pronto para voltar para casa?

— Logo — murmurou, curvando-se para me dar um beijo rápido.

— Na verdade, agora. O zelador está esperando para fechar. De qualquer forma, parece que você está todo dolorido.

Ele me deu um sorriso rígido.

— Eu danço através da dor, é isso que faço.

— Você está sendo dramático, ou quer dizer isso mesmo?

— Os dois. — Sorriu, mas dava para ver seu cansaço. Então ele suspirou. — Estive fazendo levantamento o dia todo.

Eu estava confusa.

— Pesos?

Seus olhos estavam fechados, mas ele sorriu com meu comentário.

— Não, garotas, dançarinas.

Uma fagulha de ciúme aqueceu meu sangue até o ponto de ebulição. Uma emoção tão estúpida, inútil e tão poderosa.

Então ele estendeu a mão e beijou meu pulso lentamente.

— Vamos para casa, meu amor. Amanhã será o dia onde todos os dançarinos estarão juntos.

Bati levemente na testa dele.

— Então tente desligar esse seu cérebro ocupado.

Seus olhos escureceram.

— Sei de uma coisa que faria isso acontecer.

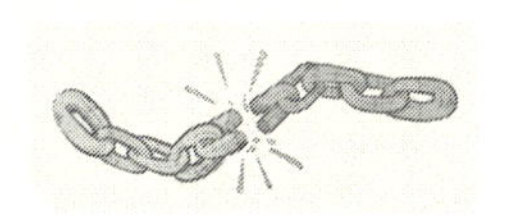

ASH

O primeiro dia com todos os dançarinos foi difícil. Eu não poderia dizer se o resultado estava bom. Eu precisava que fosse incrível, ou Laney estaria falida.

Esfreguei a testa, sentindo a pressão crescer de novo.

Então Gary se aproximou, uma expressão estranha em seu rosto. Sem falar, ele me puxou para um abraço apertado. Fiquei surpreso ao sentir seu corpo estremecer. Ele estava chorando.

— Obrigado — ofegou.

Foi só isso. O homem cuja boca nunca ficava calada, ficou em silêncio. Não restavam palavras.

E eu entendi, porque sentia isso também. Não foi uma vingança pelo que fizeram conosco; foi um acerto de contas.

— Gary! Você é uma vadia — gritou Sarah, interrompendo o momento. — Pobre Ash, você está sempre tentando dar uma apalpada nele. Tenha um pouco de dignidade, que tal?

— Oh, olha o que o gato trouxe para dentro — zombou Gary. — Digo... sobre uma cadela no cio.

Sarah mostrou a língua, depois puxou-o para um abraço apertado, e a vi enxugar suas lágrimas com os polegares.

E então senti a mão de Yveta na minha, e ela encontrou meu olhar surpreso. Ela nunca mais olhou nos olhos de qualquer outra pessoa, mas agora, era exatamente o que estava fazendo.

— Luka está certo — ela disse, baixinho. — É incrível. Seremos incríveis. Obrigada.

CAPÍTULO VINTE E UM

LANEY

Sentei-me no meu assento preferencial, para portadores de necessidades especiais, no final da primeira fila; mamãe segurando minha mão com força, e eu superansiosa. Papai sentou-se ao lado dela, depois minhas irmãs e seus maridos, junto com a maioria de nossos primos de primeiro e segundo grau. O clã Hennessey estava em peso, meus enormes primos bombeiros entalados nos pequenos bancos dobráveis, parecendo desconfortáveis em meio ao veludo vermelho, o gesso em estilo rococó e os lustres dourados do teatro pitoresco. Mas eles vieram – para me apoiar, para apoiar Ash.

Os pais de Gary também estavam aqui, calados e estoicos, e em seus melhores trajes. Angie veio acompanhada de Phil, que trouxe o amigo, o colunista do Tribune. Demos de cortesia trinta e cinco ingressos para a imprensa e parecia que a maioria já havia chegado – o que era algo inédito, aparentemente. Vanessa e Jo vieram para a primeira noite e estavam sentadas atrás de mim com vários amigos do trabalho.

Também tínhamos certa presença policial considerável, tendo em conta o que aconteceu na última vez em que Ash subiu ao palco – isso e o fato de o prefeito e o chefe da polícia estarem aqui com suas esposas.

Com toda a publicidade que o trabalho árduo de Ash havia acumulado, as duas semanas estavam quase esgotadas e, se as críticas fossem boas, vários teatros manifestaram interesse em receber o espetáculo para futuras apresentações. Torcia muito para que fosse o caso, porque Ash e eu nos endividamos para completar o financiamento. Eu me encolhia toda vez que pensava nisso.

Queria desesperadamente que esta noite fosse boa, que fosse ótima. Desde que fui impedida de assistir aos ensaios, perdi a noção de como as coisas estavam indo. Entreguei, agradecida, os deveres de produção para Selma, mas agora me sentia ainda mais à deriva.

Ash voltava exausto para casa e, na maioria das vezes, silencioso. As únicas pessoas com quem ele realmente conversava – e só no telefone e em voz baixa – eram com os outros dançarinos. Ou com Luka, é claro, em esloveno. Senti ciúmes de todos eles – era como se estivessem roubando Ash de mim.

Mas agora, depois de toda a dor no coração, depois de todo o trabalho – sangue, suor e lágrimas – estávamos aqui.

Mamãe agarrou minha mão quando as luzes diminuíram e a vi fazer o sinal da cruz com a outra mão. Os murmúrios abafados cessaram enquanto o público esperava, silencioso, e em expectativa. O teatro em si parecia tremer de ansiedade e, mesmo os sussurros, se calaram.

Quando os sons estranhos de um cravo – da família europeia de instrumentos musicais de teclas – soaram do fosso da orquestra, surpreendendo-me, bem como à metade da plateia –, as cortinas se abriram para a escuridão total. De repente, o palco se iluminou, as luzes giraram e mergulharam nas cores neon, holofotes brilhantes cruzando o palco com a música *Bad Romance explodindo.*

A beleza feia de Las Vegas...

O pano de fundo era de um arranha-céu inacabado em alguma cidade desconhecida da Europa que imaginei ser *Ljubljana*, quando uma gangue de seis homens operários entrou no palco. Na liderança, Ash usava botas, macacão, cinto de ferramentas e capacete de segurança – e estava todo másculo, arqueando as costas, os braços chicoteando nas formas másculas e fortes do Paso Doble, bandarilhas em punho e o sapateado flamenco exagerado com os pés, a marcha arrogante e do contra-ataque.

Embora o macacão cobrisse seu peito, seus braços estavam expostos, os holofotes captando o toque de seus bíceps tonificados conforme se movia.

Uma tenda tornou-se a capa de um matador, enquanto os homens se lançavam e avançavam pelo palco em uma série de poses ensaiadas e impressionantes.

Eu duvidava que alguém já tenha visto dança de salão tão agressiva, tão vigorosa e musculosa. E, com toda a certeza, não com capacetes de segurança.

— Minha nossa! — soltou mamãe, com a boca escancarada.

E então vi Luka deslizar para o palco, cabelos desgrenhados e lentes de contato amarelas que lhe davam uma intensidade feroz para combinar com seu lobo à espreita. Era Volkov, com toda a sua crueldade à mostra, e quando ele sorriu, seus lábios se contraíram em um sorriso de escárnio, os dentes pareciam afiados e pontiagudos.

Respirei fundo. Eu sabia que era Luka, sabia que estava encenando, mas era horripilante vê-lo perseguir Ash, saindo das sombras do outro lado do palco.

Então a música mudou, e sorri ao ver Ash canalizando seu Elvis interior, seus quadris rebolando ao som de *Bossa Nova Baby* – integrados em um ritmo acelerado do *jive* – uma dança de salão idêntica ao chá-chá-chá – enquanto os outros operários se juntavam a ele e se soltavam um a um.

Tivemos um vislumbre de um avião contra um cenário de nuvens passando antes que a cena mudasse para Las Vegas em toda a sua glória noturna.

Ash jogou o capacete e as ferramentas para longe, e deixou cair o babado do macacão, deixando o peito à mostra, exibindo seu abdômen trincado. Ele tinha um sorriso enorme e abismado no rosto quando oito dançarinas de Las Vegas subiram ao palco ao som de *Hanky Panky*. Todas usavam imensos ornamentos de cabeça e sorrisos largos, lideradas por Yveta, cuja maquiagem pesada cobria a cicatriz, sempre que sorria. No entanto, assim que deixava de sorrir, as cicatrizes sulcadas se tornavam óbvias. Que ironia mais amarga.

Gary se jogou no chão, executando o passo *jive* mais gay que já vi na vida, e a plateia começou a rir. Ash e Gary dançaram lado a lado, pontapés e movimentos bruscos, movendo-se tão depressa que fiquei sem fôlego só em ver. Então Ash saltou sobre Gary, dando uma cambalhota no ar e aterrissando perfeitamente dentro do ritmo. Gary deslizou pelas pernas abertas de Ash, piscando para o público.

Duas das bailarinas dançaram à frente e a dança tornou-se cada vez mais atlética quando as garotas se jogaram em Ash e Gary em uma série de saltos e movimentos suspensos inspirados em *Lindy Hop* – a mistura de *breakaway*, charleston e sapateado. A plateia aplaudiu e vibrou, apreciando o espetáculo.

Notei que o personagem lobo ainda estava ao fundo, observando em silêncio conforme rondava pelas beiradas do palco, uma presença sinistra, ocasionalmente lambendo os lábios. Assustador.

Mamãe apertou minha mão e inclinei a cabeça em sua direção.

— Ash é incrível! A performance é fantástica!

Dei um sorriso largo para ela.

— Eu falei — sussurrei.

O ritmo *jive* continuou com uma loucura crescente quando Ash saiu do palco para sua primeira troca de figurino.

Momentos depois, o cenário se transformou em um opulento quarto de hotel com duas mulheres vestidas como prostitutas em uma versão "alunas católicas", empoleiradas em um sofá. Torcia para que não houvesse alunas de verdade no teatro.

Então Oliver entrou no palco. Mesmo sabendo que ele não era o verdadeiro Sergei, fiquei arrepiada ao ver o terno azul-marinho de três peças e a peruca cinza bem-penteada. Volkov o girou e eles atravessaram o palco juntos em um lento trote de raposa ao som de *Little Red Ridding Hood*, de Sam the Sham.

Yveta e Ash subiram ao palco parecendo perdidos e assustados, de mãos dadas. Yveta usava um vestido de baile rosa claro, no estilo dos anos cinquenta, e Ash vestia uma camisa de seda vermelha agarrada ao peito e aos braços, por dentro de uma calça preta justa que mostrava sua cintura esbelta, quadris estreitos, e a bunda lindamente tonificada.

A música era assustadora, contando a história desses dois inocentes, bebês na floresta, dançando com lobos.

Um deleite saboroso para um grande lobo mau...

A música sinistra subia e descia o tom conforme a suave melodia mais assustadora que já ouvi, fluía pelo palco. Ash dançou com Yveta e depois foi levado por Sergei. Eu me senti sufocada quando Oliver acariciou o peito e a bunda de Ash sugestivamente. Eu me perguntava o quanto isso incomodava Ash, quantas lembranças ruins isso trazia de volta. Fiquei espantada quando Oliver – Sergei – segurou os órgãos genitais de Ash e sorriu. Um suspiro horrorizado atravessou a música sensual quando o público entendeu a mudança de tom na história.

As duas alunas católicas dançaram juntas, os movimentos tão sexuais que comecei a suar e vi papai se mexendo desconfortavelmente em seu assento. Nunca a dança de salão foi tão bonita e tão perturbadora.

Quase vomitei quando Sergei puxou uma faca e a passou por uma das gargantas das mulheres, encheu um copo de vinho com o "sangue" e depois bebeu ao mesmo tempo em que ela caiu no chão, os olhos sem vida.

Foi tão chocante, tão inesperado e uma metáfora genial para tudo o que havia acontecido.

— É forte demais — mamãe murmurou, incapaz de olhar.

Ela não era a única.

— É verdadeiro — sussurrei.

— Real demais — comentou ela, e não podia discordar à medida que meu estômago revirava.

As luzes diminuíram e a música se distorceu e mudou novamente, desta vez com uma batida de balada. O cenário era familiar...

Vanessa me deu um tapinha no ombro.

— Laney, essa é a nossa boate?

Ela estava certa. Ash havia recriado a boate em Las Vegas, onde nos conhecemos. E ele estava dançando sugestivamente com seis mulheres, parecendo prometer-lhes tudo conforme colocavam notas de dólar no cós de sua calça.

Ciúme ferveu profundamente dentro de mim.

É só dança, disse a mim mesma.

Mas era mais do que isso – era Ash revelando ao mundo que havia se prostituído em Las Vegas –, e não tinha certeza de como me sentia a respeito disso.

Perguntei a ele uma vez se teria tentado conseguir dinheiro de mim.

Sua resposta foi enigmática.

— Quando danço, me perco na música, não é bom para os negócios.

O que eu poderia dizer disso?

Uma das mulheres rasgou sua camisa e me deu vontade de quebrar todos os dedos de sua mão bem-cuidada.

É só dança, repeti. E, então, veio a letra bonitinha e pop de Little Mix, mas agora com uma inquietante tendência de sexo à venda.

Quase não aguentei mais assistir, até que a arte e o atrevimento sexy e sedutor do chá-chá-chá, com seu ritmo pausado e vivacidade cubana, me atraiu. Virou uma festa, quase uma orgia, Ash dançava com cada uma das mulheres e todos os dançarinos de apoio estavam no palco, roçando-se lascivamente.

Eram homens com abdomens lisos, polidos como deuses gregos, cinturas cônicas, coxas fortes e bundas rígidas.

As mulheres eram como *voyeurs*, observando vitrines de belos jovens. Entendi, reconheci, mas fez meu sangue ferver quando a parceira de Ash olhou para ele com luxúria em seus lindos olhos. E, puta merda, parecia que Ash sentia o mesmo.

É uma performance, uma maldita bela performance.

Mas ainda assim, Volkov e Sergei espreitavam ao fundo, como marionetes malignas perambulando entre os dançarinos, te fazendo imaginar se os estava vendo ou se era paranoia – exatamente o que Ash havia enfrentado.

Lentamente, a música desapareceu, deixando apenas o som irregular de um batimento cardíaco quando dois refletores brancos puros iluminaram o palco. Sarah estava sentada sozinha em uma mesa, usando um vestido amarelo simples que refletiu a luz, o corpete brilhando com pequenos cristais.

Ela parecia tão vulnerável, tão bonita, e Ash olhou para ela, hipnotizado. Outro disparo enlouquecedor de ciúme me fez cerrar os punhos.

Uma batida lenta e melódica teve início, junto com as do coração, e reconheci uma das músicas favoritas de Ash, de Adele, mas as letras foram sutilmente alteradas quando a voz de um homem derramou seu desejo por um amor perdido.

Ash estendeu a mão para ela, como se estivesse chamando-a para dançar, e então ofeguei. Era eu! Sarah era eu! Ele recriou o momento em que nos conhecemos. Era assim que ele me via, como se sentia quando pensava em mim. Lágrimas se acumularam em meus olhos e as afastei, impaciente.

Quando a mesa rolou e saiu de cena, revelando Sarah sentada em uma cadeira de rodas, o público respirou fundo.

Eu vi o espanto de Ash. Vi a descrença. Vi o sofrimento de Sarah. A humilhação e derrota – a *minha* humilhação e derrota.

Mamãe apertou minha mão com força.

Mas então Ash a pegou da cadeira de rodas, carregando-a nos braços, os pés descalços dela se movendo ao passo requintado da rumba, embora jamais tocassem o chão.

Fiquei impressionada com a beleza da dança, espantada com a demonstração de força física quando Ash carregou a dançarina de cinquenta quilos como se não pesasse nada, mas eu sabia que não era assim.

E finalmente entendi por que ele havia me impedido de ver os ensaios. Porque esse era seu presente para mim, a dança que nunca teríamos; a primeira dança como deveria ter sido, mas que nunca poderia acontecer.

E, desta vez, não consegui conter as lágrimas. Cada passo, cada olhar para ela, cada gesto que ele fazia, era para mim. E ele a carregou durante toda a dança.

E então o perdoei por ser teimoso e manter segredo. E o perdoei por ser intenso e motivado. E o perdoei por ter gritado comigo quando estava estressado e cansado. Perdoei todas as vezes em que se fechava para mim ou me deixava de fora, porque isso era ele me dizendo a cada passo, a cada movimento de seu belo corpo, que eu era amada, que era desejada e que tudo o que havia acontecido entre nós era verdadeiro.

Nós éramos reais.

Quando a dança acabou, a plateia ficou de pé e aplaudiu. Exceto eu, é claro, porque, assim como na noite em que nos conhecemos, não conseguia ficar de pé sozinha.

As luzes do teatro se acenderam, mas os aplausos não cessaram por vários minutos.

Ao meu redor, as pessoas estavam sorrindo e enxugando os olhos; o amigo repórter de Angie rabiscava furiosamente em seu bloquinho.

— Ah, meu Deus! — exclamou Vanessa, choque e pavor em sua voz. — Era você! Essa é a história de vocês. Ele dançou para você! Com você.

— Sim — confirmei, minha voz quase inaudível.

Mamãe me lançou um olhar preocupado, depois empurrou minha cadeira pela rampa até o pequeno bar do teatro.

As pessoas apontaram e sussurraram quando viram a cadeira, e um casal até tirou fotos minhas, na maior cara dura. Fiquei surpresa e irritada, mas então dois repórteres vieram até mim, celulares em mãos, querendo entrevistas de última hora.

Eu me preparei internamente e sorri, respondendo às perguntas o melhor que pude. Agradeci quando Selma chegou para ajudar, concordando em marcar entrevistas com os dançarinos principais nos próximos dias.

— As críticas serão boas, Laney — comentou ela, em um tom sério, quando estávamos sozinhas.

Dei um sorriso triste para ela, já sabendo aonde queria chegar com isso.

— Haverá ofertas de teatros por todo o país. Vou poder montar uma turnê nacional.

— Eu sei.

A expressão dela mudou.

— Você não vai junto, né?

Suspirei e baixei o olhar.

— Não. Meu corpo está passando por algumas mudanças, sei que você percebeu. Não tenho passado bem... como deveria estar. Às vezes, isso acontece com quem tem artrite reumatoide. Você tem meses, até anos, de estabilidade, e sem nenhuma razão em que se possa pensar, os remédios parecem não fazer mais efeito. Meu médico quer que eu tente uma dose mais alta de quimioterapia, talvez até drogas diferentes. E... Acho que seria melhor se ficasse em um só lugar. Em casa.

Ela assentiu lentamente.

— Você contou ao Ash?

Neguei em um aceno.

— Não, ainda não. Queria que ele aproveitasse... esta noite.

— Ele ficará arrasado.

— Eu sei. Mas nunca vou fazer parte do mundo dele desse jeito. Não é possível para mim. E não acredito que ele possa viver sem essa vida.

— Você tem certeza disso, Laney? Porque acho que o que ele não pode viver é sem você.

Não sabia o que dizer sobre isso, mas fui salva quando tentava encontrar uma resposta, pelo prefeito e sua esposa que vieram me cumprimentar e dizer como estavam satisfeitos por esse trabalho fenomenal ter sido lançado em Chicago. Depois, a imprensa tirou foto deles, sorrindo ao lado da mulher cadeirante.

O chefe da polícia veio e trocou algumas palavras com a minha mãe e meu pai, sorriu para mim e desapareceu na multidão.

Havia uma excitação febril no bar, todo mundo se perguntando como seria o resto do show, apesar de muitos deles terem lido sobre a história de Ash nos jornais.

— Aquilo aconteceu mesmo? — perguntou Vanessa, avidamente. — Aquele cara, Sergei, bebeu mesmo o sangue de uma mulher?

Estremeci com a menção do nome dele, e Jo deu-lhe uma cotovelada nas costelas.

— O quê? — Então ela olhou para mim. — Ah, me desculpe.

— Acho que é uma metáfora — expliquei com a voz tensa. *Pelo menos, eu esperava que fosse.*

Meu primo Paddy veio até nós, lançando um olhar apreciativo para as minhas amigas.

— Que show — disse ele, pensativo, entregando-me um copo de uísque. — O que você acha?

— Totalmente fodido. — Sorriu. — Mas a dança é um tesão do caralho. Bem bolado, prima. — E se afastou, piscando para Vanessa.

— Ele está... ?

— Fora dos limites — respondi enquanto ela fazia beicinho para mim. Jo riu.

— Confie em mim. Paddy dormiu com metade de Chicago e a outra metade está na lista. Pode esquecer.

Gemi quando vi o desafio brilhar os olhos de Vanessa. Ora, bem, ela foi avisada.

Quando todos se sentaram em seus assentos para a segunda parte, meus nervos estavam à flor da pele. Achei que o espetáculo foi bom; parecia que as pessoas estavam gostando. Mas minha objetividade se foi há muito tempo, então não podia afirmar.

Precisei sorrir quando o palco ganhou vida em uma labareda de cores e luzes assim que as batidas pulsantes e felizes de *Viva Las Vegas* irromperam do fosso da orquestra.

Ash cambaleou para o palco, todo vestido de preto, embora lantejoulas em sua camisa refletissem a luz – e acho que alguém havia espalhado pó brilhante em seu peito. Ele requebrou de um jeito sexy e sensual, seguido de alguns gingados de samba, a virilha pressionando a bunda de Yveta. Estremeci, achando difícil ver meu marido se aproximando tanto de outra mulher, ainda mais porque sabia que ele dormiu com ela antes de nos conhecermos. Eu vi o jeito que ela o observava quando achava que ninguém estava olhando, além de me ignorar por completo.

Sergei e Volkov estavam assombrando o palco novamente, e aonde quer que fossem, holofotes vermelhos os seguiam. Havia algo macabro na maneira como se moviam, rondando, planando – os fantasmas no banquete.

Arfei quando, de repente, desceram sobre Ash, segurando seus braços e arrancando-o da fileira dos dançarinos. Nenhum dos outros dançarinos percebeu e me deu vontade de gritar para que olhassem, mesmo sabendo que não era real.

Enquanto os dançarinos caminhavam rapidamente ao fundo para o *Tu Vuo Fa L'Americano*, seus sorrisos transformados em caretas de palhaços, banhados por uma luz verde sinistra, Volkov arrastou Ash pelo chão em uma paródia de um passo de Paso.

Dois dos dançarinos de apoio correram para o palco, segurando os braços de Ash. Volkov rasgou a camisa de Ash pelas costas e Sergei rasgou sua calça, da cintura até o tornozelo.

Ash estava de costas para a plateia, parecendo completamente nu, embora eu soubesse, é claro, que ele usaria um cinto de dança quase invisível.

Mesmo assim, assistir meu marido despido em um palco era horrível. E quando Volkov deu um chicote a Sergei, não consegui olhar. Suspiros horrorizados cortaram a música horrivelmente alegre e pude ouvir os efeitos especiais de um chicote estalando no ar enquanto Sergei parecia rir, com a mão livre presa no próprio pau.

Atrás de mim, ouvi Vanessa xingar quando Ash caiu no chão.

A música dissipou suavemente, e ele foi deixado em uma poça de luz, sozinho, espancado e nu – exatamente como eu o vira naquela noite pavorosa e terrível. Apertei a mão sobre a boca quando senti a ardência das lágrimas.

Por um piscar de olhos, houve silêncio e, em seguida, um som de brisa suave preencheu o pequeno teatro e, lá de cima, Sarah desceu como um anjo, ainda vestida de amarelo, a luz criando uma auréola ao seu redor.

Quando ela chegou ao palco, as luzes se apagaram e um trovão repentino fez todos se sobressaltarem.

Yveta e Gary foram arrastados para o centro do palco, enquanto Volkov e Sergei dançavam juntos, um dueto obsceno da letra assombrosa de Seal, *Kiss from a Rose.*

Eu era a luz dele na escuridão?

Vi por entre os dedos enquanto eles eram brutalizados repetidamente por uma gangue de dançarinos de apoio, vestidos como motociclistas. Horrível, grotesco, e na hora em que Yveta foi cortada com uma faca, foi quase insuportável de ver. E, naquele cenário medonho, Ash entrou no palco com Sarah nos braços, girando e girando, uma doce e adorável valsa vienense. Ash estava vestindo jeans e uma camisa branca solta, enquanto Sarah ainda usava o vestido amarelo.

Eu me senti um pouco mal. Nosso amor foi realmente à custa de seus amigos? Ou talvez fosse assim que Ash se sentia a respeito. Eu não sabia, mas queria que parasse.

Não parou. Continuou, até que Gary e Yveta foram arrastados, ensanguentados e espancados. Tenho certeza de que não fui a única que sentiu uma enorme sensação de alívio por não ter mais que assistir à tortura deles, fortemente misturada com a culpa por preferir não enxergar a verdade.

Era muito difícil de assistir.

As tensões de um violino filtraram suavemente pelo ar e prendi a respiração, imaginando o que estava por vir.

Então, de repente, lembrei do que a fantasia de Sarah me lembrava – o vestido amarelo com o qual me casei.

Senti um tremor me atravessar. E então reconheci a música: *With You I'm Born Again.*

E era a suavidade dela, a gentileza dele...

Ash a colocou em uma cadeira e depois caiu no chão. Lentamente, com as pernas tremendo, Sarah se levantou. E então começou a dançar, repetindo os passos dele até estarem se movendo juntos na valsa mais dolorosamente linda que já vi. Jamais conheci esse lado de Ash, nunca percebi como sua dança era tão cheia de paixão, de profunda emoção. Ele disse que se sentiu dormente por tanto tempo, mas estava errado. Estava tudo lá, um profundo poço de emoção que somente a dança trouxe à tona. A dança e, esperava, que eu também.

Lágrimas escorreram dos meus olhos, imaginando por um segundo como seria dançar com ele daquele jeito, ser varrida, flutuar, deslizar, acariciar sua pele, mover-me com ele através da música – a música que o escravizou. A música estava em seu coração e em sua alma, e naquele momento, eu sabia que tinha que libertá-lo.

Esse espetáculo seria um enorme sucesso. Tinha esperança disso, queria isso, mas tinha medo de acreditar. Mas agora senti, sabia no fundo do meu coração. As duas semanas neste pequeno teatro não eram o fim, mas apenas o começo. Não tinha dúvida de que as ofertas surgiriam. E quando aparecessem, precisava deixá-lo sair em turnê. Sem mim.

E eu o consolei através da loucura...

Eu o ajudei e o segurei, e por um breve instante nos abraçamos, só que agora, como uma criatura selvagem, eu precisava deixá-lo viver. E rezar para que voltasse para mim. E lágrimas escorreram pelo meu rosto, porque eu o estava perdendo – se é que ele tinha sido meu mesmo –, e era a coisa certa a fazer, mesmo que meu coração estivesse partido.

Com você eu renasci...

E chorei, porque era verdade. Ash fez de mim uma mulher corajosa e forte. Nos braços dele, era capaz de enfrentar qualquer coisa – qualquer coisa, exceto o dia em que ele me deixasse.

Eu estava exausta, emocionalmente exaurida, mas ainda não havia terminado.

Volkov e Sergei rondaram para o palco, caçando os dois dançarinos que giravam através da luz, tão apaixonados que estavam cegos para o perigo que os cercava.

A música se transformou nos acordes ásperos do *El Tango,* de Roxanne, e as duas bestas repugnantes apresentaram um tango argentino perturbador e de tirar o fôlego, face a face. Sergei – Oliver –, realizando os mais extraordinários saltos assistidos nos braços de Volkov – Luka. Então gancho: prendendo, engatando, os homens se revezavam sendo o "seguidor" envolvendo a perna em volta do outro, o "líder" deslocando os pés por dentro.

Ash me contou que o tango argentino havia sido criado como uma dança para homens. Os gaúchos saindo do campo, uma dança de imigrantes dos bairros pobres, todos precisando de uma maneira de impressionar as poucas mulheres que conheceram. Foi o que ele disse.

— Inveja! — gritou Volkov, e agarrou os cabelos de Ash, forçando-o de joelhos.

— Luxúria! — gritou Sergei, puxando uma arma e apontando primeiro para Volkov e depois para Ash.

Quando Volkov vagarosamente se afastou, desaparecendo nas sombras, vi a arma na mão de Sergei, quase caindo da minha cadeira de rodas quando o tiro ecoou pelo palco, casualmente atirando em Sarah.

Ela caiu no chão, em uma poça de cetim amarelo.

As unhas da minha mãe cravaram no meu braço e ela sussurrou algo, mas não pude responder, minha voz sufocada no silêncio.

A briga, o tiroteio em um teatro não muito diferente deste, foi brutalmente doloroso para assistir. Foi um dueto, um duelo, e quando Ash finalmente pegou a arma e empurrou o rosto de Sergei, seu próprio retorcido pelo ódio, não pude evitar e soltei um grito rouco.

Alguém na plateia gritou e me encolhi. Mamãe apertou minha mão mais forte ainda.

— Está tudo bem — sussurrou. — Você está segura aqui.

Outro tiro disparou e a música morreu em um estrondo de ruído discordante. Então luzes, sirenes e gritos encheram o teatro quando os dançarinos de apoio viraram policiais.

Ash pegou Sarah do chão, embalando-a em seu peito, o barulho e o caos girando em torno deles.

Ela "acordou", se essa é a palavra certa, e o silêncio repentino e assustador me fez sentir como se tivesse ficado surda.

Uma lua cheia iluminou o palco.

Uma bela e mágica harmonia.

Era um foxtrote americano suave, dançado com toda graça e talento surpreendentes, tão líricos e tocantes. E muito desconfortável, já que era o mesmo que ver Ash fazendo amor com outra pessoa, não importa quão bonita seja a dança.

E, então, aconteceu algo inesperado. Ele puxou uma pequena caixa do bolso, uma caixinha de joias. Mas, em vez de oferecer a Sarah, ele caminhou até a frente do palco e pulou.

A música desapareceu e, do jeito que todos os dançarinos se reuniram no palco, sorrisos no rostos e quase sem conseguirem conter a emoção, eu soube que estavam esperando por isso.

As vozes silenciaram quando Ash caminhou em minha direção, a caixinha de joias em sua mão.

Ele ficou à minha frente, depois se abaixou devagar, apoiando-se em um joelho.

— Laney, você é meu raio de sol, *moj sonček*, meu sol. Eu te amei antes que percebesse. E, embora, você seja minha esposa, hoje me ajoelho diante de você e peço que me receba como seu marido para sempre, nesta vida e na próxima. Nunca me deixe de novo, meu amor. Esteja sempre comigo.

Ele abriu a caixa, apresentando-me um anel de noivado, um diamante amarelo deslumbrante que combinava com o vestido de verão com o qual me casei.

Estendi a mão, uma expressão sonhadora em meu rosto.

— Você brilha tão intensamente — sussurrei.

— Você é quem brilha, *moj sonček*.

Eu ri baixinho.

— Pelo menos sei o que isso significa agora. Sorrateiro.

Ash deu o seu lindo sorriso e deslizou o anel no meu dedo, depois se inclinou para a frente para me dar um beijo escaldante que partiu cem corações, incluindo o meu.

— Você me deixou muito orgulhosa hoje à noite — comentei, segurando seu rosto com as mãos. — Não pare. Dance como se o mundo estivesse assistindo.

Mamãe tossiu e quando olhei para ela, ela estava enxugando as lágrimas.

Ash ficou em pé, sorriu e piscou, depois saltou de volta para o palco quando a banda entrou com *Crazy*, da Beyoncé, e começou o mais louco, selvagem, insano, mais exagerado e inspirador chá-chá-chá que eu já tinha visto. Todo o elenco estava no palco, dando tudo de si, dizendo que a vida continua, que o amor continua e que o mal nunca vencerá.

Meus pés ardiam de agonia tentando ficar de pé.

— O que está fazendo? — mamãe perguntou, entredentes.

Mas eu precisava fazer isso. Meus braços e pernas tremiam com o esforço, mas me levantei com o restante da plateia, aplaudindo e vibrando, nossos aplausos sacudindo o teto deste pequeno teatro. E chorei descontrolada, com certeza acabando com a minha maquiagem.

Por fim, os dançarinos estavam em pé na frente do palco para se curvarem em seu tradicional cumprimento, os peitos arfando com a tensão, o suor brilhando em seus rostos, braços e os maiores sorrisos na cara.

E havia o meu Ash, meu amor, meu marido, brilhando com muita intensidade.

— Eu te amo — sussurrei.

Ele viu meus lábios se moverem e levantou a mão ferida para descansar sobre o coração.

— *Eu também te amo.*

TORTURADO, HORRORIZADO, TRAFICADO

Achei que já tinha visto de tudo, visto todo tipo de truque dramático para manipular as emoções do público. Eu vi olhos de porco reais usados durante aquela cena em "Rei Lear". Eu vi uma versão de "Coriolano" tão sangrenta que a primeira fila teve que receber capas de chuva para vestir, mas na noite passada, todas as emoções saíram de mim, espontaneamente, na performance mais recente e, brutalmente, honesta que tive o privilégio de assistir.

"Slave – Uma história de Amor", de Ash Novak, não foi minha primeira escolha para uma noite de entretenimento. A dança de salão é cheia de lantejoulas e sorrisos extravagantes, ou assim pensei, mas este talentoso dançarino e coreógrafo suspendeu e dissolveu cada migalha de descrença, em uma mágica exibição esplendorosa, angustiante e marcante.

Cada passo era mais uma peça em uma história horrível da escravidão moderna, tráfico humano e crime organizado.

Se este espetáculo não partir seu coração, deve procurar um médico para verificar se ainda possui um.

O carismático protagonista nunca errou e teve o apoio de Sarah Lintort, Yveta Kuznets, Gary Benson e Luka Kokot.

Um show imperdível em Chicago. Veja enquanto puder, porque será o ingresso mais disputado da cidade.

EPÍLOGO

LANEY

Cinco meses depois

Eu me assustei quando a porta do apartamento se abriu de repente.

Meu coração bateu forte no meu peito quando vi Ash parado ali, as malas aos pés e chaves em mãos.

— O que você está fazendo aqui? — ofeguei, surpresa, enquanto vestia um casaco.

— A turnê terminou e peguei um voo de Dallas.

— Sim, mas o que você está fazendo aqui *agora*?

Ele inclinou a cabeça para o lado, olhando para mim, intrigado.

— Eu vim para casa.

Olhei de volta, paralisada. Ele parecia o mesmo, mas diferente. A mesma estrutura longilínea e enxuta. O mesmo cabelo de mogno e olhos felinos da cor do uísque irlandês. As mesmas maçãs do rosto afiadas, a mesma mandíbula forte e com a barba por fazer. Mas havia uma nova confiança em sua postura, uma nova certeza de que estava fazendo o que precisava, e no lugar ao qual pertencia.

— Eu deveria te encontrar no aeroporto.

— Você não está feliz em me ver — disse ele, a voz plana.

— Você está louco? — gritei. — Eu senti tanto a sua falta! — E me joguei nele.

Ash cambaleou, me pegando antes de suas costas se chocarem contra a parede. Ele me agarrou pela cintura, seus lábios chupando meu pescoço quando agarrei a fivela de seu cinto.

— Nós não temos tempo para isso — murmurei, rasgando sua camisa e expondo seu peito liso, ignorando os botões que caíam no chão de madeira. — Iremos jantar com minha família.

— Que tipo de mundo é esse onde não tenho tempo para fazer amor com minha esposa? — perguntou, suas palavras terminando com um grunhido enquanto eu envolvia minhas mãos em torno de seu pau quente e duro.

Que tipo de mundo é esse? Eu não tinha uma resposta para isso. O mundo girava ao nosso redor em um ritmo vertiginoso, nossas vidas uma confusão de momentos, coloridas por altos e baixos, alegrias e tristezas.

Ele agarrou minhas mãos, rindo com o puro prazer de viver este momento. E então me levou para o nosso quarto.

Era áspero e confuso, quente. A confiança hedonista, ofegando na boca um do outro quando ele me prendeu na cama e me fodeu até meu corpo estremecer com um novo prazer. Ele estremeceu em cima de mim, e seus olhos se fecharam. Então, com um grunhido satisfeito, se afastou e rolou para o lado.

— Puta merda!

Dei uma risada suave que era em parte saudade, em parte alegria, em parte lágrimas que ameaçavam cair – um derramamento de liberação que era demais para manter por dentro.

— Vamos nos atrasar — sussurrei enquanto seus polegares afastavam as lágrimas dos meus olhos.

— Eu não ligo.

— Nem eu.

Ele me deu um sorriso enorme e bonito, que eu tinha sentido tanto falta, e se jogou de costas, me puxando contra seu peito, as mãos gentis acariciando meus ombros.

Quando fizemos amor novamente, beijei todas as marcas às suas costas, acalmando as cicatrizes em sua alma e na minha.

Beijei suas pálpebras trêmulas e vi seus lábios se curvarem para cima em um sorriso.

— Não vou fazer isso de novo — disse ele, seus olhos se abrindo para me encarar.

— O quê?!

Seu peito retumbou enquanto ele ria.

— Oh, eu, *definitivamente*, vou fazer *isso* de novo. — Ele riu. — Eu quis dizer que não irei em turnê sem você.

— Ash ...

— Não, quero dizer, Laylay... Não vale a pena. Nada vale a pena se tiver que ficar longe do meu sol. — Ele respirou fundo. — Selma disse que quer fazer uma turnê pela Europa no ano que vem. Venha comigo, meu amor.

— Eu não acho que ...

— Esse é o seu problema — disse ele, suavemente tocando minha testa com o dedo comprido. — Pensar demais. Aconteça o que acontecer, enfrentaremos juntos. Fique comigo, Laney. Será a próxima aventura.

Suspirei.

— Parece incrível, mas... deixe-me pensar sobre isso.

— Claro — disse ele, rolando da cama e tirando a camisa arruinada. — Mas você vai dizer sim no final.

— Não sei se...

— Você vai dizer que sim — afirmou, confiante, inclinando-se para me beijar em silêncio.

Quando se levantou de novo, estava sorrindo para mim enquanto recolocava sua calça que nunca saiu de seu corpo. Foi bom que estivesse descansada esta semana, porque o sorriso dele me prometia uma longa noite insone.

Meus olhos deslizaram pelo seu belo corpo, um pouco mais magro que da última vez em que estivemos juntos. E então eu vi.

— Você fez uma nova tatuagem?

Ele assentiu, seus olhos buscando os meus.

Olhei mais de perto, estudando o intrincado trabalho com tinta.

Era uma representação do sol espreitando por trás de uma nuvem, e arqueado acima dele, em letras fluidas, estava o meu nome.

— Meu sol — sussurrou, seus olhos suaves.

Estendi a mão, meus braços envolvendo seu pescoço enquanto acariciava a pele macia, e o beijei em agradecimento. *Obrigada por ser meu marido, obrigada por estar comigo, obrigada por ser o amor da minha vida. Obrigada por ser você.*

Eu me questionei mais tarde se nosso amor era construído em pequenas fatias finas de papel, momento a momento, dia após dia. Perguntei a Ash sobre isso uma vez, querendo saber quando ele se apaixonou por mim. Sua resposta foi enigmática – típica de Ash.

— Quando senti meu coração bater outra vez.

FIM

AGRADECIMENTOS

À Kirsten Olsen, editora, amiga, confidente, viciada em chocolate.

À Trina Miciotta por sua edição e apoio inabalável.

À Hang Le por sua bela capa e criatividade sem fim.

À Sheena Lumsden por sua amizade e todo o seu trabalho por trás das cenas.

À Neda Amini por sua habilidade em marketing e entusiasmo por tudo relacionado aos livros.

À Alana Albertson, amiga e autora, que divide meu amor por dança, glitter e lantejoulas, e fez questão de que Ash conhecesse seu mambo através de sua salsa.

À Lea Jerancic, que checou tudo em esloveno enquanto conferia Ash.

À Rhonda Koppenhaver, que garantiu que minhas referências a Chicago estivessem corretas.

À Dina Farndon Eidinger e Audrey Thunder – vocês sabem o porquê. ;)

À Selma Ibrahimpasic, Savanna Phillips, Lelyana Taufik, Melissa Parnell e Sarah Lintott por me deixarem explorar descaradamente seus nomes.

E, à Fuñny Souisa, por amar a ideia dessa história desde o início.

Obrigada: Stalking Angels. Sabem o quanto significam para mim e nunca me decepcionaram.

Tonya Bass Allen, Neda Amini, Jenny Angell, Lisa Clements Baker, Nicola Barton, Jen Berg, Mary Rose Bermundo, Reyna Borderbook, Sarah Bookhooked, Megan Burgad, Kelsey Burns, Gabri Canova, LE Chamberlain, Tera Chastain, Elle Christopher, Beverley Cindy, Paola Cortes, Nikki Costello, Emma Darch-Harris, Megan Davis, Jade Donaldson, Drizinha Dri, Mary Dunne, Dina Farndon Eidinger, Jennifer Escobar, Fátima Figueira, Kelly Findlay, Andrea Flaks, Andrea Florkowski, MJ Fryer, Raquel Gamez, Evelyn Garcia, Carly Gray, Helen Remy Gray, Nycole Griffin, Rose Hogg, Kim Howlett, Selma Ibrahimpasic, Carolin

Jache, Andrea Jackson, Jayne John, Ashley Jones, Heidi Keil, Rhonda Koppenhaver, Hang Le, Wendy Lika, Sarah Lintott, Sheena Lumsden, Kathrin Magyar, Trina Marie, Susan Marshall, Sharon Kallenberger Marzola, Marie Mason, Bruninha Mazzali, Aime Metzner, Nancy Saunders Meyhoefer, Sharon Mills, Kandace Milostan, Ana Moraes, Barbara Murray, Bethany Neeper, Clare Norton, Luís Oioli, Crystal Ordex-Hernandez, Celia Ottway, Kirsten Papi, Melissa Parnell, Ana Carina Pereira, Savanna Phillips, Cori Pitts, Vrsha Prosa, Ana Kristina Rabacca, Rosarita Reader, Heather Sulzer Regina, Lisa Smith Reid, Carol Sales, Gina Sanders, Rosa Sharon, Jacqueline Showdog, Johanna Nelson Seibert, Sarah Simone, Adele Sloan, Fuñny Souisa, Erin Spencer, Dana Fiore Stusse, Lisa Sylva, Lelyana Taufik, Candy Rhyne Threatt, Audrey Thunder, Ellen Totten, Natalie Townson, Amélie White Vahlé, Tami Walker, Lily Maverick Wallis, Jo Webb, Krista Webber, Shirley Wilkinson, Emma Wynne Williams, Caroline Yamashita, Lisa G. Murray Ziegler.

E aos leitores da Fanfic que estiveram comigo desde o início.

SOBRE A AUTORA

Não iguale bondade com fraqueza – essa é uma das minhas frases favoritas.

Perguntam-me de onde vêm as ideias – elas vêm de todos os lugares. De passeios com a minha cachorra na praia, de ouvir conversas em bares e lojas, onde me escondo despercebida com meu caderno.

E, claro, adoro assistir às danças de salão na TV. Tentei aprender salsa uma vez. Meu parceiro me disse: "Pare de marchar e pare de conduzir! Você deve parecer sexy." Então, vou me limitar a escrever sobre dança.

Não se esqueça de procurar os capítulos bônus de alguns livros em meu *site* (janeharveyberrick.com/) e *pode se inscrever para as novidades no e-mail.*

A The Gift Box é uma editora brasileira, com publicações de autores nacionais e estrangeiros, que surgiu no mercado em janeiro de 2018. Nossos livros estão sempre entre os mais vendidos da Amazon e já receberam diversos destaques em blogs literários e na própria Amazon.

Somos uma empresa jovem, cheia de energia e paixão pela literatura de romance e queremos incentivar cada vez mais a leitura e o crescimento de nossos autores e parceiros.

Acompanhe a The Gift Box nas redes sociais para ficar por dentro de todas as novidades.

 www.thegiftboxbr.com

 /thegiftboxbr.com

 @thegiftboxbr

 @thegiftboxbr